imaginist

想象另一种可能

理想国
imaginist

九诗心

暗夜里的文学启明

黄晓丹 著

上海三联书店

图书在版编目(CIP)数据

九诗心：暗夜里的文学启明 / 黄晓丹著. -- 上海：上海三联书店, 2024.11.(2024.12重印)
ISBN 978-7-5426-8705-0
Ⅰ.I207.22
中国国家版本馆CIP数据核字第20246GG245号

九诗心：暗夜里的文学启明
黄晓丹 著

责任编辑 / 苗苏以
特约编辑 / 赵　欣
装帧设计 / 陆智昌
制作排版 / 陈基胜
责任校对 / 王凌霄
责任印制 / 姚　军
特约审读 / 徐兴海

出版发行 / 上海三联书店
　　　　　（200041）中国上海市静安区威海路755号30楼
邮　　箱 / sdxsanlian@sina.com
联系电话 / 编辑部：021-22895517
　　　　　发行部：021-22895559
印　　刷 / 山东韵杰文化科技有限公司

版　　次 / 2024年11月第1版
印　　次 / 2024年12月第2次印刷
开　　本 / 850mm×1092mm　1/32
字　　数 / 273千字
印　　张 / 13.625
书　　号 / ISBN 978-7-5426-8705-0/I·1911
定　　价 / 79.00元

如发现印装质量问题，影响阅读，请与印刷厂联系：0539-2925659

即使是在最黑暗的时代中，我们也有权去期待一种启明（illumination），这种启明或许并不来自理论和概念，而更多地来自一种不确定的、闪烁而又经常很微弱的光亮。这光亮源于某些男人和女人，源于他们的生命和作品，它们在几乎所有情况下都点燃着，并把光散射到他们在尘世所拥有的生命所及的全部范围。

——汉娜·阿伦特

序

本书选择了九位诗人。他们的共同特点是身处于大变局的时代，用文学转化生命的痛苦，完成伟大的创造。

无论在学术上，还是在情感上，本书都会涉及一些艰难的主题。为此我选择了更为文学化的语言，想让语言的优美陪伴读者越过这些艰难。希望这是一本不在深度上打折，但又易于非专业读者阅读的书。

十年前，我在温哥华见到叶嘉莹先生的很多学生。他们中有艺术家、工程师、律师、金融从业者、受过良好教育的家庭主妇、正在攻读学位的理工科学生。他们的阅历、智识堪称丰厚，希望与古代诗人在生命深处对话，却被古典的文献、典故、词语阻拦。当叶老师耐心地帮他们移除最后的障碍，就把一枚枚金针交到了每个听课者的手中。古典文学因此成为他们可以利用的思想资源。近年来，我也遇到越来越多这样的读者。他们意识到自己亲身触及与古代诗人类似的生命问题，因而对古典诗歌产生了亲近的愿望。

文学应如何回应历史和现实中的真实问题，提出令人信服的证据和启发性的答案？在本书中，我做了三点尝试：第一，通读每位诗人的全集，提取诗人生命历程中复杂的细节和内在的矛盾，用丰满的生命故事代替靠代表作构建的扁平形象；第二，将文献校勘、文史互证等学术方法服务于"知人"的目的，还原出诗人心灵与现实冲突的现场；第三，对文本进行细读，解释在文学的坩埚中，生命到底经历了怎样奇异的转化。

书中写得最顺利的章节是文天祥，写得最困难的章节是李陵和吴梅村。我很多次感叹，英雄就是英雄。无需复杂的分析和写作技巧，只要从文天祥的诗歌中选出一些，按时间顺序排列呈现，生命的光辉即不言自明。欧阳修也给我类似的感受。但李陵和吴梅村，在阅读之时，我虽被他们更接近凡人的软弱和屈辱打动，但阐释起来就万分困难。原来凡人生命中微弱的光亮需要经过更复杂的折射和过滤才能呈现。

我想请求我的读者借古代诗人的眼中之光重看一遍自己的人生。我们能允许自己去向往文天祥和欧阳修那样的光亮吗？我们有能力去发现自己生命中如李陵和吴梅村那样的微光吗？

正书名中的"诗心"一词来源于《文心雕龙》的"文心"。顾随先生曾想作《诗心篇》。他认为"诗心"是作诗的第一念。诗的根本不是格律，而是生命精神的注入。人可以不作诗、不懂诗，但不能没有无伪、专一的诗心。在本书中，九位诗人投入到不同的时代和生命问题中，其真诚无伪的"诗心"焕发出各色光彩,组合成绚烂的光谱。

副书名"暗夜里的文学启明"来自汉娜·阿伦特《黑暗时代的人们》中的 illumination 一词。它使我想起电影《指环王》里的"暮星"。即使是在最幽深的黑暗中,暮星的光芒也永不衰退。那首咏唱它的主题歌 *May It Be*,曾在最艰难的时刻被我们默默传送,给彼此抚慰:

> May it be an evening star
> Shines down upon you
> May it be when darkness falls
> Your heart will be true

目录

i
序

001
屈原：
时间的焦虑

环形时间失落，线性时间诞生　004

屈原站在时代的门槛上　013

极端的美，极端的焦虑　017

向天国和历史中寻找永恒　024

回到未被污染的原初时间　031

在永恒门口跌入尘埃　036

043
李陵：
流亡的孤独

人背负着世界的恶意生活　047

李陵的三重孤独　059

"苏李诗"的"流亡性"　068

挺身承受的力量　080

曹丕：
乐极的哀情

建安二十二年的瘟疫　093

第一封信：贵公子的享乐时刻　097

第二封信：死亡与文学纪念碑　105

如墙头蒿草、风中高树　111

未有不亡之国，亦无不掘之墓　119

陶渊明：
生死的辨正

一个春日和一个夏夜　128

不再渴望天际的归鸟　136

归园田：野草深处是坟冢　148

一棵豆苗的生生之乐　158

重建生命　167

杜甫：
生活的慰藉

春天是一个奇迹　178

长安：鄜州月与水晶球　182

洛阳：紫荆树与"旧犬"　194

　　成都：老妻与鸬鹚　204

　　割掉"光明的尾巴"　213

223

欧阳修：
语言的力量

　　不再哀怨的贬谪诗　228

　　具有道德感召力的语言　238

　　青春：洛阳的狂生　245

　　永叔词：别离曲的热烈　253

　　晚年：与世界渐行渐远　263

　　四个无关的梦　271

279

李清照：
离失的史诗

　　《金石录后序》：洪迈的发现　283

　　南渡：时间忽然涌入　291

　　明诚与金石：残忍的减法　299

　　冒犯与解放　309

　　追忆文学的壮丽　318

文天祥：
英雄的省思

进入厓山的倒计时　335

零丁洋：蜃楼与血海　339

北行：迤逦的梦途　347

忽悟大光明　358

一枚苍耳的旅程　365

吴梅村：
艳诗的自赎

初见：秦淮最后的艳情　379

重遇："脆弱的力量"　387

诀别：此生终负卿卿　398

访墓：寻找美善与自由　406

小人物的心灵之光　413

后记

屈原：时间的焦虑

拥有时间这种抽象的概念是不快乐的。它将死亡的阴影投向距离死亡尚远的时候。《离骚》可能讲了另一种东西，即人们从神话时代进入理智时代时的震撼和手足无措。

在博尔赫斯最著名的小说《小径分岔的花园》中,他提出了"时间永远分岔,通向无数的将来"[1]的观念。

在这篇小说中,一个为德国人做间谍的中国博士余准,要去杀掉一个英国人。当余准到达这个英国人的住处,发现英国人是一位汉学家,正痴迷于研究余准的曾祖彭㝢的一部小说。这位神秘的曾祖在自己生命的最后十三年闭户不出,用一部小说建构了一座时间的无形迷宫。英国人谈到来自彭㝢的启发:

> 在大部分时间里,我们并不存在;在某些时间,有你而没有我;在另一些时间,有我而没有你;再有一些时间,你我都存在。目前这个时刻,偶然的机会使您光临舍间;在另一个时刻,您穿过花园,发现我已死去;再在另一个时刻,我说着目前所说的话,不过我是个错误,是个幽灵。[2]

博尔赫斯用这篇小说探讨了时间的观念,认为时间不再是线性的，而是网状的，每一种结局都是另一些分岔的起点。这种时间观被认为是后现代主义的。这篇小说也被认为是后现代文学的开创性作品。博尔赫斯是最早一批打破线性时间、制造时间迷宫的作者。他展现了人从现代社会走入后现代社会中的震撼感和手足无措感。博尔赫斯写出这些作品后半个世纪，东野圭吾、波拉尼奥等人的作品中，时间迷宫的感觉就变得司空见惯了。

博尔赫斯也说："我相信柏格森说过：时间是形而上学的首要问题。这个问题解决好了，一切都迎刃而解。我认为，幸亏世界上没有一种危险能得到化解，意思是说，我们将永远焦虑不安。"[3]在两个时代交界之处，往往会产生第一流的创作者，而他们的作品对于同时代的人来说，常常显得不可理解。这是因为他们比其他人更早、更多地感知到社会的变化、观念的冲突。屈原就是一个这样的作者。

在屈原生活的年代，他的国人感觉不到新时代的颠覆性；在屈原身后，他的阐释者对屈原所处的旧时代感到陌生，所以难以理解屈原的矛盾。屈原虽然获得了长久的纪念，但他的形象变得越来越陌生。人们将他看作一个高尚得无法理解的人物，并因此原谅他的古怪。

环形时间失落，线性时间诞生

屈原生活在公元前四到前三世纪的楚国。这个时候，中原地区已经进入理性时代，而楚地还带有很多神话时代的色彩。楚地的神秘性一直到沈从文写《边城》的时代还存在。在屈原的时代，楚国的巫和史还没有分家，掌管国家事务、氏族传承、神鬼祭祀和宗教礼仪的是同一个人。[4]据现代学者考证，屈原担任的三闾大夫，就是主管这些事宜的。[5]他可以说是一个站在神话时代和理性时代之间的门槛上的人。博尔赫斯是阿根廷国家图书馆馆长，屈原那个时代虽然还没有图书馆这种东西，但巫史就是整个王国大部分知识的掌管人，这就解释了为什么《离骚》中有那么多神灵、草木和历史人物的名字。[6]

根据汉代王逸《离骚经序》的说法，屈原任三闾大夫的职务，掌管王族的昭、景、屈三姓，入内则与楚王谋划政事、起草诏书，出了宫室，就着手监察群臣、应对诸侯的具体事务。[7]楚怀王十年（前319）左右，屈原二十多岁时，就因为为楚国联合诸国抗秦，而被任命为左徒[8]，直接负责外交，后来两次出使齐国。正是在与中原文化交通的过程中，屈原遇到了问题：与中原诸国外交，需对中原之历史有相当的了解，对中原之辞令有娴熟的运用；处理合纵关系，更需对中原君臣的思维方式有精准的把握。中原从公元前五世纪前后开始，儒家对鬼神之事采取"敬鬼神而远之"的态度[9]，《尚书》中即已除却了"天"的存在。《春秋》的伦理史观成为叙述历史变迁、解释王朝兴衰的主流逻辑。这给掌管楚国上古神话及鬼神祭祀的屈原带来了巨大的冲击。屈原越来越难以将神话系统、历史系统、现实系统三者统一起来。世界观和认识论上的断裂使屈原成为楚国最早的一位精神流亡者。

《圣经》中说，亚当和夏娃因为吃了知善恶树上的果子，获得了智慧，所以眼睛明亮[10]，看到了自己的裸体，因此他们被驱赶出了伊甸园。屈原也被他独有的智慧所累，被驱逐出了神话时代的伊甸园。

神话时代的伊甸园是什么样子的？神话时代是人类第一个文明时代[11]，在神话时代之前，人仅仅是动物。对于动物来说，时间是不存在的。我家的小狗黄发财从来没有什么时间的焦虑，你什么时候去看它，它都是一副安处于当下的样子。

可是到了神话时代，人们就开始焦虑起来。因为人们首先是根据生活经验发现，好像所有人都是按照同样的顺序，从吃掉第若干只田鼠开始，牙齿就越来越晃动，越来越跑不过土狼。在生育最后一个孩子之后不久，这个人就死了。1984年，人类学家J. 劳伦斯·安杰尔的研究表明：在2.5万年前的旧石器时代，狩猎-采集者的平均寿命约为35.5岁[12]；日本学者本川达雄在《生物文明论》中，认为日本绳文时代（约前12000—前300）的平均寿命是31岁[13]；而中国学者李法军考察新石器晚期的姜家梁遗址，得出的结论是平均寿命为34.06岁[14]。与对寿命的知觉同时发生的，是对时间的发明，而人类的生老病死，即系于时间之中。

拥有时间这种抽象的概念是不快乐的。它将死亡的阴影投向距离死亡尚远的时候。人类怎样来缓解这种时间的焦虑？靠另一项发现，即自然的时间节律。

人类用"时间"这种抽象工具去认识万事万物，于是发现，春夏秋冬是按顺序运行的。草木黄落之后，经过吃掉若干只田鼠的时间，新的草木又长出来了；再吃掉若干只田鼠，田里就没有田鼠了，田鼠变成了鹌鹑；再吃掉若干只鹌鹑，草木又黄落了。这些事都记载在《礼记·月令》里：

> （季春之月）桐始华，田鼠化为鴽，虹始见，萍始生。……
> （季夏之月）温风始至，蟋蟀居壁，鹰乃学习，腐草为萤。……
> （季秋之月）鸿雁来宾，爵入大水为蛤，鞠有黄华……
> （孟冬之月）水始冰，地始冻，雉入大水为蜃，虹藏不见。……[15]

翻译：

> （春天的最后一个月）梧桐开始开花，田鼠变成鹌鹑类的小鸟，彩虹出现了，池塘里有了浮萍。……
> （夏天的最后一个月）暖风开始吹来，蟋蟀住在墙隙里，小鹰学习飞翔，腐草变成萤火虫。……
> （秋天的最后一个月）大雁飞来，黄雀跳进海里变成蛤，菊开出黄色的花……

屈原：时间的焦虑

（冬天的第一个月）水开始结冰，地面开始冻结，野鸡跳进海里变成大蛤，彩虹藏起。……

在《礼记·月令》里，还有很多这样的变来变去。这来自对自然准确的观察和不准确的解释。直到今天，很多人仍然相信，在冬虫夏草身上发生的不是真菌对幼虫的寄生，而是动植物之间神奇的转化。这也是神话时代原始思维的遗留。原始人观察到，动植物这样变来变去，但自然没有变。好像从这个世界上失去的一切，都会隔着季节在未来回归。这使原始人自然而然地相信，生命能在死后复活。作为这一思维之佐证的，就是各种文明所共同具有的"复活神话"。

> 我相信，在我们探讨的过程中，我们已经表明还有一个自然现象也和日出日落一样适合于死亡与复活的观念，事实上，民间习俗就是这样看待它、这样表现它的。这个自然现象就是植物每年的生长与衰谢。古代的普遍意见（虽然不是全体一致的意见）都以一种有力的理由把奥锡利斯的死亡解释为植物衰谢而不是日落。[16]

既然田鼠能变成鹌鹑，腐草能变成萤火，那么人类牙齿掉光，甚至死去也没有什么可怕。那些死去的人一定会变成另一种样貌，在未来再来到这个世界。这样变来变

子弹库帛书完帛蔡修涣摹本，引自蔡季襄《晚周缯书考证》，1945年，图版第1页

去、循环往复的时间观念，就是环形的时间观。巧的是，我们真的有一份资料，能看到这个环。

1942年出土于湖南长沙子弹库楚墓的楚帛书，现藏于美国史密森国家亚洲艺术博物馆（National Museum of Asian Art）。子弹库帛书有一串很精彩的故事，三天三夜也讲不完，可以去看李零的《楚帛书研究（十一种）》。陈梦家推测，子弹库楚帛书大约产生于公元前350年前后。[17]而关于屈原出生时间的说法，集中在公元前340年左右。[18]我们可以认为，这件帛书表达的就是屈原那个时代的时间观。楚帛书中间八行一段文字，讲的是创世神话；十三行一段，讲的是天神如何根据人类的敬与不敬，施予吉凶报应；而楚帛书周围的一圈，其中十二个人像就是十二个月神，边文则写了本月的宜忌。据李学勤考证，这十二个神的名字与周人文献《尔雅》中的十二个"月名"是相同的。[19]这头尾相接的十二月神，加上四角的四种植物，表示四季往复、植物更替的时间循环。在这种时间观下，人确实可以将自己的生命看作和植物一样，相信它会"野火烧不尽，春风吹又生"（白居易《赋得古原草送别》）。

如果人的生命真的和春夏秋冬一样循环往复，我们肯定很快乐。因为万物各处其位，各安其时，就没有什么事需要人类操心。这就像学校的食堂六点开始卖早饭，很努力四点就跑过去了也没有饭吃，所以额外的努力是没有必要的，重要的是根据自然的节奏行事。个人生活是如此，部落行事也是如此。《礼记·月令》里面讲得清清楚楚，人间出现什么灾祸，是因为什么事做错时间了。人们就按照这些规定踏踏实实地生活着：

> 是月也，命乐正入学习舞。乃修祭典。命祀山林川泽，牺牲毋用牝。禁止伐木。毋覆巢，毋杀孩虫、胎、夭、飞鸟，毋麛毋卵。毋聚大众，毋置城郭。掩骼埋胔。是月也，不可以称兵，称兵必天殃。兵戎不起，不可从我始。毋变天之道，毋绝地之理，毋乱人之纪。
>
> 孟春行夏令，则雨水不时，草木蚤落，国时有恐。行秋令，则其民大疫，猋风暴雨总至，藜莠蓬蒿并兴。行冬令，则水潦为败，雪霜大挚，首种不入。[20]

翻译：

这个月（孟春正月），命乐正进入国学教授舞蹈。有关官员修订祭祀的典则。祭祀山林川泽，祭品不用母兽。禁止砍伐树木。不得毁坏鸟巢，不得杀死幼虫、胎兽、刚出生的动物、初飞的小鸟，不得捕杀小兽，不得掏取鸟卵。不得聚集大众，不得建置城郭。要掩埋枯骨腐肉。在这个月里，不得举兵征伐，举兵必遭天谴。不得打仗，不得主动发起战争。不要逆天道而行，不要违背地理，不要搅乱人伦纲纪。

若在正月里发布夏天的命令，雨水就不会按时到来，草木早落，国内时有惊恐之祸事出现；若发布了秋天的命令，则有大瘟疫、旋风暴雨、藜莠丛生等祸事出现；如果发布了冬天的命令，就有洪水泛滥、霜雪大至、头番的种子无法播下的祸事出现。

公元前350年左右，中原的民间生活中虽然还信仰循环的时间观，但在国家事务层面，另一种时间观却成为主流。在内政外交层面，国家更多从现实利益角度考虑，天命只作为迟疑不定时的辅助性参照或用来平息异议的说辞；在历史书写层面，则以史官而不是巫史来记录历史，而且主要记录内政和外交[21]，而非鬼神之事。可是人们观察与记录的重点一旦从天人感应的蛛丝马迹转移到现实事务的切实证据，就会发现时间再也不能按照春夏秋冬、草枯草荣的逻辑循环了。总的来说，时间上离观察与记录者越近的事物越为人所熟悉，而越远的事物则越显陌生和怪异。一种崭新的时间观登场了，这就是线性时间观。与这种时间观匹配的，是历史而非神话。

如果我们去看代表中原文化的《诗经》，就会发现，里面有以环形时间观讲农事的《七月》，又有以线性时间观讲历史故事的《长发》《殷武》。在世界各国的文学中，总体来说，环形时间主要出现在神话中，暗示这个世界有一个终极的照管者，或遵守某种固定的秩序；线性时间则从史诗开始，暗示人被神抛弃后，孤独无措地在世上存在。连托尔金的《魔戒》都要设定一个环形时间失落之后破破烂烂的中土世界。

文学作品中常有对线性历史时间的拒斥。比如陶渊明的《桃花源记》，洞中那个"乃不知有汉，无论魏晋"的村庄，就是集体放弃了历史时间。英国詹姆斯·希尔顿的小说《消失的地平线》中与世隔绝的香格里拉也是如此。

为什么人们会拒斥线性的历史时间？因为它把神话时代的人好不容易建立起来的、对生老病死的防御打破了。本来人们把自己看作和植物差不多的存在，只要各处其位，各安其时，就不必害怕死亡。可是环形的自然时间被打破后，死亡就意味着真的回不来了。对于活人，上天也不再主持善恶的审判。生死、善恶两个问题就此摆在了人的面前。诸子百家无一不需思考这些问题。对于中原士人来说，这些思考是系统性的，是群体共同承担的。在依然处于神话时代的楚国，屈原需要一个人去面对。这造成了屈原的痛苦、孤独和分裂。

屈原站在时代的门槛上

历史时间对自然时间的打破，呈现在《九歌》中，就是各种时间错乱。一般认为《九歌》是屈原在楚国神鬼祭祀的乐歌基础上修改的，但它和所有宗教中用来祭祀神灵的歌曲都不一样。一般宗教之中的神灵都是全能或万能的，可是在《九歌》里，我们看到各种失败的神，他们的失败也表现在时间的错乱上。

在《湘君》和《湘夫人》这两首对称的《楚辞》中，

湘夫人驾驶着龙形的木船,到达了洞庭和涔阳的边境,没有找到湘君。湘君在水上建造了桂栋兰橑的屋宇等待湘夫人,完工之时,九嶷山的神灵纷至沓来,而湘夫人没有来。两人在湘水上互相错过,误以为对方不忠诚、不信实,最后各自将佩饰和衣物抛至水中作别。《山鬼》中,在云雾舒卷的山巅,山鬼等待着她的情人,怨恨他不肯回来,疑心他已经变心。在近乎永恒的等待中,雷填填,雨冥冥,山中的时间也变得晦暗不明。《国殇》中,年轻的小伙子都一个个在不该死的年龄死了。他们带着长剑和秦弓,走向没有尽头的平原,在那里身首相离,魂魄远行。一切都不安其时,不处其位,正是《九歌》艳丽荒凉之感的来源。

在神话起效的时代,祭祀乐歌中不应该有这么多的遗憾和哀伤。只有当神话时代处于失落的进程中,祭祀乐歌中才会呈现出那么多的时间错位、失序,以及那么多能与凡俗人类共情的忧伤。它不是神秘主义的,而是人文主义的。两千多年来,人们非常喜欢《九歌》中哀伤的美,甚至现代舞团体"云门舞集"最重要的作品就是《九歌》,这正是对失落了的神话时代的追念。

历史时间对自然时间的打破,怎样呈现在《离骚》里呢?《离骚》最鲜明的特征就是"众芳芜秽"[22]。它形成的最重要的诗学传统就是"美人香草"。"众芳芜秽"是说所有的芳草都凋落了。《离骚》前三分之一最重要的事就是这个花凋落了,那个花也凋落了。"美人香草"又是什么呢？后来的人在解释《离骚》时，说《离骚》是一个寓言，里面写到各种香花美草时，其实都是写人短暂的生命；写到神女佳人时，其实都是写美好的理想。既然《离骚》里写的就是各种香草的凋零、各种美人的迟暮，那么它表达的就是君子在坏时代里受到的各种不公正的待遇，以及生命价值的落空。

最早提出这种观点的是汉代的王逸：

> 《离骚》之文，依《诗》取兴，引类譬谕，故善鸟香草，以配忠贞；恶禽臭物，以比谗佞；灵修美人，以媲于君；宓妃佚女，以譬贤臣；虬龙鸾凤，以托君子；飘风云霓，以为小人。其词温而雅，其义皎而朗。凡百君子，莫不慕其清高，嘉其文采，哀其不遇，而愍其志焉。[23]

这样一解释，《离骚》就变得和儒家经典大义差不多，便也可以称为"经"了。王逸的这套思维方式，对后来中国诗歌的创作有很大的影响。好的影响是，诗人们发现如果他要讲自己对社会政治不满，或对自己的命运不满，可以用这些花花草草的方式来写。陈子昂就写过"兰若生春夏，芊蔚何青青。幽独空林色，朱蕤冒紫茎。迟迟白日晚，袅袅秋风生。岁华尽摇落，芳意竟何成"（《感遇诗三十八首·其二》）。全诗看起来像在写植物，可是所有受过中国诗歌教育的人都知道他写的是自己仕途不顺的事。坏的影响是，既然因为香花美草、美人神女都可以读成政治抱负，那么很多原先并不是写政治抱负的诗也就被解读成了政治诗，比如《毛诗序》将《诗经·关雎》解释为咏后妃之德[24]，而清代著名的词学家张惠言将温庭筠的词"小山重叠金明灭，鬓云欲度香腮雪"（《菩萨蛮·小山重叠金明灭》）解读为"感士不遇"[25]。这种思路带来了对艺术的窄化，其实也是政治对艺术的吞噬。

有些人感到政治性的解读也许不是《离骚》的唯一读法，也不一定要把它当作一个讲怀王昏庸、忠臣不得志的文本，因为一个文本不是因为讲这些就变成伟大文学作品的。但在古代，人们一般不太敢直接对抗儒家对《离骚》的政治化解读，而读书人又都很有"分裂"的能力。他们一边说屈原是符合儒家理想的君子，一边又在其他作家写作光怪陆离的作品时，评价这个作品很像《离骚》，并不去处理光怪陆离和儒家君子的形象是不是统一的问题。比如李贺，并不是一个主要写作爱国诗歌的诗人，他对想象世界的兴趣远远大于现实世界，杜牧却在《李贺集序》中称赞他是《离骚》真正的后继者：

  皇诸孙贺，字长吉，元和中韩吏部亦颇道其歌诗。云烟绵联，不足为其态也；水之迢迢，不足为其情也；春之盎盎，不足为其和也；秋之明洁，不足为其格也；风樯阵马，不足为其勇也；瓦棺篆鼎，不足为其古也；时花美女，不足为其色也；荒国陊殿，梗莽丘垄，不足

为其恨怨悲愁也;鲸呿鳌掷,牛鬼蛇神,不足为其虚荒
诞幻也。盖《骚》之苗裔,理虽不及,辞或过之。[26]

神话学研究和考古发现都支持,《离骚》可能讲了另
一种东西,即人们从神话时代进入理智时代时的震撼和手
足无措。

极端的美,极端的焦虑

在环形的时间观中,田鼠会变成鹌鹑,腐草会变成萤
火虫,柳叶会变成鱼。日升日沉,春去秋来,生命周而复
始,十分从容。但是在《离骚》中,最前的五句就打破了
这种环形的时间观,而带有巨大的时间焦虑。

> 帝高阳之苗裔兮,朕皇考曰伯庸。
> 摄提贞于孟陬兮,惟庚寅吾以降。
> 皇览揆余初度兮,肇锡余以嘉名。
> 名余曰正则兮,字余曰灵均。
> 纷吾既有此内美兮,又重之以修能。[27]

先看前两句。

"帝高阳之苗裔兮,朕皇考曰伯庸",介绍自己的祖宗
是远古的大德高阳帝,也就是颛顼。自己已经过世的父亲

是伯庸。伯庸并不是屈原之父的真实名字。王逸在《楚辞章句》中说："屈原言我父伯庸,体有美德,以忠辅楚,世有令名,以及于己"[28],可见他认为"伯庸"二字是对屈原父亲德操的描述。屈原与楚王同姓,屈原为芈姓屈氏,楚怀王为芈姓熊氏。"伯庸"这一描述意味着屈原之父是屈姓中身为长子(伯)且功绩卓著(庸)的。这两句以历史叙事的逻辑来写屈原血缘正统,世系清楚。

"摄提贞于孟陬兮,惟庚寅吾以降"讲的是屈原出生的特殊时间。"摄提贞于孟陬"用了古代的摄提格纪年的律法。孟陬是正月。摄提星在正月里出现,是指寅年寅月。"惟庚寅吾以降",是说出生时也是寅日。寅年寅月寅日是正阳吉日,而且这样的机会六十年才出现一次。因为出生在这样特殊的日子,所以屈原认为自己的人生使命必然与一般人不同,这就回到了《礼记·月令》那种物类相感的逻辑。

在现代社会,父母为孩子取名的依据是对这个孩子的希望,在古代宗法社会,父母为孩子取名的依据是这个孩子的辈分,而屈原的名字来自天命。"皇览揆余于初度兮,肇锡余以嘉名"是说屈原的父亲仔细地研究了他出生的时间(初度),解读出这个婴儿出生在这个时间,到底是带着什么特殊的使命而来的,然后赐给他一个美好的名字。

父亲到底从屈原的生辰里看出了什么呢?这句有点奇怪,像个字谜。"名余曰正则兮,字余曰灵均。"我们知道屈原名平,为什么说"名余曰正则"呢?因为"正"的意思就是"平","则"的意思就是效法,"正则"的意思就是效法最平正的那个事物，也即天。至于"灵均"，"灵"就是神灵，"均"就是均匀，能均匀养育万物的，只有大地，也即"原"。

现代社会假设人生来没有给定的意义，个体要去寻找属于自己的意义；宗法社会中，人生的意义是由君臣父子的伦理关系给定的；神话社会中，人生的意义通过天人感应，由上天的启示获得。所以屈原一生下来就被告知，上天通过独特的生辰给予了这个婴儿要像苍天一样公正，要像大地一样养育子民的任务。这个任务还被他父亲用命名的方式强化了。这是神话思维。

屈原完全相信他的身份如此不凡，使命如此特殊，因此不太可能有"举世皆浊我独清，众人皆醉我独醒"的感慨。虽然"众人皆醉我独醒"的故事出自《楚辞·渔父》，但现代学者一般认为它是后人伪托的，也从文献上证明了这并非屈原自述。这就像《魔戒》里，迈雅承担迈雅的责任，精灵承担精灵的责任，人承担人的责任。甘道夫是迈雅，从来不会感慨人类和矮人"众人皆醉我独醒"。这才是神话中应有的等级思维。但到司马迁写《史记》时，在《屈原贾生列传》中已将此事当作事实陈述，可见至迟到西汉时代，人们就很难理解屈原的天命观念了。

在此基础上，屈原总结"纷吾既有此内美兮，又重之以修能"。"内美"是先天给定的条件，即血统和天命；"修能"则是修身养性、读书明理等后天修为。二者的逻辑关系是，因为先有了"内美"，要对得起它，才需要额外增添

"修能"。屈原作为楚国贵族，世袭巫史的职位，且携带天命而来，所以才有可能和有机会修养自己的智慧和德行。这一逻辑亦符合原始社会的情况。在一个部落中，对智慧的追求是单独属于某一角色，如巫师或智慧老人的，普罗大众并不具有这种诉求。

有趣的是，当屈原确定了自己的"美"之后，随之而来的是强烈的时间焦虑：

> 扈江离与辟芷兮，纫秋兰以为佩。
> 汩余若将不及兮，恐年岁之不吾与。
> 朝搴阰之木兰兮，夕揽洲之宿莽。
> 日月忽其不淹兮，春与秋其代序。
> 惟草木之零落兮，恐美人之迟暮。

佩戴香草是象征内心之美，可为什么一戴上香花美草，屈原就要说来不及？"汩余若将不及兮，恐年岁之不吾与"中间的"汩"是水流的样子。屈原忽然意识到，河水与时间一样，是往一个方向流动的，并不像《礼记·月令》和楚帛书中那样是循环的，因此他面对这些香花美草时就失去了从容的态度。他发现花草快速地枯萎，枯萎之后没有重生。他也联想到了自己的生命"恐年岁之不吾与"，意思是"恐怕上天给我的时间也已经所剩无几了，而且也不会再给了"。

"汩"强调了"流逝"的本意。面对时光一去不回头的恐慌，屈原感受到的是"朝搴阰之木兰兮，夕揽洲之宿莽"。这句话一般只翻译成"早上采摘山上的木兰，晚上揽取河里的宿莽"，但其关键却在"木兰"和"宿莽"两种植物的秉性之中。木兰是初春最早开放的花。宿莽是冬天也不凋零的草。将二者置于"朝""夕"连缀的一日之内，屈原是在说，我今天早晨在山上采摘木兰时，还觉得是初春，而到了傍晚，就已经到了万物凋零的冬天，只剩水边的宿莽可以揽取。正因为一日之间经历了四季，所以才有接下去的一句"日月忽其不淹兮，春与秋其代序"。

如果春与秋是循环的，那等待腐草成萤，死后重生就好了。可是屈原意识到了时间的线性，不再相信重生。当他思量（惟）草木零落这个事实时，立刻意识到，人的生命遵循着同样的逻辑，必将走向迟暮之年。

环形时间破产了，屈原成为了第一个为草木黄萎感到彻彻底底悲伤的诗人。《离骚》里写了那么多草木，没有一处有类似于"离离原上草，一岁一枯荣。野火烧不尽，春风吹又生"（白居易《赋得古原草送别》）的意思。屈原知道，不会再生了。

在"惟草木之零落兮，恐美人之迟暮"之后，屈原重复地写了很多遍这样的话。比如：

> 余既滋兰之九畹兮，又树蕙之百亩。
> 畦留夷与揭车兮，杂杜衡与芳芷。
> 冀枝叶之峻茂兮，愿俟时乎吾将刈。

> 虽萎绝其亦何伤兮,哀众芳之芜秽。

屈原写了一种绝望的努力。他种植了多种香花美草,费心地照管它们,期待丰收,却也哀叹它们必将凋落。这种悲哀是绝对的,所以屈原说:如果仅仅是我所种植的这些花草会凋落有什么关系,悲哀在于,这世界上一切的美都会消亡。

如果我们记得,"美"这个主题不是在屈原开始写花草时才引入的,《离骚》一开始就关乎屈原的"内美",就可以理解屈原为何在"众芳之芜秽"中看到了自己命运的前景:

> 老冉冉其将至兮,恐修名之不立。

人之"老冉冉"即花之"芜秽"。于是屈原重申这毁灭到来的迅速:

> 朝饮木兰之坠露兮,夕餐秋菊之落英。

这两句与"朝搴阰之木兰兮,夕揽洲之宿莽"一样,也是讲时间的直线、迅速和残忍。早晨我还能喝到初春木兰上的露水,傍晚就已经是秋天了。不但没有木兰,连秋菊也已凋落。"秋菊之落英"并不是完全高洁的象征,而是已带有"芜秽"的色彩。秋花之瓣已经枯萎、掉落,甚至沾上泥土,但屈原已别无选择,只能勉强吞下。

这食物已不够滋养，使屈原消瘦。他尽量自我安慰，随即以更大的紧迫感收拾起花草的残骸：

> 擥木根以结茝兮，贯薜荔之落蕊。
> 矫菌桂以纫蕙兮，索胡绳之纚纚。

九畹兰蕙现在已所剩无几，屈原用草茎串起白芷和薜荔的落花，用胡绳编成流苏。屈原要把这仅剩的芳馥戴在身上，因为这世上已没有它们的存生之地了。这是对凋落的时间之花的珍惜。

是什么让屈原意识到环形时间破产了呢？《离骚》的前三分之一除了香花美草，只讲了一件事：大量按理应该被奖赏的事都没有被奖赏，应该被惩罚的事都没有被惩罚。他絮絮叨叨地举了一大堆例子后，问了一个问题：

> 皇天无私阿兮，览民德焉错辅。
> 夫维圣哲以茂行兮，苟得用此下土。
> 瞻前而顾后兮，相观民之计极。
> 夫孰非义而可用兮，孰非善而可服。

《毛诗故训传》讲对天的多种称法："尊而君之，则称皇天；元气广大，则称昊天；仁覆闵下，则称旻天，自上降鉴，则称上天；据远视之苍苍然，则称苍天。"[29] 这是说，古人运用什么名字来称呼天，取决于对天的不同看法及要

屈原：时间的焦虑　023

强调的方面。《诗经·黍离》中的"悠悠苍天,此何人哉"是说西周败亡、周平王东迁之后,天去人已远,已不像西周之时那样监临万物,主持正义,因此人们呼告无主,成为没有神照管的弃民。

此处屈原仍将天称为"皇天",依然尊而君之,希望过去的世界秩序可以继续。他的信念是皇天没有私心,会挑选有德行的人委以重任,根据不同的禀赋来辅佐自己。只有拥有"圣哲"和"茂行"的人,才会被授予掌管下土的职责。但是他考察前代与当代的历史,却发现事实是权力常常掌握在不善、不义之人的手中。

社会现实和信念发生了重大的冲突。如果我们还记得《礼记·月令》中那些不按天时、不听天命就要遭到天惩的戒条,就能够理解当屈原在历史中观察到这些不义之事并未得到天惩时的震惊。对此,玄幻电影中常常有所表现:部落中那个通过魔法石观察世界的智慧老人首先发现,神谕不灵了,时间不再具有自我更新的功能,世界彻底堕落了。随着这一体验到来的视觉影像,就是时间加速运行,花草加速枯萎,人加速老化。

向天国和历史中寻找永恒

如果真的是在现代电影中,当智慧老人发现神谕不灵、魔法石碎裂之后,他会怎么办?一次跋涉天路、求见

《人物御龙帛画》复制品，图片提供：视觉中国

天神的苦旅就要开始了吧。《离骚》也是如此。

> 阽余身而危死兮，览余初其犹未悔。
> 不量凿而正枘兮，固前修以菹醢。
> 曾歔欷余郁邑兮，哀朕时之不当。
> 揽茹蕙以掩涕兮，沾余襟之浪浪。
> 跪敷衽以陈辞兮，耿吾既得此中正。
> 驷玉虬以桀鹥兮，溘埃风余上征。

屈原发现，他现在的处境极其危险。历史上与他有过类似处境的人都被做成了肉羹。他哀叹没有赶上三皇五帝的好时代，但同时又不为初心后悔。用蕙草擦干眼泪后，他跪下向上天祝祷。既然关于光明和中正的信念已经深植于屈原心中，哪怕与世界冲突，他也宁愿踏上求索的旅途。

屈原驾驶玉龙和凤凰猛然飞起，大地上随即刮起风尘。前文屈原吐槽各种历史例证时絮絮叨叨，但到这里，忽然清气上升，浊气下沉，带有终于要离开这乱七八糟的人间的爽利之感。而且，有一件文物在现代出土，可以使我们对"驷玉虬以桀鹥兮，溘埃风余上征"这两句有额外的感觉。1942年出土了楚帛书的长沙子弹库楚墓，在20世纪70年代又进行了一次发掘，发现了一件之前漏掉的文物，就是现藏于湖南博物院的战国《人物御龙帛画》。这幅帛画上的人物头戴高冠、腰佩长剑，完全如同《九章》

中的自述"带长铗之陆离兮，冠切云之崔嵬"，而他驾驶的龙凤正随云腾空。这幅帛画平放在椁盖板下方与外棺上方的隔板上面[30]，大多数学者认为它是导引死者灵魂升天的灵幡。因为长沙子弹库楚墓的封墓时间约在屈原的青少年时，所以不可能是灵幡受到《离骚》的影响，而必然是《离骚》受到当时丧葬仪式的影响。在灵幡之上，驾驶龙凤飞升的形象意味着离开生之世界，奔向死之世界，我们也可联想，屈原"驷玉虬以椉鹥兮，溘埃风余上征"时，其实也带有一去不回，走向死亡的悲壮。

《离骚》从这个地方就变得很好看了。

> 朝发轫于苍梧兮，夕余至乎县圃。
> 欲少留此灵琐兮，日忽忽其将暮。
> 吾令羲和弭节兮，望崦嵫而勿迫。
> 路曼曼其修远兮，吾将上下而求索。

下面我们就迎来了《离骚》中最精彩的段落。屈原迅速飞升，一会儿在世界最西面太阳洗澡的咸池饮马，一会儿又到世界最东面太阳升起之地的扶桑，让驾驶月亮车的神灵望舒给他开道，又让雷神丰隆给他传令。

屈原似乎认为他必须在一日之内找到答案，所以拜托驾驶日车的神羲和一旦看到日落处的崦嵫山就把车速放慢。屈原本人却鞭策凤凰更疾速地飞行，以超越时间的速度去跨越日夜的边境。巨大的焦虑驱使着屈原燃烧起生命

屈原：时间的焦虑

的热力，以拼死一搏的气势去对战时间的奔流，用赢来的时间逼近天国。于是守卫天国的风旋被惊动了，它们在滚动中融合，变得越来越庞大，向屈原扑来。云和霓也被吸了进去，在飓风之中被撕碎又聚合，使风旋上下闪烁着陆离的光斑。何等骇人的景象。

> 吾令凤鸟飞腾兮，继之以日夜。
> 飘风屯其相离兮，帅云霓而来御。
> 纷总总其离合兮，斑陆离其上下。
> 吾令帝阍开关兮，倚阊阖而望予。
> 时暧暧其将罢兮，结幽兰而延伫。
> 世溷浊而不分兮，好蔽美而嫉妒。

有两位现代学者在这个部分有了非常重要的发现，一位是20世纪50年代在美国加州大学伯克利分校工作的陈世骧，一位是曾在日本京都大学执教的小南一郎。陈世骧的论文《"诗的时间"之诞生》中说，屈原如此急速地驱使一切，想要赶在时间之前到达天国，他也真的赶到了，这时候出现了一个喜剧性的角色"帝阍"，就是天国的守门人。英国汉学家霍克思把"帝阍"翻译成"天国的粗汉子"，而这个粗汉子带着冷漠、傲慢、想要讨一点油水的态度，不想给屈原开门，他只是靠在门上懒懒地看着屈原，完全不在意屈原是何等拼命才挣得这一线的时机。陈世骧注意到，当天国的时间也被污染了的时候，《离骚》的高潮就结束了。

> 在这儿与在下面的尘世已没有区别了。……与此同时，曾驱使他陷于失望的人生如寄之感，现在又极其强烈地催促他上路追索。因为紧接着便是一句富于灵感的诗句：时暧暧其将罢兮……[31]

小南一郎看到的是，屈原在天国的门口没有进得去之后，就到处去寻找神女。他先到了东方春神的花园，又去找了高丘的神女、洛水的宓妃、上古有娀氏的女儿、有虞氏的女儿。

找女神做什么呢？他要将最后的时间之花交托给其中一位。屈原在意识到环形时间破产之后，面对众芳芜秽的世界，曾用草茎串起地上的落花，将之佩戴在身上保存。当他在东方春神的花园里看到那作为无机物的、永不凋落的玉质之花，他找到了芳馥与永恒的统一。因此屈原将玉质之花折下，连接在他随身携带的、越来越枯萎的花草佩饰上。然而他知道这只是暂时延缓了凋落。他要将这最可珍惜的美交到一位相配的神女手中：

> 溘吾游此春宫兮，折琼枝以继佩。
> 及荣华之未落兮，相下女之可诒。

小南一郎注意到，这些神女都出自商王朝的始祖神话，而且一个比一个时代古老。也就是说，屈原是向时间的反方向走，往历史的源头去寻找的。因为在线性的历史时间中，屈原体验到时间在往"众芳芜秽""美人迟暮"的堕落方向运行，造成枯萎、死亡和失序，因此他想要逆转时间的方向，回到"昔三后之纯粹兮"的源头，那么芜秽状态中的花草的命运与世界的命运也许还能挽回。但在这段旅程中，屈原仿佛与这些神女之间隔着平行空间的透明壁垒。神女依然按照她们在历史上的记载，做着自己的事，完全意识不到屈原的到来。

> 吾令丰隆椉云兮，求宓妃之所在。
> 解佩纕以结言兮，吾令蹇修以为理。
> 纷总总其离合兮，忽纬繣其难迁。
> 夕归次于穷石兮，朝濯发乎洧盘。

屈原去找洛水的宓妃，雷神丰隆为他开路，上古伏羲氏的大臣蹇修为他做媒。屈原像"捐余袂兮江中，遗余褋兮澧浦"（《九歌·湘夫人》）的湘君一样赤诚，将那系上了琼枝的佩纕解下作为信物相赠。可是宓妃的神色与心意多变而朦胧，屈原甚至再次使用了他描述云霓一遍遍被撕碎又聚合的诗句"纷总总其离合兮"来讲宓妃的难以捉摸。她并不为屈原所打扰，就像被囚禁在历史中一样，一遍遍做着同样的事，夜间去穷石山野幽会后羿，天亮时又若无其事地出现在她丈夫所居的洧盘河畔洗发梳髻。

天国的门进不去，女神又不理会他的求告。日色越来越惨淡，屈原试图在天上找回时间秩序的愿望又破产了。

> 闺中既以邃远兮，哲王又不寤。
> 怀朕情而不发兮，余焉能忍与此终古。

那些神女锁闭在已经去之甚远的时间中，曾经贤明的君主也沉睡不醒。"朕情"指屈原内心的一切冲突和渴望。"终古"则带有结束和永不结束的双重意思。携带着这些冲突和渴望，生命就变成了无解的。无论是就此了结，还是永生不死，生命都失败了。

回到未被污染的原初时间

《离骚》的第一部分是人的世界，第二部分是神的世界，第三部分却是从巫术开始的。屈原寄予天国的激情和希望被一种古怪、绝望甚至荒诞的氛围所代替：

> 索藑茅以筳篿兮，命灵氛为余占之。
> 曰两美其必合兮，孰信修而慕之？
> 思九州之博大兮，岂唯是其有女？
> 曰勉远逝而无狐疑兮，孰求美而释女？
> 何所独无芳草兮，尔何怀乎故宇？

屈原：时间的焦虑　031

屈原找来了蘼茅和细竹,让女巫灵氛为他占卜。灵氛乐观得几乎不合时宜。她对屈原说,九州如此博大,为何必须在这个世界寻找?哪里没有芳草,为何只肯在故乡徘徊?既然道理是美和美必将汇合,那你只需要走就好。走得更远一点,更坚定一点。你寻找的美善的对象必然也在寻找你。

"勉远逝而无狐疑兮",灵氛简直像老祖母在敲打优柔寡断的孙子,让他不要哭鼻子了,赶快上路。屈原被这种没道理的乐观打动,但觉得不敢相信,于是巫咸来了。为了迎接这位高级巫师降临,九嶷山的神女穿着盛装鱼贯而列;其他神族更是遮天蔽日。连皇天之灵都闪着光现身,告诉屈原要听巫咸的话。巫咸的乐观更甚于灵氛,他告诉屈原:"去努力上下求索,去找与你有共同准则的人。"

> 欲从灵氛之吉占兮,心犹豫而狐疑。
> 巫咸将夕降兮,怀椒糈而要之。
> 百神翳其备降兮,九疑缤其并迎。
> 皇剡剡其扬灵兮,告余以吉故。
> 曰勉升降以上下兮,求矩矱之所同。

灵氛和巫咸一吹一唱,完全不体谅屈原的辛苦,只顾怂恿他"你行你上"。他们给屈原的建议包括三层:第一,你的求索是完全正确的;第二,你要更坚持,更极端;第三,你不要指望依靠他人的拯救。男女巫师的积极乐观与屈原的挫败绝望相映成趣,正如在第二幕中,屈原的积极热烈与帝阍的消极无赖相映成趣。现在那个抱怨世界不够高尚的屈原要受比他更高尚者的苦了。然而当他迟疑之时,世界发生了更急剧的变化。整个人类世界的春天都要过去了,所有的花草都要凋谢殆尽了:

> 时缤纷其变易兮,又何可以淹留?
> 兰芷变而不芳兮,荃蕙化而为茅。
> 何昔日之芳草兮,今直为此萧艾也。

当日"余既滋兰之九畹兮,又树蕙之百亩"的兰蕙,屈原对它们最坏的设想不过是"萎绝",但如今它们居然叛变了,变成了茅与萧艾这类恶草。堕落以超乎想象的程度继续下去,美善之物的终点不是萎绝,而是黑化。屈原——列数了他所珍爱过的香花美草,它们尽数堕落,唯有他在东方春神的花园折取的琼枝依然芳美:

> 惟兹佩之可贵兮,委厥美而历兹。
> 芳菲菲而难亏兮,芬至今犹未沬。

这充满爱怜的语调,讲的何止是琼枝佩纕,也是屈原的自我同情。"委厥美而历兹"的屈原,有灵氛和巫咸都看不到的艰难经历。这是《离骚》中最低回婉转、温柔芳馥的一段。它咏叹的是发生在自己身上的奇迹:在所有一切都凋毁的时代里，我是何等不可解地执着，又是何等惊异地幸存，保有如初的芬芳。是在自我同情、自我肯定及对美善的重新触摸中，而不是在灵氛、巫咸的保证下，屈原迸发了再次启程的勇气。灵氛也顺势为其占得了吉日。

> 和调度以自娱兮，聊浮游而求女。
> 及余饰之方壮兮，周流观乎上下。
> 灵氛既告余以吉占兮，历吉日乎吾将行。

《离骚》的第二次启程有与第一次完全不同的情绪色彩。在第一次，屈原有丰隆和望舒作为伙伴，有天国作为目标。而这一次，他以更加迅疾的速度飞翔，而且是飞翔在只有他一人的世界上，带有悲壮和决绝的情调。这次屈原去的全都是荒无人烟的世界边境。他先去了积雪的昆仑山，然后是银河，然后是世界最西之地的八百里流沙，最后是神话中共工怒触的不周山。

> 路修远以多艰兮，腾众车使径待。
> 路不周以左转兮，指西海以为期。

《淮南子·天文训》："昔者共工与颛顼争为帝，怒而触不周之山，天柱折，地维绝。天倾西北，故日月星辰移焉；地不满东南，故水潦尘埃归焉。"[32] 不周山即天柱，终年积雪，此山既支撑天地，又连通天地。但它在远古时即已折断，我们这个不完美的世界的历史由此开始。而屈原到达的似乎是远古时尚未折断的不周山，因此他能够找到不周山之左唯一的天路。凡俗人等的"众车"只能在山下等待，屈原独自行进。他豪华的车骑上銮铃撞击，引来云霓拥簇，龙凤跟随。一种夸张而不安的声响。

用小南一郎的说法，此时屈原自己成为了唯一的神，获得了充满喜悦的永恒时间，不再受历史时间和自然时间的困扰。[33] 我非常喜欢结束这段旅程的几句：

> 抑志而弭节兮，神高驰之邈邈。
> 奏《九歌》而舞《韶》兮，聊假日以媮乐。
> 陟升皇之赫戏兮……

"升皇"指日之初升，"赫戏"指光明。《离骚》的写作原因是屈原身处堕落的时代，想要去寻回纯粹的原初时间。在《离骚》的末尾，在寻求天国的神助不成功后，在巫师的帮助下，带着自我放逐的绝望，历尽辛苦之后，屈原几乎就要回归没有堕落过的原初时间了，这就是"陟升皇之赫戏兮"。

他看到了尚未被污染的太阳。他听到了夏启时代的《九歌》、舜时代的《韶》乐。这都是上古理想世界的象征。屈原几乎要结束在时间中的放逐，进入永恒时间，像亚当和夏娃回到伊甸园，《魔戒》中的精灵和迈雅回到维林诺。在这个时候，《离骚》中出现了唯一的一次放慢脚

屈原：时间的焦虑　035

步——"抑志而弭节兮"是说让我按捺急切的心,慢慢前行。屈原小心翼翼地稳下神来,将他在巫师指点之后癫狂的心智收回。这是《离骚》中最喜悦的一个瞬间,是一个接近永恒的高昂、幸福,并且清醒的瞬间。

在永恒门口跌入尘埃

《离骚》写到这里,已经超越凡俗文学,创造了人世、神界、纯粹精神世界三界的宏大架构,完成了关于时间与永恒的主题。可是在这个时候,屈原写了一段不可思议的话:

> 陟升皇之赫戏兮,忽临睨夫旧乡。
> 仆夫悲余马怀兮,蜷局顾而不行。

这个走到了天国门口的人,忽然回头看到了污浊不堪的人类世界,随之又看到了仆人和马。我们从未见屈原提过他有一个仆人,也不知他有一匹会累的马。在《离骚》前面的篇章里,他都是驾驶龙凤,驱使神灵,眼中只有绝对的光明。可此时,他的眼里忽然有了芸芸众生,看到他的仆人在悲吟,他的马疲惫不堪。这样的所见所感何等像一个中原士大夫。

> 陟彼高冈，我马玄黄。
> 我姑酌彼兕觥，维以不永伤。
> 陟彼砠矣，我马瘏矣。
> 我仆痡矣，云何吁矣！ [34]

这个不为任何挫折牵制的人被仆人和马的痛苦牵制了。他忽然意识到，自己就是从那个"旧乡"来的，虽然旧乡是如此堕落。他的命运与芸芸众生原来是一致的，而不是那寅年寅月寅日预示的独特命运。从一个角度来说，这一回头触及了后世所认为的"真相"，即神灵的世界不过是屈原癫狂的幻梦或过剩的想象。从另一个角度来说，这一回头使屈原彻底跌出那个生息有序、赏罚有时、永续循环的环形时间。就在永恒的门口，屈原做出了一个选择：不进入永恒，而是接受他面临的人类命运，必将朽坏，与百草一起枯死的命运。

因为做出了这个决定，求索之旅宣告失败，《离骚》也不再往下写了。于是进入"乱曰"的结尾阶段：

> 乱曰：已矣哉，国无人莫我知，又何怀乎故都？
> 既莫足与为美政兮，吾将从彭咸之所居。

"乱"是楚辞结尾的固有设置。"乱"就是"治"，表示归纳、总结，在音乐形式上也许由歌队合唱完成。这时歌队唱起："一切都结束了。故国没有人理解我，我又为何心怀故国？既然美善的政治不可实现，就仿效彭咸，栖身水底吧。"

关于屈原，一百年以来，各种学术思想带来了各种说法。有人说《离骚》是写同性恋情感，有人说《离骚》是自恋人格的表现，也有人说《离骚》是精神分裂。这些说法与古代"美人香草之托"的政治化解读，一起构成了《离骚》阐释史的各个声部。但我还是愿意将屈原理解成一个站在神话时代和理性时代之间的门槛上的先行者。

他受到的冲击是神话时代循环的时间观与确定的善恶观一起失效了。世界变成了一个天道不彰的堕落世界。在这个陌生的世界上，屈原必须重新找到自己的定位和准则。他其实有机会再次回到神话中去，或者用现代人的说法，逃避到精神分裂性的幻想中去。在他那个时代，甚至这都不算精神分裂。但是他抵制了极乐与永恒的诱惑，去认领了生命的短暂、无依、平凡。这个认领看起来是悲剧性的，但正因为这样选择，屈原才蜕变成了理性时代的人类，成为后世那些同样经受平凡生命之苦的士大夫的榜样。若非如此，在后来人所写的历史中，屈原必然与巫咸、灵氛同列，遁入神巫渺茫的谱系。

托尔金在《精灵宝钻》中写道："伴随着自由天赋所赐下的是，人类在这世界上只存活短暂的片刻……因此人类又被称为世界的客旅，或流浪者。死亡是他们的命运，是伊露维塔所赐的礼物，随着时间不断地流逝，连诸神也会羡慕这个礼物。"[35]《离骚》正写出了人类在认领这份礼物的过程中的艰难和尊严。

注释

1 《小径分岔的花园》，[阿根廷]豪·路·博尔赫斯著，王永年译：《小径分岔的花园》，上海：上海译文出版社，2015年，第97页。

2 《小径分岔的花园》，《小径分岔的花园》，第97页。

3 《口述》，[阿根廷]豪·路·博尔赫斯著，黄志良等译：《博尔赫斯全集》散文卷（下），杭州：浙江文艺出版社，1999年，第48页。

4 "又有左史倚相，能道训典，以叙百物，以朝夕献善败于寡君，使寡君无忘先王之业；又能上下说于鬼神，顺道其欲恶，使神无有怨痛于楚国。"见上海师范大学古籍整理组校点：《国语》，上海：上海古籍出版社，1978年，第580页。

5 姜亮夫称屈原是"宗室巫史之世子，而才思博辨之能臣"。见姜亮夫著：《楚辞学论文集》，上海：上海古籍出版社，1984年，第290页。姜氏又称："总起来看是巫与史合流的人，所以屈子行事，也颇于巫史有关。"见吕慧鹃、刘波、卢达编：《中国历代著名文学家评传》第一卷，济南：山东教育出版社，2009年，第28页。

6 "特别是《天问》和《九歌》，绝对不是屈原的主观抒情的作品，而有特殊功用。《天问》述史，以提问方式叙述夏、商、周兴亡史，不是为了给楚国提供借鉴吗？不是巫史的启示录、智慧书吗？《九歌》娱神，演唱《九歌》是为了在郢都的南郊祭祀东皇太一尊神，求神保佑取得对秦战争的胜利，不正是用于'兵祷'吗？屈原传诵《天问》、演唱《九歌》，都是他的本职工作，是为了巩固楚王的统治，故述史告诫君王，求神保佑君王，这都是不可否认的事实，'所以证之不远'也！"见郑在瀛著：《楚辞探奇》，武汉：华中科技大学出版社，2021年，第24页。

7 《离骚经序》："屈原与楚同姓，仕于怀王，为三闾大夫。三闾之职，掌王族三姓，曰昭、屈、景。屈原序其谱属，率其贤良，以厉国士。入则与王图议政事，决定嫌疑；出则监察群下，应对诸侯。谋行职修，王甚珍之。"见[宋]洪兴祖撰，白化文等点校：《楚辞补注》，北京：中华书局，2015年，第1页。

8 "大概在楚怀王十一年以前，当楚国任六国纵长与强秦争胜负的时候，他以'明于治乱'的说辞，为怀王所重视，因而升为左徒。这一年，屈原才二十二岁。"见聂石樵著：《屈原论稿》，北京：中华书局，2010年，第43页。

9 "樊迟问知。子曰：'务民之义，敬鬼神而远之，可谓知矣。'"见程树德撰，程俊英等点校：《论语集释》，北京：中华书局，1990年，第406页。

10 "蛇对女人说：'你们不一定死，因为神知道，你们吃的日子眼睛就明亮了，你们便如神能知道善恶。'于是，女人见那棵树的果子好作食物，也悦人的眼目，且是可喜爱的，能使人有智慧，就摘下果子来吃了；又给她丈夫，她丈夫也吃了。"见《圣经》，上海：中国基督教协会，2009年，第2—3页。

11 "维柯在《新科学》中把人类历史划分为3个时代：1、神的时代，它的特征是异教民族（即前基督教时期的人民）相信自己是在神的统治下生活，预兆和神谕是人们领受神旨的唯一途径和行动指南，同时也构成了最古老的习惯法和世俗制度。2、英雄时代，其特征是处于贵族政体统治下的英雄们相信自己比平民具有某种自然的优越性。3、人的时代，即在人性平等的基础上建立民主政体和君主政体的时代。维柯认为，神的时代的法律就是奥秘的神学，它的哲人就是神学诗人，他们是神谕奥义的解释者。"见赵林：《神话时代的文化特征》，《云南社会科学》，1996年第5期。

12 "1984年，人类学家J.劳伦斯·安杰尔做了一项研究。这项研究表明：在2.5万年前的旧石器时代，狩猎–采集者的平均寿命约为35.5岁。"见［英］安德鲁·玛尔著，邢科等译：《BBC世界史》，天津：天津人民出版社，2016年，第17页。

13 ［日］本川达雄著，奚望监译，日研智库翻译组译：《生物文明论》，北京：海洋出版社，2015年，第171页。

14 李法军：《河北阳原姜家梁新石器时代遗址人口寿命研究》，《中山大学学报（社会科学版）》，2006年第1期。

15 《月令》，《十三经注疏》整理委员会整理，李学勤主编：《礼记正义》，北京：北京大学出版社，1999年，第482、508、533、543页。

16 ［英］J.G.弗雷泽著，汪培基等译：《金枝：巫术与宗教之研究》上册，北京：商务印书馆，2012年，第612页。

17 陈梦家：《战国楚帛书考》，《考古学报》，1984年第2期。

18 邹汉勋、陈场、刘师培：前343年；郭沫若：前340年；浦江清：前339年；汤炳正：前342年；陈久金：前341年。见杨义著：《屈子楚辞还原》下册，北京：中国社会科学出版社，2016年，第609—610页。又见汤炳正讲述，汤序波整理：《楚辞讲座》，桂林：广西师范大学出版社，2006年，第96—97页。

19 李学勤：《补论战国题铭的一些问题》，《文物》，1960年第7期。

20 《月令》，《礼记正义》，第466—467页。

21 "太史掌国之六典，小史掌邦国之志，内史掌书王命，外史掌书使乎四方,左史记言,右史记事。"见［唐］刘知幾撰,［清］浦起龙释:《史通通释》,上海:上海古籍出版社,1978年,第304页。

22 原句为"哀众芳之芜秽"。见《楚辞补注》,第9页。

23 《离骚经序》,见《楚辞补注》,第2页。

24 《毛诗序》,《十三经注疏》整理委员会整理,李学勤主编:《毛诗正义》,北京:北京大学出版社,1999年,第4页。

25 《菩萨蛮》,［清］张惠言选,姜亮夫笺注:《词选笺注》,北京:北新书局,1933年,第6页。

26 《李贺集序》,吴在庆撰:《杜牧集系年校注》,北京:中华书局,2008年,第774页。

27 本文所引《离骚》正文据［宋］洪兴祖撰,白化文等点校:《楚辞补注》,北京:中华书局,2015年,第2—36页。

28 《离骚经章句第一》,《楚辞补注》,第3页。

29 《黍离》,《毛诗正义》,第253页。

30 宋亦箫:《战国〈人物御龙帛画〉为"湘君乘龙车"论——兼论湘君、黄帝神话所反映的早期中外文化交流》,《丝绸之路研究集刊》,2021年第2期。

31 陈世骧:《"诗的时间"之诞生》,梁启超等著,胡晓明选编:《楚辞二十讲》,北京:华夏出版社,2009年,第174页。

32 《天文训》,张双棣撰:《淮南子校释》,北京:北京大学出版社,1997年,第245页。

33 ［日］小南一郎:《〈楚辞〉的时间观念》,《复旦学报(社会科学版)》,2016年第6期。

34 《卷耳》,《毛诗正义》,第39—40页。

35 ［英］J. R. R.托尔金著,邓嘉宛译:《精灵宝钻》,台北:联经出版事业股份有限公司,2002年,第45—46页。

李陵：流亡的孤独

"知道为什么而活的人，便能生存。"文明史中，人们一次次发明出各种答案，如此，生活就不算白白受苦。可那些没有找到答案的人呢？李陵面对的更为残酷：虽然活着已毫无意义，死却更不能选择，因为它意味着停止反抗。

1942年，三十三岁的中岛敦从南洋帕劳回到日本。秋冬之际，在愈发剧烈的哮喘之中，他写完了最后一部小说《李陵》，于当年底死去。

《李陵》是一部独特的小说，看起来全部内容都只是《史记·李将军列传》所附《李陵传》、《汉书·李广苏建传》所附《李陵传》《苏武传》、《汉书·司马迁传》所附《报任少卿书》、《文选·答苏武书》五篇的撮合。那几个汉朝人经历了狰狞如噩梦的人生，但在那五篇中，被用堂皇的汉语文言书写时，他们的形象就高大、洒落起来。而中岛敦发现了他们灵魂里的鬼魅，写出了扭曲而悲壮的气氛。用一个因为高度凝缩而失去了恐怖感的成语来说："跗骨之蛆"——在活人的骨头里随时蠕动的蛆虫。这位病入膏肓的日本青年以灼烧的热情进入三个汉朝人的心内，在那里发现了一出死局：

苏武、李陵、司马迁三人都遇到了只能死，不能生的局面，但都选择了活下来。如果死了，对自己、对他人都有交代，活却很麻烦。苏武面对的是生理承受能力的极限。司马迁面对的是永不松缓的自我厌弃。李陵面对的最为残酷：虽然活着已毫无意义，死却更不能选择，因为它意味着停止反抗。

> 自己的身体受到如此摧残，无论怎么看都是绝对丑恶的，没有丝毫虚言巧饰的余地。更何况倘若仅仅是心灵的创伤，还会随着时间的流逝而愈合，而身体上如此丑恶的模样，是到死也不会改变的。且不论动机如何，既然招致如此结果，也只能说自己"谬矣"了。可是，又错在哪里呢？思来想去，自己到底哪里错了呢？哪里也没错。自己只不过是做了一件正确的事情而已啊。如果非要说错，那就只能说"我"这个存在本身就是错的。[1]

这段话描写了司马迁自我存在之根基完全动摇时的痛苦。但它同样适合在冰冻的大地上挖出野鼠来充饥的苏武，和享有猛将之名，却再无勇气与胡汉任何一方交锋的李陵。哪怕是做一个普通的朋友或父亲，李陵也觉得不配：

> 以前他也盲目地相信一个人在"名"之外，必须有"字"，可仔细想来，这样的必要性，是根本不存在的。
> 他的妻子是个极其温顺诚朴的女人。直到现在，在丈夫跟前还是畏畏缩缩，连话都不敢多说一句的。可他们所生的儿子，却一点也不怕老子，动不动就要

爬到他的膝盖上来。看着这个儿子的小脸蛋，李陵就会想起数年前留在长安的那个儿子——与他母亲、祖母一起被砍了脑袋——的面庞，令他黯然神伤。[2]

中岛敦暗示，这也是所有人都有可能面临的死局。"在我们面前只有李陵、苏武和司马迁选择的三条路。"[3]走出神话时代，皇天不再监临，人背负着世界的恶意生活。清醒地接受这个前提后，不甘就这样被打倒的人还是有选择：像苏武那样不计后果地坚持内心的规范；像司马迁一样在没有人想过的方面创造出意义；像李陵一样仅仅为了反抗世界的恶意而活下去。

人背负着世界的恶意生活

李陵的命运深深嵌在西汉与匈奴战争的背景之中。

关于匈奴的中西史料中，最早且完善的就是司马迁的《史记·匈奴列传》。它记载，匈奴是大禹的后代，最早称作淳维，居住于北方蛮荒之地，随畜牧而转移。他们以多个部落的形式存在了一千多年后，在战国时代被中原人士统称为"匈奴"。第一个留下姓名的匈奴单于名为"头曼"。他的活动时间在战国晚期至秦二世元年（前209）之间。匈奴在头曼时代强大起来，对中原的农耕民族进行劫掠。秦始皇统一天下后，派蒙恬在北方修建长城和出击匈奴。匈奴一时无法越过长城，遂向西流动。

《史记》之后又有《北史》记载，一部分匈奴在4—5世纪时到达欧洲，助力了罗马帝国的衰亡。

刘邦称汉王之前三年，头曼之子冒顿杀父自立。冒顿收服匈奴北面的浑庾、屈射、丁零、鬲昆、薪犁等国，设王庭于阴山一带，大约有一百五十万人口。[4] 到其子老上单于（稽粥）时，控制范围东至辽河，西至葱岭，北抵贝加尔湖，南达长城。汉朝建国后试图剿灭匈奴。刘邦曾率三十二万士兵亲征，被冒顿四十万精兵困于白登道（今山西大同东白登山）。李白《关山月》中"汉下白登道，胡窥青海湾"即是说此事。此后，高祖、惠帝、文帝、景帝四朝的匈奴政策以和亲为主。汉匈约为兄弟，汉朝每年奉送匈奴絮缯、酒、食物。此后匈奴虽然时时入侵汉之边境，但都是小规模的骚扰，没有大的寇掠。

西汉皇权自高祖传至武帝，经四代约六十五年。其间匈奴单于传三代，为冒顿、稽粥、军臣。在西汉边境不断受到扰攘的背景下，陇西成纪（今甘肃秦安）人李广浮出了历史的水面。

李广是战国时秦国大将李信的后代。汉文帝十四年（前166），稽粥亲率匈奴大举攻入萧关（今宁夏固原东南），先锋逼近长安。李广以"良家子"的身份自愿从军，抗击匈奴。他一生"与匈奴大小七十余战"，在景帝时已成为有名的边关守将。由于和亲政策直至汉武帝元光二年（前133）马邑之战才告终止，李广在从军后的三十三年间未获得主动出击匈奴的机会,还因为过于积极应战而被调离前线。

大约在李广五十岁时,汉武帝感到条件已具备,开始出击匈奴。武帝朝最著名的两位大将卫青、霍去病,都是出身低微,通过对匈奴作战获得巨大战功的。李广也参加了诸次大战,但都没有获得封赏。这就是《滕王阁序》中"冯唐易老,李广难封"的来源。元光六年(前129),李广领兵北出雁门(今山西代县),攻打匈奴,由于寡不敌众,受伤被俘,逃回后判斩首,以五十万金赎死[5];元朔六年(前123),李广随卫青出击匈奴,从定襄(郡治今内蒙古和林格尔西北)出塞,无战功;元狩二年(前121),李广与张骞出击匈奴,从右北平(今内蒙古宁城)出塞,功过相当,未得封赏;元狩四年(前119),李广随卫青出击匈奴,迷路后至,使卫青大军无援,单于遁逃。战后李广自刭。

在《史记·李将军列传》中,司马迁写到李广晚年的三段肺腑之言。第一段是元狩二年说的:"自汉击匈奴而广未尝不在其中……然无尺寸之功以得封邑者,何也?岂吾相不当侯邪?且固命也?"[6]("我参与了汉朝对匈奴的每场战争……但没有任何足以获得封赏的功劳,这到底是为什么?是我没有王侯之相吗?是命该如此吗?")第二段是元狩四年出征前说的:"且臣结发而与匈奴战,今乃一得当单于,臣愿居前,先死单于。"[7]("我自少年时起就与匈奴作战,现在终于有机会与单于对决,我要当前锋,单于要逃，除非我死。")第三段是自刎前说的："广结发与匈奴大小七十余战，今幸从大将军出接单于兵，而大将军又徙广部行回远，而又迷失道，岂非天哉！且广年六十余矣，终不能复对刀笔之吏。"[8]（"从少年时算起，我与匈奴打过大小七十多场仗，这次终于有机会随大将军与单于对决，但大将军又支我绕远路、为旁翼，偏偏还迷失了方向，这还能不是天意吗？我已六十多了，不愿再受刀笔之吏的侮辱。"）

这三段话提出了"天""人"之间的关系问题。李广几乎是天意派来抗击匈奴的。无论是西汉、匈奴，还是李广自己，都对此深深认同。在"天"的方面，天赋、机会都已具足。在"人"的方面，李广意志坚强、对人生任务有清晰了解。虽然如此，他却无法使天意和人愿实现。一道巨大的裂痕阻碍着"天""人"的应和。姑且把这道裂痕称为"地上的恶"。

以前人们在讨论司马迁的"天命观"时，常认为司马迁有时认为天人相合，有时认为天人相违，特别是以《伯夷列传》中"若伯夷、叔齐，可谓善人者非邪？积仁洁行如此而饿死！……倘所谓天道，是邪非邪？"[9]这段著名的论述作为司马迁质疑天命的证明。其实司马迁并不反对天意。如果"天"完全死了，人间的善就无所皈依，生命也不复具有超越性的意义，失败者如何还能称为英雄？他不关注那些不具备"天"的授意，而仅以"人"的欲望和决心去"逆天改命"的人。他最同情的恰恰是这一类人：明明明白白从"天"领受了责任、理想、才能,天却于中途撤回了帮助。他们被地上的恶阻挠,不得不将自我献祭出来,作为对他强烈认同的天命的牺牲。从天受仁、最后死于仁的伯夷叔齐,从天受勇、最后死于勇的项羽和李广,以及从天受史、最后为著史而受刑的司马迁本人莫不如此。

"地上的恶"即是中岛敦在《李陵》中强调的"世界的恶意"。它不是《俄狄浦斯王》或《麦克白》中的超自然力量。没有一道咒语或一场暴风雨成为这些"失败英雄"命运的关键。他们的痛苦植根于人性的邪恶:权欲、奸诈、背信弃义、喜怒无常。在李广、李陵、苏武、司马迁的时代,武帝即是这种恶意的化身:

> 他们看透了武帝就是自己宿命的化身,无论如何无法逃脱他的魔掌,甚至连自己的意志也受他支配。也正因为如此,他们同时也清楚地认识到,自己的每一个行为都必须是自觉的,而且绝无挽回的余地。[10]

司马迁写的不是命运的悲剧,而是存在的悲剧。人受到人的拨弄,而不是受到天的拨弄。最后导致李广自刎的那次失败,表面上看起来是因为中途迷路,实质的原因却是另外三个:一是长期避战的对匈政策消耗了李广这一代人的机会;二是武帝迷信李广命数不好,不让他出现在正面战场;三是卫青想要把战功留给救过他命的公孙敖。司马迁仔细解释这些人为的原因,天意的"失道"却仅用二字交代，说明他要归咎的不是天命，而是人祸。

如果李广没有那么老，也没有迷路，结局会不同吗？在《史记·李将军列传》中，李陵就是在这样的背景下出场的。司马迁简短地写到，李广唯一活下来的儿子后来冲撞了卫青，被霍去病所杀。武帝为霍去病隐瞒，对外说是被鹿撞死的。李陵是李广另一个儿子的遗腹子。他长大后继承了李广的事业，也投军攻打匈奴。如果我们把李陵看作李广的穿越版，就会意识到，李陵拥有与李广同样的天赋和理想，时机比李广更好。他出生在汉朝决意剿灭匈奴的时代，获得了与单于对决的机会，结局却比李广更糟。导致这个结局的依然是武帝：

> 李陵既壮，选为建章监，监诸骑。善射，爱士卒。天子以为李氏世将，而使将八百骑。尝深入匈奴二千余里，过居延视地形，无所见虏而还。拜为骑都尉，将丹阳楚人五千人，教射酒泉、张掖以屯卫胡。
>
> 数岁，天汉二年秋，贰师将军李广利将三万骑击匈奴右贤王于祁连天山，而使陵将其射士步兵五千人出居延北可千余里，欲以分匈奴兵，毋令专走贰师也。陵既至期还，而单于以兵八万围击陵军。陵军五千人，兵矢既尽，士死者过半，而所杀伤匈奴亦万余人。且引且战，连斗八日，还未到居延百余里，匈奴遮狭绝道，陵食乏而救兵不到，虏急击招降陵。陵曰："无面目报陛下。"遂降匈奴。其兵尽没，余亡散得归汉者四百余人。

> 单于既得陵，素闻其家声，及战又壮，乃以其女妻陵而贵之。汉闻，族陵母妻子。自是之后，李氏名败，而陇西之士居门下者皆用为耻焉。[11]

我读《史记·李将军列传》常有一个疑惑：为什么后附之《李陵传》这么短，这么平淡？司马迁写人物传记"笔端常带感情"，怎么偏偏写起李陵就感觉不到感情了？李陵兵败被俘，司马迁向武帝辩护，下狱受刑，多年后写作《报任少卿书》袒露当时心迹。这是讲授《史记》创作缘由时必先交代的背景。李陵事件是司马迁生命中的至痛。他在《李陵传》中的疏离态度，到底是因为创痛太深，不愿回首，还是因为要证明自己毫无私心的写史态度？

如今我们知道李陵故事的细节，靠的是差不多一百年后班固在《汉书》中的记载。《汉书·李陵传》篇幅八倍于《史记·李陵传》。一般来说，《史记》多牢骚抑扬之辞，《汉书》叙事则较少情感，但两书之中的《李陵传》反了过来。班固以仰慕而共情的笔调将《李陵传》写成了如《史记·项羽本纪》般的末路英雄故事，创造了《汉书》中风格独异的一篇。

台湾大学的何寄澎有个解释：班固因为理解司马迁的孤寂痛苦，因而爱屋及乌地对李陵有了特别的关怀。他特地模仿了司马迁的语言风格，替他将《史记》无法言说的李陵故事淋漓尽致地写了出来。"班固对李陵的同情与理解，其实正鲜明而深刻地反映了他对司马迁的同情与理

李陵：流亡的孤独　053

解","班固的李陵书写是为司马迁写的，是完全站在司马迁的认知观点去写的"。[12] 这是一个感人的解释，用文学分析释放了史学文本的情感潜能。往这个方向再走一步，考虑到班固的父亲班彪曾批评司马迁为游侠立传，于道义有损，最终咎由自取[13]，那么班固为降将李陵立传，可以视为冒着冲撞亡父的风险去完成司马迁的遗愿。也许班固还有另一层目的，即通过《汉书·李陵传》为司马迁辩护，佐证当年为李陵仗义执言没有错。

《汉书·李陵传》主要扩写了《史记·李陵传》中的三个细节，再添写了汉武帝死后李陵的情况。一般认为司马迁的在世时间大约与汉武帝相始终，因此武帝死后李陵的状况应当是司马迁生前不可能知晓的。

第一个细节是解释天汉二年（前99）秋，李陵为什么会带着五千步兵深入居延以北千余里去引诱匈奴的队伍。《汉书·李陵传》记载，那一年，宠妃李夫人之兄李广利率三万骑兵攻打匈奴，武帝最初想让李陵为之护送辎重。李陵不愿意，自请带一队人马到侧翼去牵制且鞮侯单于的部队。武帝托言没有人马，李陵愿率步卒前往。从战略上来说，汉军本应避开匈奴膘肥马壮的秋季，至春天才出兵，但因为武帝猜疑，李陵被迫在秋季出兵。

第二个细节是解释被八万匈奴骑兵围攻时，李陵的步兵部队是如何作战的。《史记》的记载仅三十多个字："陵军五千人，兵矢既尽，士死者过半，而所杀伤匈奴亦万余人。且引且战，连斗八日……"[14]《汉书》的记载用了九百多字。借助班固的叙述，我们才知道这些细节：汉朝皇帝的野心和财富不能给李陵任何支援。李陵的优势主要靠不输于李广的勇气和作战能力。他以超乎常识的勇气去诱敌深入，引匈奴接近汉朝边境。汉军在平地、山谷、沼泽、树林中辗转作战，寻找对步兵有利的作战机会。这蚍蜉撼大树的战法太不可思议，于是匈奴认为汉人必有援军在后。李陵曾有优势，但当其孤立无援的实质被戳穿，匈奴开始强攻。在这样的绝境之下，李陵的英雄气概得到了极致的激发：

> 陵居谷中，虏在山上，四面射，矢如雨下。汉军南行，未至鞮汗山，一日五十万矢皆尽，即弃车去。士尚三千余人，徒斩车辐而持之，军吏持尺刀，抵山入狭谷。单于遮其后，乘隅下垒石，士卒多死，不得行。昏后，陵便衣独步出营，止左右："毋随我，丈夫一取单于耳！"良久，陵还，大息曰："兵败，死矣！"……于是尽斩旌旗，及珍宝埋地中……令军士人持二升糒，一半冰，期至遮虏鄣者相待。夜半时，击鼓起士，鼓不鸣。陵与韩延年俱上马，壮士从者十余人。虏骑数千追之，韩延年战死。陵曰："无面目报陛下！"遂降。[15]

班固像司马迁一样神入历史的现场。他逼近李陵的军队，看到他们在一天内发射了五十万支箭，拼光武器的士兵手持车辐和短刀与匈奴肉搏，李陵在黄昏里像个游侠一样偷偷出营刺杀单于，失败之后命士兵带干粮和冰块突围,约定生还者在遮虏鄣(鄣为用于防御、烽火的边塞小城,遮虏为地名)见面。最精彩的一笔是让人会继续思考"倘所谓天道,是耶非耶"的模糊象征——当他下了死战的决心,"夜半时,击鼓起士,鼓不鸣"。那不能敲响的鼓,即是末路英雄的隐喻。

第三个细节是李陵投降以后的事。司马迁记载,李陵投降后就娶了胡妇,武帝听闻后杀了李陵的母亲、妻子、孩子。但班固居然还要更进一步,替李陵翻案,坐实他的冤屈。《汉书·李陵传》记载:武帝族杀陵母妻子在前,而李陵娶单于之女在后。接着班固写出了本文中最耐人寻味的部分:

> 昭帝立,大将军霍光、左将军上官桀辅政,素与陵善,遣陵故人陇西任立政等三人俱至匈奴招陵。……后陵、律持牛酒劳汉使,博饮,两人皆胡服椎结。立政大言曰:"汉已大赦,中国安乐,主上富于春秋,霍子孟、上官少叔用事。"以此言微动之。陵墨不应,孰视而自循其发,答曰:"吾已胡服矣!"有顷,律起更衣,立政曰:"咄,少卿良苦!霍子孟、上官少叔谢女。"陵曰:"霍与上官无恙乎?"立政曰:"请少卿来归故乡,毋忧富贵。"陵字立政曰:"少公,归易耳,恐再辱,奈何!"语未卒,卫律还,颇闻余语……因罢去。立政随谓陵曰:"亦有意乎?"陵曰:"丈夫不能再辱。"
>
> 陵在匈奴二十余年,元平元年病死。[16]

李陵生降十多年后，汉朝方面武帝死，昭帝继位，匈奴方面狐鹿姑单于也已继承任且鞮侯单于之位。并不是李陵自己有了什么悔过行为，而是因为世易时移，西汉忽然就派使者拉拢李陵回国，宣称他可以不再是罪人和无耻之徒。那是个讽刺性的场景。司马迁当年在《报任少卿书》中说到，李陵投降之事传到京城，没有一个人替他辩护。借助班固的史笔，我们才知道，原来李陵也有故人，原来他们都知道武帝冤枉了李陵。但现在他们有一份轻松的心态，因为老皇帝死了，新皇帝有新想法。他们想劝李陵，过去的事就让它过去吧。使者用与小学生作弊类似的技巧，在匈奴的宴席上躲过耳目，偷偷向李陵传话。班固不知是怎么知道的，他记录下的关键词两千年后看起来也不过时："换领导了""想家不""保你富贵"。接下来是一段似可钻入李陵内心深处的描写：李陵先是默然不语，像是在自省；慢慢地，他似乎心动了；他由下向上地摸着自己的头发（自循其发），喃喃自语"吾已胡服矣"。汉使再劝。李陵惶惑地问："恐再辱，奈何？"最终李陵下了决心拒绝。在毫无准备的震荡之后，他看清了自己的处境：

> 李陵内心那一切都晚了，一切都不可能再重来，一切又都不可信赖、无从逆料，一切也都无谓了的所有无言的悲痛——那是糅合了暗潮汹涌与心如死灰两种截然相反的心境……[17]

李陵：流亡的孤独

曾经不由辩解地伤害李陵的人们,现在又想以施恩者的角色出现。李陵再一次展现了英雄气概——虽然记得那些伤害对双方都没好处,但他决定不忘却,不与"世界的恶意"妥协。他用"丈夫不能再辱"的宣言断绝了退路,永久地自我放逐于大漠。

"世界的恶意"是普遍的,凡人或英雄都会遭遇。

《汉书·李陵传》中有两个小人物。一个叫陈步乐,简直是"花剌子模的信使"[18]。李陵出征前期颇有功绩,派陈步乐回长安送信。武帝看他带来的是好消息,就封他为郎官。李陵兵败,陈步乐虽早已脱队,住在长安,仍被武帝质问,在惊恐中自杀。对他来说,祸福皆是偶然,其中并无意义。另一个小人物叫管敢,他被校尉侮辱,因此投降匈奴,泄露了李陵无援的情报,致使汉军几乎全军覆没。他是受害者,只是靠着避恶的天性自然地逃离,却造就了更大的恶。对他来说,善恶亦无分别,只随立场迁转。

同样是一死一降的结局,李氏祖孙与两个小人物的区别在哪里?从这个结局倒回去看,我们会意识到,凡人更无反抗性。他们或被恶意随意拨弄,或成为恶意的一环。英雄则有选择、有抗争。哪怕结局不能逆转,人生却有悲剧性的力量。在那个尚未发明"天赋人权"的时代,因为相信天赋、血统必然是带着特定的人生任务赐到他们头上的,他们就能在一生中极力放大自我,寻求与天命的接应,对抗世间之恶。李广以其死抗议,李陵以其不死抗议,都成了武帝咽喉中的一根鱼刺。

李陵的三重孤独

李陵的心声到底是什么？梁朝萧统所编《文选》中收录了一篇李少卿《答苏武书》，以李陵的口吻自陈心志。在对文本进行细读之前，我先简单介绍关于此文真伪的文献学争议。

自唐代刘知幾《史通》对《答苏武书》提出质疑后，苏轼、钱大昕、翁方纲等人都认为此文是伪作。伪作说有两条直接依据：四言为主的齐整风格与现存西汉文不符；信中"五将失道"等记述与史实不合[19]。还有两条间接依据：李陵为武夫，料不应有此精彩的作品；信中叙事顺序与《汉书·李陵传》及《报任少卿书》雷同。这四条证据确能指出《答苏武书》的文本疑点，却不能证明作者是或不是李陵，此文真伪因此至今未有定论。但多年的争论依然辩明了一些问题：一、此信至迟完成于西晋[20]；二、汉至南北朝，李陵获得了广泛的同情，民间有大量以苏武、李陵故事为底本的诗文、故事创作。此信如为伪作，则催生于这种同情的社会心理。

对于既无法证实又无法证伪的作品，该如何理解？一是尊重业已形成的文学传统。既然现有记载中最早看到这篇文章的南朝人都以它为陵作无疑，那么没有推翻性的证据，就应沿用这种传统，以与古代的精神对话。二是考虑文本形成的年代。作品一旦出版就很少会更改，这是在宋代雕版印刷代替手抄之后才成为常规的。在此之前的抄本时代里，文本有着更大的流动性，因此也可能存在着更多的疑问却不能将其推翻。

《答苏武书》有一千五百多字。从内容看，是苏武于汉昭帝始元六年（前81）回朝后，作书招降李陵后收到的第二封复信。此时距李陵生降已将近二十年。苏武所去之信，在唐初欧阳询所编的《艺文类聚》中有节录，但亦疑为伪作。《答苏武书》主要讲四事：描述身处北地的孤独痛苦、回忆当年战败而降的细节、解释不愿归汉的原因、倾诉与苏武之感情。其中讲述的当年作战实况与《报任少卿书》《汉书·李陵传》类似，故下文只引用北地之孤独、不归之原因、与苏武之情感三事略加分析：

> 子卿足下：勤宣令德，策名清时，荣问休畅，幸甚幸甚！远托异国，昔人所悲，望风怀想，能不依依！昔者不遗，远辱还答，慰诲勤勤，有逾骨肉。陵虽不敏，能不慨然！
>
> 自从初降，以至今日，身之穷困，独坐愁苦。终日无睹，但见异类。韦韝毳幕，以御风雨。膻肉酪浆，以充饥渴。举目言笑，谁与为欢？胡地玄冰，边土惨裂，但闻悲风萧条之声。凉秋九月，塞外草衰。夜不能寐，侧耳远听，胡笳互动，牧马悲鸣，吟啸成群，边声四起。晨坐听之，不觉泪下。[21]

这是开头讲北地之孤独的一段。全体是整饬的四字句。不但与西汉《报任少卿书》和《史记》之句法自由不同，比上引东汉《汉书·李陵传》也整齐得多。苏轼因此怀疑此文作于以骈俪工整为美的齐梁时代。我在课堂上初次讲这篇文章时，却竟未有任何骈俪板滞的感觉，而是觉得巨大的孤独像沉重、齐整的立方体，在戈壁的风里不停止地向前滚动。当日师生都为之肃然。

这段中最精彩的部分是听觉。这是一段"离魂"式的书写。李陵的身体坐在毡帐之内，物质待遇虽甚优厚，但周遭都是胡地风物，有"韦鞲毳幕，以御风雨。膻肉酪浆，以充饥渴"，有"举目言笑"来为他取乐。由于心不在此，他的听觉越过了毡房的墙壁，往无限远处倾听。但他听到的却不过是孤寂。"胡地玄冰，边土惨裂，但闻悲风萧条之声"，这是以土地的冻裂、北风的咆哮表示的匮乏与无望。"凉秋九月，塞外草衰。夜不能寐，侧耳远听，胡笳互动，牧马悲鸣，吟啸成群，边声四起"，这是广袤荒凉的土地上生命的悲哀。人与人、马与马隔着遥远的距离，以凄厉的声音来互相求证。随着听觉的扩展，孤独也越来越庞大："初听风声、草声沙沙一片；再细听，其中还有区别。'侧耳远听'数句，越听越远，如石之入水波，越荡越大越远。"[22]

从"夜不能寐"到"晨坐听之"，李陵的灵魂彻夜奔突，没有找到出路。写到"胡笳互动，牧马悲鸣"时，李陵的感受里不只有汉人对北地的不适应，也渗入了对匈奴苦寒生活的理解。就像厌恶腥膻的南人到了北方，渐渐会喜欢上牛羊肉的驱寒效果，李陵对北地的苦寒感受越多，便不得不更依附于匈奴族群的文化和习惯。这带来了更大的孤独、自我更强烈的动摇。从思接万里到寂然凝神，李陵呈现出三重孤独：第一重是被故土放逐，第二重是与挚友分别，第三重是对"昨日之我"的背弃：

> 陵先将军，功略盖天地，义勇冠三军，徒失贵臣之意，到身绝域之表。此功臣义士所以负戟而长叹者也！何谓不薄哉？
>
> 且足下昔以单车之使，适万乘之虏，遭时不遇，至于伏剑不顾，流离辛苦，几死朔北之野。丁年奉使，皓首而归。老母终堂，生妻去帷。此天下所希闻，古今所未有也。蛮貊之人，尚犹嘉子之节，况为天下之主乎？陵谓足下，当享茅土之荐，受千乘之赏。闻子之归，赐不过二百万，位不过典属国，无尺土之封，加子之勤。而妨功害能之臣，尽为万户侯，亲戚贪佞之类，悉为廊庙宰。子尚如此，陵复何望哉？
>
> 且汉厚诛陵以不死，薄赏子以守节，欲使远听之臣，望风驰命，此实难矣。所以每顾而不悔者也。陵虽孤恩，汉亦负德。昔人有言："虽忠不烈，视死如归。"陵诚能安，而主岂复能眷眷乎？男儿生以不成名，死则葬蛮夷中，谁复能屈身稽颡，还向北阙，使刀笔之吏，弄其文墨邪？愿足下勿复望陵！[23]

这是讲不归之原因的一段。首先回忆李广一生征战，最后因为卫青的私心而自杀于荒漠；其次戳穿苏武亦被汉朝辜负一生，未能获得相配的封赏。这段的精彩之处在于激愤和老辣。其实苏武更有资格说这些话，但他不仅未对汉朝表达任何不满，而且竟然写信招降。这大大刺激了李陵。

李陵的心在震怒之下扭曲。这个失节之臣为自己的无耻投降辩解，甚至不惜揭人短处、挑拨离间。他说苏武"赐不过二百万，位不过典属国，无尺土之封"。按汉律，两百万金足够免死四次[24]，典属国位次九卿一等，且苏武以此职务额外享受九卿待遇，秩中二千石。二者不算薄赏。何况苏武守节绝不是为了封赏，谈何"无尺土之封"？他此时口不择言，就是想刺痛苏武。谁知一通"胡言乱语"中，李陵却像古代传说中的"疯智者"一样，将汉代政治中更深刻的真相准确说了出来："妨功害能之臣，尽为万户侯，亲戚贪佞之类，悉为廊庙宰"，"厚诛陵以不死，薄赏子以守节"，"陵虽孤恩，汉亦负德"。

我在课堂上读到这段时，心里感到一点害怕。从来没有一篇汉语诗文如此直接地为投降声辩，要求国家与个人在伦理义务方面平等计算。但感人之处也就在这里。之前挑拨苏武时的无耻感消失了。李陵在庞大的汉帝国面前要求承认个人生命价值的形象，与带领十数人对抗匈奴上万军队的形象融为一体。其中有一以贯之的英勇。

这种英勇超越了李陵个人，来自家族史中积累的愤怒。如果要刻意深求，甚至可以说是以李氏为代表的"六郡良家子"对以卫青、霍去病、李广利为代表的外戚的愤怒。"六郡良家子"是从战国末期延续到西汉武帝中前期的主要武将来源,但从卫青开始,外戚占据了他们的位置[25]。从此他们付出与前辈同样多的努力,却无法复刻先辈的成就。越是不屈,越陷入走投无路的泥潭。文中"亲戚贪佞之类,悉为廊庙宰"即是针对此事。

因为使用了本属于李广的"判词",读者看到"世界的恶意"在几代人之间的延续。"男儿生以不成名,死则葬蛮夷中"不仅是说李陵,也概括了李广刎身于沙漠之事。"谁复能屈身稽颡,还向北阙,使刀笔之吏,弄其文墨邪?"所用亦是李广最后的遗言:"且广年六十余矣,终不能复对刀笔之吏。"[26]李陵的道德不完善,但现在读者知道,他的道德困境植根于存在的逼迫,他的内心充满了挣扎的痛苦。宁死不归故土是他与李广最强烈的抗议。在武帝时代的政治格局中,他哪怕有英雄的血统和志意,最终却不得不走向成为叛徒的结局。这是李陵故事悲剧性的顶点。

本信另一动人之处是李陵与苏武的情感。文中李陵三呼子卿(苏武字),激愤之间流动着柔美的深情:

> 嗟乎子卿!陵独何心,能不悲哉!与子别后,益复无聊。上念老母,临年被戮;妻子无辜,并为鲸鲵。身负国恩,为世所悲。子归受荣,我留受辱,命也如何![27]
>
> 嗟乎子卿!人之相知,贵相知心。前书仓卒,未尽

所怀，故复略而言之……[28]

嗟乎子卿！夫复何言！相去万里，人绝路殊。生为别世之人，死为异域之鬼，长与足下生死辞矣！[29]

第一次是在陈述了北地的孤独之后，李陵问道"嗟乎子卿！陵独何心，能不悲哉！"，这是袒露内心脆弱的悲泣之辞。有且只有苏武也经历过那种孤独。李陵要求他把真心拿出来，回忆一下那可怕的经历，从肉体凡胎的角度衡量李陵。

第二次是在复述二十年前兵败投降原委前，以"人之相知，贵相知心"引出。这也是引起后人怀疑本文为伪作的一段。理由是苏李既在匈奴相处十七年，对当年之事应该完全了解了，为什么李陵要再解释一遍呢？考虑到苏武归汉后的官职是掌管异族降者的"典属国"，可以推测他的去信有公文的性质，而李陵亦有借回信公开为自己洗刷冤屈的目的。

第三次是在全文最后。"嗟乎子卿！夫复何言！"之前他要求苏武理解他、倾听他，现在他决定不解释了。后面的话说得客气而沉痛。"相去万里，人绝路殊"，不但隔得远，路还不通。"生为别世之人，死为异域之鬼，长与足下生死辞矣！"古人认为死后的灵魂来去自由，但李陵要求灵魂也不来往，生死都不相见，表达的还是决不原谅汉朝的态度。

这是一段纠缠的情感。一方面他们是最像的，同样经历过北地的折磨；一方面他们又完全相反，处于尊荣与羞耻的两端。李陵发现，苏武作为故人的身份与作为"典属国"的身份是不可兼容的。另外，当苏武十九年不计后果地坚持内心的规范，终于迎来归汉的奇迹，李陵再怎么狡辩，也无法不自惭形秽。在这样的双重冲击之中，苏李情谊飞逝成只堪回忆的过去。这封信迎来了凌乱绝望的结尾：

> 幸谢故人，勉事圣君。足下胤子无恙，勿以为念，努力自爱。时因北风，复惠德音。李陵顿首。[30]

在这个结尾里，李陵生硬地告诉苏武："我俩已毫无关系，你继续努力去做汉朝圣君的忠臣。"这是前文断交之辞的重复，也是对内心羞耻、痛苦的防御。但李陵其实放不下苏武，遂暗示将继续替苏武照顾留在匈奴的儿子。本信以"望风怀想，能不依依"始，以"时因北风，复惠德音"终。南方向北吹来的风是温暖的，它与鸿雁同时抵达。李陵留下的形象是独自站在胡地的风中，期待传来汉地讯息，又害怕传来汉地讯息的样子。

我读古代诗文，常常感慨，古人比今人对情绪持更开放的态度。现代的体面人不再公开地痛哭呼天。除爱情之外，现代人也较少坦言其他依恋之情。《答苏武书》的动人之处其实正在于情绪的强烈、冲突，里面有英雄的悲哀、叛徒的羞愤、行人的孤独，有对汉朝委屈万分又不愿服软、对苏武充满失望又恋恋不舍的纠葛，以及对匈奴优待的淡漠、对大漠贫瘠的体知。从文体来看,叙事、说理时章法井然,步步推进,三呼子卿时又惝恍彷徨、若不胜情。与之相匹配的是语言的选择:铺叙、说理时往往以排句"壮其'势'",抒发心声之时,则多以散句"畅其'气'"。[31] 我读此文,总是想到在亘古寂寞的戈壁中,巨大的块石之间穿行的流风。

我在讲解《答苏武书》的过程中,已将其内容重新分割、整理,以符合现代人更线性的阅读习惯。原文的书写顺序是情绪与理性两个声部不断冲撞,编织成深厚交响。"反覆零乱,兴寄无端,和愉哀怨,杂集于中"[32],这是清代沈德潜评论西晋阮籍《咏怀八十二首》的话。《文选》所收书体文中,唯有《报任少卿书》《答苏武书》带有如此"椎心泣血""反复凌乱"的特点,让后世读者感到震撼和感动。

借助这封作者不明的书信,后世的人们得以超越简化的道德评价,理解李陵的生命困境,同时也窥见自己生命中相似困境的影子。他们议论纷纷:"文情感愤壮烈,几于动风雨而泣鬼神。"[33] "陵自是奇士,遭逢不幸,身名俱裂,君子谅其心,终不能为之讳其事。然则士宁为玉碎,无为瓦全哉!书则淋漓酣恣,神似龙门。"[34] 在道德规训更为严格的清代,古文作者通过读这封信感到了自己胸中的激愤。

这种激愤并不单纯指向时运不济,也包括对"英雄不自由"的反思。钱穆说:"以事论,则海上牧羊与两军抗衡难易不能相比。以人论,则李陵之与苏武,一相比而确见

李陵:流亡的孤独　067

其为两人。中国史学伟大，亦正在此等处。"[35] 无论外在境遇如何，看似孱懦者有完善自己人格的可能，万夫之勇的英雄有无法维护自己人格的可能，这才是李陵事件最值深思之处。

"苏李诗"的"流亡性"

西汉征和三年（前90）贰师将军李广利在漠北兵败后投降匈奴。汉武帝从此停止了征讨匈奴的战争。两晋南北朝，汉族士人在胡汉之间出使、羁留，或陷入战争的泥沼，遂对李陵产生无限的同情。北方游牧民族为了建构先世历史、提高阶级门第，则纷纷追祖李陵。北魏拓跋鲜卑，唐代黠戛斯、贺兰氏都自称或默认为李陵之后[36]。在胡汉交锋与交融的历史中，李陵成为托身异国的悲剧英雄的象征。西晋闻鸡起舞的刘琨在抗击匈奴的路上作《扶风歌》，以李陵辞家赴难自比。南朝庾信流寓北方，作《哀江南赋》，以李陵滞留胡地自比。南朝江淹晚年被诬、被贬，作《恨赋》，以李陵的孤臣遗恨自比。

> 惟昔李骞期。寄在匈奴庭。
> 忠信反获罪。汉武不见明。
> 我欲竟此曲。此曲悲且长。[37]

刘琨《扶风歌》中的这段，即是东汉至隋唐间，人们同情李陵、为之悲歌慨叹的典型。在当时的社会上，李陵是一个热门的话题，所以南朝最重要的文学选集《文选》和最重要的文学批评著作《诗品》《文心雕龙》中都有李陵诗的位置。它们所收和所论的，就是后世所称的"苏李诗"。

后世所称苏李诗共有二十一首。[38] 其核心是载于《文选》卷二十九"杂诗上"的七首五言古诗，包括李陵《与苏武三首》、苏子卿《诗四首》。似乎这些诗最初被认为都是李陵写的，到梁朝时，苏武的名字被添入。七首诗被分置于李陵、苏武二人名下，形成一种唱答的关系。

"苏李诗真伪"是中国诗歌史上最热闹的讨论之一。认为它是伪作的原因如下：一、西汉诗歌中未有如此齐整的五言诗，此诗体不应越过文学史的发展阶段而提前出现；二、"江汉""河梁""中州""三载"等语与苏李生平不合，似乎写在南方；三、"独有盈觞酒"句，未避汉惠帝（名盈）之讳；四、它的用韵、句法接近建安时代的作品；五、《史记》《汉书》中未提到过这些作品。认为它不伪的也代不乏人，如清之沈德潜[39]、近世之古直（号层冰）、鲁迅[40]等。古直甚至在《汉诗研究》中为维护苏武、李陵的作者身份，做了十四条辩证。[41] 我将相关辨伪文献列于注释，请读者自行查阅。[42] 折衷正反两方，共识是收录于《文选》的七首诗最迟产生于东汉建安时代。与它时代最近的诗是《古诗十九首》。

文物收藏中有"标准器"的概念，即把年代清晰、证据确凿的文物当作参照物，从中提取规制、工艺方面的标准。其他文物可以通过与标准器的比较来断代和评价。《古诗十九首》就是汉代文人五言诗的"标准器"。下文我将先把李陵《与苏武三首》置于《古诗十九首》的背景下，讲述汉代文人五言诗共有的文体和精神特点，再比较它与《古诗十九首》的不同。

《古诗十九首》的文体特征即通体五言、不带"兮"字。其精神特征以清代沈德潜概括得最全面：

>《十九首》大率逐臣弃妻、朋友阔绝、死生新故之感，中间或寓言，或显言，反覆低徊，抑扬不尽，使读者悲感无端，油然善入。[43]

这段话的意思有三方面：一、《古诗十九首》形成的背景是东汉到建安时代社会动荡，男女贵贱都深受生离死别的折磨，诗歌的主题也格外集中于离别。二、《古诗十九首》的写作特点是叠床架屋地重复抒情，《诗经》以来主要用于叙事的"赋"（显言）的手法，和《庄子》以来主要用于说理的"寓言"的手法都被俘虏过去服务于抒情的目的。三、《古诗十九首》的美是一种不可分析的整体性感发，在章法、技巧都更发达的后代诗人看来，它几乎完全没有使用技巧。

后人对《古诗十九首》的风格评价，用词集中于"自然""高古""天衣无缝"等,讲的就是这种单纯质朴、不可拆解的抒情效果。详细解析可以参阅叶嘉莹师《汉魏六朝诗讲录》。我仅以第一首《行行重行行》为例略述:

行行重行行

行行重行行,与君生别离。
相去万余里,各在天一涯。
道路阻且长,会面安可知?
胡马依北风,越鸟巢南枝。
相去日已远,衣带日已缓。
浮云蔽白日,游子不顾反。
思君令人老,岁月忽已晚。
弃捐勿复道,努力加餐饭。[44]

《行行重行行》完全符合沈德潜所说。第一,它就是完全在写别离,而且是"生离"正在走向"死别"的过程;第二,在"努力加餐饭"之外,每句都在重复讲"别离"这一个意思,没有什么转折,"相去万余里"就是"各在天一涯","思君令人老"就是"岁月忽已晚";第三,直接抒情的"显言"比例较高,"寓言"只"胡马依北风,越鸟巢南枝"一句。阅读这首诗的体验,就好像"行行重行行"的字面意思一样,一步步被带入离别的情绪,被悲伤渗透。这就是所谓"使读者悲感无端,油然善入"。

对照这些特征，去李陵《与苏武三首》中寻找，每条都能找到，它们有同样的别离主题、重复手法、"显言"较"寓言"为多的比重、"自然""高古"的风格。但李陵《与苏武三首》写得还要更"笨"一点：

与苏武三首·其一

> 良时不再至，离别在须臾。
> 屏营衢路侧，执手野踟蹰。
> 仰视浮云驰，奄忽互相逾。
> 风波一失所，各在天一隅。
> 长当从此别，且复立斯须。
> 欲因晨风发，送子以贱躯。[45]

第一句"良时不再至，离别在须臾"一语中的、不作掩饰、完全不含蓄，开始就把包袱底抖出来了。恰如清人方东树所说的"冷水浇背，卓然一惊"[46]，与《诗经·关雎》以鸟叫起兴及唐诗正宗的"羚羊挂角，无迹可求"[47]不同。

之后每一句都在重复写"别离"和"踟蹰"。"屏营衢路侧，执手野踟蹰"讲别离之时，人的举动。"屏营"是惶恐彷徨的意思。"野踟蹰"即在野外踟蹰。要分别了，两人全不情愿，但是毫无办法，只能僵持在路边，说不出话来。我在正经历分手的情侣身上看到过这种状态，说好要分手了，但还舍不得，在地铁闸口，两个人拉着手，身体却倾向不同方向，像缠斗到了僵局。

以下继续重复。"仰视浮云驰"是"踟蹰"，"奄忽互相逾"是"别离"，"风波一失所，各在天一隅"是"别离"。这四句是"寓言"。浮云本只是漂泊而已，但此处以"驰""奄忽"写其运行疾速，为"风波"铺垫。"互相逾"，两片浮云就像被有力的手在背后推着的囚徒，踉跄地被迫错身。作者领悟到，人与人、云与云相聚的"良时"是何等脆弱。不要有风波，不然就注定分崩离析，万劫不复，直到世界尽头。这是正经历生离死别之人的极端感受。

那要怎么办呢？"长当从此别，且复立斯须"，再次重复"别离"和"踟蹰"。完全没有办法，那就继续僵持，绝不撒手，哪怕再多站一分钟也好。然而僵持也没有用。"晨风"的信号等于现代人写"汽笛拉响了"。上路的时候到了，还是不肯放弃，"送子以贱躯"，继续跟着走一段。

这首诗写得真是笨。贺贻孙《诗筏》说："'长当送此别，且复立斯须'，二语痴妙，真异域永诀语也。"[48]这里的"痴"大约就是"死心眼"。死心眼、钻牛角尖，把感情的执拗写到了极致，所以称"痴妙"。这也是隶属于汉代诗、画、雕塑、书法共有的"拙重"之美：

> 汉代艺术还不懂后代讲求的以虚当实、计白当黑之类的规律，它铺天盖地，满幅而来。画面塞得满满的，几乎不留空白。这也似乎"笨拙"。然而，它却给

予人们以后代空灵精致的艺术所不能替代的丰满朴实的意境。[49]

为什么它比《古诗十九首》更"拙重"？除了口吻更直接、章法更简单[50]，还更身体化。身体的感受是最原始的，由它传达的情感更基本、更强烈。"屏营"的、"执手"的、"踯躅"的、"仰视"的、"立斯须"的，都是正受着别离之苦的"贱躯"。那也正是我们的躯体。这是唐诗不屑于去写的内容，但李陵《与苏武三首》把被诗歌进化史过滤掉的体验还给了现代读者。读者感同身受地发现，这两个当事人真是完全没有办法了。他们像溺水的人，做着于事无补的动作，如《与苏武三首·其三》中的"临河濯长缨，念子怅悠悠"，《其四》中的"徘徊蹊路侧，恨恨不得辞"。

与他们为敌的是"天隅""千秋""日月""往路"。他们已失去了先秦时代神祇和祖先的保护，完全孤独地面对世界，甚至不会像《诗经·黍离》或《离骚》一样抱怨天帝对人的抛弃。唯一的纽带是两个凡人之间的情感。连这条纽带也在不可阻挡地断裂。这是无神时代人的处境。在渺小个人与巨大时空的对比中，这组诗才格外富有苍茫之美：

> 汉诗似乎只是自言其情，即所谓"言在衽衽之间"，无论是游子离别，还是思妇闺怨，还是朋友背弃，都只是眼前生活中的情景；但又没有具体的背景，所表

达的是一种单纯而又深刻的人生感悟，这种感悟不但有短促的百年和永久的天地的对比，有不知如何安顿生命的烦恼，而且包括对于夫妇、朋友这些人与人的最基本关系的思考。[51]

葛晓音此一解释写出了《古诗十九首》和苏李诗的精神共性。在之前的阐释中，我也尚未将苏武和李陵引入，只是将此作品视为"受离别之苦的汉人诗作"讲。但现在我要问，如果把李陵《与苏武三首》视为李陵在赠别时的亲作，是否可以增添此作的艺术魅力？沈德潜、古直、章培恒等人，也许正是因此才要拼死捍卫李陵的作者身份吧。

《汉书·苏武传》中这样记载苏李赠别的场面：

> 李陵置酒贺武曰："今足下还归，扬名于匈奴，功显于汉室，虽古竹帛所载，丹青所画，何以过子卿！陵虽驽怯，令汉且贳陵罪，全其老母，使得奋大辱之积志，庶几乎曹柯之盟，此陵宿昔之所不忘也。收族陵家，为世大戮，陵尚复何顾乎？已矣！令子卿知吾心耳。异域之人，壹别长绝！"陵起舞，歌曰："径万里兮度沙幕，为君将兮奋匈奴。路穷绝兮矢刃摧，士众灭兮名已隤。老母已死，虽欲报恩将安归！"陵泣下数行，因与武决。[52]

以此为背景，我们来读李陵《与苏武三首》的后两首：

与苏武三首·其二

嘉会难再遇,三载为千秋。
临河濯长缨,念子怅悠悠。
远望悲风至,对酒不能酬。
行人怀往路,何以慰我愁?
独有盈觞酒,与子结绸缪。[53]

"嘉会难再遇"说的也许就是"李陵置酒贺武"的场面。二人在匈奴既有尊卑之别,又有异族之嫌,多年未有公开尽兴之"嘉会"。如今得单于允许宴请,但一度相逢后,就是永久的分离。因为前所未有,后亦无继,便增重了"嘉会"的珍贵。李陵与卫律等自愿投敌之汉人不和,在北地最亲密的朋友便是苏武。哪怕仅有三年,也值得当作千秋来记忆,何况已是六个三年。"三载为千秋"带有极言恩重的意思。"临河濯长缨,念子怅悠悠。""长缨"有二意,一指帽带,二指驾车时套在马颈上的长革带。李陵既已胡服,此处似应指革带。为他人牵缨执辔有尊爱之意,例如《史记·魏公子列传》中信陵君为侯嬴执辔。李陵虽恋恋不舍,仍为苏武牵马濯缨。濯缨之河水的悠长及一去无回成为了离情的视觉表征。"远望悲风至"也是如此,大漠边境卷起的风沙是离人内心悲伤的视觉表征。李陵意识到此时的悲伤只是预兆,以后的日子里大悲伤还要铺天卷地。"对酒不能酬",虽然有酒,但悲伤压不下去。

"行人怀往路,何以慰我愁?"当李陵在全心全意地把此刻拉长,苏武的心思已经在路上了。这和《行行重行行》一样。开始是两个人的"生离别",最后游子却"不顾反"。痛苦变成了一个人的痛苦。面对抛弃,《行行重行行》中的主人公决定无怨无悔地继续等待:"弃捐勿复道,努力加餐饭。"此处李陵也是如此,斟出更满盈的一杯酒,用它向远行者许一个永不相忘的诺言:"独有盈觞酒,与子结绸缪。""绸缪"即将木柴、尺帛等捆绑起来的意思,此处指情感的永志不忘。以苏李故事为背景,就能激发出这首诗中留恋、感恩、失落与决心的层次。

与苏武三首·其三

> 携手上河梁,游子暮何之?
> 徘徊蹊路侧,恨恨不得辞。
> 行人难久留,各言长相思。
> 安知非日月,弦望自有时。
> 努力崇明德,皓首以为期。[54]

但北方没有"河梁"。20世纪60年代,钱穆在香港新亚书院讲"中国文学史"课时,为了阐明此诗,还在黑板上画了一个"⌒"形的拱桥,说这才是"河梁",见于南方,而匈奴所处之地的桥,只不过是架在水中的条石。[55]理虽如此,古来人们却愿意相信"河梁送别"才是苏李赠别的典型场景，例如辛弃疾写："将军百战身名裂。向河梁、回头万里，故人长绝。"(《贺新郎·别茂嘉十二弟》)在"携手上河梁"的想象中，行至日暮，李陵与苏武面对一条大河的阻挡，到了必须正视分别现实的时候。他们依然携手攀上桥背。大漠送行与江岸送行不同，路线不是确定的。"游子暮何之"不是在问一个具体的目的地，而是表达虽有地名，视线在大漠中却仍无法聚焦的苍茫感，其根本还是在讲孤独。"徘徊蹊路侧"，李陵已退到了小路旁。《广雅》解"悢悢"为"悲然愁也"。"悢悢不得辞"即难过得说不出话来。

怎么办呢？下面进入汉代离歌互相勉励的套路。到此处，作者是否为李陵变得更关键。如不是李陵，读者可以认为，当事人确实还抱有未来相见的希望。"安知非日月，弦望自有时"相当于说日落之后还有日升，月亮还有初一、十五圆缺的变化，我们怎么知道这辈子不会相见？所以要努力增进德业（崇明德）、保重身体，把希望放在未来。这个解释较为平淡。如果是李陵所写，这些话就都成了"善意的谎言"。按《汉书·苏武传》，李陵"士众灭兮名已隤"，不再有什么增进德业的可能，在单于王庭也早以"异域之人，壹别长绝"与苏武永别。知道没有未来，还要用这些谎话来劝慰对方，让对方好受一点，这首诗就变得更苦涩。苦涩之中还有缠绵，就像沈德潜说："苏李之别，谅无会期矣，而云'安知非日月，弦望自有时。'何恌惘而缠绵也！后人如何拟得？"[56]这都是要先假定它是苏李所作，才能说得通的。

从文学阐释的角度来说，苏李诗真伪之争中，分歧的实质是将之视为普通的别离之诗，还是视为流亡文学。"流亡者与他们的根、他们的土地、他们的过去的联系都被切断了。"[57]在河梁送别的背景下，李陵与苏武都不再是《古诗十九首》或汉乐府中身份单纯的主人公，将"返乡"视为纯粹幸福的许诺。李陵当然是个流亡者。他既不属于胡，也不属于汉，在二者之间的"无所属"地带孤独地存在。他的内在也是分裂的。他的自我完全继承自他反对的国家。在反对汉朝时，同时反对着自己。当其送别之时，除一般的别离之痛外，还带有对漂泊的自伤，对永不能消除的无根之痛的强化。苏武虽不算是流亡者，但他在苏李诗中，被流亡文学的视角塑造，呈现的不是官方历史叙事中载誉归来的荣耀，而是个人生命被故国时间抛下的感伤。南北朝时，那些同样经历流亡、经受身份破碎的士人因为有着极类似的体验，才非要将这组诗的著作权送给苏武和李陵吧。

"流亡经验"并不只属于流亡者。它是人类群己冲突的极端表达。在自己的国土上孤独迁徙的人们也会从这组诗中看见自己身上的"流亡性"。苏轼是第一个提出苏李诗为伪作的具体证据的人[58]，但他在一生的漂泊中，常常想起《与苏武三首》。熙宁四年（1071），受弹劾出京时，苏轼把其中的"长当从此别，且复立斯须"改写成"留连知无益，惜此须臾景"（《颍州初别子由二首》）送给苏辙作为叮咛。元丰三年（1080），谪居黄州的苏轼，送行被罢免的知州陈君式。这两个流浪者分别之际，苏轼抄写了《与苏武三首》，还写了一篇"跋"：

> 此李少卿赠苏子卿之诗也。予本不识陈君式，谪居黄州，倾盖如故。会君式罢去，而余久废作诗，念无以道离别之怀，历观古人之作辞约而意尽者，莫如李少卿赠苏子卿之篇，书以赠之。春秋之时，三百六篇皆可以见志，不必己作也。[59]

正如苏轼的理解，此诗未必为苏李所写，但此情确乎为苏李所有。在讨论文献时要深究其假，在讨论文学时却要极摹其真。这大约是古人看待"苏李诗"时普遍的心态。

挺身承受的力量

我对李陵的兴趣来自司马迁。中学时在《古文观止》上读到《报任少卿书》，我感兴趣的不是那段著名的排比，而是文中磅礴的愤郁。那种愤郁是可以劫持读者的。我像山洪中的枯叶一般，被带至一处处浅滩与深潭。一口气读到文末，司马迁用一种高昂、激切的声调写道："草创未就，会遭此祸，惜其不成，是以就极刑而无愠色。仆诚已著此书，藏之名山，传之其人通邑大都，则仆偿前辱之责，虽万被戮，岂有悔哉！"[60]

这是我第一次从古文中感受到震撼。那震撼不是感动，而是不解："万被戮"，那就是死一万次吧。死一万次都不后悔，这么厉害的吗？就算在《圣斗士星矢》或《七龙珠》那样的漫画书里也没有这样的狠角色啊。

这种不明所以的强烈印象一直没有消失。后来读了中文系，工作后讲了几轮"中国古代文学史"，看作品的感觉忽然不一样了。特别是在看中唐以前的作品时，会有一种清晰的视觉印象——我独自在博物馆里，走过一件件展品，灯光独独打在它周围。后面时代的展区是一片黑暗。因为去除了后世历史的干扰，不再习焉不察，就容易看出历史切面上惊天动地的创造力。按时间顺序讲解文学史的过程中，渐渐我有所体会：文学阅读除了捕捉其"千载有余情"（陶渊明《咏荆轲》）的共时性魅力，还要发掘其历时性的"迁变之美"。忽然有一天，我看到闪电劈开天地的瞬间：那是司马迁将他"虽万被戮，岂有悔哉"的人生解决方案创造出来的瞬间。

在因李陵事件下狱时，他存在的根基被完全动摇。无论是自我之中，还是社会文化中，都没有现成的方案来应对这样的局面。除了"好死不如赖活"，没有人知道还能以其他什么理由活下去。对于不能接受"赖活"的人来说，死是唯一成熟的办法。但司马迁创造了一个不可思议的想法：把写作当作新的存在根基。以它为理由，人就可以不再躲避屈辱和死亡，甚至获得了"万被戮"也没关系的

"准永生"。中学时我在《报任少卿书》中感到的那种几乎称得上"神高驰之邈邈"（屈原《离骚》）的亢奋正来自他找到了答案后无所畏惧的心情。

"知道为什么而活的人，便能生存。"[61]这是现代人所能理解的逻辑。在文明史中，人们一次次地将各种观念发明出来。把它们当作一种答案，生活就不算白白受苦。可是那些没有找到答案的人呢？他们是靠什么活下来？这就是我后来关注李陵故事的原因。

李陵是藏在文学史背后的。冠名李陵的文学作品很多。完全确定是李陵写的，只有《汉书·苏武传》中一首楚歌体短歌。不过我在《汉书·李陵传》《答苏武书》和苏李诗中读到一种共性的东西：在完全没有答案的情况下，哲学和智性中也没有资源可用时，仅以意志"扛住"的力量。在或真或假的作品里，李陵从没有司马迁那样豁然开朗的时候。他完全没有办法，但又完全不肯服输，竟也咬牙度过了一生。

关掉博物馆里西汉之后展区的灯光，我们可以更清楚地看见李陵遭遇了什么。在司马迁和李陵的时代，佛教还没有传入中国，道家尚未通过魏晋玄学进入诗的世界。被儒家的价值体系摒弃的人，就被扔到了意义的荒野上。针对人生的痛苦，我们在后世诗歌中看到的常用解决方案，如佛教对爱别离苦的思惟，道家乘物游心的逍遥、生死齐一的豁达都还不存在。撤去了这些方案的保护，汉朝人其实是赤裸裸地被扔在世界面前，只能以肉身对抗。我们在汉乐府和《古诗十九首》中，看到的就是这样无神可求、无处可逃的人们。他们却创造出最浑厚有力的艺术。后人爱靠思想求解脱，但仍会被汉诗中挺身承受的力量感动。

李陵留给我的印象是一匹"胡马"。在我写作这一章的过程中，这个比喻不停闪现。现在它终于静止于一个姿势：在胡地玄冰、边土惨裂之中，它默默低着头，站立耐受风雪，毛与冰雪结成一体。幸福、成就、英雄气概，生命的一切光亮都因流亡而被永远扑灭了。他的存在成了里尔克所写的那样：

  谁还会说起胜利呢？
  忍耐就是一切。[62]

注释

1 《李陵》，[日] 中岛敦著，徐建雄译：《山月记》，西安：三秦出版社，2018年，第163页。
2 《李陵》，《山月记》，第176页。
3 [日] 荒正人：《中岛敦论》，《中岛敦全集》补卷，《月报》第5辑，东京：文治堂书店，1951年，第58页。
4 《冒顿时代匈奴的扩张》，陈序经著：《匈奴史稿》，北京：中国人民大学出版社，2007年，第188页。
5 《李将军列传》："吏当广所失亡多，为虏所生得，当斩，赎为庶人。"见[汉] 司马迁撰，[宋] 裴骃集解，[唐] 司马贞索隐，[唐] 张守节正义：《史记》，北京：中华书局，2014年，第3471页。《武帝纪》："（天汉四年）秋九月，令死罪（人）赎钱五十万减死一等。"见[汉] 班固撰：《汉书》，北京：中华书局，1962年，第205页。
6 《李将军列传》，《史记》，第3473—3474页。
7 《李将军列传》，《史记》，第3474页。
8 《李将军列传》，《史记》，第3476页。
9 《伯夷列传》，《史记》，第2585页。
10 [日] 佐佐木充：《近代文学资料1》，东京：樱枫社，1968年，第55—56页。
11 《李将军列传》，《史记》，第3477—3478页。
12 何寄澎：《〈汉书〉李陵书写的深层意涵》，《文学遗产》，2010年第1期。
13 《班彪列传》："道游侠，则贱守节而贵俗功：此其大敝伤道，所以遇极刑之咎也。"[南朝宋] 范晔撰，[唐] 李贤等注：《后汉书》，北京：中华书局，1965年，第1325页。
14 《李将军列传》，《史记》，第3477页。
15 《李广苏建传》，《汉书》，第2454—2455页。
16 《李广苏建传》，《汉书》，第2458—2459页。
17 何寄澎：《〈汉书〉李陵书写的深层意涵》，《文学遗产》，2010年第1期。
18 《花剌子模信使问题》："据野史记载，中亚古国花剌子模有一古怪的风俗，凡是给君王带来好消息的信使，就会得到提升，给君王带来坏消息的人则会被送去喂老虎。"见王小波著：《沉默的大多数》，北京：十月文艺出版社，2021年，第1页。
19 丁宏武：《李陵〈答苏武书〉真伪再探讨》，《宁夏大学学报（人文社会科学版）》，2012年第2期。
20 "迄今为止，本人所见最早的材料见于《史记·匈奴列传》集解引晋灼云'《李陵与苏武书》云"相竞趋蹯林"'。《苏书》记录的却赠问题，也有记录。《史记》卷一一七《司马相如列传》集解引郭璞曰：'李陵尝以此弓十张遗苏武也。'可见，二人确实见到了苏武给李陵的书信，当然未必是真品。二人所记不见于《李答书》，考虑到类聚本《李答书》比《文选》本《李答书》少八百三十字，尤其郭璞所记与苏书有着较为明显的关系，可以推知它们可能是《初答书》与《苏书》的轶文。当然，这需要文献发掘的进一步证明。如果此说成立，那么西晋人晋灼的卒年就是作品出现的下限。"（晋灼为西晋人。）见范春义：《〈李少卿答苏武书〉真伪考略》，《古典文献研究》，2006年第1期。

21 《答苏武书》，[南朝梁]萧统编，[唐]李善注：《文选》，上海：上海古籍出版社，1986年，第1847—1848页。

22 《〈文选〉选讲》，顾随著：《顾随全集》卷七，石家庄：河北教育出版社，2014年，第177页。

23 《答苏武书》，《文选》，第1852—1853页。

24 《武帝纪》："（天汉四年）秋九月，令死罪（人）赎钱五十万减死一等。"见《汉书》，第205页。

25 "司马迁似有意以李广一生的际遇，说明以六郡良家子从军形成的军人，虽然他们在讨伐匈奴战斗中，曾作出许多不可磨灭的贡献，但却没有获得应有的尊敬。相反地，由恩幸出身的卫青、霍去病，他们所有功绩，都是由这批六郡良家子之血泪凝成。但武帝对他们宠爱有加，封赐超常，其出征所将皆精兵良骑。……所以，武帝虽有讨伐匈奴雪耻复仇的决心，然其择将帅，凭一己之偏，擢自恩幸柔媚之中，是故'建功不深'。故司马迁于《匈奴列传》之终，而有'唯在择任将相'的慨叹……"见逯耀东著：《抑郁与超越：司马迁与汉武帝时代》，北京：生活·读书·新知三联书店，2008年，第194页。

26 《李将军列传》，《史记》，第3476页。

27 《答苏武书》，《文选》，第1848页。

28 《答苏武书》，《文选》，第1848页。

29 《答苏武书》，《文选》，第1853页。

30 《答苏武书》，《文选》，第1853页。

31 《〈文选〉选讲》，《顾随全集》卷七，第179页。

32 《咏怀》，[清]沈德潜选评，闻旭初标点：《古诗源》，北京：中华书局，2018年，第118页。

33 《李陵答苏武书》，[清]吴楚材、吴调侯选注：《古文观止》，北京：中华书局，1987年，第246页。

34 此句为［清］于光华辑《重订文选集评》（北京：国家图书馆出版社，2012年）中所引方伯海语。见张新科、尚永亮主编：《先秦两汉文观止》，西安：陕西人民教育出版社，2019年，第382页。

35 《略论中国史学》，钱穆著：《现代中国学术论衡》，台北：联经出版事业公司，1998年，第127页。

36 温海清：《北魏、北周、唐时期追祖李陵现象述论——以"拓跋鲜卑系李陵之后"为中心》，《民族研究》，2007年第3期。

37 《扶风歌》，逯钦立辑校：《先秦汉魏晋南北朝诗》，北京：中华书局，1983年，第849—850页。

38 据《先秦汉魏晋南北朝诗》、逯钦立撰《汉诗别录》，这二十一首中包括梁代《文选》所收七首、疑为唐人所编的《古文苑》所收十首、《古文苑》列于孔融名下亦有两首出于南朝所编《李陵集》（现已佚），另有残句四句，约出于两首。

39 "风骚既息。汉人代兴。五言为标准矣。就五言中。较然两体。苏李赠答、无名氏十九首。"见《古诗源》，第1页。此外，《古诗源》卷二收录了苏武《诗四首》及李陵《与苏武诗三首》。

40 《藩国之文术》："稍后李陵与苏武赠答，亦为五言，盖文景以后，渐多此体，而天质自然，终当以乘为独绝矣。"《武帝时文术之盛》："五言有枚乘开其先，而是时苏李别录，亦称佳制。……至元始六年，苏武得归，故与陵以诗赠答……"见鲁迅著：《汉文学史纲要》，北京：人民文学出版社，1973年，第45、52页。

41 在其所著的《汉诗研究》中，古层冰为苏李诗辨伪做了十四条辨证：苏李能诗乎、苏李之诗不能伪、本传不录《艺文志》不载、奉使不得言"行役在战场"、长安赠别不当有江汉语、苏武诗解题、李陵众作总杂不类、触犯汉讳、不切当日情事、不合本传岁月、汉初五言靡闻、李陵之歌初非五言、六朝人苏李诗评及引用考略、《文选》外之苏李诗。见古层冰著：《汉诗研究》，上海：启智书局，1934年，第43—82页。

42 请参考跃进《有关〈文选〉"苏李诗"若干问题的考察》，章培恒、刘骏《关于李陵〈与苏武诗〉及〈答苏武书〉的真伪问题》，谢思炜《李陵、苏武诗词语考论》，丁宏武《唐前李陵接受史考察——兼论李陵作品的流传及真伪》，马燕鑫《"苏李诗"的用韵特征及〈李陵集〉成书考论》，曹旭《读"苏李诗"札记》。

43 《古诗十九首》，《古诗源》，第81页。

44 《行行重行行》，《文选》，第1343页。

45 《与苏武三首·其一》，《文选》，第1352页。

46	《汉魏一〇》，[清]方东树著，汪绍楹点校：《昭昧詹言》，北京：人民文学出版社，1961年，第53页。
47	《诗辨五》，[宋]严羽著，郭绍虞校释：《沧浪诗话校释》，北京：中华书局，1961年，第24页。
48	贺贻孙《诗筏》，郭绍虞编选，富寿荪校点：《清诗话续编》，上海：上海古籍出版社，1983年，第152页。
49	《楚汉浪漫主义》，李泽厚著：《美的历程》，北京：生活·读书·新知三联书店，2009年，第86页。
50	《古诗十九首》中的《行行重行行》，陶渊明《拟古·荣荣窗下兰》等诗，一首其实是几组画面的衔接，叙事覆盖分别之时、分别多年后，情节有转折，情感富变化。李陵《与苏武诗三首》只写"马上要分别了，毫无办法"一事，没有转折。
51	葛晓音著：《先秦汉魏六朝诗歌体式研究》，北京：北京大学出版社，2012年，第303页。
52	《李广苏建传》，《汉书》，第2466页。
53	《与苏武三首·其二》，《文选》，第1353页。
54	《与苏武三首·其三》，《文选》，第1353页。
55	《汉代五言诗（上）》，钱穆讲授，叶龙记录整理：《中国文学史》，成都：天地出版社，2016年，第98页。
56	沈德潜《说诗晬语·卷上·五〇》，郭绍虞主编：《原诗 一瓢诗话 说诗晬语》，北京：人民文学出版社，1979年，第199页。
57	[美]爱德华·萨义德撰，黄灿然译：《关于流亡的省思》，《天南》文学双月刊，2011年第5期。
58	《答刘沔都曹书》（元符三年即1100年苏轼在儋州作）："李陵、苏武赠别长安，而诗有'江汉'之语。及陵与武书，词句儇浅，正齐梁间小儿所拟作，决非西汉文。而统不悟。见[宋]苏轼著，孔凡礼点校：《苏轼文集》，北京：中华书局，1986年，第1429页。
59	《书苏李诗后》，《苏轼文集》，第2089页。
60	《报任少卿书》，《古文观止》，第202页。
61	[美]弗兰克尔著，吕娜译：《活出生命的意义》，北京：华夏出版社，2010年，第91页。
62	《祭沃尔夫·封·卡尔克罗伊德伯爵》，[奥]赖纳·马利亚·里尔克著，陈宁、何家炜译：《里尔克诗全集》第一卷第三册，北京：商务印书馆，2016年，第819页。

曹丕：乐极的哀情

他们相信靠自己的才干足以掌管世界。但瘟疫挫败了他们。如风中高树般敏感，如墙头蒿草般脆弱，这就是曹丕对生命的感受。我们只有在最脆弱、最敏感的时候才最接近曹丕。

> 因为这城邦，象你亲眼看见的，正在血红的波浪里颠簸着，抬不起头来；田间的麦穗枯萎了，牧场上的牛瘟死了，妇人流产了；最可恨的带火的瘟神降临到这城邦，使卡德摩斯的家园变为一片荒凉，幽暗的冥土里倒充满了悲叹和哭声。[1]

公元前430年，雅典发生瘟疫。这场瘟疫给了索福克勒斯巨大的触动，使他决定改写希腊神话中俄狄浦斯杀父娶母的故事。

在希腊城邦忒拜附近的山上，人面兽身的妖怪斯芬克斯重复背诵一个谜语，问什么动物有时四只脚，有时两只脚，有时三只脚，脚最多时最软弱。[2] 路人不能回答，便一一被斯芬克斯吃掉。流浪的外邦人俄狄浦斯道出谜底为"人"。斯芬克斯羞愤坠崖，俄狄浦斯却因解救忒拜而被留下成为国王，并在不知情中娶了忒拜的皇后，也即他的生母伊俄卡斯忒。在他统治之下，忒拜风调雨顺十五年，然后瘟疫暴发了。俄狄浦斯王穷尽了所有的智慧都无法拯救城邦，只能派人寻求神启。索福克勒斯的悲剧《俄狄浦斯王》就此开始。

索福克勒斯也藏了一个谜语。斯芬克斯提醒每个过路人去思考的，恰好是铭刻在希腊圣地德尔斐神庙上的箴言"认识你自己"。看起来俄狄浦斯说对了答案，战胜了女妖，但彼时的他，却是一个对自己的身世及人生任务一无所知的人。从女妖坠崖、俄狄浦斯称王娶母的那一刻起，"认识你自己"的沉重任务才真正落到了他身上。在这部悲剧的结尾，俄狄浦斯了知身世并自刺双眼，在成为盲人之时心眼明亮，真正实现了自我认知。

索福克勒斯提醒我们，真正的智慧不仅来自头脑，它还要求人涉入命运之河，获取具身的体验。而命运也并不仅是人无法回避的设定，更是个人形成中最重要的素材。索福克勒斯的命运观是反宿命论的。命运早在俄狄浦斯出生之前就已写定，俄狄浦斯终其一生也未能改变它的走向，但有更重要的东西得到了改变。那个完全认识了自己的俄狄浦斯从他不可避免的命运中诞生了出来。至此，斯芬克斯的谜语才在根本上得到了解答，俄狄浦斯也才真正配得上国王的荣耀。

同样经历了雅典大瘟疫的历史学家修昔底德在《伯罗奔尼撒战争史》中记载，瘟疫发生时，雅典人在死亡的恐惧下沉溺于欲望，带来道德的全线溃败。[3] 与现实相反，索福克勒斯笔下的俄狄浦斯王却被瘟疫驱动，走向反思傲慢和自我牺牲的道路。当"医学之父"希波克拉底在雅典街头指挥公民燃烧植物，用芳香的雾气驱走瘟疫，索福克勒斯用《俄狄浦斯王》燃起新的英雄理想，宣示着重塑人文精神的乐观愿望。

在中国古代，瘟疫是否也曾驱动人们去"认识你自己"？我们从东汉建安二十二年（217）讲起。

建安二十二年的瘟疫

建安二十二年冬，在中国也发生了一场大瘟疫。当时的皇帝还是汉献帝，建安是他的年号。曹操以丞相的名义掌管天下。东汉末年是瘟疫的高发期。从建安元年到建安二十二年，史书上记载了五次瘟疫，平均四年多就有一次。频繁的瘟疫在文化史上造成的影响，首先是促使张仲景写出了《伤寒论》。在《伤寒论》的序中，张仲景说他的家族在十年之内，三分之二的人死于瘟疫。死亡者中，又有七成是死于伤寒的流行：

> 余宗族素多，向余二百，建安纪年以来，犹未十稔，其死亡者，三分有二，伤寒十居其七。[4]

名医的家族在瘟疫中都有如此之高的死亡率，普通人的遭遇又如何？曹植的《说疫气》提到，建安二十二年的这场瘟疫，中原百姓中几乎没有一家可以豁免。每家都有活人仰面倒下变为尸体，每户都传出为死者号哭的声音。一人得病往往牵连一家，很多家庭，甚至整个家族都被瘟疫灭门：

> 建安二十二年，疠气流行。家家有僵尸之痛，室室有号泣之哀。或阖门而殪，或覆族而丧。[5]

曹植认为，疫气运行是由寒暑失调引起的，遭遇这场灾难的，大都是粗衣陋食的百姓，而贵族之家较少染病。可笑的是，百姓不懂这个道理，会在门上悬符驱除瘟神疫鬼。

这篇短文其实带有他年轻时代"何不食肉糜"的公子习气。但今人对这篇文章多有赞赏，一是认为曹植同情民间疾苦，二是因为他比较唯物主义。我一直很好奇，当曹植这样客观地描述瘟疫时，他是怎样看待死于这次瘟疫中的四位大诗人的？这四人就是"建安七子"中的徐幹、陈琳、应玚、刘桢。[6]

事实上，建安二十二年的这场瘟疫，不但带走了建安七子中一多半的诗人，它还改变了文坛的整体风格。文学史书上常说建安文学前期充满了建功立业的热情，后期则变得消极，表达生命短暂、人生无常之感，说的就是这种转变。

建安七子是东汉建安年间，除曹氏父子外，最重要的七位作者。除了前面提到的四人，还有孔融、阮瑀、王粲。其中最为民间熟悉的，就是那个让梨的孔融。他们在文学史上的价值，按照鲁迅在《魏晋风度及文章与药及酒之关系》中的说法，是开启了"文学的自觉时代"[7]。

建安时代之前的人不认为文学有独立的地位。读书人的兴趣或在建功立业上，或在著书立说上。"立说"主要是指创立思想学术方面的"学说"，如孔子、老子等，而"著书"还包含写作历史著作，如司马迁写作《史记》。没有人想要单纯做一个文学家。如果要问谁是先秦最重要的诗人，我们只有一部充满了美妙诗歌，而大部分诗都没有署名的《诗经》和一部有屈原署名的《楚辞》。但屈原从不满足于去做一个诗人，他认可的身份是楚国大夫。

到了汉代，有汉乐府。汉乐府中很多明明是文人写的，但都没有署名。东汉的《古诗十九首》美妙绝伦，后来的评论家觉得如何赞誉都不为过。《文心雕龙》说它是"五言之冠冕"[8]，《诗品》说它"一字千金"[9]，明代的胡应麟说它"泣鬼神，动天地"[10]，清代的陈祚明说它是"千古至文"[11]。各个时代文学评论中最极端的溢美之词都赠给它了，但我们依然不知道《古诗十九首》的作者是谁。好像创作它们的人完全不在乎，甚至不知道要署名。相对于以著述立身的普遍态度，以诗文来留名，是建安之前没人想过的事情。从建安时代开始，诗人就逐渐意识到文学是有独立价值的，所以他们开始在自己的作品上署名，并计较文辞的创作权问题。曹植就在《与杨德祖书》中称，文章的美恶将永远影响作者名誉的美恶，为此作者需谨慎地对待作品。[12]这即是文学作品的署名权已日渐重要的例证。

阅读魏晋诗歌，和阅读汉代诗歌在感受上最大的差别，就是我们面对的不再是面目模糊的作者群体，而是个性鲜明、身世清楚的具体的人。自曹氏父子和建安七子之后，文学史就变得充满个人的个性。建安七子之后有竹林七贤，竹林七贤之后又有太康时代群星闪耀的作家，在他们之后，又有陶渊明、谢灵运。文学史不再是群体的历史，而是个体的表达。在文学上追求个人风格的差异，借助作品留下个人生命的痕迹，就是从建安时代开始的。

在"三曹"身上，特别是在曹操身上，留有很多过渡时期的特点。《短歌行》中"青青子衿，悠悠我心"两句抄自《诗经·郑风·子衿》，"呦呦鹿鸣，食野之苹。我有嘉宾，鼓瑟吹笙"抄自《诗经·小雅·鹿鸣》。以现代人的观点来看，这是赤裸裸的抄袭。但曹操抄得如此坦荡自然。这不是后世"引用"手法的嵌入之感，而是沿袭之句与自出之句完全平等地融为一体。这与《短歌行》本来就是乐府旧题有关，正如同为乐府的《饮马长城窟行》与《古诗十九首》共享"青青河畔草"一句。这也与曹操所在的时代，人们对文学作品署名权的观念刚开始建立有关。

从《诗经》开始，经过了一千多年，终于在曹氏父子和建安七子身上开启了诗人的自我觉醒，建安七子中的四个却在建安二十二年的这场瘟疫中死去。

第一封信：贵公子的享乐时刻

我最初注意到建安七子与瘟疫的关系，是因为曹丕的《与吴质书》与《典论》都说到了这件事。

《与朝歌令吴质书》是书信体散文的代表。在魏晋之前，没有人像明清时代的袁宏道、张岱这些小品文作家那样，有意识地去写抒情散文这种东西。魏晋及魏晋之前的抒情散文，基本都来自私人书信。写作时没有公之于众的目的，反倒写出了最私人、最真切、最不足为外人道的真情实感。南朝昭明太子所编纂的《文选》里，可以归类为"抒情散文"的基本都收在了"书"这一部分。他确有眼光，第一封是李陵的《答苏武书》，第二封是司马迁的《报任少卿书》，第三封是司马迁的外孙杨恽的《报孙会宗书》。这都是所谓的"千古至文"，我在中学时读它们，虽不能全懂，却已经非常感动，且自然地想要背诵。在这三封信后，就是孔融、朱浮、陈琳、阮瑀的各一封信，这四人中，孔融、陈琳、阮瑀列于建安七子。再后即是曹丕的三封信、曹植的两封信。而在曹丕的三封信中，有两封都是写给吴质的，可视为建安文学中最好的散文。

第一封信写在建安十八年（213）：

与朝歌令吴质书

五月二十八日，丕白：季重无恙。途路虽局，官守有限，愿言之怀，良不可任。足下所治僻左，书问致简，益用增劳。

每念昔日南皮之游，诚不可忘。既妙思六经，逍遥百氏；弹棋间设，终以六博，高谈娱心，哀筝顺耳。驰骋北场，旅食南馆，浮甘瓜于清泉，沉朱李于寒水。白日既匿，继以朗月，同乘并载，以游后园，舆轮徐动，参从无声，清风夜起，悲笳微吟，乐往哀来，怆然伤怀。余顾而言，斯乐难常，足下之徒，咸以为然。今果分别，各在一方。元瑜长逝，化为异物，每一念至，何时可言！

方今蕤宾纪时，景风扇物，天气和暖，众果具繁。时驾而游，北遵河曲，从者鸣笳以启路，文学托乘于后车。节同时异，物是人非，我劳如何！今遣骑到邺，故使枉道相过。行矣自爱。丕白。[13]

曹丕无论诗文，都有一种沉静、优雅、温厚的调子。把曹丕和曹植的作品放在一起读是很有意思的，特别是同题之作。曹植用褒义来说是汪洋恣肆，用贬义来说是叫嚣隳突。曹丕则是平静和缓、徐徐道出。

先看第一段。季重是吴质的字，当时他在朝歌，即现在河南省鹤壁市淇县当县令。曹丕说："我五月二十八日给你写信，问你身体可好。我想去看你，而且我们确实隔得不很远，只是各自在官职任上，不方便随意离开。很简单的一件事就是做不到。思念常常让我难以忍受。特别是你现在所处偏僻，书信也减少，使我的想念变得更深切。"第一段只是寒暄，但很有温度、有分寸，并不夸张，又让人感动。

第二段是书信的主体，写得更挥洒一点，主旨是怀念过去一起游玩的日子[14]。

曹丕说："每每怀念过去我们在南皮玩耍的日子，就觉得那是最难忘的事。"这些年轻人在一起读书，"妙思六经，逍遥百氏"。"妙思六经"是指对儒家《诗》《书》《礼》《乐》《易》《春秋》学说的深思。在建安时期活跃的学术风气下，儒家思想不是垄断性的，他们也在诸子百家中自由取舍，即所谓"逍遥百氏"。读书之外，还有玩耍，即"弹棋间设，终以六博"。"弹棋"和"六博"都是带有赌博性质的棋类游戏。玩耍只是调剂，在玩耍之时，口中继续着学理性的高谈阔论，耳朵听着琴筝的音乐。

顾随先生说："中国散文家内，古今之中无一人感觉如文帝之锐敏，而感情又如此其热烈者。"[15]曹丕能够写出很细微的心灵波动，写得非常准确。"高谈"之"娱心"，"哀筝"之"顺耳"值得深入一谈。"高谈"一般是争夺胜负，炫耀机辩，但到了"高谈娱心"的层次，就有一种心意相通、惺惺相惜之感。"顺耳"的是"哀筝"而不是任何欢乐的音乐。言"顺耳"而不言"悦耳"，讲的是在这高谈与游乐之间，必须有一些略为哀伤的音乐，才能共情心灵的整体。

曹丕有一种强烈的"乐极哀情来"的意识。他在《善哉行》中间甚至说"乐极哀情来,寥亮摧肝心"。"寥亮"即今之"嘹亮",讲极乐之时结束,心灵感到哀伤袭来的那种清晰、刺痛、无可回避。古往今来人们大都相信,获得了权力的人不会哀伤,要么曹丕只是在惺惺作态,或忧虑权力不稳。然而这是夏虫不可语冰之事。

> 哀者,乐之极也。必感觉锐敏、感情热烈之人始能写出。……文章写到这儿,不但响,且越来越高、越来越深、越来越远。[16]

那极乐之时的"哀筝顺耳"仿佛只是提醒他良辰的易逝。这刺激他更加投入热烈的享乐。于是画面变得更具动感:"驰骋北场,旅食南馆,浮甘瓜于清泉,沉朱李于寒水。白日既匿,继以朗月,同乘并载,以游后园。"这段话与曹植《名都篇》中写的内容基本一致,讲的是贵族子弟的游猎和宴饮生活。

名都篇

> 名都多妖女,京洛出少年。
> 宝剑直千金,被服丽且鲜。
> 斗鸡东郊道,走马长楸间。
> 驰骋未能半,双兔过我前。
> 揽弓捷鸣镝,长驱上南山。

> 左挽因右发，一纵两禽连。
> 余巧未及展，仰手接飞鸢。
> 观者咸称善，众工归我妍。
> 我归宴平乐，美酒斗十千。
> 脍鲤臇胎鰕，炮鳖炙熊蹯。
> 鸣俦啸匹侣，列坐竟长筵。
> 连翩击鞠壤，巧捷惟万端。
> 白日西南驰，光景不可攀。
> 云散还城邑，清晨复来还。[17]

《名都篇》写洛阳城里鲜衣怒马的贵族青年一天的生活。曹植是贵公子兼大才子。丰富的享乐经验、华丽变化的文辞相合作，带来眼花缭乱的乐趣。他的叙事推进得很快，带着读者奔驰在感官世界里。如同"两岸猿声啼不住，轻舟已过万重山"（李白《早发白帝城》），不需要沉吟品味，种种刺激就已奔袭而来。他以快镜头描述青年在城市里骧突取乐，足迹遍布东南西北。斗鸡未终，即弃之而走马；走马未终，即弃之而驱兔；驱兔未终，即弃之而猎禽。时间、金钱、精神、德性好像都取之不竭，可以尽情挥霍。"斗鸡东郊道，走马长楸间。驰骋未能半，双兔过我前。揽弓捷鸣镝，长驱上南山。左挽因右发，一纵两禽连"，朗读起来能感到音调和速度的激动人心。

这群贵族青年绝不会考虑马蹄是否践踏青苗、惊扰百姓。他们的箭上带有哨子，射出时发出呼啸之声。坐下吃饭也不安分,而是要"鸣俦啸匹侣",大声呼朋唤友,于是不知来了多少鸡鸣狗盗之徒,摆起了长席"列坐竟长筵"。这本是恶少行径,却带有顽劣而潇洒、意气风发的青春之美,并不使人厌恶,反而令人向往。李白的"陈王昔时宴平乐,斗酒十千恣欢谑"(《将进酒》)即是从此诗中来。但哪怕是李白,他对曹植的追想也只在"千金散尽还复来"的财富层面。或许在"风吹柳花满店香,吴姬压酒劝客尝。金陵子弟来相送,欲行不行各尽觞"(李白《金陵酒肆留别》)中亦有平乐之宴的影子,但比起曹植笔下奢靡到无聊的生活、一轮一轮的取乐、像享乐的旋涡从城市深处吸引无数的拥趸,以及"云散还城邑,清晨复来还"的永恒无尽之感,李白的《将进酒》只能算寒酸。

曹植比较善于外在铺陈,曹丕比较善于内心感受,这一区别在写宴饮时也可看出。《名都篇》里是"脍鲤臇胎鰕,炮鳖炙熊蹯",意谓鲤鱼刺身和虾羹、爆炒甲鱼和烤熊掌。诸种难得的珍肴用难写的字拼出,炫目的效果已经达成。而曹丕《与朝歌令吴质书》里是"浮甘瓜于清泉,沉朱李于寒水"。瓜与李本是最普通的水果,不然不会有"瓜田李下"之说,可是曹丕写来,朱红的颜色、冰冷的触觉、甘甜的味道、盛夏的季节,以及一群贵族青年带着优游的态度,欣赏瓜果在甘泉中浮沉,这都带有高度教养的影子,有内在化、心灵化的特点。相比于曹植欣赏的"鸣俦啸匹侣",曹丕欣赏的情感乐趣,大概算得上"悠然心会,妙处难与君说"(张孝祥《念奴娇·过洞庭》)。

曹植与曹丕最大的区别是在一天的欢乐结束的时候。曹植约定此刻散会，明早继续狂欢。可是在曹丕的信中，一些更丰富的感受生发了出来，一些更深刻的思考刚刚开始。于是这封信中最美妙的地方开始了：

> 白日既匿，继以朗月，同乘并载，以游后园，舆轮徐动，参从无声，清风夜起，悲笳微吟，乐往哀来，怆然伤怀。余顾而言，斯乐难常，足下之徒，咸以为然。

曹丕说："当太阳躲藏，月亮替上，我们同坐在一辆车上，想去秉烛夜游、尽情欢乐。可是不知道为什么，大家反倒都沉默了。仆从和马也被裹进了这样的气氛里，车轮慢了下来，仆从悄无声息。在这样的沉默中，我们就感受到了夜晚的凉风吹在身上，听到了远处胡笳悲凉的乐声。快乐过去了，悲伤到来了。'乐极哀情来，寥亮摧肝心'的悲哀再一次击中我，于是我回头看看你们，说出了我的预言：这快乐不会长久。"

美妙在哪里？一来曹丕描述了一种更安静、深邃的心灵境界。进入这样的境界，感官变得更敏锐了，捕捉到了夏之夜风、远处之笳声。这极微小的刺激却带来强烈的感发。二来曹丕表达了一种更亲密、深刻的情感理想。与共享热闹相比，共享寂静常常意味着更深的关系。而曹丕却不满足于已经共享的寂静和悲哀，还要邀请朋友共享对命运的悲剧预感"斯乐难常"。这样深刻的预感不但超越了还在尽情享乐的曹植，显然也超越了吴质、阮瑀这些青年，所以他们除了附和再也说不出什么。

命运果然如曹丕所预测。在《与朝歌令吴质书》写作那年，当日玩伴已经"今果分别，各在一方。元瑜长逝，化为异物"。元瑜就是建安七子之中的阮瑀。他是阮籍的父亲，在建安十七年（212）去世了。毫无过渡地从南皮之游转到了阮瑀之死，曹丕表达了生命的虚无之感。相比于短暂人生的快乐，死亡显得更像永恒；相比于人间荣华富贵的具象，人死后甚至说不清变成了什么，而只能说"化为异物"。这本是汉魏文人常见的生命感慨，但曹丕在比一般人更年轻时就受此困扰。从作品看，他没有像曹植一样经历过纯粹纵情欢乐的时期。

阮瑀的死印证了曹丕年轻时"斯乐难常"的预感。在这封信的最后一节里，曹丕说，你看现在又到了春夏之交。我出游时，奏乐的人在前面开路，文学侍从坐在后面的车子上，一切都像我们年轻时欢乐的日子，但实质上一切都变了。我该如何赶走这物是人非的哀伤？这封信就写完了。

这封信并不涉及任何具体的事件和目的。其中情谊正如清代厉鹗赠友人的名联："相见亦无事，不来忽忆君。"[18]但吴质的回信令人失望。他只是说往日和世子游玩真是太荣耀了，希望曹丕想办法把他调回京城，对于曹丕"乐往哀来""斯乐难常"的悲感，并没有什么回应。

第二封信：死亡与文学纪念碑

建安二十三年（218）春天，曹丕又给吴质写了一封信《与吴质书》，就是《文选》中曹丕名下的第二篇。此时，建安二十二年的瘟疫刚刚结束，曹丕也在四个月前被立为世子。这封信依然讲述了对吴质的惦记、对南皮之游的怀念，和对"欢乐不能长久"这一信念的重申。与第一封信相比，这封信中增加的内容有三：一是对瘟疫的记叙，二是对徐、陈、应、刘文学成就的总结，三是自己变老的体验。

> 二月三日，丕白：岁月易得，别来行复四年。三年不见，《东山》犹叹其远，况乃过之，思何可支！虽书疏往返，未足解其劳结。
>
> 昔年疾疫，亲故多离其灾，徐陈应刘，一时俱逝，痛何可言邪！昔日游处，行则连舆，止则接席，何曾须臾相失。每至觞酌流行，丝竹并奏，酒酣耳热，仰而赋诗，当此之时，忽然不自知乐也。谓百年已分，可长共相保，何图数年之间，零落略尽，言之伤心！顷撰其遗文，都为一集。观其姓名，已为鬼录。追思昔游，犹在心目，而此诸子，化为粪壤，可复道哉！[19]

《诗经·豳风·东山》讲周公东征结束，军士换下战袍返回家乡时，一路感慨世界的凋敝，担心旧日的欢乐已彻底逝去，不可复追。[20]《东山》四章，皆以"我徂东山，慆慆不归。我来自东，零雨其濛"开头。那条回家的路洒满秋雨，好像永远没有尽头。诗中有一句"自我不见，于今三年"。了解《东山》的忐忑，便可理解曹丕所说"三年不见，《东山》犹叹其远，况乃过之"的感觉：个人生命虽然在战争或瘟疫这样的群体性灾难中幸存了下来，但生命的底色变化了。《东山》中的"仓庚于飞，熠耀其羽"，《与吴质书》中的"行则连舆，止则接席"是过去的绚烂；《东山》中的"町畽鹿场，熠耀宵行"，《与吴质书》中的"徐陈应刘，一时俱逝"却是现在的黯淡。那些不掺杂阴霾的明艳时刻被困在了过去。

曹丕对《东山》无意识的联想，触及战争和瘟疫之可比性的主题。《东山》的忧伤，读者都能感到，但它的主题却没有统一的说法。原因就在于人们认为战争有正义与非正义之分，如果《东山》的背景真是周公东征的"正义之战"，总会有人想从那忧伤底下翻出点积极乐观来。但瘟疫不同，没有"正义性瘟疫"。所以当人们暴露在瘟疫面前，对命运之无常、人命之短暂的感受甚至更直接。

在曹丕的叙述中，这场瘟疫并不像曹植说的那样，穷人生病、富人幸免。他说"亲故多离其灾"。"亲"即亲戚，"故"即故人，"离"为"罹"的通假字，指罹患。其中最使他痛心的就是"徐陈应刘"，建安七子中的四位，也即南皮之游的参与者。"痛何可言邪"语气强烈，讲没有语言可以表达这种痛苦。曹丕又把南皮之游回忆了一番。

只是与前一封信比，记忆失水了，"觞酌流行，丝竹并奏，酒酣耳热，仰而赋诗"只是泛叙，不再有"浮甘瓜于清泉，沉朱李于寒水"的细节。这种青春记忆的流失，加重了对生命枯萎的感知。

这位敏感的王子在年轻的朋友中第一个预感到"斯乐难常"，但他在当时依然抱有一种幻想："谓百年己分，可长共相保"，威胁虽然一定存在，但他们将互相扶持、一同面对，至少在一般的生命时长之内。而瘟疫打破了他的计划。到他三十一岁成为魏王世子时，青年时代的朋友已"零落略尽，言之伤心"。

如此集中的死亡刺激了对生命意义的焦虑。显然曹丕认为这些逝者的生命意义是不够的，因此他将陈述阮瑀之死的"化为异物"加重为"化为粪壤"。为了补足缺损的生命意义，也为了拯救言之伤心的自己，曹丕开始了逝者文集的编撰工作。这封信用了三分之一的篇幅来一一回忆、总结徐幹（伟长）、应玚（德琏）、陈琳（孔璋）、刘桢（公幹）、阮瑀（元瑜）、王粲（仲宣）六人的文学成就。

> 观古今文人，类不护细行，鲜皆能以名节自立。而伟长独怀文抱质，恬惔寡欲，有箕山之志，可谓彬彬君子者矣。著《中论》二十余篇，成一家之言，辞义典雅，足传于后，此子为不朽矣。德琏常斐然有述作之意，其才学足以著书，美志不遂，良可痛惜。间者历览诸子之文，对之抆泪，既痛逝者，行自念也。孔璋章表

殊健，微为繁富。公幹有逸气，但未遒耳；其五言诗之善者，妙绝时人。元瑜书记翩翩，致足乐也。仲宣续自善于辞赋，惜其体弱，不足起其文，至于所善，古人无以远过。昔伯牙绝弦于钟期，仲尼覆醢于子路，痛知音之难遇，伤门人之莫逮。诸子但为未及古人，自一时之隽也。今之存者，已不逮矣。后生可畏，来者难诬，然恐吾与足下不及见也。[21]

虽然《左传》即有立德、立功、立言的"三不朽"之说，但三者的次第以立德为最先，以立言为最末。且汉代孔颖达疏曰："立言，谓言得其要，理足可传……其身既没，其言尚存……"[22] 可见"立言"还是主要指观点而非文辞。而曹丕竟以"成一家之言，辞义典雅，足传于后"判定徐幹已实现了"不朽"。以同样偏颇的视角，曹丕看待六子的生命，全部聚焦于其文学天赋的实现程度。他仅仅从著述方面惋惜应玚的"美志不遂"，而全然不涉及功业追求和伦理责任。对于王粲，曹丕叹息的不是他因体弱而早逝，而是因体弱而文气不振。

在这封私人信件中，曹丕偏执地相信，肉体生命只是文学的附庸。不管寿命长短、死亡原因，只要有著述传世，生命就没有遗憾。寿命会结束，欢乐会终止。时候一到，一切戛然而止。文学能够战胜其他一切，在通往永恒的路上占据最先锋的位置。这一观点最终变成了《典论·论文》里程碑式的宣言，宣告了"文学自觉的时代"的到来：

> 盖文章经国之大业，不朽之盛事。年寿有时而尽，荣乐止乎其身。二者必至之常期，未若文章之无穷。[23]

每个读中文系的人都被要求过背诵这句话。在回答"我的职业价值到底是什么"这个问题时，《典论·论文》的地位相当于医学生的《希波克拉底誓言》。从《典论·论文》开始，在中国历史中，文学第一次具有了如此光辉的价值，远在财富、权力，甚至治国之上。

虽然总有人怀疑，但我觉得这并不是一句用来笼络士人，用文学诱饵导引他们放弃政治野心的话。《三国志·魏书》记载，就是在建安二十二年的冬天，曹丕经历了"疫疠大起，时人凋伤"，他给王朗写信，讨论人生的意义。之后他把自己的作品都整理出来，包括《典论》及其他诗赋作品共百余篇，并公之于众。[24] 他致王朗的信可以看作《典论·论文》思想形成过程的痕迹。其中固然有对士人凋亡的大感慨，可也有对自我生命前景的切身恐惧——既然那么多人都死去了，我是什么特殊的人，难道可能永远幸免吗？

> 人生有七尺之形，死为一棺之土。唯立德扬名，可以不朽。其次莫如著篇籍。疫疠数起，士人凋落，余独何人，能全其寿？[25]

文明走向成熟，即要对生命意义作出多样的回答。但在生命意义具足的位置上，人不会有重新发明生命意义的诉求。如秦皇汉武，以权力作为答案，被其经历反复验证，一直有效。所以他们固执于这有限的答案，服药求仙，寻求长生不老。这种固执和自信将在真正面临死亡时破灭。而对于曹丕来说，悲观敏感的天性、长久不确定的权力归属、对瘟疫下无差别死亡的经历，都使他的自我无法被权势填满，在权力的巅峰依然若有所失。他的诗文中时时闪现的黯然时刻，乃是极具人性的时刻。

在《与吴质书》的结尾，曹丕感慨他充满忧虑，虽然头发还没有白，但心已如老翁。沉重地压在他身上的，是权力未稳的惶恐与死亡焦虑的交袭。曹丕相信，他与吴质都再也不会有当日青春欢畅的时光了。他们只能通过写作，来获得替代性的快乐。

> 行年已长大，所怀万端。时有所虑，至通夜不瞑，志意何时复类昔日？已成老翁，但未白头耳。光武言年三十余，在兵中十岁，所更非一，吾德不及之，年与之齐矣。以犬羊之质，服虎豹之文，无众星之明，假日月之光，动见瞻观，何时易乎？恐永不复得为昔日游也。少壮真当努力，年一过往，何可攀援！古人思炳烛夜游，良有以也。顷何以自娱？颇复有所述造不？东望于邑，裁书叙心。丕白。[26]

建安十八年和建安二十二年写给吴质的这两封信哪封

更好？第一封像一块完整的水晶。它不太具有现实内容，整体是敏锐心灵的感受。在纯净的冥想中，过去被栩栩如生地复活出来。在第二封信里还有水晶的碎块，但对青春时光的冥想、纯粹的心灵感受都无法长久聚焦。现实的力量不停地涌入，以瘟疫、以死亡、以愁烦、以衰老。作者被激发了抗争的力量，试图建立一座文学的丰碑来予以对抗。从这对抗中产生的结果，是从文学思想到生死观的整体变化。

王国维有如下著名的论述："客观之诗人，不可不多阅世。阅世愈深，则材料愈丰富，愈变化，《水浒》、《红楼梦》之作者是也。主观之诗人，不必多阅世。阅世愈浅，则性情愈真，李后主是也。"[27] 以禀赋而言，曹丕本为"主观之诗人"，但阅世并非全无好处，正是无可回避的现实刺激使曹丕避免停滞在青春文学的空洞感喟中。

吴质收到这封信后，附和了曹丕对死去文士的看法，再次表达了和太子一起游玩的荣耀，最后提醒记得提拔他。大概"文学的自觉"还不属于吴质吧。

如墙头蒿草、风中高树

曹丕希望靠文学解决困惑，但文学没有做到。他的文学作品中更多不是解脱的欢喜，而是生命的哀叹。

曹氏父子的诗歌有着鲜明的个性，他们三人各不相像。如曹操早年行军时所写之诗中说"白骨露于野，千里无鸡鸣。生民百遗一，念之断人肠"(《蒿里行》)。这也是生命的哀叹，但更偏向于对社会现实的勇敢呈现，而不是对生命本质的思考。而且曹操有一种要去改变社会现实的志意，所以顾随先生说曹操的诗歌中最重要的东西是"力"，就是力量感。[28]曹丕的生命感叹虽然也来自社会现实，但很快就转变为存在层面的忧思。当面对生命的短暂脆弱时，曹操写出"老骥伏枥，志在千里；烈士暮年，壮心不已"(《龟虽寿》)。这是英雄怀抱，以勇气抵抗脆弱，厮杀到底，虽败犹荣。曹丕却把脆弱性视为生命的本质。

曹丕有一首诗叫《大墙上蒿行》。这是一首使用乐府古题写作的诗。蒿是形似艾草、在夏秋季节开黄白色小花的菊科植物。多数蒿草为一年生。秋风一起，蒿草花粉吹散，是北方最常见的过敏原。之后蒿草枯萎折断，在冬日被积雪掩盖，而在明春淹没于新绿之中。大墙上的蒿草，扎根既浅，受风霜更先。它在墙头勉力摇摆的形象，是人生艰难挣扎、勉力存活的象征。

> 阳春无不长成。
> 草木群类，随大风起，零落若何翩翩。
> 中心独立一何茕，四时舍我驱驰，今我隐约欲何为。
> 人生居天壤间，忽如飞鸟栖枯枝，我今隐约欲何为。[29]

这首诗读起来音节奇特，因为它的节奏不是齐整的四五言诗，也不像楚辞带有"兮"字或者"哉"字，从而富于强烈的感慨。这首诗主要是六言、七言、八言句的结合，常以三句形成一个完整的句意。不对称、不平衡的结构，曲折变化的节奏，传递着生命如此艰难，却为何还要勉力度过的困惑。

第一句"阳春无不长成"单句成意，非常突兀、绝对。好像是忽然间发现在春阳之下，一切都会繁荣昌盛，不管是蓬蒿艾草还是苍松翠柏。可是毫无转折地，阳春过去了，草木尽数凋落："草木群类，随大风起，零落若何翩翩。"屈原也讲"众芳芜秽"，"美人迟暮"（《离骚》），但与曹丕的感觉完全不同。屈原对时光的流逝震惊而愤怒，所以要赶在时光之前，去实现他的志业。而曹丕实现了志业，却依然感受到生命凋零的绝对性。他接受了这个事实，并不感到愤怒，但充满哀伤。

那"人生如墙头草"的比喻一旦在他心上生根，便如抽丝剥茧般剥出越来越多的感伤，所以一句比一句更长。第三句铺展出三个分句："中心独立一何茕，四时舍我驱驰，今我隐约欲何为。""隐约"指痛苦。这句是说我独立在这个万物凋零的世界的中心，感到无比孤独，感到四时舍我而去，又有什么可以去除痛苦？之后，三分句的结构又重复一遍，形成复沓。"人生居天壤间，忽如飞鸟栖枯枝，我今隐约欲何为"，主语从"我"发展到"人生"，乃是从个体推至众生，将自己感受到的痛苦孤独推广到普遍的人类境遇上去。

我们在古诗中看到很多以孤鸟自比的例子。其中最有名的，大约就是陶渊明的"栖栖失群鸟，日暮犹独飞。徘徊无定止，夜夜声转悲"（《饮酒·其四》）。在叶嘉莹师的《叶嘉莹说陶渊明饮酒及拟古诗》中有对这首诗的精彩解释。以叶老师的理解，陶渊明的孤独乃是为固守理想、不与世沉浮付出的代价。[30] 这只奇鸟身上寄托的不是普遍的人生悲剧，而是精彩的生命选择。它的原型依然是庄子笔下"非梧桐不止，非练实不食，非醴泉不饮"（《庄子·秋水》）的高傲鹓鶵。它昭示着一种可能：肉体生命固然无可依托，但人能为生命意义寻得确定的答案。

曹丕的寄托与此不同。"人生居天壤间，忽如飞鸟栖枯枝"，"天壤"言人渺小，"枯枝"言无根基，"忽"言短暂无常。这里面没有"拣尽寒枝不肯栖"（苏轼《卜算子·黄州定慧院寓居作》）的高洁理想，讲的是所有人，所有种类的人生。天高地远之间，人渺小如飞鸟，且处于极为危险的境地，栖息在随时可能折断的枯枝上。在"阳春无不长成"的背景之下，万物繁荣而生命荒诞。草木和鸟兽野蛮生长，但草木随时折断、鸟兽随时坠落。这样惊惶的感觉，居然来自一位帝王。

这首乐府诗很长，在下文中，曹丕尝试了各种办法来自我说服，比如追求衣食的奢华、四处行游、建功立业，或追求仪容华美、沉溺歌舞美酒。但在这些自我说服的最后，曹丕还是说：

> 岁月逝，忽若飞。为何自苦，使我心悲？[31]

现实成就和荣华富贵不能改变生命脆弱的本质。曹丕把自己看作墙头上随时会凋落的蒿草。但人们看不到蒿草，只看到了荣华富贵。清代张潮在《幽梦影》里写人生的大满贯理想："值太平世，生湖山郡；官长廉静，家道优裕；娶妇贤淑，生子聪慧。人生如此，可云全福。"[32] 幻想拥有这一切，人生就没有痛苦，这恐怕是一般人的普遍看法。所以曹丕的忧思吴质不懂，陈寿更说他是"矫情自饰"[33]。这种因过于敏感而难被他人共情的体验，恰如曹丕在《善哉行·其一》中所说：

> 高山有崖，林木有枝。忧来无方，人莫之知。[34]

这是非常有天赋的语言。宋玉在《风赋》中说"夫风生于地，起于青萍之末"[35]。大风是极大之物，青萍是极小之物。风的形成需要一个过程。风极大的时候，排山倒海，山岳也知道；风初起的时候，却非常轻微，只有最小的青萍可以感知。我们也常说"木秀于林，风必摧之"，是因为在树林中，最高的那棵先感知到风；在树身上，最纤细的树梢先感知到风。相比于平原与山谷，在高山，尤其是迎着深渊的悬崖上，那里会更早收到风的消息。这就是"高山有崖，林木有枝"，讲禀赋有敏钝之别，位置有高下之差，所以忧患的感知就有先后、轻重之分。

曹丕：乐极的哀情

风中的高树确是极具感发潜能的物象。先秦《越人歌》有"山有木兮木有枝,心悦君兮君不知",曹植的《野田黄雀行》有"高树多悲风,海水扬其波"。风中高树的摇摆如同序曲,激发起海水和心绪的强烈波澜。这样的表达早已进入汉语诗歌的传统,但曹丕的不同在于他将"高树多悲风"的直观感受发展为对人类忧患不能共通的思致。

这样的思致当然来自他的个人体验。平原和山谷中较矮的树枝不能理解最高枝的忧患,但最高之枝知道这场飓风最终会落到所有草木之上,使"草木群类,随大风起,零落若何翩翩"。这便是"人莫之知"。而"忧来无方"并不仅仅是说不知道忧患会从哪个方向到来,而且是强调忧患的必然性、普遍性,无时无刻不在袭来。它不来自特定原因,也无法完全避免。就像空气的流动必然会带来风一样,生命存在的事实就必然带有忧伤。

以这种强烈的生之悲哀为背景,曹丕的一些诗都写出了普遍的忧思。曹丕在诗歌上成就最高的是两首《杂诗》和两首《燕歌行》。两首《杂诗》都是写游子他乡的漂泊之感,而《燕歌行》的第一首是写一个女子的孤独。这首诗叶嘉莹师在《汉魏六朝诗讲录》里有很详细的讲解。[36] 从文体发展的角度讲,那是中国历史上第一首完整的七言诗,所有文学史都要讲一遍。《燕歌行》的第二首写得同样好,讲得却很少。

燕歌行·其二

别日何易会日难，山川悠远路漫漫。
郁陶思君未敢言，寄声浮云往不还。
涕零雨面毁容颜，谁能怀忧独不叹。
展诗清歌聊自宽，乐往哀来摧肺肝。
耿耿伏枕不能眠，披衣出户步东西，仰看星月观云间。
飞鸧晨鸣声可怜，留连顾怀不能存。[37]

我对这首诗有两个疑惑：第一，曹丕的诗大都柔婉和美，这首却声情激越；第二，一般认为这首《燕歌行》也是"思妇之词"，但思妇之词较多怨情，埋怨游子在外花天酒地，忘怀旧人，而这首诗没有埋怨，却有一种悲恸与忧患之气，充满了不祥的预感。

"别日何易会日难，山川悠远路漫漫"，这是喊出来的一句。它是李后主"别时容易见时难"（《浪淘沙令》）的原始版本，只是更加粗粝。上句只有"何"和"难"两字是平声，其余五字都为仄声，读起来咬牙切齿。下句只有"远路"二字是仄声，其余五字皆为平声，读起来平缓悠长。那是带着锥心之痛，一日日挨过平静而漫长的余生的感受。

"郁陶思君未敢言，寄声浮云往不还。涕零雨面毁容颜，谁能怀忧独不叹"是说思念获得不了反馈，担忧没有地方去求证。内心的慌乱惶恐无人可以吐露，只能询问天上的浮云。而浮云甚至把询问的声音都吸收掉了。这使我想起里尔克的《杜伊诺哀歌》："如果我叫喊,谁将在天使的序列中听到我?"[38]"未敢言""往不还"和"独不叹"都是强烈的压抑。无声的泪水也是压抑,它损伤的不仅是容颜,更是人的生命。

诗中人试图用读书和唱歌来自我开解,但在短暂快乐的尽头,又是"乐往哀来"。这种情绪极其强烈,因此用"摧肺肝"来表达。如果是曹植或李白,他们既然体验到了如此强烈的情感,就会一波一波地越写越强烈,但曹丕是一个节制有反省的诗人,所以他点到即止,下文不再强化这种情绪,而是转到外部去写一个夜不能寐、独自彷徨的形象。日夜之交,那只"人生居天壤间,忽如飞鸟栖枯枝"的孤鸟再次飞过,以凄惨的叫声提醒旧日的折磨过去,新日的折磨又来。

我们不知道这首诗写的是什么,也许是思妇,也许不仅仅是。但正因为不具体,所以它表现的忧思就更具有普遍性。音信不通、朝不保夕、内心痛苦无处纾解,又不敢表达,那大概是所有经历过惊惶不安的人共有的体验。

以前的文学史常常说曹丕多愁善感,在文学的题材上不够广阔,比不上曹操。他也算不上一个哲学性的作者,他会提出很多存在论意义上的问题,但是他不像后来的陶渊明,有系统性的思考方法去解决这些问题。按照顾随先生的说法,曹操是有力的诗人,而陶渊明是"有办法"的诗人[39]。曹丕在担当上不如曹操,在超越上不如渊明,遭遇生命的困苦，既不能扛住，又不能想开。

如风中高树般敏感，如墙头蒿草般脆弱，这就是曹丕对生命的感受。而我们只有在最脆弱、最敏感的时候才最接近曹丕。

未有不亡之国，亦无不掘之墓

建安年间的瘟疫流行带给了曹丕与曹植不同的感受。曹植认为瘟疫只属于贫穷、愚昧的人，曹丕却亲身体验到瘟疫对他个人生活的侵蚀，因此重新思考人的普遍处境。是瘟疫使这个养尊处优的世子意识到才华、财富、权力的有限性。这使他成为一流的作家，而不仅仅是一个帝王作家。

建安二十二年初，王粲随曹操南征孙权，在北还途中病逝，仿佛预告了这年冬季大瘟疫的到来。曹丕前去吊唁。他对臣僚说，王粲生前最喜欢听驴叫，我们就最后为他学一次驴叫吧，然后带头学起了驴叫，为王粲送别。三年之后，曹操去世，曹丕继任丞相、魏王。随后汉献帝正式禅让帝位于曹丕。

曹丕做了七年皇帝，下息兵诏、薄税诏、轻刑诏。他以汉文帝为标准，想做一个宽仁玄默、无为而治的君主，事实上也大致做到了。在讨论身后事的《营寿陵诏》中，他说"自古及今，未有不亡之国，亦无不掘之墓也"[40]。因此他认同墨子的节葬理念，认为"棺椁足以朽骨，衣衾足以朽肉而已"[41]。棺材只漆三道，不要金铜珠玉陪葬，不要苇炭防腐，至于寝殿、墓道、园林甚至封土，一概无需。淑媛、昭仪以下的妃子，都遣送回家。[42]

当曹丕在建安二十二年对王朗说"生有七尺之形，死为一棺之土"时，人们也许并不相信他会一直这么认为，就像人们绝不相信任何有机会做皇帝的人会放弃"再活五百年"的幻想。但曹丕似乎将他的悲观贯彻到底，这种悲观帮助他战胜了自我夸大的诱惑。

对于人间君主而言，这几乎是最难渡过的一关。曹丕渡过了，俄狄浦斯王也渡过了。这两位王子在瘟疫的启示之下，不得不去倾听命运的声音，走上战胜傲慢、寻求真相、自我认识的道路。

在《俄狄浦斯王》的第四合歌唱中，歌队唱道：

> 凡人的子孙啊，我把你们的生命当作一场空！谁的幸福不是表面现象，一会儿就消失了？不幸的俄狄浦斯，你的命运，你的命运警告我不要说凡人是幸福的。[43]

这首歌是唱给王的，但他依然只是凡人的子孙。甚至连战争都不行，只有瘟疫能逼出这样的歌声。这些占有人世最多财富、最大权力，甚至最多才智的人，他们相信靠自己的才干足以掌管世界。瘟疫挫败了他们。是瘟疫将命运主题纳入他们的视野，他们才有机会去认识自我的局限,节制权力与自大,从而获得更高的理性。在千百帝王都被忘记、万千陵墓都被挖掘之后,俄狄浦斯王与曹丕生命中最惨淡的瞬间——承认自己不过是凡人、罪人,甚或野草的瞬间,却被人们反复咏叹。

注释

1 《俄狄浦斯王》，[古希腊]索福克勒斯著，罗念生译：《索福克勒斯悲剧五种》，上海：上海人民出版社，2016年，第73页。

2 《俄狄浦斯王》，《索福克勒斯悲剧五种》，第114页。

3 [古希腊]修昔底德著，谢德风译：《伯罗奔尼撒战争史》，北京：商务印书馆，2009年，第160页。

4 《张仲景原序》，南京中医药大学编注：《伤寒论译释》，上海：上海科学技术出版社，1959年，第1页。

5 《说疫气》，[魏]曹植著，赵幼文校注：《曹植集校注》，北京：中华书局，2016年，第262页。

6 有些文学史称建安二十二年的瘟疫中，建安七子中有王粲、徐幹、陈琳、应玚、刘桢五位去世。曹植《王仲宣诔》序称王粲死于建安二十二年正月十四日。《三国志·魏书·武帝纪》，建安二十三年"夏四月"下，裴注引《魏书》王令曰："去冬天降疫疠，民有凋伤，军兴于外，垦田损少，吾甚忧之。"可见建安二十二年的瘟疫起于年末冬天，而王粲死于年初，中间相隔近一年，不应归入本年瘟疫死者名单。

7 《魏晋风度及文章与药及酒之关系》，鲁迅著：《鲁迅全集》第三卷，北京：人民文学出版社，2005年，第526页。

8 《明诗第六》，[南朝梁]刘勰著，范文澜注：《文心雕龙注》，北京：人民文学出版社，1958年，第66页。

9 《古诗》，[南朝梁]钟嵘著，黄旭集注：《诗品集注》，上海：上海古籍出版社，1994年，第75页。

10 《古体中》，[明]胡应麟著：《诗薮》，北京：中华书局，1958年，第23页。

11 《古诗十九首》，[清]陈祚明评选，李金松点校：《采菽堂古诗选》，上海：上海古籍出版社，2008年，第80页。

12 "昔丁敬礼尝作小文，使仆润饰之。仆自以才不过若人，辞不为也。敬礼谓仆：'卿何所疑难？文之佳恶，吾自得之。后世谁将知定吾文者邪？'吾常叹此达言，以为美谈。"见《曹植集校注》，第227页。

13 《与朝歌令吴质书》，[南朝梁]萧统编，[唐]李善注：《文选》，上海：上海古籍出版社，1986年，第1894—1896页。

14 南皮之游的时间一说为建安十年，一说为建安十六年五月。参见俞绍初：《"南皮之游"与建安诗歌创作——读〈文选〉曹丕〈与朝歌令吴质书〉》，《文学遗产》，2007年第5期。

15 《〈文选〉选讲》,顾随著:《顾随全集》卷七,石家庄:河北教育出版社,2014年,第215页。

16 《〈文选〉选讲》,《顾随全集》卷七,第215—216页。

17 《名都篇》,《曹植集校注》,第721页。

18 《相见亦无事 不来忽忆君》,上海书画出版社编:《名人楹联墨迹》,上海:上海书画出版社,1999年,第31页。

19 《与吴质书》,《文选》,第1894—1896页。

20 《东山》,李山解读:《诗经(节选)》,北京:国家图书馆出版社,2017年,第206—208页。

21 《与吴质书》,《文选》,第1897—1898页。

22 《十三经注疏》整理委员会整理,李学勤主编:《春秋左传正义》,北京:北京大学出版社,1999年,第1003页。

23 《典论·论文》,《文选》,第2271页。

24 《魏书》:"帝初在东宫,疫疠大起,时人凋伤,帝深感叹,与素所敬者大理王朗书曰……故论撰所著《典论》、诗赋,盖百余篇,集诸儒于肃城门内,讲论大义,侃侃无倦。常嘉汉文帝之为君,宽仁玄默,务欲以德化民,有贤圣之风。"见[晋]陈寿撰,陈乃乾校点:《三国志》,北京:中华书局,1959年,第88页。

25 《与王朗书》,[魏]曹丕著,魏宏灿校注:《曹丕集校注》,合肥:安徽大学出版社,2009年,第283页。

26 《与吴质书》,《曹丕集校注》,第259页。

27 《卷上第十七》,王国维撰,黄霖等导读:《人间词话》,上海:上海古籍出版社,1998年,第4页。

28 《魏武与陈王·力与美》,《顾随全集》卷五,第181—188页。

29 《大墙上蒿行》,《曹丕集校注》,第39页。作者对此诗重新进行了句读。

30 《陶渊明的饮酒组诗》,叶嘉莹著:《叶嘉莹说陶渊明饮酒及拟古诗》,北京:中华书局,2007年,第91—92页。

31 《大墙上蒿行》,《曹丕集校注》,第40页。

32 《第59则》,[清]张潮撰,王峰评注:《幽梦影》,北京:中华书局,2008年,第75页。

33 《魏书》,《三国志》,第557页。

34 《善哉行·其一》,《曹丕集校注》,第22页。

35 《风赋》,《文选》,第582页。

36 《建安诗歌》,叶嘉莹著:《汉魏六朝诗讲录》,石家庄:河北教育出版社,1997年,第158—165页。

37 《燕歌行·其二》,《曹丕集校注》,第12页。
38 《杜伊诺哀歌·第一首哀歌》,[奥地利]里尔克著,黄灿然译:《里尔克诗选》,石家庄:河北教育出版社,2002年,第3页。
39 《说陶诗》,《顾随全集》卷五,第201页。
40 《营寿陵诏》,《曹丕集校注》,第157页。
41 《营寿陵诏》,《曹丕集校注》,第157页。
42 《文帝纪》:"遣后宫淑媛、昭仪已下归其家。"见《三国志》,第86页。
43 《俄狄浦斯王》,《索福克勒斯悲剧五种》,第104页。

陶渊明：生死的辨正

日子再无乐趣，仅是挨过。这是晋末百姓普遍的遭遇，但渊明找到了让人生值得的办法。"草盛豆苗稀"的耕种，与西西弗斯本质上并没有什么不同，他们都借此成为自己命运的主人。

鲁迅曾经翻译过一部荷兰的童话，叫作《小约翰》。小时候我有一套童话选集，在《爱丽丝漫游奇境》《查理和巧克力工厂》这些带着甜品香味的故事或者古老一些的《白雪公主》和《打火匣》之间，就收录了这篇《小约翰》。这部童话与所有的童话不一样。我记得里面最让人惊诧的一个情节。在蓝蜻蜓仙子旋儿的带领下，小约翰去沙丘上的兔子洞里参加豪华舞会。可是不久他再到达那里时，却发现沙丘下聚集了许多虫子，蚯蚓从骷髅的嘴洞里爬出来。这时有人告诉他，这就是舞会上最耀眼的那个女士。鲁迅用很有文言色彩的语言翻译这些角色的名字。那个冰冷地向小约翰揭开生死问题的角色被译成"穿凿"，而死神翻译成"永终"。故事里有一段穿凿向小约翰介绍永终的话。

"那永终便说：'你在寻觅我么？'大多数大概回答道：'阿，不，我没有想到你！'但永终却又反驳道：'除了我，你却不能觅得别的。'于是他们就只得和永终满足了。"

约翰懂得,他是说着死。[1]

在很多年里,我忘掉了这个故事的大部分,但是记得那个兔子洞里的舞会,也记得《小约翰》好像有一个振奋人心的结尾。在认识了死亡后,小约翰反倒带着破釜沉舟的勇气,真正踏上了人生之路。鲁迅将故事的最后一句翻译成:"他逆着凛烈的夜风,上了走向那大而黑暗的都市,即人性和他们的悲痛之所在的艰难的路。"[2]

它相当诡异、残忍,但对儿时的我来说,这是所有童话中最有分量的一个。我觉得它是一个失误、一个混进儿童世界的成人故事,记载着那些显而易见,但从不对儿童说起的事实。在沙丘下面用树枝挖掘洞穴时,我总是想起这个故事,并将它当作秘密保守。

《小约翰》就像《皇帝的新衣》里的那个小孩,说出了各种文明用各色油彩遮盖起来的事实——死亡。

一个春日和一个夏夜

后来,我读陶渊明的诗,发现陶渊明以一种比《小约翰》还要天真平静的态度来写死亡:

诸人共游周家墓柏下

今日天气佳,清吹与鸣弹。

感彼柏下人,安得不为欢。

清歌散新声,绿酒开芳颜。

未知明日事,余襟良以殚。[3]

陶渊明的风格到底是什么?南朝钟嵘说他"文体省净"[4],宋代人说他"平淡"[5]。读渊明诗,其中很大的乐趣,就是看他心平气和地说一些大白话,比如"有生必有死,早终非命促"(《拟挽歌辞三首·其一》),或者"种豆南山下,草盛豆苗稀"(《归园田居五首·其三》)。渊明的所有大白话中,以"今日天气佳"为最白,就像小学生日记的第一句"今天天气很好"。这原本是人类一种最美好的感受,只是后来人们滥用这句话,不再带有真实、新鲜的情感,它就变成了一串没有意义的文字。

"今日天气佳"然后怎样呢?古人说"气之动物,物之感人;故摇荡性情,形诸舞咏"[6]。好天气带来了好情绪,情绪要表达出来,就要"清吹与鸣弹"。"清吹"是指管乐器,"鸣弹"是指弦乐器。大家就这样在好天气的感召之下,一起吹着笛子,弹着琴出去远足了。这就是题目的前一半"诸人共游"。

题目的后一半是远足的地点:"周家墓柏下"。我没有考证出来晋宋之际是否有去墓地里散步的风俗,或许这次只是偶然的远足。诗题和正文之间有着小小的错乱，造成一些滑稽的感觉。题目看起来像是去扫墓，正文却毫无扫墓时的沉重与哀悼之感，甚至十分快乐。他像一个没心没肺的快乐的牧羊人一样，在好天气里吹着笛子，感到心满意足，随即用一种几乎完全不懂得死亡，也不恐惧死亡的口气问道："感彼柏下人，安得不为欢。"古人墓上种植松柏。"柏下人"就是墓中人。《古诗十九首》中的《驱车上东门》说"驱车上东门，遥望郭北墓。白杨何萧萧，松柏夹广路。下有陈死人，杳杳即长暮。潜寐黄泉下，千载永不寤"。你从东汉洛阳城的上东门经过，远远地看见城外北邙山上的松柏，就应该想到下面埋葬着陈年的死人。

北邙山自古为墓地，数代之后，几乎到了无隙可以埋骨的程度，以至于人们在卜地之时需要先行取土，探看情况，以免墓葬上下重叠。黄泉之下见缝插针地睡满了人，千万年都不会再醒来。联想到我们的终点也不过如此，实在令人惊悚。这种恐惧使人们远离墓地，视之为不祥。我小学时，学校附近修路，挖出大量陶罐收殓的白骨，小朋友兴奋围观，大人们避之不及。陶渊明居然像那个还没有学会恐惧，就已经闯入墓地的小孩子，以儿童不解的口吻问道"为什么柏树下埋的人不和我们一起玩"？我读陶渊明的诗，常常会觉得他对死亡的好奇超过了恐惧，总要主动去试探，去坟墓、去荒村、去死去的动植物身上探索"死亡到底是什么"。

来到了墓地，询问了死亡，并没有打扰他游乐的兴致。从"清歌散新声,绿酒开芳颜"这两句看起来,他们是真的快乐。清歌指徒歌,是不伴奏的清唱,一般认为更加即兴和真诚。"绿酒",一作"时酒"。新酿的酒还未滤清时,酒面浮起酒渣,有一点淡淡的绿色。新声、新酒、新春,是极言其新。徒歌又兼粗酒,是说当被春日生命更新的力量感染,只需极其简单、唾手可得的事物,就可以让人快乐。我以前在加拿大蒙特利尔留学,长达半年的冬天过去后,四月份地上的雪还没化干净,隔壁人家就已经把椅子搬到阳台上,晒着太阳喝着啤酒听着音乐,"绿酒开芳颜"了。

虽然对死亡的疑惑并没有得到解答,但它完全没有影响春游的欢乐。死亡、坟墓这些不和谐因素在这里产生了一个奇异的效果。如果把题目中的"周家墓柏下"去掉,把"感彼柏下人"改为"感彼行路人",这首诗就成了一首可有可无的庸常之诗,其中的欢乐也不再那么动人。这到底是为什么?

小时候学鲁迅的《社戏》,里面写到夏夜坐船去赵庄看戏的水路上,正对船头的一丛松柏林里,有破的石马倒在地下,一个石羊蹲在草里。读到这个地方我就充满了向往,觉得那是整个故事里最吸引我的场景。在芬兰作家托芙·扬松的《姆咪谷的故事》里,也有一个非常吸引我的角色。它叫格罗克,在北欧的冬天以阴影的形式存在。只要是它坐过的地方,一切都会结冰,一切都会枯萎,一切都会死亡。但它最喜爱的是灯光,喜欢坐在人家的门口,隔着玻璃窗注视着屋内的一盏灯。那是它永远得不到的一盏灯。

没有黑暗，人们就不需要灯光。没有死亡，生命就不值得庆祝。鲁迅写的石羊、石马也好，托芙·扬松写的格罗克也好，都没有参与故事的主线，但有它们存在，故事的位置就被放置在了生与死之间、已知与未知之间。如果从一年三百六十五天的尺度看，一场社戏、一次好天气下的郊游，都只是再寻常不过的事。如果把生命看作两段长久黑暗之间的短暂光亮，一次社戏、一个春日，就都是奇迹。

"周家墓柏下"的这个周家是谁家呢？一般认为是周访。陶渊明的曾祖父是陶侃，《晋书·陶侃传》说他"都督八州，据上流，握强兵"，"媵妾数十，家僮千余，珍奇宝货富于天府"[7]，甚至被认为曾想称帝，但因为曾梦生八翅，入天门八重，而在最后一重门前折翼，所以受梦所感，放弃了篡位的念头。陶侃在寒微之时与同在寻阳的周访交好。他的儿子陶瞻娶了周访的女儿。《晋书·周访传》记载，早年有庐江陈训善于看相，曾对陶侃和周访说："二君皆位至方岳，功名略同，但陶得上寿，周当下寿，优劣更由年耳。"[8]周访活到了六十一岁，陶侃活到了七十六岁，追赠大司马，位在三公之上。"优劣更由年耳"是说陶侃多出来的这部分功名，正是他的年寿带来的福利。

陶渊明约在周访去世后四五十年、陶侃去世后三四十年出生，写作《诸人共游周家墓柏下》时又在四十年后。此时已值晋末，陶、周二氏都已不复先祖的煊赫。周访的玄孙周虓任梓潼太守时为前秦所俘，后流放并病逝于太原。之后不久，前秦亦告覆灭。在晋宋易代的混乱之中，想起陶侃、周访当初荡除国难、发愿北定河洛，真有前事茫昧之感。因此，渊明所说"未知明日事"，既包括了对人生无常的感慨，也包括了对当日政局的困惑。

杜甫在《赠卫八处士》中写"明日隔山岳，世事两茫茫"，而渊明写"未知明日事，余襟良以殚"，意谓忧患虽深，但此时当下却全然惬意、满足。这是渊明高于杜甫的地方。杜甫所写的，是人们普遍感到而无法表述的情感，使人获得理解和熨帖。渊明写的，却是人们未尝想过的境界，使人震撼并向往。渊明的风度在于他以一人之力，干预了后人对晋末社会的整个想象。如果没有渊明，晋末印象就完全是尘满河洛、烟接寻阳，但陶诗却使人无法忽视，在最黑暗、动乱的时代，依然有澄明的生活和心地。对渊明的时代和人生越了解，就越觉得不可思议——他是如何在完全清醒、毫不乐观的前提下，感受到如此多幸福的。

钟嵘说："每观其文，想其人德，世叹其质直。至如'欢言酌春酒'、'日暮天无云'，风华清靡"[9]；辛弃疾说："一尊搔首东窗里。想渊明、《停云》诗就，此时风味"（《贺新郎·甚矣吾衰矣》）。渊明具哲思、有深情，但钟嵘与辛弃疾最向往的，却是渊明感受到"日暮天无云，春风扇微和"（《拟古九首·其七》），或"霭霭停云，濛濛时雨"（《停云》）的瞬间。这样的天气并不少见，唯有渊明能越过个人安危、时代动荡的牵绊，用未流失的全部心灵能量

陶渊明：生死的辨正

去反映它。对世界毫无扭曲的反映如明镜相照，带来真醇自然、澄明无碍的境界。

陶诗的境界不来自物我相融，而来自物我相离却不陷入孤立。渊明终其一生是一个审视者，审视世界，也审视自己。"未知明日事，余襟良以殚"是审视的结果，省略了思考的过程，但渊明绝不吝啬表述这个思考过程。在钟嵘喜欢的《拟古九首·其七》一首中，渊明写了一个夏夜对审美的激发，人因着强烈的审美经验变得拥有了知觉，生命与死亡问题同时成为反思的对象：

拟古九首·其七

> 日暮天无云，春风扇微和。
> 佳人美清夜，达曙酣且歌。
> 歌竟长太息，持此感人多。
> 皎皎云间月，灼灼叶中华。
> 岂无一时好，不久当如何。[10]

读博士时我有一个暑假在温哥华的英属哥伦比亚大学。这所大学建在远离温哥华市区的海边。一天傍晚我和几个中国留学生从附近的社区穿过森林，到达海滩。那正是"日暮天无云，春风扇微和"的天气。当我们在海滩流连，踏行太平洋的潮水，天色变得深蓝，学校的灯火远在林梢亮起。同行一位本科女生忽然在沙滩上跳起了舞，一直到深夜。那就是"佳人美清夜，达曙酣且歌"，所缺的只是当日我们并未饮酒。英属哥伦比亚大学初夏的海滩，最好年华的佳人受到清夜之美的感召，生命蓬勃兴发，歌舞周而复始，进入不计较礼数、不考虑日程的沉酣状态。

对生命本身的欢庆，这是所有人生意义的起点。文明用很多衍生的意义替代了原生的意义。衍生的意义能提供目标，却不能提供动力。尤其在目标受外在限制，无法实现之时，人即会遭遇意义与动力的双重缺失。此时，回到生命本身的"活泼泼地"，就成为人生摆脱停滞，继续开展下去的关键。渊明在晋末写出"佳人美清夜，达曙酣且歌"，"清歌散新声，绿酒开芳颜"，与杜甫在安史之乱中写出"稠花乱蕊裹江滨"，"诗酒尚堪驱使在"（《江畔独步寻花七绝句·其二》）皆是这类奇迹。其中虎虎生气，使读者感到"每诵数过，可歌可舞，能使老人复少"[11]。

渊明与杜甫相比，更为出入自如。杜甫往往入而不出，所以忠厚缠绵；渊明则在沉酣的同时平等地审视着花、月，以及欣赏花月的人，意识到他们都受着同一自然律的约束——"岂无一时好，不久当如何"。

我常常想，陶渊明说这些大实话时，是否有一种残忍的快乐。他写木槿花是"晨耀其华，夕已丧之"（《荣木》），早上还在炫耀花朵，晚上就凋落了；写莲花是"昔为三春蕖，今作秋莲房"（《杂诗十二首·其三》），孟春、仲春、季春都美过，还不是成了秋天的枯荷；甚至看自己的笑话："昔闻长者言，掩耳每不喜。奈何五十年，忽

陶渊明：生死的辨正　135

已亲此事"(《杂诗十二首·其六》),叫你年轻时看不惯老年人的做派,现在自己也变成老年人了吧。不过他对别人更加毒舌,"客养千金躯,临化消其宝"(《饮酒二十首·十一》),说有一个人重视养生,花了很多钱搞自己的肉体,可惜死的时候,那个宝贝肉体一下就化掉了。

写出这些残酷的警句并不是陶渊明作诗的主旨。同样,陶诗对死亡的先见之明也不是一般的叹老嗟贫、看衰人生。这些震撼的诗句产生的效用,往往是使人在日月迁逝、时不我待的提醒之下,以更为珍惜的心态和更为敏锐的感受去回味"今日天气佳,清吹与鸣弹"的春日或"日暮天无云,春风扇微和"的夏夜。死亡是渊明的资源。关于有生之物都将逝去的意识,在陶渊明这里,变成了一种用来放大生命价值的工具。

不再渴望天际的归鸟

陶渊明生活的时代很糟糕。大学中文系的中国古代文学课上,用一整个学期来讲从东汉末年到唐末的文学史。这个学期的前一半我都很抱歉,因为没什么好事告诉学生。讲汉魏更替,是"白骨露于野,千里无鸡鸣。生民百遗一,念之断人肠"(《蒿里行》),这是曹操的诗。讲魏晋更替,是"魏晋之际,天下多故,名士少有全者"[12],这是《晋书·阮籍传》里的话。西晋的政权只持续了五十二年,权力轮替中充斥着篡逆和杀戮。永嘉之乱，匈奴攻破首都洛阳，屠杀百姓，占领中原。末代皇帝晋愍帝被匈奴掳走，被换上奴仆的衣服，伺候匈奴行酒，直至最后被杀害，终年十八岁。

晋元帝司马睿南渡长江，定都建康（今江苏南京），许多士族放弃中原，跟随过江，史称"衣冠南渡"。西晋结束，东晋开始（317）。东晋建立后大约五十年，陶渊明出生。他活到三十多岁，正在"将以有为"[13]的年龄，历史轮回，新的一轮篡夺开始。元兴二年（403）桓玄废晋安帝，建立桓楚。元兴三年（404）桓玄被杀，刘裕挟持安帝复位为傀儡。义熙十四年（418）刘裕又杀晋安帝，立安帝幼弟为晋恭帝。永初元年（420），刘裕称帝，完成权力过渡，改国号为宋，永初二年（421），派人用一床被子闷死了晋恭帝。

这位桓玄，他的父亲是在北征途中，遇见早年所植柳树，感慨"木犹如此，人何以堪！"[14]的桓温。这位晋安帝，他的皇后王神爱是王羲之的孙女。《世说新语》中充满玄心、深情的世界至此已堕落为权力倾轧的无情丛林。在桓玄露出野心之前，陶渊明曾任其幕僚。过去认为陶渊明也曾任刘裕幕僚，后因不合意而辞去。但最近的研究认为渊明未曾入刘裕幕府，且晚年始终拒绝与刘裕合作。[15]

刘裕小名寄奴。辛弃疾的词"斜阳草树，寻常巷陌，人道寄奴曾住"（《永遇乐·京口北固亭怀古》），赞美的就是刘裕北伐洛阳，灭羌族政权后秦，把国家版图从长江以南推到黄河流域之事。按梁启超的说法,"自商周以来四千余年,北方贱种,世世为中国患,而我与彼遇,劣败者九而优胜者不及一。其稍足为历史之光者,一曰赵武灵,二曰秦始皇,三曰汉武,四曰宋武(刘裕)。如斯而已,如斯而已"[16]。以忠义的价值观来看,刘裕是叛臣。以统一的价值观来看,刘裕是英雄。但陶渊明关注的,却既不是耻事二姓的忠义价值[17],也不是夷不乱华的华夏正统观。他关注的是天道有无的根本问题,并在此基础上思考人该如何生活。

桓楚篡晋至刘宋篡晋,其间共十七年,贯穿陶渊明的中年。

怨诗楚调示庞主簿邓治中

天道幽且远,鬼神茫昧然。
结发念善事,僶俛六九年。
弱冠逢世阻,始室丧其偏。
炎火屡焚如,螟蜮恣中田。
风雨纵横至,收敛不盈廛。
夏日长抱饥,寒夜无被眠。
造夕思鸡鸣,及晨愿乌迁。
……[18]

这首诗写在晋宋易代略前。司马迁作《伯夷列传》,写到伯夷和叔齐这两位呆瓜隐士"积仁行洁如此而饿死"的结局时十分激动。他对天道公正的信念动摇了,于是怀疑起《道德经》中"天道无亲,常与善人"的说法,列举历史中行事正义却遭灾祸的例子,质问上苍"倘所谓天道,是耶非耶"?[19]

陶渊明也很认同这个提问。他在诗文中多次问询,但对答案将信将疑。在改朝换代的时刻,他倒向了冷酷的答案:"天道幽且远,鬼神茫昧然"——天道是幽茫难求的,鬼神是荒诞不可信的。不要指望在这个世界之外,还有什么更高的力量来主持正义。陶渊明以自己的经验证伪天道。他说自己自结发之时就施行善事,到了五十四岁仍在努力,但二十岁时前秦入侵,三十岁时丧妻,躬耕田园后又遇到东晋末年的蝗旱灾害,温饱都难以满足。除丧妻外,陶渊明所述之灾祸都是集体性的。那些提着浊醪慰问渊明的父老,难道不是善人吗?可灾祸何曾放过他们?因此这首诗并不是自怜身世,而是晋宋之交民间生活的史诗。

"造夕思鸡鸣,及晨愿乌迁",意思是整晚都在期待鸡鸣天曙,整日又在盼望太阳落山,日子再无乐趣,仅是挨过。顾随先生解释为"赶快活完了事"[20]。这是渊明的真实遭遇,也是晋末百姓普遍的遭遇,但渊明有办法,百姓没办法。渊明的办法是从社会现有的评价体系、给养机制中挣脱出来,把自己变成一个自发电、自循环装置,卓然独立于时代之上。渊明解决了自我怀疑的问题,像苏轼所说"陶渊明欲仕则仕,不以求之为嫌,欲隐则隐,不以去之为高,饥则扣门而乞食,饱则鸡黍以延客"[21]。持续地自我驱动、自我给养依然是极为辛苦的。在他一生之总结的《自祭文》中,很有这一苦役终于要结束了的解脱之感:

> 人生实难,死如之何。呜呼哀哉![22]

渊明对自己的一生评价相当高:

> 勤靡余劳,心有常闲。
> 乐天委分,以至百年。
> ……
> 识运知命,畴能罔眷?
> 余今斯化,可以无恨。[23]

简单地说:"生命啊,我对你仁至义尽,现在我终于不要再对你负责了。"陶渊明负起的责任是什么呢?对于生命际遇的部分"天""分""运""命"坦然接受,绝不讨价还价;对于自我态度的部分,竭尽辛苦,丝毫不肯偷懒。于是在活着的时候,内心常常能获得平静,在临死的时候,没有任何眷恋和遗憾。这个评价不涉及任何现实结果,而是完全聚焦于生命过程的。

其他诗人的生命解决方案,"建功立业","功成身退","藏之名山,传之后世"[24],渊明毫不涉及。甚至连理想之空落无成,渊明也并不在意。渊明不靠神仙理想(阮籍)、不凭现世功业（曹操）、不待身后之名（曹丕）。在一个外部世界逐渐塌缩的时代里，渊明退居柴桑，缩小了自己的天地。但同时，他又对这有限的生活和心灵空间进行精细的耕作，在没有外在结果可以期待的情况下，依然找到让人生值得的办法。

渊明少时并不觉得没有外在结果可以期待。那时他的想法和任何有为青年没有什么不同。"少时壮且厉，抚剑独行游。谁言行游近？张掖至幽州。"（《拟古九首·其八》）"忆我少壮时，无乐自欣豫。猛志逸四海，骞翮思远翥。"（《杂诗十二首·其五》）陶渊明本是士族子弟，江州高门。他少时也与司马迁一般，有过壮游的经历。虽然并未去过北方，诗中之张掖、幽州及四海都为虚指，但仗剑远游、荡平四海的愿望却很真切。这段经历开拓了他的视野，使他较早看清了世界的真相。

他并不像一般士族子弟，早早走上征辟出仕的道路，直到二十九岁，才因"亲老家贫"[25]起为州祭酒，但不久后便辞官。此后多年，他挣扎在仕与隐的冲突之中，多次出仕或入幕，也多次辞官或辞征辟。陶渊明的屡次出仕，虽然都有为家庭求生计的客观需要，但他对济世理想的不肯死心也是重要原因。多次出仕都没有获得任何大济苍生的机会，相反，现实的挫败使他了解，典籍中黄帝至唐尧的淳朴时代，或传说中上古君主东户季子时路不拾遗、人皆饱足的理想世界已不存在。义熙元年（405），陶渊明出任彭泽县令，八十多天后即辞官，这是他最后一次出仕，在

《归去来兮辞》中,他与官场做了彻底的了断:

> 何则?质性自然,非矫厉所得。饥冻虽切,违己交病。[26]

《陶渊明集》中"违己"凡两见。一处是《饮酒二十首·其九》中,父老劝他出仕,他说"纡辔诚可学,违己讵非迷",一处即《归去来兮辞》序。可见此时出仕在渊明眼中,已成为性命交关、我在它不在、它在我不在的事件。这固然与渊明在官场上所感受到的扭曲、不适有关,也与他目睹的那些适应者的结局有关。渊明任江州祭酒时,江州刺史为王凝之,即谢道韫的丈夫,"天壤王郎"典故中那个著名的蠢货。王凝之后因信五斗米教,在孙恩之乱中不设军防,踏星步斗,请鬼兵拒敌,而被一刀枭首。至渊明辞彭泽令时,王凝之、桓玄皆已死去。后十年,陶渊明曾任其参军的刘敬宣在晋宋易代之时,也被属下夺过佩刀刺死。渊明未必是恐惧像他们一样横死,而是不想卷入权力倾轧,失去精神的独立。

渊明把自己的精神品性看作第一重要的事,他要防止迷误的风险,最后也成功了。但为之付出的代价是什么呢?其一是躬耕的辛苦,渊明写得很多;其二就是人生天地的缩减,这写得不多。一般认为渊明退居田园,是出于对外面世界的不在意,因此身体上虽有辛劳,但精神上并不苦恼。事实上看渊明的《归鸟》即可知道,退居是他屡

受挫折之后不得已的选择,最后虽找到了寄身之所,但最初理想的失去依然使他备感遗憾:

归鸟

翼翼归鸟,晨去于林。远之八表,近憩云岑。
和风弗洽,翻翮求心。顾俦相鸣,景庇清阴。

翼翼归鸟,载翔载飞。虽不怀游,见林情依。
遇云颉颃,相鸣而归。遐路诚悠,性爱无遗。

翼翼归鸟,驯林徘徊。岂思天路,欣及旧栖。
虽无昔侣,众声每谐。日夕气清,悠然其怀。

翼翼归鸟,戢羽寒条。游不旷林,宿则森标。
晨风清兴,好音时交。矰缴奚施,已卷安劳。[27]

渊明能坦然地写丧失。他的很多诗可以被看作承认丧失之后的哀悼过程,帮助他进入新的人生阶段,如《拟古九首·其七》写青春的丧失,《戊申岁六月中遇火》写家园的丧失,《拟挽歌辞三首》写肉体的丧失。《归鸟》则写了早期理想的丧失。它所哀悼的,是那个对世界有更积极看法的少年和他驰骛八表的好奇以及未经挫伤的闯劲。

《停云》《时运》《荣木》《归鸟》是陶渊明的四言诗

中写得最好的四首。这四首诗都是联章复沓的形式，用形式相似的四节来重复地制造一种转折递进、层层深入的效果。古代的注解者常常会提醒读者注意，《停云》《时运》《荣木》三首都有"欣慨交心"[28]的特点。这是说那些诗歌具有透明的质地，流动着自由的情感，像夏日的"水晶天"，忽而在全然欢悦的背景上飘来一朵悲哀之云，忽而风流云散，露出澄明的天地。《归鸟》也是如此，但其中"欣"的部分较显，"慨"的部分较隐。

《归鸟》四章可以视为四次出游。

第一次出游时，"归鸟"带着激昂的心情，清晨即出发。此时它志向高远，想要飞到八方荒忽极远之地。哪怕中途栖息，都要选择云中高崖。如此山崖对一般世间生灵而言已高不可想，"归鸟"却深嫌其近。然而初游并不顺利，它遇到了恶风的阻碍，为了不被恶风裹挟，丧失初心，它就调转翅膀，归于旧林。在旧林之中，受挫返回的鸟们相顾鸣叫，互相抚慰，将影子藏在大树的清荫之下，获得征途中没有的安宁和庇护。

第二次出游，"归鸟"已不再有激昂的心情，亦没有远游的理想。它已有了关于凶险世界的经验，只是还难以遏制飞翔的渴望。相比于初次出游如箭离弦的"晨去于林"，这次它"载翔载飞"，飞行一段，滑翔一段，显得略有迟疑。此次的挫折是乌云阻挡前路。鸟儿上下翻飞，却不能突围，因此第二次出游亦告失败。"归鸟"再次返回，但对此返回，"归鸟"作了双方面的解释，一则远游之路确实千难万险，二则对旧林的怀恋确乎无法遏止。

第三次出游，"归鸟"不再渴念天路的旅程，只是在旧林周边徘徊。"虽无昔侣"过去的注解大都有些"同学少年多不贱"（《秋兴八首·其三》）的意思，意谓旧友皆汲汲仕进。但渊明虽绝意仕进，却从无讽刺他人仕进之例，此处不如就据字面意思理解为旧友皆已分散，是变节、夭折，还是极为勇毅刚强，已达八荒之表，这就不可知了。而如渊明一般的折返之归鸟，虽失去了远方，但在"山气日夕佳"（《饮酒二十首·其五》）中"好声相和"，却也获得了一份悠然。

第四次出游，"归鸟"的天地变得更小。此时的世界已不复它初出之时的春日景象，林中春夏之"清阴"已变为冬日之"寒条"。早年"远之八表"的理想已收缩为"游不旷林"，不再越出树林的边界，"近憩云岑"的风流也变成了"宿则森标"的保守，意谓只在树梢休息。在这样狭小的世界里确乎有来自自然和亲情的快乐，但那是纯粹的快乐吗？

《归鸟》四章一般认为写作于义熙二年（406）渊明辞彭泽令后。他的诗有很多是无法准确系年的。《归鸟》的系年是因为古人认为其意旨与《归园田居五首》类似，因此系在同一时间。但这一系年反过来又限制了对《归鸟》意旨的阐发。也许正是因为有《归园田居五首》先入之见的影响，所以古人读《归鸟》时，对其中和婉明丽的部分更为敏感，而对感慨沉痛的部分较少言及。

在我看来，《归鸟》首先是渊明一生沉痛的哀辞。将四章的第二句连看，"远之八表，近憩云岑"一变为"虽不怀游，见林情依"，二变为"岂思天路，欣及旧栖"，三变为"游不旷林，宿则森标"，记录的是理想热情屡屡受挫、人生天地步步紧缩的过程，是多次挣扎但无法突破，最后连挣扎的愿望都已失去的习得性无助。我想现代读者对此诗应有强烈的认同。中学生在高三的"喊楼"中吼出各种远大理想，但理想却在遭遇现实后逐一破灭。从壮志满怀到不肯死心；从屈从现实，放弃理想，到对现实也不复多求，仅求一枝之栖，大概是很多现代人有过的经验。因此，我怎么也无法把"游不旷林，宿则森标"当作一种逸然高蹈的人生成就，而忽略其中与理想世界割舍的痛苦。

不同的是，陶渊明遇到的挫折不是现代社会常见的激烈竞争，而是晋末政治中更凶险的迫害，必然面临精神腐败或肉体死亡。因此在《归鸟》的最后，陶渊明说："矰缴奚施，已卷安劳。""矰缴"指带着丝线的箭头。"卷"通"倦"。归鸟既已深为倦怠，自行放弃对外界的探索和介入，自然就不必劳烦那些具有虎狼之心的人带着武器来杀人灭口了。

《归鸟》中有很多过去诗歌的影子。第一章的"远之八表，近憩云岑"使人想起《庄子·逍遥游》中"水击三千里，抟扶摇而上者九万里"的大鹏，与《庄子·秋水》中"非梧桐不止，非练实不食，非醴泉不饮"的鹓鶵。一二章中所遇之阻碍"和风弗洽""遇云颉颃"使人想起

《离骚》中的"飘风屯其相离兮,率云霓而来御",这是以飘风云霓为君子求索之敌的传统。末章中"矰缴奚施,已卷安劳"亦有所本,来自刘邦的《鸿鹄歌》:"鸿鹄高飞,一举千里。羽翮已就,横绝四海。横绝四海,当可奈何?虽有矰缴,尚安所施?"《庄子》《离骚》《鸿鹄歌》都充满了自由的渴望和搏击的力量,渊明却将这些象征反过来用,去坦白在成为归鸟的过程中失去的自然天性。

"远之八表,近憩云岑"的愿望已永远地不可实现。渊明承认其失败、恐惧。唯其真率,这首诗才具有了动人的基础。《归鸟》写出了人们在衰世中的普遍经验——不但已经拥有的事物和关系遭受毁坏,曾经饱满的可能性如今也不复存在。他们面对的是一个没有希望的时代。能否将曾经投注于远方和高崖上的生命热情收回,而不让它们与那个正在沉沦的时代一起毁灭?渊明做到了。在他晚年的诗如《饮酒二十首·其五》中依然看得到元气淋漓的生命撑起一个深邃饱满的世界:

山气日夕佳,飞鸟相与还。[29]

钟嵘在《诗品》中评价阮籍的话"使人忘其鄙近,自致远大"[30]似乎更适合这两句诗。千百年来,人们在津津乐道于"望南山"还是"见南山"更佳时,很少会想到,这首诗诞生在晋亡的前夜,而所形容之景象不过来自柴桑的方寸之地。究其原因,是渊明的精神气魄突破了时代氛围的限定。

从《饮酒二十首·其五》回看《归鸟》,会发现一些线索。在敛翅内转的过程中,渊明并不全是挫败与丧气,而是逐渐开启了新的精神境地。"旧林"与"众鸟"吸收了它从"八表"与"云岑"中撤回的热情,变得越来越迷人。这就是历代注解者所注意到的那部分。如钟惺所说:"有一种清和婉约之气在笔墨外,使人心平累消。"[31]当然,渊明晚年诗歌中那种"识运知命,畴能罔眷"(《自祭文》)的确定感还没有出现。也许《归鸟》的写作年代要比《归园田居五首》略前。

敛翅归来之后,渊明如何找到人生更有力的支撑,就要从《归园田居五首》说起。

归园田:野草深处是坟冢

陶渊明常常被误认为是一个写隐居田园之趣的诗人。

大家都很熟悉《归园田居五首》的第一首:

> 少无适俗韵,性本爱丘山。
> 误落尘网中,一去三十年。
> 羁鸟恋旧林,池鱼思故渊。
> 开荒南亩际,守拙归园田。
> 方宅十余亩,草屋八九间。

榆柳荫后檐，桃李罗堂前。
暧暧远人村，依依墟里烟。
狗吠深巷中，鸡鸣桑树颠。
户庭无尘杂，虚室有余闲。
久在樊笼里，复得返自然。[32]

很多人学完这首诗后很讨厌陶渊明，一部分觉得他没有社会责任感，一部分觉得他假惺惺，因为真正的农民并不觉得"开荒南亩际"是什么令人高兴的事。可是《陶渊明集》中《归园田居五首》共有七首，确定为渊明所作的有五首，这是第一首，五首是一个整体，必须要了解后四首，才能体会第一首的含义。在后四首里，陶渊明深刻地思考了死亡的问题，然后决定把这片充满了荒冢、废墟、尸骸的土地当作他的园田来经营，在死亡的土地上用种植来唤起新的生命。

《归园田居五首》的全五首使我非常感动，但限于篇幅，我只能把后四首拆开，讲里面的一部分。

与《诸人共游周家墓柏下》一样，《归园田居五首》的第四首讲的也是一个带着人们去废墟郊游的故事：

归园田居五首·其四

久去山泽游，浪莽林野娱。
试携子侄辈，披榛步荒墟。

> 徘徊丘陇间，依依昔人居。
> 井灶有遗处，桑竹残朽株。
> 借问采薪者，此人皆焉如？
> 薪者向我言，死没无复余。
> 一世异朝市，此语真不虚。
> 人生似幻化，终当归空无。[33]

第一句的意思是说，我已经很久不去名山大川游览了，也很久不去那些文人雅士所热爱的风景点玩赏了。"去"是放弃、弃置的意思，"浪莽"是荒废的意思。为什么不去游山玩水了呢？也许要从山水诗说起。

中国诗歌中写到山水，从《诗经》《楚辞》时代即已开始，但直到曹操写《苦寒行》，嵇康写《赠秀才入军》，山水都是作为人生活的背景而被书写的。山水成为独立的审美对象，要等到东晋。宗白华说："晋人向外发现了自然，向内发现了自己的深情。"[34] 他所针对的情况，就是中原士族来到江南后，在相比于北方更微缩、更堪玩赏的山水中，常常感到"从山阴道上行，山川自相映发，使人应接不暇"[35]的乐趣。在这种审美乐趣中，山水不再是人生活的背景。东晋最重要的山水诗人是谢灵运。他是东晋大将谢玄的孙子，在会稽（今浙江绍兴）拥有大片的庄园，袭封康乐县公，刘宋建立后，降封康乐县侯。他曾为了游山陟岭，带领上百仆从，从始宁南山到临海一路伐木开道，以至于临海太守王琇以为是山贼来了。[36] 但我们去看谢灵运的山水诗，在其中是看不到这些开山伐木的仆从的，看到的只是在亘古的寂寞中等待诗人的巨眼去点亮的山野。

"山泽游""林野娱"是士族独有的高雅喜好，是东晋人的"极限运动"。但陶渊明要放弃这种对待自然的态度，为什么呢？我想借用米兰·昆德拉的一个观念来做解释。

米兰·昆德拉在小说《不能承受的生命之轻》中假想了某个官员看到孩子在草地上奔跑而心生感动的场景。他说：

> 媚俗让人接连产生两滴感动的泪滴，第一滴眼泪说：瞧这草坪上奔跑的孩子们，真美啊！
>
> 第二滴眼泪说：看到孩子们在草坪上奔跑，跟全人类一起被感动，真美啊！
>
> 只有第二滴眼泪才使媚俗成其为媚俗。
>
> 人类的博爱都只能是建立在媚俗的基础之上。[37]

米兰·昆德拉的原文用的是 Kitsch 这个词，很多人认为把它翻译成"媚俗"是把意思弄反了，有人觉得用媚雅、自媚，或者直接音译为"刻奇"更好。因为这种现象的本意是一种形式化的、虚假的自我感动，是一种模仿的、低劣的抒情，是对于存在的不真实的感受。[38]

与"媚俗"类似的是这样一种自我要求：在山水诗兴盛的年代，一个合格的东晋士人，就应该和谢灵运一样遍游名山大川，并为之感动。这与行散、清谈一起，成为士人文化身份的象征符号。可是陶渊明说，这些我不要了，因为我选择了一种更真实的存在体验——去接受普通人面对自然时的劬劳功烈。因此，带有诗意的"山泽"和"林野"在陶渊明这里，变成了荆榛和荒墟。

士人在自然中看到了"池塘生春草，园柳变鸣禽"（谢灵运《登池上楼》），陶渊明看到的却是自然令人恐惧的力量。他带着儿子和侄子们艰难地步行，每走一步就要拨开荆棘。很快发现在这些荆棘的深处，是过去城市的废墟。"丘陇"指坟墓，而且主要指坟墓的封土，没有墓碑。他们徘徊在坟墓之间，再往荆棘的深处走，发现了过去的井栏、倾倒的炉灶。在这些遗迹周围，还有人工种植的桑树和竹子，只是长久无人管理，都已快要朽烂。"十年树木"，种植桑树不是短期投资，曾经生活在这里的人有着长期的打算，但现在人不见了，留下的只是废墟和坟墓。这就是"徘徊丘陇间，依依昔人居。井灶有遗处，桑竹残朽株"。

于是，自然不再是文人诗意生活的背景，而是吞噬人类努力、毁灭人类家园的力量。玛格丽特·杜拉斯有一本小说叫作《抵挡太平洋的堤坝》，写在法属印度支那[39]，母亲辛苦地种植庄稼，可是太平洋的潮水每年袭来时，这里就颗粒无收。人们建筑堤坝与自然对峙，但是堤坝被冲毁，人们或者死亡，或者绝望。陶渊明见到的也是这样残忍的自然。于是他写出了后面四句："借问采薪者，此人皆焉如？薪者向我言，死没无复余。"

有一次我上课讲这首诗，有个大二的同学王纪新要发言。我觉得那是一个很天才的发言。他说："我觉得陶渊明带子侄辈去'步荒墟'，不是带他们去游玩的，而是去开示生死之理的。因为你跟一个年轻人讲生死是怎么回事，他没有感觉，但是你带他到废墟中间去看这些地方，他就有感觉了。"那个学生还说："'井灶有遗处，桑竹残朽株'，写得真是精彩。历史上那些伟大、显赫的人，他死之后能够留下一些功业、名胜、传世巨著，可是我们大部分的普通人死后留下什么？就是留下一个我们用过的灶台，留下一口我们打过水的井。人们常说的'一辈子围着锅台转'，这就是我们普遍的生命。"

他这么说完，我当时就感动了。因为我没有过农村生活，对"井灶有遗处"没有经验。我对它们的感觉还不如对《社戏》里躺倒在松柏下的石羊石马强烈。他说完时，我忽然像看到了当时的现场：当陶渊明看到荒野深处的废墟和坟墓，他想知道曾经生活在这里的人都搬去哪里了，为什么一个人都没有留下，但是他唯一能问询的人就是采薪者。采薪者一般在深山中伐木，更见此地之荒芜。而采薪者的回答是"死没无复余"——他们死了，都死了，死得彻彻底底，一个侥幸逃脱留下来的人都没有。

古代士人总是有一种幻想，觉得我之所以痛苦就是因为太有文化、太有担当，如果我是一个平凡的百姓，人生估计快乐得多，这就是"人生忧患识字始"（苏轼《石苍舒醉墨堂》）的观念。能打破这种观念，认识到士人承受的痛苦只是时代痛苦的很小一部分，这是不容易的。如果只把注意力放在士人的痛苦上，诗歌就会走向对时运不济的感慨，如果意识到痛苦是普遍性的，就有可能走向更深刻的、对生命本身的思考。渊明感到了普遍的人的痛苦，所以他接下来说"一世异朝市，此语真不虚。人生似幻化，终当归空无"。古人以三十年为一世。"一世异朝市"是汉魏俗语，意谓繁华不能久存，城市三十年就会变成废墟。渊明感慨，这话说得果然不错。城市尚且如此，人生呢？人生就像梦幻泡影。梦有醒时，幻想有结束时，水泡有破灭时，影子有消逝时。

"人生似幻化，终当归空无"的意思换一种说法就是"常恐霜霰至，零落同草莽"：

归园田居五首·其二

野外罕人事，穷巷寡轮鞅。
白日掩荆扉，虚室绝尘想。
时复墟曲中，披草共来往。
相见无杂言，但道桑麻长。
桑麻日已长，我土日已广。
常恐霜霰至，零落同草莽。[40]

《归园田居五首》的第二首，似是把第四首的意思重新写了一遍，只是减少了那个诧异探索的过程。它看起来有点像今人在辞职的快乐刚刚过去之后的感受。过去的负担确已消除，新的虚无又已袭来。

《归园田居五首》第四首中的荒墟与丘陇现在被称为"野外"。渊明终于实现了他在《归去来兮辞》中咬牙切齿许下的愿望"归去来兮，请息交以绝游"。现在没有什么应酬了。他也很满意自己选址的所在，在小巷深处，门前还有一条深沟。这条深沟起到了筛选的作用。老农依然天不亮就来敲门，但坐车来的贵客却过不了沟，只能扫兴而返。之后，旧日官场上的朋友渐渐就不来了。《读山海经十三首·其一》里写到的"穷巷隔深辙，颇回故人车"进展成了"穷巷寡轮鞅"。渊明可以白天也把柴门关起来，内心清静，如同空无一物的屋子，再没有任何世俗的念头在跃跃欲动。

于是他真正地像一个老农，"时复墟曲中，披草共来往"。这与"披榛步荒墟""徘徊丘陇间"同意。也许晋末荒地尚多，虽居住在同一村落，串门依然需要拨开荒草。老农像土地一样沉默，相见时没有什么套话，"但道桑麻长"。

这是很打动我的一句诗，因为这正像弗洛姆在《爱的艺术》里所说：

> 学会专心要尽可能避免无意义的闲谈，即那种不坦率诚恳的交谈。如果两个人谈论他们共知的一棵树的生长情况，或谈他们刚刚一起吃过的面包的味道，或是谈他们工作中的共同的经验，只要他们谈论的是其经历过的事，而且没有用抽象化的方式来对待它，

那么，这种谈话就是有意义的。但有另一种情况，一场谈话可能涉及政治或宗教问题，却无聊透顶。当两个人说的都是陈词滥调的时候，当他们心不在焉的时候，就会出现这种情况。[41]

两晋重视清谈，至南朝，在清谈之外，更重隶事、用典。《世说新语》及《南史》中充满了这样的例子。在当时，能终日不倦地言说玄学义理，或滔滔不绝地列举关于某一事物的文献、故事，都是极受社会尊重，且大有现实利益的事。晋宋士人赞美的丰神俊朗，常常与在这种场合显现出的博学、自信、潇洒有关。清谈对纯粹理论思辨的发展、对人的审美化都有价值。隶事、用典则是刻本时代之前重要的知识搜集方式。但当其成为风尚，这些思辨、言语、风神、知识就都有了表演的性质和鹜利的目标。美带来的天然感动、思辨带来的天然震撼消失了。不管言语多么超妙，离开了真实的生命关切，它们就变成了无稽之谈。渊明以"闲静少言"对抗这一风气。[42]

"但道桑麻长"不是说老农没有见识，只能谈谈庄稼收成，而是说渊明选择了一种更为言行一致的生活，在根本上杜绝了语言的滥用。一方面，"但道桑麻长"质朴实在到有矫枉过正的嫌疑，但它保证了基于共同经验的恳切交流；另一方面，"寡轮鞅""绝尘想""无杂言"一步步切除了社交、欲望、语言的虚浮冗余，人的注意力从妄念中解放出来，于是真正的人生问题就毫无遮蔽地暴露出来了：

> 桑麻日已长，我土日已广。
>
> 常恐霜霰至，零落同草莽。

无论作为写实还是象征，"桑麻日已长，我土日已广"都是关于成就的写照。《归园田居五首》第一首中"开荒南亩际，守拙归园田"至此已有了完满的结果。但这样的成就依然不能为人免除恐惧。渊明在这里提出的问题是：哪怕已经抵御了最普遍的诱惑，做出了最正确的选择，去从事了真正想做的事业，并结出硕果，但"常恐霜霰至，零落同草莽"的结局依然不会更改。生老病死，这就是生命的规则，无法由任何外在的成就来改写。既然如此，渊明为什么还要不停反思、抖落虚浮，寻找特定的生命路线，并严苛地执行？

露与霜原为一物。春则为露，秋则为霜。春露滋养万物，秋霜摧伤万物。所以曹丕说"秋风萧瑟天气凉，草木摇落露为霜"（《燕歌行·其一》）。古代人观察自然，发现一切都躲不过这个命运：你有被滋养的一天，也就有凋毁的一天。生命因何值得？阮籍解决不了这个问题，因此他在《咏怀八十二首》中常常写到这种恐惧，如第三首中写"秋风吹飞藿，零落从此始"，第四首中写"清露被皋兰，凝霜沾野草"。史书上说阮籍经常驾着一辆车出去，驾驶到一个没有路的地方，就停下来痛哭。[43]这就是他对生命没有出路的表达。

渊明也面对着同样的事实。他写一垄落葵（木耳菜、

陶渊明：生死的辨正

紫角叶):"流目视西园,晔晔荣紫葵。于今甚可爱,奈何当复衰"(《和胡西曹示顾贼曹》);写一池莲花:"荣华难久居,盛衰不可量。昔为三春蕖,今作秋莲房。严霜结野草,枯悴未遽央"(《杂诗十二首·其三》);写一棵木槿:"采采荣木,结根于兹。晨耀其华,夕已丧之"(《荣木》)。时候一到,一切归为尘土,人类辛勤开垦的土地重新为荆榛接管。渊明对此的预感与阮籍同样强烈,但他的理解在躬耕中得到深化。渊明找到了办法。在这些诗中,他的每次感叹都接续着一个催促。既然所有人的命运都是"常恐霜霰至,零落同草莽"的结果,那必须在结果之外,在摇落的时刻到来之前,抢先求得人生的意义。

《归园田居五首·其一》的结尾"久在樊笼里,复得返自然"并不是渊明找到的人生解药。"返自然"只是使人生的真实处境暴露出来。虽因之面临恐惧、触摸脆弱、接受无望,但在这无伪的处境之下,生命自己找到了出路。《归园田居五首·其三》记录了这出路呈现的瞬间。

一棵豆苗的生生之乐

为什么阮籍写"秋风吹飞藿,零落从此始"(《咏怀八十二首·其三》)比宋玉写"悲哉,秋之为气也!萧瑟兮草木摇落而变衰"(《九辩》)更绝望?"藿"即是豆叶。豆科植物的花有娇嫩轻盈之美。香豌豆花更是名贵的切花原料。豆科植物也常常善于攀援，春天种下扁豆，夏日人们就能在豆棚下纳凉，故古人有《豆棚吟》《豆棚闲话》。但豆科植物多为一年生，秋风一起，浓荫就黄落枯萎，变得轻如败絮，甚至不需要收拾藤蔓，它们自己就会碎落。比起树木秋枯春荣，在豆科植物身上，人们更多看到时间不能逆转、死亡不可逃避、生命不留痕迹。没有什么比豆叶在秋风中迅速碾为尘土的画面更能象征阮籍的"忧生之嗟"[44]了。

豆类寿命最短，繁茂和凋零时差别最大，但渊明《归园田居五首·其三》偏要写种豆。在这首诗中，野草可以视为强盛而不受人类管辖的外在世界，豆可以视为脆弱而灌注了自我意志的个人生命：

归园田居五首·其三

种豆南山下，草盛豆苗稀。
晨兴理荒秽，带月荷锄归。
道狭草木长，夕露沾我衣。
衣沾不足惜，但使愿无违。[45]

"种豆南山下"化用司马迁外孙杨恽《报孙会宗书》中的"种一顷豆，落而为萁。人生行乐耳，须富贵何时"，但渊明并不是做个样子，他将"种豆"作为"富贵"的对立符号，真的沉浸到种豆的快乐中去。"草盛豆苗稀"带有棋逢对手的斗志盎然。自然就是如此。我家有一个院子，种了几轮花，有的被旱死了，有的被浇死了。有种俗称"割人藤"的野草，无论雨旱，蓬勃生长，甚至落地生根，绞杀乔木。就自然的意志而言，割人藤有何不好？但人的意志却另有主张，比如"种一顷豆"。于是人只能"晨兴理荒秽，带月荷锄归"，其中有人为自己的意志付出的劬劳。但自然与人之间又不只是敌对关系。我在田间见过农民一边辛苦除草，一边赞美杂草。他们忽然转折，摘下一枝杂草放进嘴里咀嚼，说起荒年时靠它们活下来的经历。自然中既有违背人意愿，让人不可控的一部分，也有充满巨大生命力，让人震撼、尊重的部分。

一个"晨兴理荒秽，带月荷锄归"的农人虽未必获得成功，但在这样的工作中获得了生命的节律：春种、秋收，天亮出门、天黑回家。事事都有交代。结果不可预知，只有"道狭草木长"是确定的。人生的路总是很窄，杂草总是很多。有一次我和理科学生讲这首诗。我问他们："你们每天去实验室，是做一百次实验有一百次成功，还是做一百次实验可能只成功一次？你们是不是每天连早饭都来不及吃，拎着两个茶叶蛋就去'晨兴理荒秽'，到晚上十二点才从实验室'带月荷锄归'？"学生说："是啊是啊，我们的人生就是这样，而且实验做出来多半不成功，'草盛豆苗稀'。陶渊明写的就是我。"

衣服是自我与外在世界的界线。"夕露沾我衣"有两层含义。

一方面,"夕露沾衣"是污损。因为《离骚》将衣饰的沾染破损作为生命凋萎象征的传统,所以本句带有个人生命在劳作中逐渐衰老、毁坏的意思。"衣沾"甚至可以使人联想到涉入道德险境。仁人志士在保持表面的道德完善和真正投入伟大事业之间亦有矛盾。浮士德的救赎就无法逃避"衣沾"而完成。苏轼所说"以'夕露沾衣'之故而犯所愧者多矣"[46],亦是如此。

另一方面,"夕露沾衣"是惊悦。正如冯延巳的"风入罗衣贴体寒"(《抛球乐·酒罢歌余兴未阑》)写出了人与物候同频共振的过程,本句也可理解为在无聊的劳作中,露水的凉意激醒了昏昏欲睡的神志。狭小的个人生命忽然找到了突破口,人感到了与广大自然共通的快乐,如同野麋山鹿返归于长林丰草。

在"夕露沾衣"的两边,一边是劳作的辛苦失败,一边是生命的惊悦突围。这正是积极的人生中悲欣交加的写实。

《归园田居五首·其三》前三句都是写人与自然的搏斗,到最后一句,自然的部分消失了,渊明完完全全在讲自己:"衣沾不足惜,但使愿无违。"这句话常被错误理解成只要结果好,辛苦没关系。但"愿无违"不是"果无违"。"愿无违"的价值恰恰在于从结果中解放出来。它不是指愿望达成,而是指最初的愿力不衰减,人能不断得到激发而不觉倦怠。人生的诸种追求,结果可能就是"草盛豆苗稀"的,但人也可能争取不被条件限定、不被结果定义的快乐,获得一定程度的自由。

渊明种豆，种的乃是他自己。这正如唐代的元结所说："贤士君子自植其身"（《菊圃记》）。通过这个观念，我们能将渊明的积极进取与恬淡避世整合起来。因为渊明将"立己之身"作为他最重要的追求，所以外在功业反而变成次要的、工具性的了。按照这个逻辑，一个艺术家的追求不是他的作品，而是通过艺术创作把自己变成了什么样的人，一个官员的追求也不是他的官衔，而是通过仕途经历把自己造就成了什么样的人。

但"种豆南山下"只是一个"自植其身"的象征吗？又不是。顾随先生说："渊明'种豆'一事，象征整个人生所有的事，所有的人，所有一生的事。"[47]我想这"人生所有的事"中既有志意持守的问题，也有人生动力的问题。之前在讲《拟古九首·其七》时，讲到了"欢庆生命"，这在《归园田居五首·其三》中也有显现。渊明种豆一事带出的背景中，那个南山世界里充斥着生命的力量：顽强、自在、欣欣向荣。

渊明写自然的生生之乐为他人所不能及。"流目视西园，晔晔荣紫葵"（《和胡西曹示顾贼曹》），"欢然酌春酒，摘我园中蔬"（《读山海经十三首·其一》），"东园之树，枝条载荣"（《停云》），"有风自南，翼彼新苗"（《时运》）皆此类的例子。为生生之乐所触发，从而兴致勃勃也是《归园田居五首·其三》的主调。这些诗中的乐，原型到底在哪里？

《诗经·周南》中有一首《芣苢》，讲妇女在春天的原野上采摘野菜：

芣苢

采采芣苢，薄言采之。
采采芣苢，薄言有之。

采采芣苢，薄言掇之。
采采芣苢，薄言捋之。

采采芣苢，薄言袺之。
采采芣苢，薄言襭之。[48]

元代吴师道说："此诗终篇言乐，不出一'乐'字，读之自见意思。"[49]清代王夫之说："从容涵泳，自然生其气象。即五言中，《十九首》犹有得此意者，陶令差能仿佛，下此绝矣。"[50]先民为自然生息循环的力量所打动，在风和日丽中采摘初生之野草。其欢悦形诸歌咏，不觉三五成群，一唱众和。甚至人们相信食用此草，也将获得如大地一般强盛的生殖力。这就是《芣苢》的情感基调。但随着诗歌创作者不再从事耕种采摘，后世诗人虽也能欣赏"天朗气清，惠风和畅"（王羲之《兰亭集序》）的风景，但对万物恒生的体验衰减了，忘记自己的生命也源出于这样的自然。渊明似乎是最后一个具有这种原始能力的诗人。王夫之说"陶令差能仿佛"就是察觉到了这一点。

渊明有一首《戊申岁六月中遇火》：

> 草庐寄穷巷，甘以辞华轩。
> 正夏长风急，林室顿烧燔。
> 一宅无遗宇，舫舟荫门前。
> 迢迢新秋夕，亭亭月将圆。
> 果菜始复生，惊鸟尚未还。
> 中宵伫遥念，一盼周九天。
> 总发抱孤介，奄出四十年。
> 形迹凭化往，灵府长独闲。
> 贞刚自有质，玉石乃非坚。
> 仰想东户时，余粮宿中田。
> 鼓腹无所思，朝起暮归眠。
> 既已不遇兹，且遂灌我园。[51]

这首诗写在义熙四年（408），也就是辞彭泽令、归隐田园后的第三年。这个夏天，"园田居"烧掉了。这使他对原先已下定的决心再次产生了质疑。为什么已经放弃了官场，寄身于穷巷之中，但命运还是没有饶过他？在《归园田居五首》中胼手胝足建立起来的田园是何等脆弱，一瞬间就烧成灰烬，连一根房梁都没有留下。全家人只能住在一条船上。但火灾是六月发生的，到八月，渊明就目睹了自然强大的自愈力，"果菜始复生，惊鸟尚未还"。当飞鸟与人还处在惊恐之中，不敢接近故居，果菜却已从烧成灰烬的土地上重新长了出来。这带给渊明巨大的震撼。他一整个晚上没有睡觉，内心充满了矛盾的想法，站在院子里望天望地，把宇宙人生都想了一遍。他想到自己过往的孤独怪异，想到正在衰老的肉体和对精神不朽的渴望，想到上古人人免于饥饿的黄金时代已一去不返。忽然间渊明相信世界上存在一种"贞刚"强于玉石的力量。他找到了不可思议的答案："既已不遇兹，且遂灌我园。"

那就相信土地，继续去耕种好了。土地一次又一次地震撼渊明。在《归园田居五首·其三》中，土地以野草与豆苗的交手来示范如何将挫折转化为活力；在《戊申岁六月中遇火》中，土地以果菜的复生来示范在巨大的不幸之后从头生活；在《读山海经十三首·其一》中，土地示范的是不管人类世代的贤愚盛衰，自然仍会以它的节奏带来新的生机：

> 欢然酌春酒，摘我园中蔬。
> 微雨从东来，好风与之俱。
> 泛览周王传，流观《山海图》。
> 俯仰终宇宙，不乐复何如？[52]

这样的诗里哪里有黑暗，哪里有死亡，哪里有穷思竭虑？有的只是轻盈和喜乐、清澈和透明。此时他的田园如"果菜始复生"一样，充斥着时间送来的新酒与新蔬。"微雨从东来，好风与之俱"是亘古不变的，是自有天地以来就永恒如此的自然现象。渊明借由与无限自然的连接而进入了更大的时空尺度，获得如登山临海、时空穿梭一般的心灵自由。于是他摒除了时代的阴影，飞翔在《穆天子传》与《山海经》的宏大时空中，渡黄河，过太行，出雁门，登天山，遍游海外、大荒，与夸父、刑天、精卫的精神共处。放宽历史的视野，在小的历史周期之外，还有更大的历史周期，在人类的历史周期之外，还有超越人类的历史周期。如此魏晋易代的一时黑暗，也就不再能带来完全的绝望。俯仰之间，时代与处境加在人身上的束缚就被解开了。

草木新绿、春酒新熟，应时之云、应时之风、应时之雨，这是渊明诗歌中最活泼的灵光。这些诗句使我回忆起在我理解人和社会之前，自然曾首先教会我喜悦的瞬间："微雨从东来，好风与之俱。"

在还没有空调的时代，江南夏日的房屋是终日开窗的，唯独西窗之外遮盖着稀疏的竹帘。那时虽有风扇和凉席，人仍然终日热得昏昏沉沉。常常是在下午，忽然间有带着雨珠的凉风飘进室内。走廊里响起窗户的撞击声、玻璃窗或玻璃瓶落地砸碎的声音、人奔跑抢救的声音。一阵混乱之后暂时安静，然后是雨脚巨大的喧响，一阵比一阵更凉的凉风带着泥土的味道涌进房间。对于一个心中尚未储存世事的儿童来说，那种凉带来的快乐如洪水决堤。正如旁观的大人常常评价的那样："落雪落雨狗欢喜。"

钱穆说："人生本体即是一乐，于人生中别寻快乐，即非真艺术。"[53]对于儿童和小狗而言，生生之乐本即天性。但由于儿童尚未知晓死亡，对人生也未形成特定的看法，更不会意识到人生的展开受到时间的约束，所以他们虽常感到生生之乐，却不能受此驱动去主动做什么。他们沉浸在欢乐中，直到欢乐自然地逝去，如此循环。

使人将生生之乐纳入意识之中的，恰恰是对死亡的发现。如果没有死亡的黑暗作为背景，生命的光亮将不复存在。在《归园田居五首》中，第二首与第三首正描述着生命的这两个面向——"常恐霜霰至"一首称赞着死亡的力量，哀叹着消逝、遗忘；"种豆南山下"一首则吟唱着生命的曲调，呼唤着新生、成长。

渊明的时代，"老少同一死，贤愚无复数"（《形影神三首·神释》）。死亡的威胁如四面楚歌，逃回田园也无法回避。这样的压力反而造就了渊明的"重（zhòng）生"意识。其中包括对生生之乐格外的敏感，和抓紧生命存在的每一时刻去尽力自我建设的热望。对此，渊明最常使用的象征就是种植。而且由于渊明真正从事躬耕，象征与写实有时根本无法清晰区分，物理世界与精神世界中的田园也常常合二为一。这天然自洽的境界确乎难以模仿。

重建生命

在中国诗史上，陶渊明对死亡的书写是极其特殊的。

第一，很少有诗人像他一样如此大量、集中地书写死亡；第二，从《诗经》开始，写死亡往往是为了谴责战争、瘟疫、权谋，但渊明如《皇帝的新衣》中的小男孩，每隔几页书就跳出来宣布一次"人本来就是要死的"；第三，陶渊明对死亡的书写是最不带文人色彩的。孔子、司马迁、曹丕都在想如何用闻道或写作来战胜死亡，但陶渊明却将包括功业、德性、著作在内的任何固定成就当作覆盖在死亡上面的油彩，拨开它们，去直视蚯蚓从骷髅的眼里爬出的死亡实质。

回到我们一开始讲的那个问题。陶渊明为什么要一次次到前人的墓地去行游，关于死亡，他到底得出了什么结论？我觉得陶渊明的思考最终停留在了肉体生命结束的那一刻。他否定了道家的神仙世界，摒弃了佛家的轮回转世，也怀疑儒家的三不朽。对于死亡，他其实没有思考出任何结论。

他的成就在于在对死亡的勇敢直面中，反倒重建了生命，在魏晋时代普遍的"人生如流"[54]和"人生如寄"[55]的观念之外，发展出了"人生如植"的观念。人生如流也好，人生如寄也好，都把人看作在命运和时代的洪流中随波流转的落花败蕊。可是渊明决定为自己的人生赋予更多的主动性，在尸骸遍布的土地上去"开荒南亩际"（《归园田居五首·其一》），去把时代的废墟变成个人精神的家园。渊明清楚地知道，我们的未来就是"零落同草莽"（《归园田居五首·其二》）的，但在凋落的一刻到来之前，我们还有时间去种植自己。他的道德选择、政治判断、情感体验、日用常行，都是在"自植"的标准审视之下，严格筛选并坚定贯彻的。以此，他将一个看似极为收缩的人生变得集中而丰盛。在稀薄的土壤上，一棵孱弱的豆苗终于长成，居然如屈原笔下的橘树一般，苏世独立，文章灿烂。

那"草盛豆苗稀"（《归园田居五首·其三》）的耕种，与西西弗斯把永远要滚落的巨石推上山坡本质上并没有什么不同，他们都借此成为自己命运的主人。加缪说，他相信西西弗斯是幸福的，而我们甚至不用替渊明相信他是幸福的。读他的诗，无限辛苦之中，处处是幸福的痕迹。

注释

1 《小约翰》，北京鲁迅博物馆编：《鲁迅译文全集》第三卷，福州：福建教育出版社，2008年，第71—72页。

2 《小约翰》，《鲁迅译文全集》第三卷，第104页。

3 《诸人共游周家墓柏下》，[晋]陶渊明著，龚斌校笺：《陶渊明集校笺》，上海：上海古籍出版社，2018年，第118页。

4 《宋徵士陶潜诗》，[南朝梁]钟嵘著，黄旭集注：《诗品集注》，上海：上海古籍出版社，1994年，第260页。

5 《论文下》，[宋]朱熹：《朱子语类》，北京：中华书局，1994年，第3325页。

6 《诗品序》，《诗品集注》，第1页。

7 《陶侃传》，[唐]房玄龄等撰：《晋书》，北京：中华书局，1974年，第1779页。

8 《周访传》，《晋书》，第1582页。

9 《宋徵士陶潜诗》，《诗品集注》，第260页。

10 《拟古九首·其七》，《陶渊明集校笺》，第330页。

11 《江畔独步寻花七绝句》，[唐]杜甫著，[清]杨伦笺注：《杜诗镜铨》，上海：上海古籍出版社，1981年，第355页。

12 《阮籍传》，《晋书》，第1360页。

13 《原道》，[唐]韩愈著，马其昶校注，马茂元整理：《韩昌黎文集校注》，上海：上海古籍出版社，2014年，第18页。

14 《言语第二》，[南朝宋]刘义庆撰，[南朝梁]刘孝标注，余嘉锡笺疏，周祖谟等整理：《世说新语笺疏》，北京：中华书局，2016年，第125页。

15 《生平六考》，刘奕著：《诚与真：陶渊明考论》，上海：上海古籍出版社，2023年，第54页。

16 《黄帝以后第一伟人赵武灵王传》，梁启超著：《梁启超评历史人物合集·先秦卷：孔子传 老子传 管子传》，武汉：华中科技大学出版社，2018年，第1页。

17 晋宋易代稍后，陶渊明写了一首名叫《述酒》的诗。这首诗因过于晦涩，在宋代之前都未能引起注意。宋代人认为这首诗用了"隐语庾词"的写法，用字谜式的语言转换指称，使其表面上看起来是在讲酒的历史，而深层却是记载刘裕试图以毒酒鸩杀晋恭帝之事。宋代之后，学者常常举《述酒》和《拟古九首·其九》中"种桑长江边，三年望当采。枝条始欲茂，忽值山河改"的例子，证明陶渊明关心政治、眷怀故国，甚至耻事二君、忠义可表。如秦观说："宋初受命，陶潜自以祖侃晋世宰辅，耻复屈身，投劾而归，躬耕于浔阳之野。其所著书，自义熙以前，题晋年号；永初以后，但称甲子而已。"见［宋］秦观撰：《淮海集笺注》，上海：上海古籍出版社，1994年，第745页。

18　《怨诗楚调示庞主簿邓治中》，《陶渊明集校笺》，第120—121页。

19　《伯夷列传》："或曰：'天道无亲，常与善人。'若伯夷、叔齐，可谓善人者非邪？积仁洁行如此而饿死！且七十子之徒，仲尼独荐颜渊为好学。然回也屡空，糟糠不厌，而卒蚤夭。天之报施善人，其何如哉？盗跖日杀不辜，肝人之肉，暴戾恣睢，聚党数千人横行天下，竟以寿终，是遵何德哉？此其尤大彰明较著者也。若至近世，操行不轨，专犯忌讳，而终身逸乐，富厚累世不绝。或择地而蹈之，时然后出言，行不由径，非公正不发愤，而遇祸灾者，不可胜数也。余甚惑焉，傥所谓天道，是邪非邪？"见［汉］司马迁撰，［宋］裴骃集解，［唐］司马贞索隐，［唐］张守节正义：《史记》，北京：中华书局，2014年，第2585页。

20　《说陶诗》，顾随著：《顾随全集》卷五，石家庄：河北教育出版社，2014年，第213页。

21　《书李简夫诗集后》，［宋］苏轼著，孔凡礼点校：《苏轼文集》，北京：中华书局，1986年，第2148页。

22　《自祭文》，《陶渊明集校笺》，第534页。

23　《自祭文》，《陶渊明集校笺》，第534页。

24　《司马迁传》："藏之名山，传之其人通邑大都……"见［汉］班固撰：《汉书》，北京：中华书局，1962年，第2735页。

25　《陶潜传》，《晋书》，第2461页。

26　《归去来兮辞》，《陶渊明集校笺》，第453页。

27　《归鸟》，《陶渊明集校笺》，第71页。

28　《时运》，《陶渊明集校笺》，第8页。

29　《饮酒二十首·其五》，《陶渊明集校笺》，第258页。

30　《晋步兵阮籍诗》，《诗品集注》，第123页。。

31　《归鸟》，［明］钟惺、谭元春选评，张国光等点校：《诗归》，武汉：湖北人民出版社，1985年，第172页。

32　《归园田居五首·其一》，《陶渊明集校笺》，第91—92页。

33　《归园田居五首·其四》，《陶渊明集校笺》，第100页。

34　《论〈世说新语〉和晋人的美》，宗白华著：《宗白华散文》，北京：人民文学出版社，2022年，第171页。

35 《言语第二》，《世说新语笺疏》，第159页。

36 《谢灵运传》："灵运因父祖之资，生业甚厚。奴僮既众，义故门生数百，凿山浚湖，功役无已。寻山陟岭，必造幽峻，岩嶂千重，莫不备尽。登蹑常著木履，上山则去前齿，下山去其后齿。尝自始宁南山伐木开径，直至临海，从者数百人。临海太守王琇惊骇，谓为山贼，徐知是灵运乃安。"见[南朝梁]沈约撰：《宋书》，北京：中华书局，1974年，第1775页。

37 [法]米兰·昆德拉著，许钧译：《不能承受的生命之轻》，上海：上海译文出版社，2022年，第306页。

38 景凯旋：《景凯旋专访》，《新周刊》，2014年第13期。

39 法属印度支那（Colony of French Republic, Indochina），是18—19世纪间法国在东南亚中南半岛东部的一块殖民地，范围大致相当于今越南、老挝、柬埔寨三国面积之和，兼有从大清帝国手中强迫租借的广州湾（今广东湛江）。

40 《归园田居五首·其二》，《陶渊明集校笺》，第96页。

41 [美]艾里希·弗洛姆著，刘福堂译：《爱的艺术》，上海：上海译文出版社，2019年，第117页。

42 "《五柳先生传》自叙其性格及旨趣云：'闲静少言，不慕荣利。好读书，不求甚解；每有会意，便欣然忘食。'又云：'常著文章自娱，颇示己志。'这两条自叙，古今传诵，但未有联系东晋时期的学术文章风气来分析的。尤其是'闲静少言，不慕荣利'两句尤有深意，盖东晋是一个重言的时代，轻著述而重言辞，时人每以清谈、题品取誉士林，获得官职与名利，渊明的闲静少言，暗客对当时士林中以玄诞清谈获荣利的风气的不屑态度。"见钱志熙著：《陶渊明经纬》，北京：北京大学出版社，2019年，第52页。

43 《阮籍传》："时率意独驾，不由径路，车迹所穷，辄恸哭而反。"见《晋书》，第1361页。

44 [刘宋]谢灵运《拟魏太子邺中集诗八首·平原侯植》，黄节撰：《谢康乐诗注 鲍参军诗注》，北京：中华书局，2018年，第164页。

45 《归园田居五首·其三》，《陶渊明集校笺》，第98页。

46 《书渊明诗》，《苏轼文集》，第2112页。

47 《杂谭诗之创作》，《顾随全集》卷六，第241页。

48 《苤苢》，《十三经注疏》整理委员会整理，李学勤主编：《毛诗正义》，北京：北京大学出版社，1999年，第51—52页。

49 《芣苢》，[清]王鸿绪等撰：《钦定诗经传说汇纂》卷一，清雍正五年（1727）内府刻本，第43页。
50 《诗译》，[清]王夫之著，戴鸿森笺注：《姜斋诗话笺注》，北京：人民文学出版社，1981年，第8页。
51 《戊申岁六月中遇火》，《陶渊明集校笺》，第235页。
52 《读山海经十三首·其一》，《陶渊明集校笺》，第387页。
53 《略论中国艺术》，钱穆著：《现代中国学术论衡》，台北：联经出版事业公司，1998年，第275页。
54 《子罕》："子在川上曰：逝者如斯夫，不舍昼夜。"见程树德撰，程俊英等点校：《论语集释》，北京：中华书局，1990年，第610页。
55 《善哉行》："人生如寄，多忧何为。"见[魏]曹丕：《曹丕集校注》，合肥：安徽大学出版社，2009年，第22页。

杜甫：生活的慰藉

这是中国文化史上屡见不鲜的现象：对生活的发现常常不是在生活足够好的时期，而是在其他的一切都被剥夺了，只有私人生活可以作为最后的堡垒时。

茨威格在《昨日的世界》中说：

> 只有那些对未来充满信心无忧无虑的人，才能尽情享受眼前的好生活。
>
> 当时人们认为，他们的生活能够完全阻止厄运的入侵，这种感人的信念是非常危险的自负，尽管他们对生活的态度谦虚又正派。在十九世纪，对自由的理想主义深信不疑的人，认为自己找到了一条通向"最美好世界"的平坦大道。他们用鄙夷的眼光看待以前充满战争、饥馑和暴乱的年代，认为那是人类尚未成熟和不够开化所致。而现在，所有的祸害和暴政似乎已经全部被消灭……[1]

茨威格三十三岁遭遇第一次世界大战。此前整个欧洲都认为世界正走在一条通往黄金世界的康庄大道上，可是忽然间战争爆发了。茨威格五十岁时，第二次世界大战又开始了。两次世界大战摧毁了茨威格对世界的信心。他在

1941年写完了回忆录《昨日的世界》，副标题叫作"一个欧洲人的回忆"。书名意谓那个文雅富裕的欧洲已经完完全全变成了昨日的世界。上面这段话引自该书第一章《太平世界》。茨威格以一个过来人或受骗者的身份告诫未来的读者：对眼前的太平心安理得，对未来无忧无虑，真是一件天真到愚蠢的事。写完这本书的第二年，茨威格和妻子在巴西自杀。

茨威格去世之后的第三年，第二次世界大战就结束了。整个世界再也没有陷入世界性的战争。有时候我会想，在晦暗不明的时代里，当那个安稳的世界的许诺失效了的时候，每个人的感觉是否不同？是否有人有另一种心理力量，能支撑他在动荡不安的时代中生活？面对这个问题，在中国的诗人中，我会想到杜甫。

春天是一个奇迹

2020年冬末，武汉还在封城。我在无锡，城际交通中断，学校停课。因为没有了人的活动，校园里物候的更新便成为注意力的焦点。渐渐我看到冬天灰黄的河滩在靠近水的地方出现了一条淡淡的绿线，那就是谢灵运所说的"池塘生春草"（《登池上楼》）。某一天我忽然觉得震惊：世界都这样了，春天居然还是会来！但我同时觉得悲伤：春天的到来并不考虑人类是否做好了准备。2020年的春天如此蓬勃，人类却注定失去了它。这时我忽然想到了杜甫的《绝句漫兴九首·其四》：

二月已破三月来，渐老逢春能几回？
莫思身外无穷事，且尽生前有限杯。[2]

时至今日，我已经不能很好地复原当时如同身处冰河时代的感觉。记得当时北方还是雪天，李文亮去世不久，有一条视频在网上流传——一辆车行驶在北京空空荡荡的东三环高架上，不知道要开向哪里。在江南，杜甫仿佛隔着河滩，以一种相信我必然能听懂的平实口气念出这首诗。这首诗忽然活了起来，使我诧异为何之前没有给它很多注意。那个被冰雪封冻的世界出现了裂痕。在每一片阴影背后，生机都在不管不顾地冒出来。当然这样的生机里也带有残忍：正因为永久太平的信念不在了，原来理所当然的"逢春"才会变成值得回味的侥幸。

这首诗写在唐肃宗上元二年（761），"安史之乱"中。此时杜甫五十岁，寄居成都。劫后余生的侥幸、人生的搁置又强化了他"渐老"的感觉，所以"还能再拥有几个春天"才成为迫切的问题。他的态度恰好与茨威格相反："莫思身外无穷事，且尽生前有限杯。"不要去想那些寥廓无边的事物，先把眼前这杯酒喝下就好。

眼前这杯是甜酒还是苦酒？顾随先生说是苦酒。他以耶稣与杜甫相比："耶稣死前说：'你们的意思若要我喝这杯苦酒，我就喝下去。'此即因为有受苦的力量。老杜'莫思身外无穷事，且尽生前有限杯'之杯，也是苦酒之杯。"[3] 更多的人感到了这首诗中的甜味，有人甚至觉得杜甫是预见到了安史之乱的结束，所以变得快乐。

但安史之乱的结束是不可预见的。战乱分成两段。天宝十四载（755）冬，安禄山起兵，至德二年（757），为其子安庆绪所杀。唐军趁势收回长安、洛阳，玄宗被迎回长安，居兴庆宫，称"太上至道圣皇大帝"。前一年，王维、李白、杜甫各自因为他们在乱中的不同选择而受到赏罚。王维系狱、李白判长流夜郎、杜甫任左拾遗。此为第一段。两年短暂的局部太平之后，乾元二年（759），史思明复叛，洛阳再次沦陷。至上元二年，史思明又为其子史朝义所杀，随后唐军趁势收回洛阳。此为第二段。宝应二年（763），安史之乱彻底平息。

史思明的死是个偶然。《资治通鉴》记载，上元二年三月，史思明命大儿子史朝义一日内建好储藏军粮的三隅城。次日清晨，城已修好，但外墙未及抹泥。史思明大怒，声称一攻破陕州就杀掉史朝义。史朝义出于惧怕，决定先下手为强，当晚派人擒杀了史思明。史思明墓在北京丰台，于1981年进行考古发掘。《资治通鉴》所载史思明之去世时间及年龄与考古发掘所得物证相符[4]。杜甫于上元二年写作"二月已破三月来，渐老逢春能几回"时，约在史思明死前一个月，并不可能预见到战争局势即将发生的变化。何况史思明的死并不意味着太平的再次到来。安史之乱中，吐蕃军队趁西北防务空虚开始进攻陇右。安史之乱结束后的当年，长安再次陷落。

在战火连年，东西两京四次陷落的八年间，杜甫写了很多我们后来称之为"诗史"的诗。如《自京赴奉先县咏怀五百字》写于天宝十四载十一月，安史之乱爆发前一个月，呈现了乱前"朱门酒肉臭，路有冻死骨"的阶级严重分化。《哀王孙》写于至德元年（756）秋天安禄山攻陷长安后，写长安贵庶奔逃，流离道路的惨相。"三吏""三别"写于乾元元年（758）冬春之交，安禄山叛乱结束，史思明叛乱正在酝酿中时，写战争带来的巨大创伤和恐慌。《蜀相》写于上元元年（760）史思明叛乱之后，写对英雄出世，力挽时代狂澜的渴望。《闻官军收河南河北》写于宝应二年春安史之乱结束后。《登楼》的"北极朝廷终不改，西山寇盗莫相侵"则写于吐蕃陷长安后的广德元年（763）。杜甫的诗笔没有错过任何一个重要的历史节点，因此后人称其为"诗史"，但我更关心的是另两个问题：

第一，在战争之中，当无法获得家人和亲友的消息时，他的内在的幻想是怎样的？

第二，杜甫在安史之乱中度过了从四十四岁到五十二岁的日子。他并没有终将胜利的先见之明，也没有人告诉他战争何时结束，他靠什么获得安慰？

长安：鄜州月与水晶球

没有谁比晚年的杜甫更善于写追忆中的盛唐气象。隔着时间的距离，杜甫更善于用象征的手法写出开元盛世的全景。如"香稻啄残鹦鹉粒，碧梧栖老凤凰枝"(《秋兴八首·其八》)，那是一种"历史终结"式的完满景象。人类的发展任务完成了。饥馑及对饥馑的恐惧都不存在了。仓库里堆满了高等级的水稻，人吃不完，鹦鹉加入也吃不完。历史跑到满格，未来不再具有进展的空间。凤凰鸟从传说中显身。它们栖息在长安城外夹道的梧桐树上，因找到了完全满意的所在而不再飞走，直到地老天荒。

这样的完美怎么会被打破？在理性能够分析原因之前，盛世忽然破灭的经历也只能以象征手法写出。在《秋兴八首·其六》里，有一句"花萼夹城通御气，芙蓉小苑入边愁"。开元年间，唐朝进入极盛。为宣示与兄弟的棠棣之情，玄宗在兴庆宫造花萼相辉楼。诸兄弟在这里宴饮、奏乐，宁王吹紫玉笛，玄宗敲击羯鼓，晚间就在特制的大被之下同眠。玄宗生日时，允许庶民到花萼楼参宴。春天，皇家成员从连通兴庆宫与芙蓉苑的夹城(两堵高墙相夹之下的御道)坐车到曲江边上去赏花。杜甫将"花萼楼""芙蓉苑"两个名字拆除"楼""苑"二字，读者便产生一种幻觉，似乎看到春天饱满的花蕾包围、挤压着长安城，而皇室的华贵浪漫之气也随春风流通到了各处里坊。就在这样的沉酣中，秋风从曲江的荷花上掠过，带来了边境的危机。

天宝十四载年底的时候,安禄山在范阳起兵。范阳就是今天的北京。此时安禄山的儿子安庆宗作为荣义郡主的驸马住在长安,夫妻都被玄宗处死。安禄山渡过黄河后,听闻儿子被杀,屠杀陈留近万兵民复仇,并洗劫洛阳。[5] 天宝十五载(756)六月,潼关失守,玄宗黎明出逃,带着的只有贵妃姊妹、皇子皇孙、妃与公主,杨国忠、韦见素、魏方进、陈玄礼等重臣、亲信宦官扈从,约共一千人。太子李亨率两千人断后。长安城中,及至上朝时间,宫人、百官竟都不知道皇帝去向。第二日,这支队伍向西走了一百里,到达马嵬驿,人饥马疲。吐蕃使者围着杨国忠讨要吃食,御林军趁机大呼:杨国忠要与胡人谋反。于是兵士一拥而上,杀死杨国忠。玄宗出马嵬驿门安抚,但兵士既不说话,也不离开。禁军首领陈玄礼提出:"国忠谋反,贵妃不宜供奉,愿陛下割恩正法。"[6] 之后就是《长恨歌》的故事了。

玄宗放弃长安时,杜甫恰在陕西中部的白水县(今陕西白水)。那里离长安三百华里。杜甫遂将家人送到陕西北部的鄜州(今陕西富县),随后独自去追随在宁夏灵武新登基的肃宗。此时长安附近的道路上满是奔逃的流民。盛唐的社会秩序和等级全被打破。一位王孙满身血痕躲在荆棘里,祈求过路人收他为奴,只要能带他走,给他饭吃:

杜甫:生活的慰藉

>问之不肯道姓名,但道困苦乞为奴。
>已经百日窜荆棘,身上无有完肌肤。[7]

过去的书上讲杜甫被挟裹在流民之中,但彼时杜甫实即流民。按洪业在《杜甫:中国最伟大的诗人》中的推测,杜甫可能是被安禄山军队征用为挑夫,带入长安的。此时杜甫已经四十五岁。为了强调杜甫的诗名在当时还远未成立,洪业说:"即使他们发现他是一名诗人和官员,他的名气和官阶都不足以引起叛军的尊重。这就可以解释为什么他被留在长安,而不是被押解送往安禄山所在的洛阳。"[8]

至德元年冬天,杜甫困在长安,西京十室九空。孟冬十月,唐军与安禄山军队在长安以西的陈陶斜大战。宰相房琯命唐军以荒唐的春秋车战法作战,死伤四万人。叛军回到长安大肆狂欢。杜甫在《悲陈陶》中写下:

>孟冬十郡良家子,血作陈陶泽中水。
>野旷天清无战声,四万义军同日死。
>群胡归来雪洗箭,仍唱夷歌饮都市。[9]

"良家子"意谓好人家的孩子,即我们现在所说的"都是父母的宝贝",来自长安附近开化富裕、处于帝国中心的十郡。一日之内,他们尸骨无存。"野旷天清"看似还是盛唐孟浩然诗中"野旷天低树,江清月近人"(《宿建德江》)的冲淡景象。诗人都还没有找到新的语言来重写山河，但山河已经不一样了。四万人的血汇入了冬天的河流。在杜甫笔下，这是毫无意义、一点响动都没有弄出来的徒劳。在"无战声"的死寂中，充满了"惯听梨园歌管声"（白居易《新丰折臂翁》）的盛唐人的愕然。

杜甫被困长安，直至第二年春夏之交逃脱。在陷落的长安城里，杜甫写了很多宫苑变成瓦砾、王孙变成奴隶、良家子变成尸体的诗。他对身在河南的弟弟妹妹的命运也充满了不祥的预感。但只有一个地方，即他的妻、子所在的鄜州，承载了关于平静、美好生活的想象。

在杜甫传世的一千五百多首诗中，写给妻子的《月夜》是最浪漫的一首。

一般来说，中国古典诗歌中写夫妻之情，很少带有浪漫性。儒家的婚姻制度设定具有"以礼节情"的特点。"情"字用于男女之间时，指炽烈缠绵、不受伦理规范的情感，常用于婚姻关系之外。[10]如《莺莺传》中，张生以"予之德不足以胜妖孽，是用忍情"为由与莺莺分手，受到"时人多许张为善补过者"的称赞[11]。而《牡丹亭》中又以"情不知何起，一往而深"[12]来匹配人鬼之恋。

夫妻只需在"礼"的规范下和平相处，过多的情感是一种丑闻。《礼记·檀弓下》里记载了敬姜的事迹。"穆伯之丧，敬姜昼哭。文伯之丧，昼夜哭。"[13]她丈夫穆伯去世时，她只是白天哭，而儿子文伯去世时，则昼夜哭泣。这样的事为什么会记录在《礼记》之中，并被孔子表扬为"知礼矣"？按照《礼记正义》的解释，"丧夫不夜哭，嫌思情性也"[14]。"思情性"即想着情欲,但它不单指肉欲,也包括浪漫情感。寡妇夜哭,则意味着浪漫情感和肉欲毁坏了夫妻关系的纯洁性。敬姜不但自己如此纯洁,她还要求文伯众妾在她们的丈夫去世时"无瘠色(脸色不好),无洵涕(默默流泪),无搯膺(捶胸),无忧容(表情忧郁)"[15],以此避免丈夫得到"好内"(爱太太)的恶名。孔子知道后,表扬敬姜"智也夫!欲明其子之令德"[16]。对现代人来说,这真是要在头脑中重装一套系统才能理解的逻辑。

在中国,直到十七世纪,在江南士大夫家庭中才有以浪漫爱情为基础的婚姻,但仍不是主流。与浪漫有关的作品,主要是文人写给歌妓的诗,或寄托在神仙、古代帝妃身上的爱情想象。在以夫妻关系为写作对象的诗歌中,最具有浪漫性的是悼亡诗。然而很多悼亡诗都是丈夫写给妻子的唯一作品。唐代著名诗人中,陈子昂、张九龄、王维、韩愈、杜牧都没有明确写给妻子的诗。李商隐仅有明确的悼亡诗。白居易倒是有一首板着面孔教育太太如何做贤妻的《赠内》。只有晚年落魄,亟需宗夫人解救的李白和早年丧妻,写了半辈子悼亡诗的元稹有较多写给妻子的诗。而真正将夫妻之间的生活细节写入诗歌的,只有杜甫。

月夜

今夜鄜州月,闺中只独看。
遥怜小儿女,未解忆长安。

香雾云鬟湿,清辉玉臂寒。

何时倚虚幌,双照泪痕干？[17]

"今夜鄜州月,闺中只独看",古人说它"专从对面着想"[18],又说五代韦庄写妻子的"想君思我锦衾寒"（《浣溪沙·夜夜相思更漏残》）与之类似。意思是说,杜甫和韦庄在乱离之中,不写自己思念妻子,反倒说妻子必然在思念他,真是太令人感动。感动在哪里呢？大概在于强大的共情能力和确定感。

在古代,人们经历的乱离实在太多。大部分思念诗的感觉是不确定的,带有大量的恐惧、怀疑、不安。还会有见面的机会吗？还能有持续的想念吗？这是分离的常态。在这些分离中,人们承受着情感的隔绝,成为独自受苦的人。

但这种隔绝却对杜甫无效。在极度残酷和危险的长安废墟之中,杜甫的想象集中在他的妻子身上——他很确定她也在鄜州的月下想他。杜甫的想象真切到看清了鄜州的月色和妻子的面容。那不是回忆,而是在此时此刻,心理的确信超越了物理的距离。杜甫感受到自己依然被惦念、被期盼。他得到了安抚,从焦虑的应激状态转入极大的安宁之中。此时的杜甫和妻子之间,谁都不是那个被弃置、得不到回应的人。他们融合在一片温柔的月光之中,共享着细腻的悲伤和甜蜜。

> 心已驰神到彼，诗从对面飞来。悲婉微至，精丽绝伦……[19]

鄜州的月色真的如此安宁吗？这种想象其实并无现实依据。但杜甫的想象中充满了相信、确定、体谅的积极情绪，甚至如同《圣经》所建议的"凡事包容，凡事相信，凡事盼望，凡事忍耐"[20]。这大概就是杜甫常常被称为"忠厚"[21]的原因。

从鄜州月到小儿女，杜甫沉浸在想象中，一点一点把被战争摔碎了的世界粘补起来，变成一个水晶球。小时候我常在图画书上看到小女孩注视这样的水晶球。像满月一样明亮的球形，在底座上缓缓地旋转，奏出八音盒的乐声。现在它们常在夜晚的步行街上出售给情侣。在一个晶莹剔透的球体内部静静下着雪，人们不受干扰地在那个纯净、平安的世界里玩耍，好像可以一直如此，成为永恒的存在。

当杜甫注视这个水晶球，他心中充满了爱怜的情感，发出无关紧要的嗔怪："遥怜小儿女，未解忆长安。"比较杜甫在前后半年之内写作的《哀王孙》《悲陈陶》及《得舍弟消息二首·其二》中"两京三十口，虽在命如丝"的悲惨场景，这个嗔怪显得极为奢侈——在尸山血海的时代，"孩子还不懂得思念长安"是多么微不足道的烦恼。但正因为杜甫感到了如此微不足道的烦恼，我们才知道，在那个想念的瞬间，某种东西帮他把战争隔离在外。他被水晶球中的世界牵引。他的感受不再是一个失去君主、失去洛阳故乡、苟延残喘在战火中心的流亡者,而是一个思念孩子的普通父亲——多么可爱娇憨的样子,唤起带着心疼的幸福。因为小儿女"未解",所以他们如水晶球中的人物一般,虽能引起观赏者的向往,却不能与观赏者对话。于是情感的对话再次回到杜甫与妻子之间,只是变得更为细致深沉。

面临重大灾难,人的情感会麻木、枯竭。为了对抗这种枯竭,单一情绪常变得强烈,如悲愤,或恐惧。这可能造就战争文学的壮大之美。但杜甫此时却是高度敏感的,他用精微的笔调去写妻子的头发、手臂。香雾和清辉都是极其细微、脆弱的,只有在宁静,甚至静止的状态中才能被看到。这种状态同样属于人们必将在战争的慌乱中错过的东西。但杜甫想象中的妻子完全不被惊扰,香气从容地从云鬟渗入雾中,月光勾留在肌肤上,不被抖落。

"湿"和"寒"是两个触觉的词汇。它们将二人的距离拉得更近。《月夜》开始的场景是妻子在闺中依靠着窗棂远望。那是一个期待的姿态。到"云鬟湿"和"玉臂寒"的感觉产生,杜甫已对这个姿态做出了回应。那是一种触摸的欲望,对身体之温存的渴望。杜甫几乎已经触摸到她了,读者也感到了身体发肤的逼近。争议就开始了。傅庚生先生认为这两句过于香艳,必是后世风流文士所窜改。[22]吴小如先生则认为"云鬟玉臂"必然是写嫦娥而不是写太太,所以并不香艳得过分。[23]这种争议之所以到近代尚未消歇,未必是学者的思想不开化,而是古诗之中如此写夫妻情欲确实太罕见。

在我看来,杜甫远不必在"遥怜小儿女"之后,忽然又宕开一笔写起嫦娥来。在末世惨烈的背景下,思念造就了一片纯净的乐土,而情欲在这种纯净中蠢蠢欲动,那是一种对连接的强烈渴望。在诗歌的最后,杜甫已不满足于想象中的触摸,于是一个现实的要求被提出:"何时倚虚幌,双照泪痕干?"用现代人发达的视觉思维去看,这是最合情合理的电影镜头。"闺中"与"虚幌"是同一个地方。在电影开头,镜头从室外朝向窗户,那里只有杜甫的妻子一个人。在结尾,镜头从室内朝向窗户。在这个角度,窗帘因折射了月光而变得朦胧、透明,所以称为"虚幌",两个人偎依在那里。

这一场景进入中国诗歌,源于阮籍的"薄帷鉴明月,清风吹我襟"(《咏怀八十二首·其一》)。杜甫继承了其明净,摒弃了其孤独。"双"是对孤独的否定,"照"是对绝望的否定。在长久的互相凝视中,月光似乎拥有了曝晒的功能,它将"晒干"泪水,也即修复战争带来的所有创伤。

1944年,奥地利犹太医生维克多·弗兰克尔被关进了奥斯维辛集中营。后来他幸存下来,成为存在主义心理学家。他写了一本书《活出生命的意义》,其中关键的一个问题是:那些在集中营中能坚持更久的人比别人到底多出了什么?答案是:意义。可是哪些算是"意义"呢?

他讲到在集中营的一个冬天的早上,囚犯们被迫去修路，所有人都很疲惫。有人忽然说："天呐，如果我的妻子看到我现在这个狼狈的样子，她一定很伤心。"这时所有人都静默了。因为大家都想到了妻子。

> 这勾起了我对于我自己的妻子的思念。我们跌跌撞撞地走了几英里，在结冰的地方滑倒，相互搀扶着爬起，费力地向前挪动着，我们没有说话，但是，我们都知道：我们每个人都在想着自己的妻子。有时，我看着天，星星开始消失，清晨的粉红色光线在一片黑云的后面扩散。但是，我的意识仍然停留在我的妻子的形象上，以一种不可思议的准确性来想象她的形象。我听见她回应我的问话，看见她在向我微笑，她的坦率而鼓励的表情。不论真实与否，她的形象甚至比正在升起的太阳还要明亮。[24]

在完全绝望的境地下，综合所有外在信息，完全推不出任何乐观结论的时候，什么东西可以支撑人活下去？他说："在一种完全荒凉的环境中……人能够通过回忆他仍然保留的爱人的形象获得满足。"[25]事实上，弗兰克尔的案例中包含两样东西：一个是感受，一个是对话。只要在脑海中依然能唤起所爱者的形象，在心里与之对话，外在的空虚和贫乏就不是毁灭性的。

杜甫得到安慰的方式和弗兰克尔的经验一模一样。"香雾云鬟湿，清辉玉臂寒"就是弗兰克尔说的"以一种

杜甫：生活的慰藉

不可思议的准确性来想象她的形象"。杜甫忆念的不是作为伦理身份的妻子，也不是已经凝固了的品性和经历，而是她生命的逼近感——因为过于逼近而失去了从整体上统摄的可能。她就站在你面前。头发、手臂、湿和凉的感觉，无比地真实。这就像《夏洛的网》开头，小女孩从平静的早饭时间冲进故事即将发生的世界里时，第一瞬间的感觉：

> 弗恩推开挡道的一把椅子，跑出去了。青草湿湿的，泥土散发着一股春天的气息。等到追上爸爸，弗恩的帆布鞋都湿了。[26]

对弗恩来说，湿凉的草地是她最初介入世界的体验。对杜甫而言，湿凉的肌肤是他重新介入正常世界的体验，新鲜、强烈、触心。

弗兰克尔说："我听见她回应我的问话"，杜甫也获得了回应。在《月夜》的开头，"今夜鄜州月，闺中只独看"是杜甫望月时的想象和独语，对话还没有出现。但等到他凝视并一步步走进水晶球后，对话就产生了。诗的最后，"何时倚虚幌，双照泪痕干"，"何时"如恋人在分别时敲定约会时间一般，问询的对象不是寥廓月空，而是对面人流泪的眼睛。

水晶球是一个常见的隐喻。在电影《哈利·波特与死亡圣器（下）》中，为了保护魔法学院，拖延伏地魔的入侵，教授们将所有法力灌注在魔杖中，制造了一个水晶球般的屏障,升在学院上空。在它脆弱的保护下,霍格沃茨的年轻人有时间做好迎战的准备。在安史之乱的分离中,杜甫为自己制造了很多个这样的水晶球。他将自己所爱的人放在中心,周围是无比安宁美满的场景。杜甫望进去,暂时被那里静止的时光保护。

包裹了弟弟的水晶球里是明月和白云,在透明的天地:

思家步月清宵立,忆弟看云白日眠。[27]

包裹了儿子的水晶球里是春天到来,繁花后面黄莺歌唱:

骥子春犹隔,莺歌暖正繁。[28]

2022年4月,樱花开的季节,我看到一个父亲因为无法回到封城中的上海,所以在外地独自吃掉了为女儿订的生日蛋糕。蛋糕上的裱花就是这句诗"莺歌暖正繁"。

二战结束后,弗兰克尔走出了集中营。这时他才知道,他的父母、兄弟、妻子都已在集中营死去。这个残酷的结果却提供了另一个心理事实——有时候一个人死去了,可是靠爱的连接,他依然能挽救另一个人的生命。

杜甫比较幸运。至德二年,他趁安禄山死后长安防务宽松的机会逃出长安,到凤翔(今陕西宝鸡)投奔肃宗,被授为左拾遗。一个月后因上书营救房琯被追责,后告假回到鄜州羌村,写了《羌村三首·其一》:

> 妻孥怪我在，惊定还拭泪。
> 世乱遭飘荡，生还偶然遂。
> 邻人满墙头，感叹亦歔欷。
> 夜阑更秉烛，相对如梦寐。[29]

原来死里逃生的感觉如此尴尬。家人大为恐慌，搞不清来的是人是鬼，镇定下来又开始哭。邻居完全没有隐私观念，纷纷从院墙上伸出头来围观，并且大大方方地品头论足。终于夜深了，邻居看够回去睡觉了，杜甫夫妇却不能安心熄灯入睡，他们一再把蜡烛点起来，检验对面这活人的真假。这段荒唐的描述讲的是乱世中的"颠倒之感"——相逢不是笑而是哭、邻人不在院子里而在墙头上，生不正常，死反倒正常，甚至有点"很抱歉活着回来给大家添麻烦了"的意味。但这种乱世中的颠倒并非只是荒诞之事，它也打破了原先牢固的文化设定，将活力注入正在僵化中的文明。如果将《月夜》和《羌村》读给敬姜听，她也许会震怒于这对夫妻如此赤裸裸地"思情性"。后来，连逃离战争涡心的杜甫自己也失去了这样的浪漫。此后的诗歌中，他的妻子虽多次出现，但都被称为"老妻"。

洛阳：紫荆树与"旧犬"

杜甫在羌村住了几十天，到了十一月份，就得到了长安收复的消息。他遂赶回长安，仍任左拾遗。乾元元年六月，他被贬为华州（治所在今陕西渭南华州）司功参军。这年底，他回到洛阳、偃师探亲，写下了《得舍弟消息》。

杜甫写给弟弟的诗共三十多首，大部分写于安史之乱后。一般认为杜甫有四个弟弟，分别叫杜颖、杜观、杜丰、杜占。还有一个妹妹，嫁给了韦氏，杜诗中称"韦氏妹"。杜甫的父亲杜闲是初唐诗人杜审言的长子。杜闲娶妇清河崔氏，即杜甫的母亲；继娶卢氏，为另三子的母亲。先后两位妻子皆为"五姓女"[30]。

杜闲官终朝议大夫、兖州司马，为正五品官员。唐代这个品级的官员收入大约为一个农民家庭的十倍以上。可是为什么杜甫却给人留下穷困的印象呢？一种解释就与杜甫的兄弟关系有关。按照唐朝的门荫制度，正五品官员可有一子继承从八品上的官职。[31] 杜甫把门荫的机会让给了异母弟杜颖，选择了科举入仕，之后住在长安准备科举考试，而杜颖则留在河南为官。唐代长子出让继承权并不罕见，但多是在兄长已出仕或已获得高名的情况下，而杜甫在微时让官，主要出于兄弟感情。

杜甫虽有时也自称"二年客东都"，但对洛阳其实有故乡之情。在7世纪，洛阳的极盛是在武则天朝。武则天于天授二年（691）迁都洛阳，至神龙元年（705）五月唐中宗返都西京长安，洛阳成为首都共有十四年。杜甫的爷爷杜审言即在武则天朝时居洛阳为官，并置办宅第，一直住到去世。他去世后四年，杜甫出生在附近的巩县，这里本就是洛阳所在河南府的属县。杜甫三岁丧母，之后就寄养在洛阳仁风里的二姑母家。他的青少年时代很可能就住在杜审言置办的宅第中，并与邻居耆老们交往，至十四五岁时，已在洛阳有诗名。

杜甫诗中明确提到名字的洛阳居所有两处，一处称"土娄庄"，在偃师首阳山下的土娄村，是杜家祖坟所在；另一处称"陆浑庄"，似乎在洛城之南陆浑山。[32] 从《得舍弟消息》《忆弟二首》（题下注：时归在南陆浑庄）等诗来看，安史之乱战火燃起时，除杜甫及妻小在长安附近，杜氏家族都在洛阳及附近居住，弟弟一家即住在陆浑庄中。乱中洛阳与长安依次沦陷，因此，杜甫对弟弟的思念与对洛阳沦陷的想象融合在一起，对自己身世漂流的感慨与对长安沦陷的体验融合在一起。这是一种家国命运深深纠缠在一起的双重沦陷之感：

两京三十口，虽在命如丝。[33]

杜诗中有四首诗都以"得舍弟消息"为名。前两首写在两京陷落后，后两首写在两京收复，杜甫回洛阳探亲时。杜甫回到陆浑庄，杜颖仍在山东、河南一带流浪。杜甫在旧宅的庭院中读着弟弟写来的信：

得舍弟消息四首·其三

风吹紫荆树,色与春庭暮。
花落辞故枝,风回返无处。
骨肉恩书重,漂泊难相遇。
犹有泪成河,经天复东注。[34]

"风吹紫荆树"是极平淡的、民歌的语言。南朝乐府《西洲曲》中就有一句"风吹乌臼树":

西洲在何处,两桨桥头渡。
日暮伯劳飞,风吹乌臼树。
树下即门前,门中露翠钿。
开门郎不至,出门采红莲。[35]

《西洲曲》用民歌的修辞手段"顶真",形成意识流的方法,进行叙事的推进。江中的两桨划到了桥头,桥头的伯劳鸟飞停在乌桕树上,树下的房门开动,门中露出了头戴翠饰的女孩,故事的主人公就此出场。沈德潜在《古诗源》中说,这是"续续相生,连跗接萼,摇曳无穷,情味愈出"[36],也就是说非以观察者视角强行推进,而是以自然事件推进,一物带出一物。原本平淡无奇的世界一处处被显微、一处处被擦亮。自然变迁到哪里,人的情感就流淌到哪里,诗笔就写到哪里,这就是刘勰所说的"情以物迁,辞以情发"[37]。中国诗论中"风"这个词的本义就是如此。

为什么是风？《诗经》有《国风》，后来人说"风雅""风格""风调"，为什么不是"木格"或"水调"？风意味着一种影响的力量，看似无声无息，却能移山挪海。"风行水上，自然成文"，人内心流动的情感体验自然会形之于文字。风中飘落的紫荆花瓣具有强烈触发情感的意味。杜甫只是跟随着花瓣的轨迹，让意识和语言随之流淌。以"飘"的感觉为中心，花之飘零、人之漂泊、泪之飘卷纷纷卷入进来，合为一体。我们在这首诗中感到的"气韵贯通"，就是"漂泊"一理在自然与人事上的诸种分身。

这首诗总的来说，奇数句是民歌式质朴晓畅的语言，偶数句是文人诗化的语言，有陌生化的效果。它形成了一个特殊的节奏——因为感到意外或者难懂，所以读者的注意力会在偶数句上停留更多的时间，诗也因此产生悠远的韵味。

第一个偶数句"色与春庭暮"，精致、复意。

把"与"理解为连词"和"，杜甫说的就是紫荆花、庭院以及整个春天，都一点点被暮色吞没，变得黯淡无光。王国维说"一切景语皆情语"[38]，诗人的情感基调会改变他看到的风景。在一年前的战乱中，杜甫认为"汝懦归无计，吾衰往未期"（《得舍弟消息四首·其二》），你孱弱得回不了家，我衰老得无法去见你，这辈子不会再见了。谁想两京收复，杜甫努力回到洛阳，流落在近处的弟弟却无法回来。他内心的失落投影出去，觉得所有的色彩都暗淡了。这是杜甫的消沉时刻。

把"与"理解为动词"给予",杜甫说的就是紫荆树在风中飘落着细碎的花瓣,把它的色彩分洒给惨淡的春庭。秦观有词"柳下桃蹊,乱分春色到人家"(《望海潮·洛阳怀古》),说的是桃柳之下的小径把春色带入了每个人的家里。在苍茫的暮色中,紫荆明亮细碎的花瓣如黑色宣纸上的洒金一般,为杜甫确认了春庭的生机,帮他度过最寂寞的时刻。

汉语语法的模糊带来句意的含混性。这使我们讲诗歌时,可以将两种甚至多种无法证伪的意思叠加在一起,呈现出复杂的层次和幽幻迷离的效果。以"风吹紫荆树,色与春庭暮"写杜甫在空置的旧宅中度过的黯然时刻,其中既有劫后余生的梦幻之感,又有兄弟不能相见的怅然若失,但也存在一种聊胜于无的微小抚慰,来自故园树色。那个哀悼的时刻因此具有了"哀而不伤"的品质。

在无计可施的哀伤中,泄气的心神使杜甫如行尸走肉,跟随着落花的轨迹,看见什么就随口说出——"花落辞故枝"。人若分别便称故人,花若离枝自可称故枝。"风回返无处"却是句怪话,是在发呆的时候才会有的奇想。大约是风向改变,把花瓣又吹到紫荆树下,于是杜甫感慨,凭什么风能回转,花却不能再接回树上呢?若本诗一意顺着"风吹紫荆树"流畅、通俗地往下走,则会有"过流"的弊病,而这个无厘头的问题、陌生化的表达,却带来了回转的力量。

长久出神观看紫荆花的飘转，使杜甫联想起骨肉的漂泊。"骨肉恩书重，漂泊难相遇"，兄弟之难相遇与同根之花瓣难相遇相同。"恩书"本指帝王所下之诏书，兄弟之书信不称"恩书"，但杜甫称之，则是与"家书抵万金"（《春望》）相似，是分离的焦虑、对灾难的想象得到了书信安抚后的千恩万谢。这正如《饮马长城窟行》中的"长跪读素书"，夫妻之书信本不需长跪读之，但因音信不通、生死难卜，故得一书信便要以极端重的态度、极感激的心情来阅读。

"犹有泪成河，经天复东注。"杜甫在诗的最后打破了前文精心构造的客观情境，直接跳到舞台的中央来直抒胸臆。在叫喊中，读者感到巨大的情感力量。

"犹有"是这句中的第一处"拗折"。"难相遇"虽已无可更改，杜甫也绝不"随它去吧"，而是要有所倾注。他"有"的是什么呢？是"泪成河"，是决心如《红楼梦》中绛珠仙草对神瑛侍者做的那样："但把我一生所有的眼泪还他，也偿还得过他了。"[39]

"经天"是第二处"拗折"。"东注"很简单，谁都这样写。李煜写"一江春水向东流"（《虞美人》），汉乐府写"百川东到海，何时复西归"（《长歌行》）。悲痛之无穷奔涌、时间之不息流逝，都是如江水东流入海般不可更改的事实。但杜甫却在"东注"之前有一个反地心引力的"经天"过程。"经天"本应指银河贯通天穹的样子，而杜甫却将泪河与银河写作一体，写尽其势能之大。泪河向上喷涌，如银河般经天不绝，这是一个挣扎、振起的过程。

"复东注"是第三处"拗折"。天河虽终跌落，但仍带着无限遗憾滚滚东去。比起"一江春水向东流"，杜甫的情感不是一击就倒的放弃，而带有挣扎的力量。这种不肯放弃的情感力量是中国诗歌中所赞赏的，如屈原"亦余心之所善兮，虽九死其犹未悔"（《离骚》），亦如清代张惠言在《木兰花慢·杨花》中写杨花的挣扎："未忍无声委地，将低重又飞还。"

此时是乾元二年春天，杜甫"沉郁顿挫"的诗风尚未成立，但在这首写给弟弟的诗中已见痕迹。从技巧上来说，它来自一诗或一句之中的复杂层次，和情感所经过的多次阻拦和蓄积。从秉性上来说，"沉郁顿挫"来自情感厚重、稳定、往而不返的诗人。若如渊明一般，时时跳脱出来，冷静审视自己的情感，"沉郁顿挫"就不可能。

从写出"一语中的"的格言的能力来说，杜甫的能力远逊于渊明。他不是关注本质、截取世界片段的诗人，而是着迷于现象，呈现无数片段相续演化的诗人。在《得舍弟消息·其三》中，我最喜欢的就是这种纵容演化发生的气氛，和捕捉演化过程的能力。开头"风吹紫荆树"这极为微小的触发，经过几番翻覆，竟变成了"经天复东注"的巨大波澜，真是不可思议的文学魔术。外物触动诗人情感，成为创作动力的现象，在《诗品》中用"气之动物，物之感人"[40]来表达，这首诗即是这两句最好的注脚。

紫荆树本来就象征着兄弟不肯分离，但杜甫做出了示范：当诗中情感的影响足够大时，读者完全可以绕过对意象符号的认知，来领会诗人想传达的一切。为便于读者体会"紫荆树"典故对诗歌感染力的实际影响，我将这则在讲解中故意略去的材料补充于下：

> 京兆田真兄弟三人共议分财，生资皆平均，惟堂前一株紫荆树，其议欲破三片，明日就截之。其树即枯死，状如火然。真往见之，大惊，谓诸弟曰："树本同株，闻将分斫，所以憔悴，是人不如木也。"因悲不自胜，不复解树，树应声荣茂。兄弟相感，合财宝，遂为孝门。真仕至大中大夫。
>
> 陆机诗云："三荆欢同株。"[41]

我常常会注意杜甫诗歌中的抚慰性。在《得舍弟消息·其三》中，抚慰来自一棵不肯隐入暮色，将落花撒向归来者的故园之树。在《得舍弟消息·其四》中，抚慰来自一只不肯离开的狗：

> 乱后谁归得，他乡胜故乡。
> 直为心厄苦，久念与存亡。
> 汝书犹在壁，汝妾已辞房。
> 旧犬知愁恨，垂头傍我床。[42]

"乱后谁归得",远者得以归来,近者不能归来,是感慨生还的偶然。"他乡胜故乡"则要联系到《得舍弟消息》的第一首来理解。在那首里,杜甫舍不得弟弟"侧身千里道,寄食一家村",即流浪超过千里,躲藏在极为荒僻的村中。当时已觉惨痛,此时见到家乡乱后的景象,却反觉流浪还不是最差的。但这样的自我安慰没什么用,杜甫依然"直为心厄苦,久念与存亡"。"与存亡"即共存亡。

可是存亡不能与共。存者是"汝书犹在壁",经过掠劫后的屋内只剩下弟弟写在墙上的字;亡者是"汝妾已辞房",在慌乱的逃亡中,主妾关系崩散,主人既没有带走妾,妾也没有留下来等待主人。"汝书""汝妾"重复,如同听闻杜甫念念叨叨"你的""你的",充满了对弟弟的心疼。但杜甫战后的体验中充满了旧世界、旧秩序分崩离析的感觉,万事都不能再以战前的标准要求,因此也无法谴责一个奔妾。

粘合这个崩坏的世界,找回与过去世界关系的是一只"旧犬"。未必是老狗,只是一只养了很久的宠物,也不知道是怎么在战乱中活下来的。它的幸存就像紫荆树的幸存一样不可思议,也许预示着旧日的世界并未完全逝去。"旧犬知愁恨,垂头傍我床",此时它悄悄地把头靠在杜甫的床边。它的姿态和感情与杜甫完全一致,甚至如同杜甫此时心境的表征。杜甫相信,他们在怀念着同一个人。

这时是乾元二年春天。洛阳的紫荆花在三四月份开花。但也就在三四月间,史思明杀安庆绪,还军范阳,之后自称大燕皇帝,改元"顺天",改范阳为燕京。在再次燃起的烽火之中,杜甫离开河南,返回华州。他再次与杜颖短暂相见,要等到广德二年(764)的秋天,在两人下一段互相暌隔的漂泊之中。

成都:老妻与鸬鹚

上一次战争的创伤还未治愈,下一场战争就又开始了。对年近五十,但还从未有机会施展抱负的杜甫而言,其才华、理想、人生价值的荒废几乎已属必然。这即是杜甫在乾元二年离开洛阳旧宅时面临的局面。

杜甫从洛阳返回华州,不久辞去华州司功参军的职务,流亡秦州(今甘肃天水),乾元二年十二月到达成都。杜甫在成都过得极为窘迫,主要靠接济为生,写了很多乞树、乞碗的诗。哪怕对于纵容部下断人手腕,夺取金镯的地方军阀花惊定[43],杜甫都曾赠之以诗:"锦城丝管日纷纷,半入江风半入云。此曲只应天上有,人间能得几回闻。"(《赠花卿》)如何解释杜甫同情心的忽然消失?只能说战争之中,原有社会的伦理规范受到巨大冲击,道德上洁白无瑕的军阀之存在实属不可能。而生活所迫之下,诗人也无法对朋友及金主的行为一一较真。

上元元年,杜甫在故人的资助之下,在浣花溪畔建造了草堂。[44]草堂的建造过程可以视为杜甫进入人生下半场的转化性仪式。虽然在为公众所熟悉的《茅屋为秋风所破歌》中，草堂被描述为一个恶劣的居所，但现已有学者认为那主要是为了幽默的效果。为替天下苍生吁请庇护，且符合歌行体一贯具有的戏剧性，杜甫故意夸大了自己对草堂的不满。但联系杜甫在草堂建造前后的其他更具写实性的诗歌，如《堂成》《诣徐卿觅果栽》等，可知他对草堂十分满意。他对简陋的屋内陈设全不在意，甚至乞梅讨李而毫无愧色，这都可视为超越了拥有欲之后的洒脱行径。一种完全不同以往的人生观——或许可以称之为"无希望年代的人生观"正在生长出来。

在这里，他写了《江上值水如海势聊短述》：

> 为人性僻耽佳句，语不惊人死不休。
> 老去诗篇浑漫与，春来花鸟莫深愁。
> 新添水槛供垂钓，故着浮槎替入舟。
> 焉得思如陶谢手，令渠述作与同游。[45]

"为人性僻耽佳句，语不惊人死不休"常被断章取义，用作励志之辞，表达写文章要标新立异、做人要敢为人先的意思。后来才读到全诗的人无不惊讶，此句居然在篇首而非篇末，后文竟全属对此句的否定。

杜甫说，我已不可逆转地老去。如今我写诗的态度是"浑漫与"——不再追求佳句，随便写写就好，我对世界的态度是"莫深愁"，不再多愁善感，变得冷漠一些。为什么呢？杜甫用情之深，在中国诗人中没有对手。其不独对一鸟一花都投入了深挚的情感，而且对他人、他物亦将以深情报我，也有着纯真的期待。"风吹紫荆树"，"花近高楼伤客心"（《登楼》）等是其善感的例证，而"今夜鄜州月，闺中只独看"，"故人入我梦，明我长相忆"（《梦李白二首·其一》）等则是其赤诚的例证。但深情带来了什么？身处崩解中的世界，深情带来的只是旁观他人痛苦时的无能为力和放弃自己人生愿望时的无法释怀。杜甫决定告别这种痛苦的拉扯，否定此前的自我，发誓不再对任何事物投入更多的情感。

否定之后，即是放浪形骸、无所挂怀的岁月。"新添水槛供垂钓"，钓鱼；"故着浮槎替入舟"，观水。俨然庄子的濠上之乐。最后，他甚至放弃诗人身份的核心，连马马虎虎的诗篇都彻底放下不写，只指望有如陶渊明、谢灵运一样才华的人来创作和阐发。杜甫只想要做个被动的欣赏者，与其同游就好。

一切创造都是极为辛苦的事，写作、事功、情感莫非如此。在中国诗学的传统中，写作从不是天赋情才的流溢。因此，从"死不休"变为"浑漫与"的自我放弃，表达的并不是才华枯竭后的顺势搁笔，而带有抗议的性质。其所抗议的对象，既包括在战争中流离的疲惫，也包括被战前时代光明之理想欺骗的愤怒。但事实上，杜甫后来并没有真正做到自我放弃。这在此诗中亦埋有伏笔。当他希望能与陶谢之人同游，做一个旁观者时，其对于写作的不能彻底割舍即已注定。

因为战时的沉沦，长安和洛阳，及其代表的政治理想与历史正统第一次不再作为杜甫世界的中心。另一个世界诞生了出来，以草堂与浣花溪为中心。如有一诗可以作为这个世界的纲领，即《绝句二首·其一》：

迟日江山丽，春风花草香。
泥融飞燕子，沙暖睡鸳鸯。

罗大经说这首诗"见两间莫非生意"，"见万物莫不适性"[46]。杜甫在那些花鸟猿猱身上，发掘着天地的生机。我们如今常说某位小说家的作品还原了某地动物、人类、精灵与神祇众声喧响的世界，这些诗歌也当得起这样的评语，只是精灵与神祇在杜甫的儒家背景下不被允许，它们的功能被具有灵性的花鸟代替了。就此，杜甫完全违背了"春来花鸟莫深愁"的誓言，反倒进入与之更深的对话中。

杜甫并非"万物有灵"论者，他对烟粉灵怪毫无兴趣。哪怕经行令李白惊呼"蚕丛及鱼凫，开国何茫然"（《蜀道难》）的蜀道，杜甫都未曾在现实与非现实之间恍惚摇摆。唯独对浣花溪上的花鸟，杜甫一一赋予人格，与其有情感往来，为其身所具的生命力而感染。以花言之，《江畔独步寻花七绝句·其二》中，杜甫说"稠花乱蕊裹江滨，行步欹危实怕春"。春花与诗人的关系竟如《西游记》中诸多妖女带着情欲声色的诱惑扑来，而唐僧为之欲迎还拒、站立不稳。以鸟言之，杜甫更与浣花溪上的鸂鶒为侣。当鸂鶒与杜甫心意相猜，佯作远去，却又在沙滩上偷眼看他，杜甫慰以"自今已后知人意，一日须来一百回"（《三绝句·其二》），简直如《红楼梦》中宝玉对黛玉说出"你放心"三字。

上元元年至二年（760—761），无论对于迈过知命之年的杜甫来说，还是对于在与史思明的胶着中又经历着江淮大饥，以及党项、吐蕃交侵的唐王朝而言，都可以说是最糟糕的日子，但杜甫却写出了他一生中最欢悦的诗歌。这些诗不同于杜甫之前的作品，也不同于之前一个多世纪所有的近体诗。似乎在中央政权的控制力式微的同时，文体传统的控制力也式微了。杜甫以全无顾忌的自由心态写诗，带有认真游戏的态度。他这个阶段在创作上的藐视规范被很多诗论家注意到。如苏轼用"清狂野逸"[47]来形容，而叶嘉莹师用"疏放脱略"[48]来形容。从诗歌史的角度来说，风格与形式的樊笼被突破，形成新颖而炫目的作品，这是文体解放的时刻。但当杜甫在寂寞的写作中迎来这一革命性时刻时，他写作的主题并非任何宏大话题，而是私人生活。

在安史之乱之前，活得更容易的年代，杜甫从未那么集中地书写私人生活。为什么这时候要写？我想恰恰是因为经历了战争、逃亡，感受到人生的虚度、抱负的消解，旧有的以王朝政治与宰辅理想为核心的意义体系崩塌了，他必须转移目光，到生活中去寻找新的人生意义。这是在中国文化史上屡见不鲜的现象：对生活的发现常常不是在生活足够好的时期，而是在其他的一切都被剥夺了，只有私人生活可以作为最后的堡垒时。

《江村》和《进艇》写的都是杜甫草堂半为水居、半为岸居的生活。草堂建在浣花溪上游的河湾之中，溪水涨时，往往屋内水高数尺，漂床沉灶。这一奇怪的选址于生活之便利虽有妨害，于生活之情趣却多增益。在此之前，诗歌史中的泛舟之作要么是仿造民歌风格的《采莲曲》，要么是《辋川集》那样的禅意诗。杜甫将新鲜的生活经验大胆写进律诗之中，一方面开启了后来宋诗写生活琐事的端绪，一方面又不同于宋诗的琐屑，在生活叙事中保留了情感深挚的抒情主体、元气沛然的天地万物。于细微琐屑中不失博大，这是杜甫虽书写战后世界，但在精神上终究归属于盛唐气象的例证。

江村

清江一曲抱村流，长夏江村事事幽。
自去自来梁上燕，相亲相近水中鸥。
老妻画纸为棋局，稚子敲针作钓钩。
但有故人供禄米，微躯此外更何求？[49]

进艇

南京久客耕南亩，北望伤神坐北窗。
昼引老妻乘小艇，晴看稚子浴清江。
俱飞蛱蝶元相逐，并蒂芙蓉本自双。
茗饮蔗浆携所有，瓷罂无谢玉为缸。[50]

《江村》算得上"老去诗篇浑漫与"的风格。首联上句"清江一曲抱村流"中有分为两词的"江""村"二字，下句"长夏江村事事幽"中又有合为一词的"江村"二字，带有民歌的复沓风格，而且形式更活泼。虽然如此，此诗却比民歌精美得多。看结构，二三联皆上下句各有分工，一句写江，一句写村，但又交错而行。"自去自来梁上燕"是村中之鸟，"相亲相近水中鸥"是江上之鸟。"老妻画纸为棋局"是村中之乐，"稚子敲针作钓钩"是江上之乐。在古人的宇宙观中，天地两分而和合。在杜甫笔下，江村亦二分而合为微型之天地。在此天地之中，无论老幼禽鸟皆和乐自得，洵为一理想之境界。但这本自具足的草堂世界并未割裂于时代历史，远居于桃源般的彼岸，而就是在安史之乱的尘烟之中。

值得一提的是，《江村》中的乐从物质的层面来说是最低限度的，从生命的层面来说却很具高度。而其物质之低与生命之高，由人、鸟二事分述。

中国诗歌中以鸟起兴，带出人之活动，此从《诗经·关雎》即已起源。晋陶潜《饮酒二十首·其四》及《归鸟》四章更进一步,在纯粹的比体之中,以鸟为象征,写出人在意志与命运的矛盾中挣扎求索的心路。其实杜甫自草堂建成,即有意识地用鸟来自我指涉,这在杜甫入蜀之前与出蜀之后的作品中都不十分明显。我甚至觉得,杜甫在成都时期,决意将自我分裂为两个部分。当眼前的痛苦和绝望无法忍受时,即以鸟的眼光重看一遍现实,现实遂呈现出可堪欣悦的一面。如草堂造成之时,杜甫赋《堂成》:"暂止飞乌将数子,频来语燕定新巢。"句中携家带口、乐得栖止的乌鹊和燕子,即杜甫自己的象征。

《江村》延续了这一分裂。第三联是从人的视角来看,下棋与垂钓,已经是极低物质要求的享乐,但竟连棋盘和钓钩都没有,需要老妻画纸、稚子敲针。小学课本中《金色的鱼钩》一篇,有红军过草地时以缝衣针弯为鱼钩的情节,即用来说明当时物质极度匮乏。杜诗亦是如此,故而第四联有除讨要禄米之外无所求之说。但第二联却是从鸟的视角来重写一遍,当此流离村中江上、一无所有之时,却感到"自去自来"的自由和"相亲相近"的亲密,有如神雕侠侣仗剑天涯的潇洒。这种自由境界是很多诗人终生艳羡但从未体验的,杜甫却唾手得之;这种亲密体验是很多诗人并不在意的,而杜甫却从鄜州至洛阳再至成都一路体会。

四五年前"香雾云鬟湿,清辉玉臂寒"的丽人现在被叫作"老妻"。"未解忆长安"的小儿女在战火中长成了

杜甫:生活的慰藉

皮大王。在《进艇》中，杜甫白天带着老妻去划船，晴日里又看着儿子在江中凫水。这条江上如今是一个完美的世界，双蝴蝶称"元相逐"，双芙蓉称"本自双"。这样的成双成对、和合完满并不是进取的结果，而是需要退后一步才能看到的"本来圆满"。反倒是在战争的流离中，圆满时刻出现了。"茗饮蔗浆携所有，瓷罂无谢玉为缸。"如今没有酒菜，倾其所有也只是粗茶和甘蔗汁。"瓷罂"大约是讨要来的大邑县烧成的土产瓷杯。相比于开元盛世时杜甫写过的"水精之盘行素鳞"（《丽人行》），杜甫觉得它毫不损害此时的美满。

如果没有悲伤与之平衡，"快乐"这个词将失去意义。这两首极为快乐的诗中亦有悲伤的成分，但它只是使这快乐变得更深刻而迫切了。《江村》前三联为乐，第四联为悲。《进艇》反之，第一联为悲，后三联为乐。

"南京久客耕南亩，北望伤神坐北窗"，让我想起陆游的《秋夜将晓出篱门迎凉有感二首·其二》："三万里河东入海，五千仞岳上摩天。遗民泪尽胡尘里，南望王师又一年。"陆诗以"三万""五千"、"入海""上天"的对举，在纵横开阔之中展开一个宏大的世界，随即说，这个世界已失落于"胡尘"之中，而我只能在南方空空望祭。杜诗构思为其发轫。"南京"指成都，成都在乱前尚未设府，但因乱中玄宗驻跸，遂称"南京"。"京"是一个赝品；草堂是一个客居；"南亩"是草堂南边一块经常会被淹没的土地。这就是杜甫的现实处境。但下句则是杜甫心系之地：民众正在遭受史思明屠戮的北方洛阳—长安一线。

《江村》与《进艇》的快乐就发生在这样的双重时空之中：故乡、产业、家族、社会身份，这些人们最常依靠的事物破碎了，杜甫以流浪者的身份暂时在异乡落脚，但异乡也是不可信靠的。在完全不可控的世界里，在极有限的物质条件下，杜甫却要从私人生活中去寻求意义，激发生命的活力，这是杜甫成都阶段诗歌中最为闪亮的光彩。

割掉"光明的尾巴"

在这样的背景之下，我们再来看"二月已破三月来，渐老逢春能几回？莫思身外无穷事，且尽生前有限杯"，才能够知道他写的并不是及时行乐。宇文所安以"转换风格"[51]来定义杜甫的诗，即在杜甫之前，一般一首诗尽量去制造一个统一的主题和情绪，但杜甫开始在一诗之中包含多个主题和多种情绪。正因如此，读者才在杜甫诗中感受到更复杂的人性和更丰富的美。"渐老"的悲哀与"逢春"的欢欣是矛盾的，面对"无穷事"的绝望与把握"有限杯"的可能是矛盾的，客居与躬耕是矛盾的，"南亩"之乐与"北望"之悲是矛盾的。但杜甫成都诗的矛盾性是有慰藉力量的，这种慰藉不在于提供了某种希望，而在于证明了没有希望，但还是有慰藉。

杜甫：生活的慰藉　213

> 我们抗战胜利前后的作品多拖着一条光明的尾巴，老杜诗虽没拖着光明尾巴，但也不是消极，因为他有热、有力。现在拖着光明尾巴的作品，即使有光也是浮光，有愉快也是浮浅，因为没热、没力。老杜诗虽没光明、愉快，但有热、有力，绝不会令人走消极悲观之路。[52]

顾随先生这段话是在讲杜甫的《得舍弟消息》时说的，他说的是杜甫诗歌的非希望性。杜甫不许诺战争一定会结束、未来一定会变好、故乡一定回得去，可是他在每个没有希望的日子里动员起内在的力量。就此，杜甫在晦暗不明的时代里找到了生活下去的热情。在后世，《杜工部集》成为很多人的监狱读物。文天祥在元人狱中将杜甫诗句打散重组为二百首"集杜诗"，1942年，时任燕京大学教授的洪业因抗日被捕，在狱中亦只求获得杜诗一部。[53]二人都认为，他们的很多体验，都已由杜甫预先说出。杜甫照亮了他们最无望的生命阶段。

其实杜甫还独自处理了更大的时代命题：如何面对黄金时代已经永远过去的事实。

安史之乱结束之后，杜甫离开成都，进入了大量写作追忆之作的阶段。在他晚年这些最以"沉郁顿挫"著称的作品中，都有一个因为沉浸在他人的故事或世界的景观中，从而迷失了时空、自我身份的倾听者，如"请看石上藤萝月，已映洲前芦荻花"（《秋兴八首·其二》），"老夫不知其所往，足茧荒山转愁疾"（《观公孙大娘弟子舞剑器行》)。杜诗的博大丰富很大程度上是杜甫跟随他人故事的结果。在许多节点，换一个诗人，就免不了跳出来陈说普遍真理，或发表宣言一抒情志，但杜甫能长久处于纯粹体验的状态，既不受到认识功能的打扰，也不会迷失在强烈的情绪中。他是一个伟大的"出神者"。当他被某个人或事物吸引，他便忘我地投身于其中，跟随着那里的动静、变迁。他最动人的诗章往往只有敏锐的感受和深远的回忆，完全没有判断和提炼的愿望。

杜甫的追忆之作中最广为人知的是《江南逢李龟年》：

岐王宅里寻常见，崔九堂前几度闻。
正是江南好风景，落花时节又逢君。[54]

清朝的何焯在《义门读书记》里说："四句浑浑说去，而世运之盛衰，年华之迟暮，两人之流落，俱在言表。"[55]李杜二人及唐朝的黄金时代都已过去，但当三者相逢在各自的落花时节，杜甫竟写出了一种难后幸存者的快慰与辛酸。

黄金时代过去之后还有青铜时代，青铜时代过去之后还有黑铁时代，这些时代也需要它们的记录者。王维、李白这些得盛名于开元、天宝时代的大诗人是盛唐物质与精神生活最好的记录者，但他们被过去的经验困住了，无法再面对安史之乱开始后不够好的世界。杜甫却一边追忆，一边告别往事，开启中唐诗歌的新境界。

"注视未来"与"乐享眼前"之间确有矛盾。当面临时代变革,需及时去区分哪些属于曾拥有的过去,哪些属于尚能把握的现在,哪些属于不可控的未来。这不但关系到对自我处境及人生任务的清醒认知,也关系到人是否能通过及时的哀悼,将情感从死去的事物上抽出,重新投注于活泼泼的生命万象。

人生本是一条通往落花时节的道路,哪怕处于一个下坠的时代,或面临个人的暮年,生命都可能因为意识到时间的凝缩而加倍地焕发光彩。

注释

1. [奥] 斯特凡·茨威格著，徐友敬等译：《昨日的世界》，上海：上海译文出版社，2018年，第7页。
2. 《绝句漫兴九首·其四》，[唐] 杜甫著，[清] 仇兆鳌注：《杜诗详注》，北京：中华书局，1979年，第789页。
3. 《杜甫诗讲论》，顾随著：《顾随全集》卷五，石家庄：河北教育出版社，2014年，第326页。
4. 袁进京、赵福生：《北京丰台唐史思明墓》，《文物》，1991年第9期。
5. 《唐纪三十三》："张介然至陈留才数日，禄山至，授兵登城。众恟惧，不能守。庚寅，太守郭纳以城降。禄山入北郭，闻安庆宗死，恸哭曰：'我何罪，而杀我子！'时陈留将士降者夹道近万人，禄山皆杀之以快其忿；斩张介然于军门。""丁酉，禄山陷东京，贼鼓噪自四门入，纵兵杀掠。"见 [宋] 司马光编著，[元] 胡三省音注：《资治通鉴》，北京：中华书局，1956年，第6937、6939页。
6. 《唐纪三十四》，《资治通鉴》，第6974页。
7. 《哀王孙》，《杜诗详注》，第311页。
8. 洪业著，曾祥波译：《杜甫：中国最伟大的诗人》，上海：上海古籍出版社，2014年，第100页。
9. 《悲陈陶》，《杜诗详注》，第314页。
10. "爱"字的字义演变比"情"字更复杂。金文中已有"爱"字，表示"张口告人，心里喜欢"。《说文解字》解为"行貌"，走路的样子。《文选》录《苏子卿诗四首·其三》："结发为夫妻，恩爱两不疑，以"恩爱"二字连用，带有感情和睦的意思。"爱"字单用时，或用于人与物之间，表示"喜爱""贪恋"，如《爱莲说》；或表示无性别之分的推己及人，如"仁者爱人"。"爱"单字用于男女之间，来源于佛经的翻译。早期僧侣用"爱"来翻译"贪染心"的梵文或巴利文词汇。《楞严经》有"爱河枯干，令汝解脱"。《华严经》有"破烦恼山，竭爱欲海"。至金元之时，"爱海恩山"已成为文学中常见的词汇，但依然为贬义，如元代马钰的散曲《清心镜·弃家》中有"解名缰，敲利钻。爱海恩山，一齐识破"。晚清近代西文翻译中，"爱"才被用来指称男女之间的浪漫之情，并被赋予了褒义。
11. 《莺莺传》，鲁迅校录，曹光甫校点，杜东嫣译：《唐宋传奇集全译》，上海：上海古籍出版社，2019年，第189页。
12. [明] 汤显祖著，徐朔方等校注：《牡丹亭》，北京：人民文学出版社，

1982年，第1页。

13 《檀弓下》，《十三经注疏》整理委员会整理，李学勤主编：《礼记正义》，北京：北京大学出版社，1999年，第282页。

14 《檀弓下》，《礼记正义》，第282页。

15 《鲁语下》，上海师范大学古籍整理组校点：《国语》，上海：上海古籍出版社，1978年，第211页。

16 《鲁语下》，《国语》，第211页。

17 《月夜》，《杜诗详注》，第309页。

18 吴汝纶："专从对面着想，笔情敏妙。"见高步瀛选注：《唐宋诗举要》，上海：上海古籍出版社，1978年，第470页。

19 《月夜》，[清]浦起龙著：《读杜心解》，北京：中华书局，1961年，第360页。

20 [美]科纳著，郜元宝译，陆点校：《〈哥林多前后书〉释义》，上海：华东师范大学出版社，2010年，第175页。

21 仇兆鳌："明人之论诗者，推杜为诗圣，为其立言忠厚，可以垂教万世也。"见《杜诗详注》，第1页。王士禛："律以杜甫之忠厚缠绵，沉郁顿挫，则有浮声切响之异矣。"见[清]纪昀等著，四库全书研究所整理：《钦定四库全书总目》，北京：中华书局，1997年，第2343页。

22 《"清辉玉臂寒"·"越女天下白"》，傅庚生著：《杜诗析疑》，西安：陕西人民出版社，1979年，第69—70页。

23 吴小如著：《吴小如讲杜诗》，天津：天津古籍出版社，2012年，第62页。

24 [奥]维克托·弗兰克尔著，何忠强等译：《追寻生命的意义》，北京：新华出版社，2003年，第38页。

25 "在一种完全荒凉的环境中，当人们不能用肯定性的行为来表达自己时，当他惟一成就只是以正确的方式——令人尊敬的方式——忍受痛苦时，在这样一种情形下，人能够通过回忆他仍然保留的爱人的形象获得满足。"见《追寻生命的意义》，第39页。

26 [美]E.B.怀特著，任溶溶译：《夏洛的网》，上海：上海译文出版社，2004年，第1页。

27 《恨别》，《杜诗详注》，第772页。

28 《忆幼子》，《杜诗详注》，第323页。

29 《羌村三首·其一》，《杜诗详注》，第391页。

30 "'五姓'指的是范阳卢氏、博陵崔氏、清河崔氏、荥阳郑氏、太原王氏、赵郡李氏等传统世家大族……唐代最高门阀。与此相应，唐代'五姓女'在社会上亦广受仰慕……唐代人普遍热衷于与'五姓女'

联姻。"见路学军著:《简析唐代"五姓女"的礼法传承及其对姻族的影响》,《唐都学刊》,2012年第2期。

31 关于唐代门荫制度的具体规定,《新唐书·选举志下》云:"凡用荫,一品子,正七品上;二品子,正七品下;三品子,从七品上;从三品子,从七品下;正四品子,正八品上;从四品子,正八品下;正五品子,从八品上;从五品及国公子,从八品下。凡品子任杂掌及王公以下亲事、帐内劳满而选者,七品以上子,从九品上叙。其任流外而应入流内,叙品卑者,亦如之。九品以上及勋官五品以上子,从九品下叙。三品以上荫曾孙,五品以上荫孙。孙降子一等,曾孙降孙一等。赠官降正官一等,死事者与正官同。郡、县公子,视从五品孙。县男以上子,降一等。勋官二品子,又降一等。二王后孙,视正三品。"见〔宋〕欧阳修、宋祁撰:《新唐书》,北京:中华书局,1975年,第1172—1173页。

32 胡永杰:《杜甫在洛阳居地的转移与心态的转变》,《中原文化研究》,2020年第1期。

33 《得舍弟消息·其二》,《杜诗详注》,第322页。

34 《得舍弟消息·其三》,《杜诗详注》,第461页。

35 《西洲曲》,〔宋〕郭茂倩著:《乐府诗集》,北京:中华书局,1979年,第1027页。

36 《西洲曲》,〔清〕沈德潜选:《古诗源》,北京:中华书局,2018年,第248页。

37 《物色第四十六》,〔南朝梁〕刘勰著,范文澜注:《文心雕龙注》,北京:人民文学出版社,1958年,第693页。

38 《〈人间词话〉删稿》,王国维撰,黄霖等导读:《人间词话》,上海:上海古籍出版社,1998年,第34页。

39 〔清〕曹雪芹、高鹗著:《红楼梦》,北京:人民文学出版社,1996年,第9页。

40 《诗品序》,〔南朝梁〕钟嵘著,黄旭集注:《诗品集注》,上海:上海古籍出版社,1994年,第1页。

41 《田真兄弟》,〔南朝梁〕吴均著,林家骊校注:《吴均集校注》,杭州:浙江古籍出版社,2005年,第219—220页。

42 《得舍弟消息·其四》,《杜诗详注》,第510页。后两首《得舍弟消息》一首是古诗,一首是律诗。"风吹紫荆树"那首文气贯通,如有穿堂风贯穿其中,虽曲曲折折、徘徊往复,最后仍排闷而去。较少拘束、更为自由舒展,这是古体固有的特点。"乱后谁归得"那首虽是律诗,但混入了一点乐府诗的风格。"汝书犹在壁,汝妾已辞房"类似于《木兰辞》的"东市买骏马,西市买鞍鞯。南市买辔头,北市买长鞭"。仇兆鳌说:"汝书、汝妾并举,律中带古,此杜公纵笔"。这不但是说音节的重复,而且是说打破了五律的审美,带入了异样的风味。初唐时代,五律在它刚成熟的时候,就是在杜甫的爷爷杜审言这些人手中确定了其雕琢、文雅的美学,去描绘从粗糙混杂的自然中截取的最美好的片段,如"独有宦游人,偏惊物候新。云霞出海曙,梅柳渡江春。淑气催黄鸟,晴光转绿苹。忽闻歌古调,归思欲沾巾"。在杜甫之前,没有人把奔妾、老狗这样不够文雅、精美的形象写到五律中来,而杜甫通过将安史之乱中的体验大胆写入这种文体,开拓了五律的表现空间。

43 《崔光远传》:"及段子璋反,东川节度使李奂败走,投光远,率将花惊定等讨平之。将士肆其剽劫,妇女有金银臂钏,兵士皆断其腕以取之,乱杀数千人,光远不能禁。"见[后晋]刘昫等撰:《旧唐书》,北京:中华书局,1975年,第3319页。

44 《王十五司马弟出郭相访遗营草堂赀》:"客里何迁次,江边正寂寥。肯来寻一老,愁破是今朝。忧我营茅栋,携钱过野桥。他乡唯表弟,还往莫辞劳。"见《杜诗详注》,第730—731页。

45 《江上值水如海势聊短述》,《杜诗详注》,第810页。

46 《春风花草》,[宋]罗大经撰,王瑞来点校:《鹤林玉露》,北京:中华书局,1983年,第149页。

47 《书子美黄四娘诗》:"此诗虽不甚佳,可以见子美清狂野逸之态,故仆喜书之。"见[宋]苏轼撰,石海光评注:《东坡诗话》,北京:中华书局,2019年,第24页。

48 "在进入第三阶段中,杜甫就开始步上了另一新境地。这种新境地,乃是变工丽为脱略,虽然,仍旧遵守格律,然而却解除了格律所形成的一种束缚压迫之感,而表现出一种疏放脱略之致,可是,又并非拗折之变耳,这是杜甫的七律之又一变。"见叶嘉莹著:《杜甫秋兴八首集说》,石家庄:河北教育出版社,2000年,第30页。

49 《江村》,《杜诗详注》,第746页。

50 《进艇》,《杜诗详注》,第819页。

51 "他在诗中迅速地转换风格和主题,把属于几个范围的问题和体验结合起来表现。从这种'转换风格'中产生出新的美学标准,最后取代了统一情调、景象、时间及体验的旧关注。"见[美]宇文所安著,贾晋华译:《盛唐诗》,北京:生活·读书·新知三联书店,2004年,第210页。

52 《杜甫诗讲论》,《顾随全集》卷五,第337页。

53 "有一天我向日军狱吏请求：让我家送一部《杜诗引得》或任何本子的杜诗一部入狱，让我阅看。这是因为我记得文天祥不肯投降胡元，在坐狱待杀的期间，曾集杜句，作了二百首的诗。我恐怕不能再有学术著作了。不如追步文山后尘，也借用杜句，留下一二百首写我生平的诗。可恨的日军，竟不许我的要求。可幸的我们，虽都瘦得不像样子，甚至有病到快死的，竟都活着出狱。不用说：再做一种有关于杜诗的著作，是一端许愿，不可不偿的。"见《杜甫：中国最伟大的诗人》，第 347 页。
54 《江南逢李龟年》，《杜诗详注》，第 2060 页。
55 《杜工部集·近体》，[清] 何焯著：《义门读书记》，北京：中华书局，1987 年，第 1221 页。

杜甫：生活的慰藉

欧阳修：语言的力量

一群在科举中脱颖而出的青年，共同分担谏诤后果，在贬谪穷荒的日子里诗札来往，以道义相鼓励，以文学相切磋，以情谊相呼应，让政治上的失败不必再叠加孤独和耻辱。

进入中文专业十多年之后，我渐渐意识到，文学史上层出不穷的语言创新并不是出于装饰性的目的。就像人类的科技革命需要物理学为之做出准备，发现新的定律，人类的社会变革也需要语言为之做出准备，提供新的思维工具。有些作者意识到，他们是在为维护人类的精神生活而写作。哪怕某种应然在现实世界中被驱逐了，也可以将它保留在语言中，以免人类彻底忘却。文学因此成为真、善、美的庇护所。

语言影响思维的最直接定论来自维特根斯坦。"我语言的边界，就是我世界的边界"（《逻辑哲学论》），对于文学工作者而言，这不是难以理解的抽象概念，而是如"喝咖啡能提神"般的直观经验。在乔治·奥威尔的小说《一九八四》和特德·姜的小说《你一生的故事》中，两位作者都赋予了语言巨大的力量。

在《一九八四》中，语言的萎缩将使一切不服从的思想从人类的大脑中消失。人们依然能够说话，但那种语言已变成万众一致的喧嚣和毫无意义的符号复制。奥威尔写到一个公共食堂里的谈话场景。所有人都在说话,但语言已失去了表达个人思想、感受,宣告自己行动的功能,变成了噪音一般的"鸭话"。

> 温斯顿看着那张没有眼睛的脸上的嘴巴忙个不停在一张一合,心中有一种奇怪的感觉,觉得这不是一个真正的人,而是一种假人。说话的不是那个人的脑子,而是他的喉头。说出来的东西虽然是用词儿组成的,但不是真正的话,而是在无意识状态中发出来的闹声,像鸭子呱呱叫一样。[1]

而在《你一生的故事》(后改编为电影《降临》)中,语言的扩展使主人公具有了超能力。外星来客使用的"七文"去除了时间一维,结果是过去、现在、未来的信息无主次地叠加在一起。这就好像垂直拍扁一串穿着草莓、葡萄、山楂的糖葫芦,就可以获得一堆混合了三种水果的糖泥。当语言学家露易丝·班克斯用这种语言思考,她就预知了未来五十年的故事,包括她未出生的女儿的一生。

> 有时我也会被语言B完全支配,这种时刻,一瞥之下,过去与未来轰轰然同时并至,我的意识成为长达半个世纪的灰烬,时间未至已成灰。一瞥间五十年诸般纷纭并发眼底,我的余生尽在其中。还有,你的一生。[2]

在《你一生的故事》结尾，特德·姜留下的遗憾是地球人并未学会"七文"，无法以更高的智慧去应对未来给予的冲击。在《一九八四》结尾，乔治·奥威尔留下了一篇语言学附录，提醒人类警惕语言的退化。

人类真的会面临乔治·奥威尔担心的局面吗？当语言开始堕落，进程是否可逆？认知心理学家史蒂芬·平克提出了一个乐观的看法。他认为在人类使用的自然语言之下，还有一种"心语"（mentalese），它才是思维的语言，人类现有的语音、词汇、语法只是心语可以随时穿脱的外衣。由于心语是直觉性的，没有成型的符号系统，所以它无法被篡改，而只能忠实于人类生命的基本需求。这内在的源泉将一次又一次地纠正自然语言的堕落。即便取消了"自由""平等"等名词，这些概念依然会出现在人们的头脑之中。只需一代人就能创造出新的词汇，或旧词汇的新用法，在语言中恢复被阉割的内容。[3]

上述三人对语言的看法都是人文主义的。虽然他们使用的例证都来自自然语言中的日常语言，但同样适用于解释自然语言中文学语言的变革。以这样的视角去看文学的历史，一代代文学家革新文风就有社会更新的意义。

在欧阳修的时代，诗、词、散文三种文体都面临着想要突出重围，就必先进行语言变革的局面。宋诗在唐诗辉煌的压力下匍匐，宋词还未完全走出五代词狭小的境界，宋文在骈俪与滞涩两端间震荡，尚未找到能够轻松表达复杂生活经验、新鲜思想的语言。欧阳修一代的写作者们摒除语言的浮伪，开辟出全新天地。他们的写作成为对抗扭曲、维护人文理想的武器。

不再哀怨的贬谪诗

宋仁宗景祐三年（1036）五月二十一日，贬谪的诏书下达，欧阳修被贬为峡州夷陵县令。夷陵（今湖北宜昌）是三国时代"夷陵之战"的战场，五代十国时属最卑弱的南平国，于宋太祖乾德元年（963）归于宋朝版图，七十年后仍是极为偏远的地界。七日后，欧阳修在酷暑中从开封启程，从汴河入淮河，再从真州（今江苏仪征）入长江，当年十月二十六日到达夷陵。他在楚州（今江苏淮安）的船上度过了三十岁生日。

船才到荆州，欧阳修就急忙发出了一封信。收信人是先于欧阳修被贬的尹洙。原来被贬之时，二人被要求亟速离京。尹洙央求催行的官吏稍允迟行，等欧阳修前来见最后一面。欧阳家正在树倒猢狲散的前夜，派去找尹洙的仆人懒得打探，回复说船已经走了。尹洙等不来欧阳修，只能独自上路，并急忙于途中向欧阳修寄信一封。这封信我们如今已无法看到，只能从欧阳修的回信中反推。尹洙临行之际，担心的不是地理与政治上的前途莫测，而是欧阳修的心灵冲突。他在信中询问欧阳修，是否正遭遇着"自疑"，即主动选择和尹洙一起受贬，是否是欧阳修成熟的决定，会不会还承受着额外的折磨：伤心于朋友的出卖、内疚于对不起父母、拷问自己直言取贬是否出于虚荣。

欧阳修的回信中说：

> 今而思之，自决不复疑也。[4]

尹洙和欧阳修此次被贬，起因是范仲淹连续上书批评宰相吕夷简，被贬饶州（州治在今江西上饶鄱阳）。余靖最先进谏反对此事，被贬；随后尹洙上奏自称与范仲淹"义兼师友"，请同贬；欧阳修继续为范仲淹鸣不平，再得贬。

欧阳修接到的贬谪诏书措辞严厉："尔托附有私，诋欺罔畏，妄形书牍，移责谏臣。恣陈讪上之言，显露朋奸之迹，致其奏述，备见狂邪……可降授峡州夷陵县令……"[5] 此言所针对的，是欧阳修致书斥责谏官高若讷一事。原来高若讷乃是余靖（字安道）、尹洙（字师鲁）的朋友，与欧阳修也相熟，尹洙觉得此人可信，便约好同去余靖家讨论如何解救范仲淹。谁知高若讷表现不佳。欧阳修当场不能发作，回去越想越气，写下了气势堪比嵇康《与山巨源绝交书》的《与高司谏书》。信中大力谴责高若讷在背后诋毁范仲淹活该。他认为高氏既没有勇气为范仲淹伸张正义，又害怕受到有识之士的怪罪，所以搬弄口舌、颠倒是非，以图减少自己作为谏官的舆论压力。他写道：

> 前日又闻御史台榜朝堂，戒百官不得越职言事，

是可言者惟谏臣尔。若足下又遂不言，是天下无得言者也。足下在其位而不言，便当去之，无妨他人之堪其任者也。昨日安道贬官，师鲁待罪，足下犹能以面目见士大夫，出入朝中称谏官，是足下不复知人间有羞耻事尔！[6]

高若讷受此侮辱，大为痛愤，将书信交给朝廷，欧阳修因此被贬。不过这次不能怪高若讷出卖朋友，因为欧阳修自己在书信的末尾写上了这一句：

愿足下直携此书于朝，使正予罪而诛之……[7]

《与高司谏书》正义凛然到令人错愕，但并非举着道德大棒一通猛打。最让人意外的有两点：一是欧阳修并不恨高若讷胆怯不谏，却恨高若讷当着他的面诋毁正义；二是他写到最后还希望高若讷能幡然悔悟，再为范仲淹进一言。这样的天真勇猛令人印象深刻，以至于几百年后，清朝的乾隆皇帝在揣摩如何能既激发士人的干劲，又将士人的干劲限定在不指涉王权的范围内时，都要对此信发出神往而叹惋的评价："是岁修甫三十岁，年少激昂慷慨，其事之中节与否，虽未知孔、颜处此当何如，然而凛凛正气，可薄日月也。时修筮仕才五年，为京职才一年余，未熟中朝大官老于事之情态语言大抵如此，千古一辙，于是少所见多所怪，而有是书。"[8] 意思是说这位少年正义感卓绝，但政治上实在是不够成熟。

欧阳修与尹洙自请远贬，但他们对将要去的地方几乎一无所知。他们大概以为从此天各一方，故而要赖在汴河码头诀别。但实际上，尹洙所贬的郢州（今湖北钟祥）与欧阳修所贬的夷陵都在今天的湖北，在北宋时只隔数天邮路，但这要等欧阳修到达楚地，向当地土著打听方能知道。欧阳修在汴淮一路受到不少赶来饯行者的款待，仅六月就喝了十五场大酒。因为当范仲淹、余靖、尹洙、欧阳修四人被贬之时，民意却赞赏他们的作为。年方二十五岁的蔡襄为此事作《四贤一不肖》诗，以范尹诸人为四贤，以高氏为一不肖。一时人人传抄，洛阳纸贵，连契丹使者都带回了抄本。在楚州，欧阳修偶遇贬往江西筠州（今江西高安）的余靖。欧阳修年龄小余靖七岁，原职低余靖两品，但竟劝诫起余靖来，要他答应不要像前代诗人一样，把贬谪文字写得悲悲戚戚：

> 每见前世有名人，当论事时，感激不避诛死，真若知义者，及到贬所，则戚戚怨嗟，有不堪之穷愁形于文字，其心欢戚无异庸人，虽韩文公不免此累，用此戒安道慎勿作戚戚之文。[9]

欧阳修大概最初只是对判决不服。但由于有意识地将"悲戚"排除在外，却不知不觉改变了贬谪诗的传统，开辟了宋诗的新世界。在与余靖道别之后，欧阳修从运河至真州，再转道长江。舟入长江，立刻就面临着所有被放逐者都要遇到的局面：被抛出人类社会的核心，将要独自去面对古代广袤危险、尚未被驯化的世界。人生路的茫茫与旅程的茫茫合二为一。

初出真州泛大江作

孤舟日日去无穷，行色苍茫杳霭中。
山浦转帆迷向背，夜江看斗辨西东。
滮田渐下云间雁，霜日初丹水上枫。
莼菜鲈鱼方有味，远来犹喜及秋风。[10]

在之前的文学史中，我们很少看到欧阳修这样的贬谪者。唐代诗人遭遇贬谪，哀叹的是生命价值的摧毁。触目伤怀之处，山水也成为了人生悲剧的象征。而欧阳修却要把旅程写成一次奇异的探险。"孤舟日日去无穷，行色苍茫杳霭中"一句尚带有象征性。上句让我们想起孔子的感慨"逝者如斯夫，不舍昼夜"（《论语·子罕》），下句让我们想起屈原的哀叹"时暧暧其将罢兮，结幽兰而延伫"（《离骚》）。那种熟悉的苍茫之感几乎就要引诱读者进入人生无意义之感。但欧阳修并不想讨论人生，他注意起了纯粹的自然。我愿意把"山浦转帆迷向背，夜江看斗辨西东"一句看作全无象征的写实。他如少年水手一般，在曲折的河道间校准航向，在夜里沉迷于满天星斗。因为有了探知自然的好奇，本应重复而无意义的"孤舟日日去无穷"就变成了对新鲜事物的应接不暇。他看见了文学世界中的大雁落于水田，朝阳映上秋枫，甚至连"莼鲈之思"的典故也变成了日常的船菜伙食。这位二十四岁即获礼部贡举进士第一名的饱学青年在经历书本经验向一手经验的转换。这带来了生命的更新。行程中渐渐酝酿出真实的快乐。

当然他也有低落的时候。欧阳修是江西人，对长江下游不算陌生，尚能保持从容的风度。直到船行至九江，即将进入陌生的长江中游，再溯至上游夷陵，他的诗中透露出少许的恐惧和更明显的不忿。欧阳修一会儿意气高昂，一会儿牢骚满腹。他将韩愈和白居易这些唐代贬谪诗人作为坐标，要求自己刚强超越韩愈，但同时又觉得自己实在倒霉，凭什么比白居易贬得还远：

琵琶亭

乐天曾谪此江边，已叹天涯涕泫然。
今日始知予罪大，夷陵此去更三千！[11]

后来欧阳修把他的贬谪诗写得充满了死不改悔的意味，但其表现方式不是怨怒，而是好奇、快乐。他不要满怀冤屈地咬牙内耗，而是要将人人恐惧的惩罚性处境转化为丰盛，甚至能引起艳羡的生命资源。这不是在写作中作伪饰，而是以写作的自觉引领生活的自觉，切断自哀与书写自哀的循环，去发现新的生活，开辟新的文学世界。

黄溪夜泊

> 楚人自古登临恨，暂到愁肠已九回。
> 万树苍烟三峡暗，满川明月一猿哀。
> 非乡况复惊残岁，慰客偏宜把酒杯。
> 行见江山且吟咏，不因迁谪岂能来。[12]

在《黄溪夜泊》中，我们会看到一个摇晃的自我逐渐稳定下来。

这首诗的开头"楚人自古登临恨，暂到愁肠已九回"，使我们想起杜甫的名句"摇落深知宋玉悲，风流儒雅亦吾师。怅望千秋一洒泪，萧条异代不同时"（《咏怀古迹五首·其二》）。唐大历元年（766），杜甫五十五岁，流浪到长江上游的夔州（今重庆奉节），途中寻访楚人宋玉的遗迹。他强烈地感受到宋玉在《楚辞·九辩》中陈述的人生衰暮之叹："悲哉！秋之为气也。萧瑟兮，草木摇落而变衰。"杜甫深深相信，宋玉连同整个楚宫的遗址虽都已在历史中泯灭，但宋玉的精神生命通过文学保存了下来。他在千年之后，得以成为宋玉精神的后继者。在安史之乱故国文物凋亡的背景下，杜甫的叩问带有独力接续文化传统的意味，庄严而动人。

但成长在北宋七十年太平中的欧阳修，却有着完全不同的反应。他不需要像杜甫一样急于投入传统的洪流。他以较为外在的叙述视角，将"悲秋"限定为"楚人"的"登临恨"。但他也承认三峡的异常氛围及其巨大的情绪感染力："暂到愁肠已九回"。《水经注》里说三峡"重岩叠嶂，隐天蔽日，自非亭午夜分，不见曦月"，又说"渔者歌曰：'巴东三峡巫峡长，猿鸣三声泪沾裳'"。崖高而江窄，人们自水面上视，感到两岸石壁的压逼，又听到凄厉的猿鸣回响。这自然会勾起旅人的愁思。流落异乡，又要挨过岁末，是何等可怜。但欧阳修要与"楚人"的情绪保持距离，偏不让"宋玉悲秋"式的自怜贯彻到底。他喝一杯酒来提振心情，随即与宋玉分道扬镳，再次把贬谪偷换成探险，举杯庆祝"不因迁谪岂能来"。欧阳修确实开创了新的传统。五十几年后，苏轼以同样的模式思考贬谪，写下"九死南荒吾不恨，兹游奇绝冠平生"（《六月二十日夜渡海》）。

宋人面对及至唐代已臻完善的诗歌传统有着复杂的心态。一方面，诗歌是宋代士人基本的修养来源。他们在前代诗歌的浸染中长大，学会用这些话语书写社会生活的一切领域。另一方面，烂熟于心的前代诗句变成一种陈词滥调。它自动化地流出，产生表面典雅而内在空洞的作品。对于想要追求"修辞立其诚"的诗人来说，甚至更危险。他们感到了这些话语的挟裹能力。当他们写下前代诗歌中的熟词、成句，即被一种无形的力量逼迫，鬼使神差地切换到与前代诗人同样的感受方式。欧阳修意识到了危险。

如果他们顺从地以前代诗歌中的感受方式来感受，那么在文学上就不能进行真正的创造，迎战困境的能力也不会超越前代诗人。

在这样的自觉之下，欧阳修修改了贬谪文学的传统。

他的贬谪之作中一部分带有人类学民族志的特点。由于他的记载，我们现在知道，当时的夷陵是数百里无人居住的青山环绕中的一个小县城，盛产花椒、大漆、纸张。城内居民约数百家。县城里的建筑纹样一如前朝。城中间最宽的路不够行车马，每到下雨时泥泞不堪。市场上除咸鱼之外，没有其他商品。当地人与外界很少来往，不说中原语言。居民信鬼神，流行妖鸟传说，盛行用龟甲占卜，入夜常常击鼓踏歌。民间争讼颇多，官府判案不留文书，吏曹不识文字。欧阳修津津乐道地给他的朋友写信，介绍夷陵土著的语言、宗教、传说、祖先、物产、居住方式、交换活动：

> 闻夷陵有米、面、鱼，如京洛，又有梨、栗、橘、柚、大笋、茶荈……[13]
>
> 一室之间上父子而下畜豕。其覆皆用茅竹，故岁常火灾……[14]
>
> 击鼓踏歌成夜市，邀龟卜雨趁烧畲。[15]

我想，如果人类学家王明珂老师能穿越到北宋，一定会和欧阳修很有话说。这些在古代属于"风俗志"的知识，也许恰好填补了欧阳修在政治上的失意。

另外一个特点，是在欧阳修的私人书信中体现出来的。我读这些简短而频繁的信件时，常常被当时男性之间的情谊打动。欧阳修与尹洙、余靖、蔡襄、梅尧臣等相互问慰、勉励。在希望传世的诗文中不曾透露的脆弱，在这些私信中透露。

他向余靖通报，贬谪夷陵之路其实危险而疲惫，他已察觉到身体衰老，担心自己在碌碌无为中度过一生：

> 然某携老幼，浮水奔陆，风波雾毒，周行万三四千里……而年齿益长，血气益衰，遂至碌碌随世而无称耶？[16]

他安慰尹洙的丧子之痛，透露自己也曾失去一个儿子，像自己这样寡情的人都受不了，推想以尹洙的深情一定难以承受：

> 但向闻师鲁有失子之苦……修尝失一五岁小儿，已七八年，至今思之，痛若初失时。修素谓诸君自为寡情而善忽世事者，尚如此，况师鲁素自谓有情而子长又贤哉！[17]

这并不始自贬谪之时，多年前，他与梅尧臣（字圣俞）在洛阳别后，就写信向他倾诉思慕，感慨在一生之内，将要经历多少的生离死别：

> 又目前不见圣俞，回忆当时之事，未一岁间再至，寻见前迹，已若梦中。……人生不一岁，参差遂如此。因思百年中，升沉生死，离合异同，不知后会复几人，得同不得同也！[18]

梅尧臣的回信今已不存，但可以找他因尹、欧贬谪而写的诗。他对欧阳修说"黄牛三峡近，切莫听愁猿"（《闻欧阳永叔谪夷陵》），对尹洙说"心知归有日，时向斗牛看"（《闻尹师鲁谪富水》）。梅尧臣并未参与讨论，但他对贬谪中不应写悲戚之语的看法与欧阳修一模一样。这不仅是同气相求，也来源于他们在仁宗朝的实际政治处境。

具有道德感召力的语言

宋代立国，即重视台谏制度。[19]仁宗朝，谏院成为独立机构，谏官由皇帝亲自除授。谏官被赋予了独立批评朝政的权力和职责，成为对相权的有效约束，同时也对君主的不当行为进行批评。谏官许闻风言事，规定即使失实亦不加罪。甚至谏官可以以激烈的方式谏诤，如未被召见而上殿，可立于殿门外要求与皇帝对质，或在进言不被采纳时拒绝入御史台、谏院供职。虽然事实上也有台谏官因言事被贬，但正如苏轼在《上神宗皇帝书》里所说："自建隆以来，未尝罪一言者，纵有薄责，旋即超升"[20]，在台谏制度和仁宗宽厚性情的保证下，仁宗朝出现了很多敢言谏官，他们中的大多数后来获得了擢升。[21]像包拯、范仲淹、韩琦、富弼都是出身谏职而后成为名臣的。因为谏言环境宽松、在朝野享有极高的名誉，所以欧阳修斥责高若讷在其位而不谋其政才不为过苛。谏官在朝堂上秉持正义、据理力争，为士林作出了示范。《宋史·忠义列传序》说："于是中外缙绅知以名节相高，廉耻相尚，尽去五季之陋矣。"[22]哪怕不在谏职，刚硬正直的品质也遂为天下推重、仰慕。

欧阳修在荆州给尹洙写信，说到"自决不复疑"即是在这一背景之上。他们这代士人出生在澶渊之盟后的和平时世，不受门第限制，由文章入仕，又受到前辈王禹偁、范仲淹等贤臣的激励，所以并不满足于做一个唯唯诺诺的应声虫，只求在官僚制度里分一杯羹。且欧阳修、尹洙、蔡襄等人，少年得志，十几二十岁即已中进士，出入宰相门庭、论列政令得失，更是格外器识高远。他向尹洙解释，之所以决定"不复疑"，正是因为他们对扭转时代风气有责任：

> 五六十年来，天生此辈，沉默畏慎，布在世间，相师成风。忽见吾辈作此事，下至灶间老婢，亦相惊怪，交口议之。不知此事古人日日有也，但问所言当否而

已。又有深相赏叹者，此亦是不惯见事人也。可嗟世人不见如往时事久矣！往时砧斧鼎镬，皆是烹斩人之物，然士有死不失义，则趋而就之，与几席枕藉之无异。有义君子在傍，见有就死，知其当然，亦不甚叹赏也。史册所以书之者，盖特欲警后世愚懦者，使知事有当然而不得避尔，非以为奇事而诧人也。幸今世用刑至仁慈，无此物，使有而一人就之，不知作何等怪骇也。然吾辈亦自当绝口，不可及前事也。[23]

欧阳修不但没有改悔，甚至觉得他们的仗义执言只是极正常之事，既没什么可惊怖的，也没什么可表扬的。在他的理解中，上古君子就是这么干的。甚至他还有考古依据。他知道先秦青铜器都是用来砍人头、煮人肉的。但是人为什么被煮了呢？一定是直言进谏，触怒了君主。但他认为古代的君子行之如自然。决定进谏的，哪怕讲完就要上锅，也就像上床就寝一样淡定；旁观的，也认为事属当然，没什么了不起。史书记载其中的一些人，如比干，并不是因为那是什么杰出行为，而是为了防止后代的蠢货懦夫以愚懦为正常，而以正常为不正常。欧阳修向尹洙吐槽，我们又不是被煮了，都闹出这么大动静，如果真有一个扑向锅里，不知会让多少人大惊小怪。看起来，在去往夷陵的路上，欧阳修接受了太多赞美，使他莫名其妙、不胜其烦。他和尹洙约定，以后再也不要提这件事了。

我第一次读到"五六十年来，天生此辈，沉默畏慎，布在世间，相师成风"这句是在引用文献中，当时就深为感动，觉得这话也是为我们而说的。后来再读到《与尹师鲁书》的全文，已是在《欧阳修全集》中，有贬谪前后各种书信、制词的铺垫，于是更觉感慨。这位三十岁的青年，并未遇到什么大奸大恶，只是对"沉默畏慎"不满，而景祐朝的沉默，还并不是因为什么政治高压，只是出于明哲保身和因循守旧，但他依然在这沉默中感到了窒息。他不允许沉默成为世间的规则，于是便冒险言事。

我想欧阳修最初找高若讷麻烦时并没有想得那么清楚，乃是后来经过了同道之间的鼓舞，又硬着头皮闯进传说中的千里瘴雾，最终发现此身犹在，才变得坚定。他也曾经"自疑"过。出发时他感到羞耻，想象"夷陵之官相与语于府，吏相与语于家，民相与语于道，皆曰罪人来矣。凡夷陵之人莫不恶之，而不欲入其邦"[24]，等他舟至建宁（今湖北石首），夷陵已有人来迎接劝慰。这使他感动而震惊。想象中的恐惧遂落定为切切实实的生命开拓。

说起来，"自决不复疑"像是陶渊明的口气。"不复疑"在《陶渊明集》中凡两见：一是《饮酒二十首·其一》中的"达人解其会，逝将不复疑"，二是《形影神三首·形赠影》中的"我无腾化术，必尔不复疑"。这两句都有在终点上反观人生，看透价值真伪的决绝感。欧阳修却不用想得那么深，他只是决定去做，便这样贯彻下去。他心境坦然，很快我们在他的夷陵诸作中看到他断狱、写史、寻幽、交游、娶亲，一如未贬之时。而那个贬谪文学中常见的失魂落魄的楚国大夫形象，却从来没有出现过。

过去的文学史讲到这里时，常常会着眼于景祐政治对文学的影响，我却想从另一个角度来讲。这是我在看《欧阳修全集》时思考的一个问题。在三十七岁参与庆历新政前，欧阳修并没有机会产生什么实际政绩，他的名誉是如何形成的，他是如何产生政治影响的？总不会靠歌人传唱永叔词吧。但当我读他的这些古文，不管是议论还是书信，会与乾隆有同样的感觉："然而凛凛正气，可薄日月也。"千载之后，依然令人向往。

欧阳修确实创造了一种具有道德感召力的言说方式。他心地纯良，思维简洁，既没有积攒的幽愤要发泄，又没有假想的论敌要预防。他的文章也直接而明朗。他论理之时，信心十足，但气势上不追求十分用力、振聋发聩，技巧上不追求故弄玄虚、巧设论词。这大概就是苏洵在《上欧阳内翰第一书》中所说的"气尽语极，急言竭论，而容与闲易，无艰难劳苦之态"[25]。当他带着"本应如此"的态度，坦率平易地言说义理，读者很容易产生认同，感叹自己何故没有悟到如此简单的道理，并随之受到激励，感受到如一个儒家的仁义之士一样思考，是何等具有尊严、增强自信的事。人们也想像他一样去思考、去作为。读一下这些话，就能初步感受欧阳修古文语言本身的感染力：

> 五六十年来，天生此辈，沉默畏慎，布在世间，相师成风。[26]

> 天子曰是，谏官曰非，天子曰必行，谏官曰必不可行，立殿陛之前与天子争是非者，谏官也。[27]
>
> 反昂然自得，了无愧畏，便毁其贤，以为当黜，庶乎饰己不言之过。夫力所不敢为，乃愚者之不逮；以智文其过，此君子之贼也。[28]

这些文段单独摘出，已能使读者感受到坦然无所隐避、自然不加修饰、亲切如在目前的文风，正如《世说新语》中"濯濯如春月柳"的形容，引起人们亲近的渴望。如果去看原文，另一个特点也会浮出：欧阳修的情感深厚而细腻，这些情感并不在言说道义时被额外滤除，所以我们会看到他有时气呼呼地讲理，有时候得意洋洋地讲理，有时温柔体贴地讲理。有了情感的润色，义理变得更容易入人心脾，条款律令之理化成了生活日常之理。其言也厉，即之也温，这大概是后来天下后学皆愿意求教于欧阳公之门的原因。

宋仁宗的时代并不完美，"以道义相尚"也未必没有隐患，但如不从政治制度的角度看，而仅从道德理想的角度看，那个时代依然使我羡慕。在贬谪夷陵之后的数年内，欧阳修在文章和进谏中呈现的道德感染力得到了朝野的充分认同，这只有在总体向善的时代中才有可能。他责骂高若讷而被判定为"朋奸""狂邪"的事，一年之后就被新的移官制词一笔勾销，评价改成了"偶弗慎于言阶"[29]，只是偶尔不小心而已。进入庆历纪年，这次直言被

欧阳修：语言的力量　243

贬已成为他的勋章。

中国文学中从来不乏对正义的书写，但对正义的书写总是与孤独、冤屈、痛苦，甚至耻辱联系在一起。通往正义的道路是众叛亲离的道路，这是从我们的文学史中不难得出的印象。我小时候读司马迁的《报任少卿书》，读到司马迁因替李陵辩护而下狱，"交游莫救，左右亲近不为一言"，便记住这就是仗义执言的下场。我也并不是孤例。苏轼小时候读《后汉书》，读到范滂少时有澄清天下之志，却因针砭时事而受党锢之祸，三十三岁死于狱中，于是去问母亲："你允许我做范滂这样的人吗？"在中国文学中，关于正义的书写到底带给读者更多的激励还是警诫，真是很不好说。

宋景祐三年，余靖、尹洙、欧阳修等为援救范仲淹而进行的谏诤，虽然大有"葫芦娃救爷爷"式的蠢萌效果，但它最打动我的是修改了司马迁、范滂等提供的单一经验。原来在我们的文学史中，也有正义成为共识、罪罚成为勋章的记录。一群在科举制度下脱颖而出的优异青年共同分担谏诤的后果，在贬谪穷荒的日子里诗札来往，不唯以道义相鼓励，更聚合他们的智识，构建文学与学术的广厦；增重他们的情谊，让政治上的失败不必再叠加孤独和耻辱。

这些好友情谊最初结成于洛阳时代，成为欧阳修一生最重要的支持力量。除此之外，他在那里还获得了两种重要的财富，一是热烈明朗的性格，二是在前辈权贵面前敢于直白、真诚陈说的安全感。

青春：洛阳的狂生

2023年夏天，我去洛阳参与拍摄关于李商隐的纪录片。某个早上，隔着一条大河上纱般的雾气，远眺对面的龙门石窟，朝阳还没有从山背后升起。我意识到这条河就是伊水——李商隐诗里"嫦娥捣药无时已，玉女投壶未肯休。何日桑田俱变了，不教伊水向东流"（《寄远》）的地点。历史在我前后左右复活。伊水西岸，初唐武则天降下翠辇，在众人的簇拥下登上石阶，朝拜她以脂粉钱捐资建造的卢舍那大佛。大佛脚下的山脉上，是千万个小小的佛龛，接近地面的佛像被成批砍去了头颅，是晚唐武宗时会昌佛难的浩劫。伊水东岸，晚年的白居易正走在香山寺的林间，无心顾恋人间的悲喜。我忽然意识到，洛阳曾经那么年轻。那时这座城市里，那么多的旧事还没来得及成为古迹。每条通往城外的路上都奔走着慕名而来的青年。他们未必带有清晰的求学目标，甚至看起来只是呼啸俦侣、虚度光阴，而人生却已在不知不觉中展开。

从洛阳回来，我忽然从欧阳修的作品里看见了伊川。

> 归云向嵩岭，残雨过伊川。[30]

他二十多岁在洛阳时看到的山水是没有被符号化的山水，明澈而空洞，就像天地在未有人类之前本有的样子。

> 余在洛阳，四见春。天圣九年三月，始至洛，其至也晚，见其晚者。明年，会与友人梅圣俞游嵩山少室、缑氏岭、石唐山、紫云洞，既还，不及见。又明年，有悼亡之戚，不暇见。又明年，以留守推官岁满解去，只见其早者。是未尝见其极盛时，然目之所瞩，已不胜其丽焉。[31]

欧阳修终其一生都在书写洛阳。他在洛阳度过的三年，是我在古代诗人身上看到的最美好的三年。

北宋仁宗天圣九年（1031）三月，欧阳修二十五岁，来到洛阳，在西京留守推官的职位上开始仕途，职责是协助西京留守处理推勾狱讼之事。此时的西京留守是诗人钱惟演，他是吴越王钱俶之子、宋真宗皇后刘娥的外戚，汲汲于权位，"官兼将相，阶、勋、品皆第一"[32]。但他老年倦于功名，自请改任河南府，过着政事清简的读书生活。宋代的笔记说他在洛阳行事简易，也就是说很不形式主义。哪怕带领官员朝拜应天禅院宋朝先帝牌位，也仅以最低要求行事，不作发言、仅北向饮三杯酒即结束仪式。朝拜必须清晨出发，青年僚属多半苦不堪言。钱惟演非常理解，作诗一起调侃："正好睡时行十里，不交谈处饮三杯。"[33]钱惟演对这些青年甚为优待，甚至在他们远足时派仆人带着酒食在中途等待，告知他们署内无急事，不如看完龙门的雪再回来。钱惟演的后任是曾任副宰相的王曙。他性格严正，批评欧阳修等饮游无节，而被欧阳修回怼"老不知止",但王曙并未计较,反倒推荐他和尹洙进入馆阁。[34] 在踏上仕途之初受到这样的善待,没有养成收起锋芒才能存活的信念,这也是欧阳修等人在后来敢于作为的原因。

此时同在东京的青年中,谢绛、尹洙、梅尧臣、杨愈、王顾、王复、张汝士、张先、蔡襄与欧阳修常一起玩耍。他们往往成群结队,在洛阳城中会饮,或去龙门、嵩山远足。今天我们要感谢梅尧臣过早地调离洛阳,这使我们能借助谢绛、尹洙、欧阳修写给他的信件,得知这帮快活青年在洛阳的生活,如从谢绛的《游嵩山寄梅殿丞书》就能知道他们的精力何等旺盛。北宋明道元年(1032),五人奉命去嵩山代皇帝祭祀,途中趁机玩耍,夜间彻晚聊天,晨起急行也不困倦。九月十六日日行七十里,夜行二十五里,稍有疲厌,就"师鲁语怪,永叔、子聪歌俚调,几道吹洞箫,往往一笑绝倒,岂知道路之短长也"[35]。但最可笑的是"遇盘石,过大树,必休其上下,酌酒饮茗,傲然者久之"[36]。据语序,恐怕是休于石上树下,但也不排除爬树的可能。居然还"傲然者久之",实在是太中二了。

他们中的大多数都成为欧阳修的终生密友。尹洙、蔡襄依前文所述,在景祐三年与欧阳修一起参与了对范仲淹的救援,后都得到重用。仁宗在庆历新政中任用的四位谏臣里,就有欧、尹、蔡三人〔另一人为王素,即王定国之父,后来苏轼为王定国歌女写出"雪飞炎海变清凉","此心安处是吾乡"(《定风波·南海归赠王定国侍人寓娘》)〕。谢绛、张汝士、张先早逝。杨愈、王顾、王复声名不显,但

欧阳修:语言的力量　247

景祐三年欧阳修被贬夷陵的路上，杨愈还特地从寿州（今安徽寿县）赶到楚州，为欧阳修饮酒送行[37]。而梅尧臣，虽一辈子沉沦下僚，却是欧阳修平生来往最密切的朋友，也是宋初诗学成就最高的诗人。我读这段历史，想象他们年轻欢畅的时候，醉倒在洛阳的名园古树之下，真如断金瑶玉散落其中。

离开洛阳之后，欧阳修写有一首长诗《书怀感事寄梅圣俞》。诗艺上无甚可说，但内容却十分动人。

书怀感事寄梅圣俞

相别始一岁，幽忧有百端。
乃知一世中，少乐多悲患。
每忆少年日，未知人事艰。
颠狂无所阂，落魄去羁牵。
三月入洛阳，春深花未残。
龙门翠郁郁，伊水清潺潺。
逢君伊水畔，一见已开颜。
不暇谒大尹，相携步香山。
自兹惬所适，便若投山猿。
幕府足文士，相公方好贤。
希深好风骨，迥出风尘间。
师鲁心磊落，高谈义与轩。
子渐口若讷，诵书坐千言。

彦国善饮酒，百盏颜未丹。
几道事闲远，风流如谢安。
子聪作参军，常跨破虎鞯。
子野乃秃翁，戏弄时脱冠。
次公才旷奇，王霸驰笔端。
圣俞善吟哦，共嘲为阆仙。
惟予号达老，醉必如张颠。
洛阳古郡邑，万户美风烟。
荒凉见官阙，表里壮河山。
相将日无事，上马若鸿翩。
出门尽垂柳，信步即名园。
嫩箨筠粉暗，渌池萍锦翻。
残花落酒面，飞絮拂归鞍。
寻尽水与竹，忽去嵩峰巅。
青苍缘万仞，杳霭望三川。
花草窥涧窦，崎岖寻石泉。
君吟倚树立，我醉欹云眠。
子聪疑日近，谓若手可攀。
共题三醉石，留在八仙坛。
水云心已倦，归坐正杯盘。
飞琼始十八，妖妙犹双环。
寒篁暖凤觜，银甲调雁弦。
自制《白云曲》，始送黄金船。
珠帘卷明月，夜气如春烟。

>灯花弄粉色，酒红生脸莲。
>东堂榴花好，点缀裙腰鲜。
>插花云鬓上，展簟绿阴前。
>乐事不可极，酣歌变为叹。
>诏书走东下，丞相忽南迁。
>送之伊水头，相顾泪潸潸。
>腊月相公去，君随赴春官。
>送君白马寺，独入东上门。
>故府谁同在，新年独未还。
>当时作此语，闻者已依然。[38]

它属于由独特经历造就的作品。在这首诗中，欧阳修在一个三月天里到达洛阳，还没来得及拜见长官，就和一群青年玩在了一起。这些人正直，充满理想，学问渊博，但又不修边幅，热爱饮酒。他们被太行山与黄河的壮景激起了崇高的情感，又在太平时世的洛阳城中受到美的熏陶。古老的宫阙、优雅的名园、路旁的垂柳、百姓生活中的精致细节滋养了他们对美的向往。他们发现自己置身的世界如此明艳：新竹上包裹的笋壳、竹节上白色粉末、古潭中各色的浮萍、半醒半醉之间从空中落向人面的花瓣，以及在马上穿过的无数不可触及的飞絮，还有正当青春年华的歌女陪着他们一起玩耍。她美丽而聪慧，尚未沾染"秋扇见捐"的恐惧，只是与这群青年一起狂欢，尽情享用艺术、自然和青春赐予的快乐。

欧阳修记起一个最能表现当时他们无忧无虑的场景：在嵩山顶上，所有人都喝醉了。梅尧臣摇摇晃晃，靠在一棵树上没完没了地吟诗；欧阳修睡在巨石和草丛之间，坚持认为是睡在云上；杨愈正在努力把手伸长，笃信会碰到太阳。那种自由的感觉，大概就像我第一次在巴黎蓬皮杜美术馆顶楼的钢架阳台上，看到巴黎的青年男女穿着短裤席地而坐，毫不做作地讨论着宏大的话题，全然不观赏也不拍摄夕阳在他们背后落下。我当时想，他们认为夕阳会永远笼罩着这个城市理所当然的富足文雅，就像他们会说：西岱岛，永不沉没的岛屿。

欧阳修将他在洛阳度过的青春时代称为"颠狂无所阂，落魄去羁牵"，"自兹惬所适，便若投山猿"，意思是疯疯癫癫、毫无拘束、为所欲为，如放猴归山。他一点都没有自悔少年荒唐的意思，只是感慨那是他永远回不去的日子。

这首诗中，欧阳修留给自己的一句是"惟予号达老，醉必如张颠"。"达老"的故事后来广为人知。唐代白居易居住洛阳时，曾与其他八位诗人结为"香山九老"。北宋明道元年，洛阳的几位快活青年觉得他们聚会赋诗的生活与白居易相差不大，何不结一个"八老"之会。分配下来，尹洙为"辩老"，王复为"循老"，杨愈为"俊老"，王顾为"慧老"，张汝士为"晦老"，张先为"默老"，梅尧臣为"懿老"。从他们之后的人生来看，这些称号其实相当准确。欧阳修当时不在场，梅尧臣写信通知他获得了"逸

欧阳修：语言的力量

老"的称呼。欧阳修很不满意，认为被看成了轻逸浮浪的人。他辩称"平日脱冠散发，傲卧笑谈，乃是交情已照外遗形骸而然尔"[39]，放浪形骸只是外在的，并不妨碍内心严肃的本质。欧阳修担心"八老"之名一旦传出，坏名声再也洗刷不掉，于是声明退出，让"八老"只剩七老。梅尧臣又去信仔细解释，欧阳修才终于释然，但要求将"逸老"改为"达老"。他在这封信的结尾说："必欲不遗'达'字，敢不闻命？然宜尽焚往来问答之简，使后之人以诸君自以'达'名我，而非苦求而得也。"[40]然而这封信没有烧掉，被后人增补进了欧阳修的文集。

"逸"字与"达"字的纠纷，可以看出欧阳修现实自我与理想自我之间的关系。一方面，"逸"与"达"有相似的地方，都有不受世俗拘束、自由自在的意思。另一方面，"逸"偏指外在行为的放浪不羁，如"豪奢放逸"，而"达"则偏指思想、学理方面的透彻，如"通达古今"。第三方面，梅尧臣辩称，他们称欧阳修为"逸老"，不是指行为，而是指才辩、文思。结合起来看，事实大约如此：哪怕在这群青年才俊中，欧阳修性情的热情奔逸、行为的浪漫洒脱、才华的广博迅疾都极为突出，以"逸"名之并无不妥，但欧阳修更希望天性之"逸"能有智慧之"达"作为内核。

欧阳修不受"逸"字，但他承认自己浪漫、真率、快乐：

> 余本漫浪者……[41]

修往时意锐,性本真率。[42]

三十年前尚好文华,嗜酒歌呼,知以为乐而不知其非也。[43]

他的自述与朋友们以"逸"名之恰好可以用来解释一个词学上的问题:欧阳修的词作与晏殊、冯延巳到底有什么区别?

永叔词:别离曲的热烈

现存《欧阳文忠公集》中《近体乐府》部分有二十一首词与晏殊、冯延巳词集重出,其中包括《蝶恋花·庭院深深深几许》《蝶恋花·谁道闲情抛弃久》《蝶恋花·几日行云何处去》《玉楼春·雪云乍变春云簇》等名作。[44]他们三人的词作如此混杂,是因为三人时代相近、修养相似,更因为词体发展到宋初还是一个类型化的文体。它摆脱了西蜀艳词的淫靡,变得雅致,但尚未发展出酒宴春情、离愁别绪之外的其他主题和用途。当时词家也有雅郑、巧拙之别,但以冯、晏、欧三家的学养、才情,当然能写出最标准化的闲雅、精美之作。正因其标准化,所以作者难以区分。

关于三人的细微差别,最著名的评论是清人刘熙载在《艺概》里说的:"冯延巳词,晏同叔得其俊,欧阳永叔得其深。"[45]我猜测,刘熙载在说"欧阳永叔得其深"时,脑子里想的其实是《蝶恋花·庭院深深深几许》,毕竟清人词选录欧阳修词者,都甚重此词。如将这首词及其他互见之作撇开,仅以"深"字论欧阳修词是非常不准确的。

"深"到底是什么意思?如理解为"深隐",则晏、冯胜于欧;如理解为"深情",则欧、冯略胜于晏。事实上,近代词家多不以"深"说欧阳修。王国维在《人间词话》里说《玉楼春·尊前拟把归期说》"于豪放之中有沉着之致,所以尤高"[46]。顾随先生则主要以"热烈"和"清狂"论六一居士。[47]叶嘉莹师《论词绝句》说"西江词笔出南唐,同叔温馨永叔狂"[48]。顾、叶两位先生说的"狂"不是"狂妄",而是指热情奔放、锋芒外露、充满少年气。此一词义也见于苏轼"老夫聊发少年狂"(《江城子·密州出猎》)。这就与欧阳修年轻时的自我认知及朋友们"逸"的评价相符。

我们来讲欧阳修洛阳时代的一组作品。首先是一首不太重要的《望江南·江南蝶》:

望江南

江南蝶,斜日一双双。身似何郎全傅粉,心如韩寿爱偷香。天赋与轻狂。　　微雨后,薄翅腻烟光。才伴游蜂来小院,又随飞絮过东墙。长是为花忙。[49]

为什么这首词不重要？因为它看起来并不高雅，也无甚深意。为什么我注意到它？因为在雅词的传统中，很少有这么欢脱的作品。欧阳修并不是客观地堆砌一些关于拈花惹草的男子的典故，表面上讽刺他们的荒唐行径，背地里充满了艳羡。他拥有亲历者才有的体验的精度。

《望江南》是词牌名，唐教坊曲。此调多写时令物华或女性情思，但未必一定实写江南，如刘禹锡就有《忆江南》"春去也，多谢洛城人"。欧阳修的这首词中，何郎傅粉用《世说新语》中美男子何晏的典故。何晏面白、美姿仪，以至于人疑其傅粉[50]；韩寿偷香亦出于《世说新语》，讲的是权臣贾充的女儿爱上了美男子韩寿，与之私会，致使所用西域奇香沾染寿身，为贾充嗅见。[51] 欧阳修以之比蝶翅上的鳞粉和蝶寻香采蜜的行为。

何晏与韩寿两个典故，只谈美，不谈礼法。《世说新语》本来就是反对礼法的。它所呈现的"魏晋风度"，冯友兰先生归结为"玄心""洞见""妙赏""深情"四点。而妙赏与深情之中，就包括对身体之美与情感之美的发现。美的体验被认为是生命的高级功能。它表达的不是欲望的沉溺，而是在诸种审美经验中锤炼的易感的心灵，将世界转化为一个除功业道德之外仍大有可为的地方。

正如惯用来形容魏晋名士的"风流"一词在后世常被误为贬义，欧阳修赋予蝴蝶的"轻狂"一词也受到同样的误解。但回到《世说新语》的语境和这首词的词境来看，"轻狂"绝无贬义。被赋予了美貌与活力的蝴蝶此生只有

欧阳修：语言的力量

寻花这一个目的。它不知疲倦,飞进院落又飞出墙外,完全没有曹操"绕树三匝,何枝可依"(《短歌行》)的凄惶,也不似李商隐"蜜房羽客类芳心,冶叶倡条遍相识"(《燕台四首·春》)的执着。它们只是无忧无虑、精力过剩,"长是为花忙",不为什么重大的东西。我们吴语区有"投五投六"一词,常用来形容小孩或青年进行着大人认为毫无意义的起劲奔忙,如在现实中"一日上树能千回"(杜甫《百忧集行》)或"叫嚣乎东西,隳突乎南北"(柳宗元《捕蛇者说》)。这些蝴蝶身上就有类似的劲头。

当欧阳修的目光聚焦在如此微观的生灵之上,它们背后的世界便展现出温秀明洁的样貌。"江南蝶,斜日一双双","微雨后,薄翅腻烟光",这两句写得真好。春天的斜日与微雨让光线变得柔和,我们才可能迎着阳光去长久地注目蝴蝶,而它们本就纤薄的身影融进暮色,变得更为朦胧。"烟光"即春光;"腻"即涂。蝴蝶翅膀有疏水的表面,不沾雨滴,当春雨洗去空气中的尘埃,世界有一种被光镀亮的感觉,蝴蝶也在更高清晰度的视野中,仿佛镀上了一层春光。

这是没有忧患的世界,是富于妙赏的心灵。漫长时日、太平世事、少年情怀都借咏蝶写出,这才契合《望江南》词牌带人进入安宁美好之地的预设。

我认为这首词完全没有以蝴蝶讽刺男子寻花问柳、情爱不专。我最喜欢的一条证据是欧阳修自己的诗,虽然从逻辑上来说,它算不上是合格的证据:

我时年才二十余，每到花开如蛱蝶。[52]

蛱蝶一般欢脱的词，在冯延巳和晏殊的词集中是没有的。但欧阳修自我风格的成立，依靠的是另一些词，即被王国维和顾随都注意到的那些《玉楼春》。词史上所谓"豪放词"的产生需要三个条件：一是词之题材的扩展，即从酒宴歌席扩展到如诗一般古今天地无所不包；二是叙事者的变化，即从文士假借歌女口吻所作的代言体变为直抒胸臆的直言体；三才是风格的转变，即从崇尚婉约闲雅转为欣赏豪壮宕荡。欧阳修在洛阳时所写的《玉楼春》恰好是承前启后的作品。题材尚未扩展，口吻变化不多，但风格已经变得"沉着而痛快"了。

顾随先生说："《六一词》中'春山''尊前'与翁'雪云'诸阕之沉着痛快兼而有之也。"[53]这指的是《玉楼春·春山敛黛低歌扇》《玉楼春·尊前拟把归期说》《玉楼春·雪云乍变春云簇》三首。由于"雪云"一首又归于冯延巳名下，所以我们讲另两首。一般酒宴歌席之词很难证实为何而写，幸运的是，这两首都可以证实。

玉楼春

春山敛黛低歌扇，暂解吴钩登祖宴。画楼钟动已魂销，何况马嘶芳草岸。　　青门柳色随人远，望欲断时肠已断。洛城春色待君来，莫到落花飞似霰。[54]

欧阳修：语言的力量

《玉楼春》为双调小令，押仄声韵，且八句中有六句入韵，是韵急而声促的词牌。前代《玉楼春》中的名作有李煜的《玉楼春·晚妆初了明肌雪》。李煜将韵急声促用在了表现宫廷宴会炫目的速度感上，而欧阳修的《玉楼春》则用这种韵急声促来下断语，变宋初雅词蕴藉悠长、含吐不露之美为声情急切、抑扬唱叹之美。

如今我们知道"春山敛黛低歌扇"这首词为明道二年（1033）春欧阳修送别谢绛离开洛阳时所作。[55]谢绛先作《夜行船·别情》，中有"画楼钟动"一句，故此词应为回赠之作。

"春山"与"黛"都指歌女的眉毛。"敛黛"为愁态，"低"字回应"敛"字。歌女敛眉低扇，造就了伤感的气氛。原来这是一场"祖宴"，即饯别的宴席。吴钩为短而弯的刀，李贺有"男儿何不带吴钩，收取关山五十州"（《南园十三首·其五》）。暂解吴钩，为大醉做准备，之后还要戴上，绘出少年英姿。可是"离别在须臾"，钟声和马嘶都提醒分别的时间到了，所以"销魂"。送人者停留在洛阳城门，痴望远去者的背影，忽然有了额外的发现：人眼居然能看到那么远的柳色。但这不是因为要看柳色，而是因为看你。

这首离别之作的伤感中依然夹杂了明媚的成分。这不是什么生离死别，也不是"明日隔山岳，世事两茫茫"（杜甫《赠卫八处士》）。谢绛此年只是从河南府通判改任开封府判官，两地相隔不远。从首句的"春山敛黛"到末句的

"洛阳春色",在欣欣向荣的季节中,这次离别带来的伤感无关于前途和命运。

欧阳修的空落之感不是关于人生本质孤独的,如晏殊所说的"一霎好风生翠幕,几回疏雨滴圆荷。酒醒人散得愁多"(《浣溪沙·小阁重帘有燕过》);也不是关于人世究竟不圆满的,如冯延巳所说"河畔青芜堤上柳。为问新愁,何事年年有"(《鹊踏枝·谁道闲情抛弃久》)。终其一生,欧阳修的空落之感都来源于极其具体的原因:朋友离散、旧欢不再,如"笙歌散尽游人去,始觉春空"(《采桑子·群芳过后西湖好》)。

在这个意义上,"洛城春色待君来"不是空泛之语,而是完全写实的。"洛阳春色"对欧阳修来说,是三事的集合:洛阳的地点、青春的时代、朋友的围绕。美酒佳人虽在,只要朋友不在,这个即将到来的盛大春天就不够完美。随着梅尧臣、王顾、谢绛、钱惟演等一一离开,及张汝士的去世,洛阳之春对欧阳修来说真的成了"落花飞似霰"。

第二年春三月,欧阳修西京留守推官秩满,离洛返京,此生再未见过洛城春色。此年他作《玉楼春·尊前拟把归期说》。《醉翁琴趣外篇》本有题"答周太傅",可见依然是写他对洛阳好友的浓烈情感。

玉楼春

尊前拟把归期说,未语春容先惨咽。人生自是有情痴，此恨不关风与月。　离歌且莫翻新阕，一曲能教肠寸结。直须看尽洛城花，始共春风容易别。[56]

关于这首词，顾随先生有一番激情洋溢的讲解：

"恨"是由于"情痴"，与"风月"无关，即使无风月也一样恨。"东风"者，春天代表。春不长久也罢，须离别也罢，虽然短，总之还有。不是你（春天）来了吗？则虽是短短几十天，我还要在这几十天中拼命地享乐。此非纯粹乐观积极，而是在消极中有积极精神，悲观中有乐观态度。

人生不过百年，因此而不努力，是纯粹悲观。不用说人生短短几十年，即使还剩一天、一时、一分钟，只要我有一口气在，我就要活个样给你看看，决不投降，决不气馁。"洛城花"不但要看，而且要看尽，每园、每样、每朵、每瓣。看完了，你不是走吗？走吧！[57]

顾随先生的讲解重在"人生自是有情痴"和"直须看尽洛城花"两句。"情痴"并不单就男女爱情而言，而是对万事万物都有深情。毫不收敛的深情为洛阳时代的欧阳修带来过巨大的快乐，但告别时痛苦就来了。别洛、别春、别友是三重分离的叠加。欧阳修一边难过地既不能听歌，又不能说话，一边却毫不收回他的"情痴"，反倒决意折返回去"看尽洛城花"，再一次以饱满的深情待世界，而世界也以最美的洛城花待他。痛苦成为这巅峰体验、鲜活人生必要的代价。这就是顾随先生说的，欧阳修的"热烈"，哪怕在伤感中依然是热烈的。

李商隐也善于写深情。欧阳修早期的诗学李商隐，但终究不像，究其原因，欧阳修的深情完全不是无望的。早年的世界对他太好，处处受欢迎、事事有回应，所以欧阳修怎么写也写不出那种绝望的热烈、凄迷的美艳。也正是在洛阳，欧阳修放弃了对李商隐的模仿。

这两首《玉楼春》依然给我们留下了一些问题：

第一个问题，明明坐实是文士赠别之作，为什么在词中还是依稀能看到歌女的影子？"春山敛黛低歌扇"的必然是歌女，"欲语春容先惨咽"的，也必然是歌女。我想，一方面是因为从五代以来，词人与歌女结成了一种互补的情感表达关系。词人替歌女写出她们想表达而语言化不了的情感，歌女替词人唱出他们谱写却不能表演的歌词。在送别之时，作者与演唱者共同完成这场表演，并不十分区分谁是真情流露，谁只是个工具人。另外一方面，青年欧阳修与朋友之间的感情十分亲密，绝不逊色于男女间的爱恋。伤怀、留恋、吐露深情，毫无任何不自然。这并非欧阳修所独有的。古代男性朋友间情感亲密程度常超过男女之情，这是在阅读古代诗文书信时极为常见的感受，但现代人觉得陌生。

第二个问题，"沉着而痛快"的感觉是怎样在这两首词里实现的？除《玉楼春》词牌句式齐整导致的干脆利落之外，属于欧阳修自己的特点，是较少侧面暗示，较多直陈其情，而且口吻真挚、殷切。如"洛城春色待君来，莫到落花飞似霰"，"直须看尽洛城花，始共春风容易别"，甚至有点咬牙切齿、赌咒发誓的味道。但他又不只是叫嚣，就像他后来的古文喜用虚词，此时也用虚词"何况""直须""始共"等将上下两个单句绾合在一起，让语气变得迂曲、情感得到沉潜，痛快而无直露之弊。

在冯、晏、欧三家之词中，冯词长于写情感的层次，晏词长于写情感的氛围，欧词善于写情感的态度。欧阳修的特点是敏感而不纤细，伤感而不凄迷，热烈而不粗放。

我们读文学作品，需要从中体会复杂的人生，共情相异的处境，也需要从中得到振奋。哪怕是蜗居在城市深处，夜里独自读欧阳修洛阳时代的诗词，都会感到来自外在世界的吸引——这是一个多么美好的世界，尚未被任何忧患沾染，也不必发明额外的意义来应对人生的不足。他饱含着不需要隐晦的情感、不需要托寓的理想。哪怕是离歌，也不带有前途险恶的惊恐，没有一再分离的疲惫。他有的只是奔赴更精彩的世界时，生命燃起的蓬勃热情。这热情将情绪放大，糅合着希望与不舍。这些作品中纯净的快乐和悲伤，都会转化成一种"原来人生本可以如此富有滋味"，"原来有人曾如此幸福"的振奋。

晚年：与世界渐行渐远

欧阳修贬谪夷陵五年半后，历史进入庆历纪年。在庆历新政中，欧阳修被擢升至朝散大夫、右正言、知制诰、龙图阁直学士、河北都转运按察使。庆历新政失败后，欧阳修再次发声支援范仲淹，上《朋党论》《论杜衍范仲淹等罢政事状》，迎来了人生中的第二次贬谪。

与他前后被贬甚或革职的有范仲淹、富弼、杜衍、韩琦等重臣，及尹洙、苏舜钦这些好朋友。在文学史上，这次贬谪产出了三篇一等的古文名作：欧阳修的《醉翁亭记》（庆历五年，1045）、范仲淹的《岳阳楼记》（庆历六年，1046）、苏舜钦的《沧浪亭记》（庆历六年）。这次贬谪也导致了尹洙和苏舜钦在两年之内相继去世。特别是尹洙的贬所均州（今湖北丹江口）偏远，地无良医，范仲淹奏请允其赴邓州（范之贬所）医治，三个月后得允，尹被抬到邓州即告不治，客死异乡。

之后欧阳修及其他被贬者一起经历了艰难的十年。在朝中，百种诽谤围绕着他们，随时触发，罪名从贪污到乱伦甚或叛乱不等。欧阳修的好友石介被诬陷暗通契丹，差点被死后发棺[58]。

十年困风波，九死出槛阱。[59]

在外放之地滁州，欧阳修却受到民众的爱戴。巨大的

欧阳修：语言的力量　263

忧患之中，欧阳修写下《醉翁亭记》中的十个乐字。

> 人知从太守游而乐，不知太守之乐其乐也。[60]

北宋仁宗至和元年（1054），欧阳修四十八岁还朝，此时已鬓须皆白。他再次受到重用，四十九岁时代表宋仁宗出使，庆贺辽道宗登位；五十一岁时主持礼部贡举，令北宋嘉祐二年（1057）科考成为"千年科举第一榜"，使苏轼、苏辙、曾巩、程颢、张载脱颖而出，毫无疑问地改变了中国文学和哲学的走向；五十四岁修成《唐书》[61]（即今"二十四史"中的《新唐书》）；五十五岁拜参知政事（副宰相）。至此，欧阳修的声誉和权力已达到顶点。在他一路擢升的制词（公文）中，朝廷一次次肯定他的刚直勇敢和博学能文。他的古文观念已渗透到官僚体系之内，连这些制词也越来越以欧阳修倡导的直接、有力的文风书写。不需求诸青史，在有生之年就获得如实、准确、掷地有声的评价，是古代文士少有的际遇。

> 利权不能易所守，贵势无以摇其心。（庆历三年三月召知谏院制词）[62]
>
> 高才敏识，照于当世，特立不倚，拔乎其伦……（庆历三年十二月直授知制诰制词）[63]
>
> 施之政事，罔干誉而从欲；立于朝廷，不阿尊而事贵。（皇祐二年知应天府，兼南京留守司事制词）[64]

议论贯前儒之学，文章擅独步之名。……忠言不私，直道无屈。（嘉祐六年授参知政事制词）[65]

再十年，欧阳修辅佐过仁宗、英宗两任帝王的权力交接，为英宗起草了遗制（皇帝去世时昭告天下的文书），再次被诽谤为乱伦，迎来了王安石变法。在庆历新政中，欧阳修曾为"朋党"进行磊落的辩护，宣称"小人无朋，惟君子则有之"[66]。如今他曾全心栽培，并坚信其为君子的门生后辈却分成新旧两党，开始了残酷的倾轧。我们熟知的苏轼的人生磨难几乎全部源自于此。

任参知政事的第四年，欧阳修五十九岁，有一天他骑在马上，默诵起梅尧臣的诗。这是他年轻时的喜好，至老不减。他忽然意识到，世界已经变了，梅尧臣、苏舜钦都已经不在了：

马上默诵圣俞诗有感

兴来笔力千钧劲，酒醒人间万事空。
苏梅二子今亡矣，索寞滁山一醉翁。[67]

在欧阳修所有的诗里，这是我最喜欢的一首。之前我们在讲洛阳时，讲过欧阳修的空落之感总是和旧友散去有关。到了这个时候，那群"记得金銮同唱第，春风上国繁华"（《临江仙·记得金銮同唱第》）的青年几乎都已去世。欧阳修是其中活得最久的。他几乎参与了所有朋友丧事的处置、墓志的撰写——三十四岁时为谢绛和张先写了墓志铭，四十二岁时为尹洙写了墓志铭，五十岁时为苏舜钦写了墓志铭，五十一岁时为张汝士写了墓表，五十五岁时为梅尧臣写了墓志铭，六十一岁时为余靖写了神道碑铭，六十二岁时为蔡襄写了墓志铭，甚至为尹洙的哥哥和蔡襄的弟弟也写了墓志铭。他也为晏殊、范仲淹写了神道碑铭。[68]

欧阳修在晚年感到的空落，不再只是"内心有个洞"的感觉。随着旧友的逝去，整个世界都在渐渐和他失去关联——"人间万虑不关身"（《日长偶书》）。他们在年轻的时候追求文字的力量，为之付出了一辈子。欧阳修革新了整个社会的文风，以至于科举考试的标准都随之更改。苏舜钦和梅尧臣诗写得比欧阳修更好，后来为苏轼、黄庭坚继承下来的宋诗风格，就是在他们的手中建立的。现在这些都过去了。

"笔力"是什么？是思想、人格、情感、表达四种力量的聚力，是一个作者要真正想清他要写的事，直到不惑，用最为简洁的形式表达出来，毫不遮掩或粉饰。作者也会在写作中体会到诚实而强大的情感。这种情感的一再重复，迫使作者将行为无限靠近自己所书写的理想境界。没有一个作者的所有作品都称得上由"如椽巨笔"写成，但在某些生命力爆发的时刻，在中国文学中，常是人被逼到绝境的时候，"笔力千钧"的作品就会产生。读者也会通过读这篇作品，感到思想、情感和审美都整合在一个美妙的高度，堪称使人感知到人之尊严的高度。

写作者会误以为他们的使命就是写出不朽的作品，但欧阳修发现，随着作者或读者的死亡、朽灭，作品激动人心的力量减损了。这时他意识到，写作之所以曾如此重要，是因为他们借写作来缔结情谊、交换智慧，实现对社会的介入。他们终究是想将世界建成一个与他们的内在信仰更为接近的地方。但如今"苏梅二子今亡矣"，失去了一生交换智慧情感，担当政治风雨及生活重压的对象，写作丢失了意义，而世界也变成了与他无关的世界。"索寞滁山一醉翁"是被抛下的孤独。其中甚至没有柳宗元"独钓寒江雪"（《江雪》）的自得。

我想抄一段欧阳修五十一岁时写给梅尧臣的信。那时他们都住在汴京（今河南开封）。梅尧臣一生官场蹉跎，后由欧阳修力荐，一起编写《唐书》，一起参与主持礼部贡举。他们日常在衙门见面，在府邸见面，居然还要写很多信。这些信几乎全无要事，除互相欣赏诗文，更多的是告知眼花、手僵、齿痛、中暑、儿女患病、心情不好、房屋进水：

> 某启。自入夏，间巷相传，以谓今秋水当不减去年。初以为讹言，今乃信然。两夜家人皆厗水，并乃翁达旦不寐。街衢浩渺，出入不得。更三数日不止，遂复谋逃避之处。住京况味，其实如此，奈何奈何。方以为苦，不意公家亦然，且须少忍。特承惠问存恤，多感多感。蔡君谟寄茶来否？闷中喜见慰。人还，切切。[69]

欧阳修中年即患有糖尿病，此时病情进展到眼前有黑花、手指痉挛失能，与人信札中十有七八都在吐槽疲苦。他写给梅尧臣的信常给人一种两个老人交换偏方、互相安慰，一起捱过暮年的感觉。颜色明亮的一句是"蔡君谟寄茶来否？闷中喜见慰"。蔡君谟即蔡襄，欧阳修和梅尧臣在洛阳时的朋友，景祐三年欧阳修等被贬时作《四贤一不肖》诗的青年。他是福建人，比梅尧臣小十岁，比欧阳修小五岁，未及天命之年，此时还在兴致勃勃地当福州知府、研究茶叶和荔枝。"那个福建人寄茶来了吗"，居然成了两位困在京城大水里的老年京官最大的快乐。

蔡襄是欧阳修的洛阳挚友中最后一个去世的。他早年即以书法知名，后成为"宋四家"之一。蔡襄的绝笔之作是抄写欧阳修的《洛阳牡丹记》。他平生不爱为人写碑文，晚年独将这部小书抄写刻石留给自家子孙，副本派人送给欧阳修，留给他的子孙。信使将书法送到欧阳修的亳州居所，还在返回福建的路上，又有人从福建送信来。这次是蔡襄的讣告。后来，欧阳修为《洛阳牡丹记》补写了跋尾：

> 使者未复于闽，而凶讣已至于亳矣，盖其绝笔于斯文也。於戏！君谟之笔既不可复得，而予亦老病不能文者久矣，于是可不惜哉！[70]

为什么偏偏是这部书呢？大约因为洛阳牡丹是他们青春时代的见证。但我也想，这些一生追求有为，并全方面实现了有为的人，即将走入死亡之时，最挂念的事物却与他们一生的成果无关。那些未见其极盛全貌，即已不胜妍丽的奇异花朵，在他们之前即已存在，在他们之后也会继续绽放。人生的成败兴衰，在牡丹花面前终将混同湮没。

六十五岁，欧阳修在"七乞致仕"后，终于以观文殿学士、太子少师退休，回到他惦念了几十年的乐土颍州（今安徽阜阳）[71]。此时离他去世只剩一年时间。欧阳修本来与颍州无关，只是年轻时任颍州知府，喜爱颍州西湖的风景，便想终老此地。他与梅尧臣相约去颍州买地，晚年的书信中也数十次提到归颍。

在正式退休前几年，欧阳修曾过颍少留，写下这样一首诗：

再至汝阴三绝·其二

十载荣华贪国宠，一生忧患损天真。
颍人莫怪归来晚，新向君前乞得身。[72]

大概就是从这个时候开始，欧阳修不再想克服他的天真了。中国文化常常强调"生于忧患，死于安乐"，但忧患不是没有坏处的，它会带来对生命冲动的压抑，在变得坚忍成熟的同时，失去天真的力量。现在欧阳修终于有机会来写那些诙谐有趣、奇思妙想的内容，来释放他性格中一开始就被所有人都看出来，而且他自己也试图更正的浪漫部分。

人生的最后一年,欧阳修在颍州完成了一批与前期词风格完全不同的佳作,包括著名的《六一诗话》和十首咏颍州西湖的《采桑子》。这组《采桑子》在叶嘉莹师的《北宋名家词选讲》中有精粹的讲解。这又是一个创作的高峰。他获得了一种解除压抑之后,完全解放了的创造力,可是留给他的时间不多了。

> 过尽韶华不可添。小楼红日下层檐。春睡觉来情绪恶,寂寞,杨花缭乱拂珠帘。[73]

顾随先生注意到,欧阳修这首《定风波》带有"暮年看见死神影子"[74]的纯粹伤感。这首词无法准确系年,但我觉得它与系在北宋熙宁三四年间(1070—1071)的一首《嘲少年惜花》的思想及表述皆相近,可能是欧阳修退居颍州前后的作品。那红日的余晖一点点退下精美层檐的光景,是进入老年时"一刻比一刻离黑暗近,一刻比一刻离灭亡近"[75]的无奈和绝望。相比大部分文士理想的空落无成,欧阳修度过了令人羡慕的一生,但老年的虚无感依然如期到来。因为没有具体的人生遗憾,所以虚无感也变得无可归咎,反倒像濛濛杨花一样铺天盖地。无法标明的烦乱和寂寞,大概是他晚年最常有的感受。

此时他的病情已经恶化。在书信中,我们可以不断看到他向人陈述在街上买了假药,回去泡脚后脚不能动;身上有了"中寒"的症状，责怪自己太渴，喝了太多的水；为因无法克服的疲惫和懒惰而不能及时回信道歉。此时他已难以步行来享受颍州的山水，但仍不肯放弃热闹，让人将他置于西湖的游船中。这位文豪宰相就随着船的漂游，隔水看着往来的画舫、堤上的游人、出墙的秋千、归来的燕子。

四个无关的梦

熙宁五年（1072），欧阳修在颍州去世。朝廷追赠太子太师，制词称赞他"以文章革浮靡之风，以道德镇流竞之俗，挺节强毅而不挠，当官明辩而莫夺"[76]，再一次肯定了他的刚直勇敢和博学能文。这段制词使用的是欧阳修终生追求的语言。一千年后，哪怕一个不太熟悉文言的人偶然读到，都能感到震撼人心的力量从纸上跃出——原来语言不是虚浮古怪的修饰，而是直接有力的干世力量，原来生命未必要幽闭在沉沦萎靡中，有人曾活出了德行和光彩。

按照文学史的说法，欧阳修最大的贡献是提倡古文，扭转了文风。但其实改变了语言，就改变了世界，如韩琦所说"二十年间，由公变风"[77]，这里的"风"不是指文风，而是指士风、世风。他去世时，下一代的文学家都已成熟。王安石、曾巩、范镇、苏轼、苏辙等都为他写了祭文。王安石和苏轼以极类似于欧阳修的古文来写，将他们从欧阳修身上感受到的道德力量再次灌注于文章之中，其中以苏轼写得最为动情：

> 公之生于世，六十有六年。民有父母，国有蓍龟，斯文有传，学者有师，君子有所恃而不恐，小人有所畏而不为。[78]

原来君子也是有恐惧的。君子不但需要义理和良知，君子也需要榜样和支撑。这样的支撑一则来自君子们的同声相应，一则来自能触动后世心灵的文章。欧阳修曾从这二者中获益，并将恩泽推及后辈与未来。

也有些东西从连篇累牍的谥词、行状、墓志、祭文、事迹中消失了。那是与道德、家国无关的部分，是"文忠"的谥号不能达及的领域。欧阳修在中年时曾有一首《梦中作》，写他在一个晚上连做了四个无关的梦。这首诗展现了欧阳修生命世界的另一个层次——在年少的嵩山之行，在《洛阳牡丹记》，在他的小词和笔记中偶有透露的天地、他老年的灵魂终究归向的自由世界。那里没有家国责任，没有道德理想，没有时间，没有历史，有的只是纯然真粹的灵光，一片神行。

2024年春节，在修改这篇文稿期间，年初五早上我也做了一个梦。在梦里，胡适在对面街口开了一家代写书信的铺子。铺子以香樟木为地板。香樟木的书箱垒成墙面，一直通到天花板。沿街靠窗处，竹帘隔开一个个读信的雅

座,阳光从窗外筛进来,整个房间都漂浮在柳黄色的光线里。我请胡适帮我抄一首诗,他用小楷抄写了欧阳修的这首诗:

梦中作

夜凉吹笛千山月,路暗迷人百种花。
棋罢不知人换世,酒阑无奈客思家。[79]

注释

1 [英] 奥威尔著，董乐山译：《一九八四》，上海：上海译文出版社，2011年，第44—45页。

2 [美] 特德·姜著，李克勤等译：《你一生的故事》，南京：译林出版社，2016年，第63—64页。

3 "我对2050年的预测是：首先，既然人类的精神生活独立于特定语言存在，因此，即便取消了'自由''平等'等名词，这些概念依然会出现在人们的头脑之中。其次，由于头脑中的概念远远多于语言中的词语，而且听者总是会主动地填补说话者未说出的信息，因此，现有的词语将很快获得新的意思，甚至会很快恢复它们的原始含义。最后，孩子们将并不满足于复制大人的语言输入，他们会创造出一套远胜于它的复杂语法，这将导致新话的克里奥尔化，而这个过程只需一代人就可完成。"见 [美] 史蒂芬·平克著，欧阳明亮译：《语言本能》，杭州：浙江人民出版社，2015年，第74页。

4 《与尹师鲁第一书》，[宋] 欧阳修著，李逸安点校：《欧阳修全集》，北京：中华书局，2001年，第998页。

5 《欧阳修年谱》，《欧阳修全集》，第2599页。

6 《与高司谏书》，《欧阳修全集》，第990页。

7 《与高司谏书》，《欧阳修全集》，第990页。

8 《文评·与高司谏书》，《欧阳修全集》，第2727页。

9 《与尹师鲁第一书》，《欧阳修全集》，第999页。

10 《初出真州泛大江作》，《欧阳修全集》，第166页。

11 《琵琶亭》，《欧阳修全集》，第801页。

12 《黄溪夜泊》，《欧阳修全集》，第168页。

13 《与尹师鲁第一书》，《欧阳修全集》，第998页。

14 《夷陵县至喜堂记》，《欧阳修全集》，第563页。

15 《寄梅圣俞》，《欧阳修全集》，第175页。

16 《与余襄公一通》，《欧阳修全集》，第2400页。

17 《与尹师鲁第三书》，《欧阳修全集》，第1001页。

18 《与梅圣俞四十六通》，《欧阳修全集》，第2443—2444页。

19 《列传第一百四十九》："宋之立国，元气在台谏。"见 [元] 脱脱等撰：《宋史》，北京：中华书局，1977年，第11963页。

20 《上神宗皇帝书》，孔凡礼点校：《苏轼文集》，北京：中华书局，1986年，第740页。

21 张复华：《北宋谏官制度之研究》，台北：台湾政治大学博士论文，1986年，第89页。

22 《忠义列传序》，《宋史》，第13149页。

23 《与尹师鲁书》，《欧阳修全集》，第998页。

24 《回丁判官书》，《欧阳修全集》，第995页。

25 《上欧阳内翰第一书》，曾枣庄等主编：《全宋文》，上海：上海辞书出版社，安徽：安徽教育出版社，2006年，第26页。

26 《与尹师鲁书》，《欧阳修全集》，第998页。

27 《上范司谏书》，《欧阳修全集》，第974页。

28 《与高司谏书》，《欧阳修全集》，第989页。

29 《欧阳修年谱》，《欧阳修全集》，第2599页。

30 《雨后独行洛北》，《欧阳修全集》，第152页。

31 《洛阳牡丹记》，《欧阳修全集》，第1097页。

32 《归田录》，《欧阳修全集》，第1932页。

33 [宋]宋敏求等撰，尚成等校点：《春明退朝录（外四种）》，上海：上海古籍出版社，2012年，第20页。

34 《宋纪三十九》："始，钱惟演留守西京，修与尹洙为官属，皆有时名，惟演待之甚厚。修等游饮无节。惟演去，曙继至，数加戒敕，常厉色谓修等曰：'诸君知寇莱公晚年之祸乎？正以纵酒过度耳。'众客唯唯。修独起对曰：'寇公之祸，以老不知止耳。'曙默然，终不怒，更荐修及洙，置之馆阁，议者贤之。"见[清]毕沅编著，"标点续资治通鉴小组"点校：《续资治通鉴》，北京：中华书局，1957年，第912页。

35 《游嵩山寄梅殿丞书》，《欧阳修全集》，第2718页。杨愈字子聪，王复字几道。

36 《游嵩山寄梅殿丞书》，《欧阳修全集》，第2717页。

37 《于役志一卷》："辛未，子聪来自寿州。夜饮仓亭，留宿。壬申，泛舟，饮于北辰。"见《欧阳修全集》，第1900页。

38 《书怀感事寄梅圣俞》，《欧阳修全集》，第730—731页。谢绛字希深，尹源字子渐，富弼字彦国，张先字子野，次公疑为孙长卿，梅尧臣字圣俞。

39 《与梅圣俞四十六通》，《欧阳修全集》，第2445页。

40 《与梅圣俞四十六通》，《欧阳修全集》，第2445页。

41 《七交七首·自叙》，《欧阳修全集》，第716页。

42 《与尹师鲁第五书》，《欧阳修全集》，第1002页。

43 《答孙正之侔第二书》，《欧阳修全集》，第1005页。

44 《前言》，[宋]欧阳修著，胡可先、徐迈校注：《欧阳修词校注》，上海：上海古籍出版社，2015年，第27页。

45 《词曲概》，[清]刘熙载撰：《艺概》，上海：上海古籍出版社，1978年，第107页。

46 《卷上第二十七》，王国维撰，黄霖等导读：《人间词话》，上海：上海古籍出版社，1998年，第6—7页。

47 "六一词'清狂'，此景亦无人能及。""一本《六一词》不好则已，好就好在此热烈情调……"见顾随著：《顾随全集》卷六，石家庄：河北教育出版社，2014年，第48页。

48 《论欧阳修词》，叶嘉莹著：《唐宋词名家论稿》，北京：北京大学出版社，2008年，第59页。

49 《望江南·江南蝶》，《欧阳修全集》，第1998页。

50 《容止第十四》："何平叔美姿仪，面至白；魏明帝疑其傅粉。正夏月，与热汤饼。既啖，大汗出，以朱衣自拭，色转皎然。"见[南朝宋]刘义庆著，[南朝宋]刘孝标注，余嘉锡笺疏，周祖谟等整理：《世说新语笺疏》，北京：中华书局，2015年，第670页。傅粉：涂粉。

51 《惑溺第三十五》，《世说新语笺疏》，第1014页。

52 《谢观文王尚书举正惠西京牡丹》，《欧阳修全集》，第112页。

53 《致周汝昌》，《顾随全集》卷九，第177页。

54 《玉楼春·春山敛黛低歌扇》，《欧阳修全集》，第2019页。

55 《玉楼春·春山敛黛低歌扇》，吴熊和主编：《唐宋词汇评》两宋卷，杭州：浙江教育出版社，2004年，第215页。

56 《玉楼春·尊前拟把归期说》，《欧阳修全集》，第2019页。

57 《词之三宗》，《顾随全集》卷六，第49—50页。

58 《重读徂徕集》："我欲哭石子，夜开《徂徕》编。开编未及读，涕泗已涟涟……已埋犹不信，仅免斫其棺。此事古未有，每思辄长叹。我欲犯众怒，为子记此冤。下纾冥冥忿，仰叫昭昭天。"见《欧阳修全集》，第46—47页。

59 《述怀》，《欧阳修全集》，第89页。

60 《醉翁亭记》，《欧阳修全集》，第577页。

61 "（嘉祐五年）七月十二日，进奏《唐书》二百二十五卷，其中欧阳修撰本纪十卷，宋祁撰列传一百五十卷，志五十卷、表十五卷由范镇、王畴、宋敏求、吕夏卿、刘羲叟、梅尧臣分撰，欧阳修修改定稿。按照以往惯例，朝廷修书，虽参与者众多，署名时只列出书局中官职最高者一人，欧阳修官高，应该署名。但欧阳修说：'宋公撰修列传，功深而日久，欧某岂可掩其名、夺其功！'于是纪、志、表署名欧阳修，列传署名宋祁。宋祁听说后感叹道：'自古文人好相凌掩，此事前所未有也。'"见王水照、崔铭著：《欧阳修传》，天津：天津人民出版社，2013年，第272页。

62 《欧阳修年谱》，《欧阳修全集》，第2601页。
63 《欧阳修年谱》，《欧阳修全集》，第2602页。
64 《欧阳修年谱》，《欧阳修全集》，第2606页。
65 《欧阳修年谱》，《欧阳修全集》，第2614页。
66 《朋党论》，《欧阳修全集》，第297页。
67 《马上默诵圣俞诗有感》，《欧阳修全集》，第231页。
68 部分欧阳修所撰墓志、墓表、神道碑铭：康定元年（1040）《尚书兵部员外郎知制诰谢公墓志铭》、康定元年（1040）《张子野墓志铭》、庆历三年（1043）《蔡君山墓志铭》、庆历八年（1048）《尹师鲁墓志铭》、至和元年（1054）《太常博士尹君墓志铭》、至和元年（1054）《资政殿学士户部侍郎文正范公神道碑铭》、至和二年（1055）《观文殿大学士行兵部尚书西京留守赠司空兼侍中晏公神道碑铭》、嘉祐元年（1056）《湖州长史苏君墓志铭》、嘉祐二年（1057）《河南府司录张君墓表》、嘉祐六年（1061）《梅圣俞墓志铭》、治平四年（1067）《赠刑部尚书余襄公神道碑铭》、熙宁元年（1068）《端明殿学士蔡公墓志铭》。
69 《与梅圣俞书第三十七》，《欧阳修全集》，第2461页。
70 《牡丹记跋尾》，《欧阳修全集》，第1103页。
71 《与张职方三通》："始知颍真乐土，益令人眷眷尔。"见《欧阳修全集》，第2409页。
72 《再至汝阴三绝·其二》，《欧阳修全集》，第238页。
73 《定风波六首·其五》，《欧阳修全集》，第2038页。
74 《词之三宗》，《顾随全集》卷六，第51页。
75 《词之三宗》，《顾随全集》卷六，第51页。
76 《欧阳修年谱》，《欧阳修全集》，第2622页。
77 《祭少师欧阳公永叔文》，[宋]韩琦撰，李之亮等校笺：《安阳集编年笺注》，成都：巴蜀书社，2000年，第1363页。
78 《祭文》，《欧阳修全集》，第2687页。熙宁四年（1071），苏轼上书谈论新法弊病被弹劾，自请京任职，被授为杭州通判。此祭文写于第二年。
79 《梦中作》，《欧阳修全集》，第193页。

李清照：离失的史诗

没有一个诗人像她一样，在开头就拥有如此之多，然后在一生中全部失去。她所呈现的崇高，不仅是在乱世拼命活下来的生命力，还包括超越悲哀，揭露人之根本处境的勇气。

1937年,日军围攻南京,十三岁的女学生齐邦媛被挟裹在逃难的人群中。在敌机的轰炸声里,一列火车驶离站台,车顶上攀满了难民,没有人能劝他们下来。不久之后,火车钻入隧道,车顶上的人成排地被岩石刮落。活下来的人来不及哭泣。他们在芜湖下车,换船溯江而上,到达汉口。之后,他们将在重庆、云南、贵州迂回地逃亡。七十多年后,晚年的齐邦媛在《巨流河》中回忆她的经历:

> 黑暗的江上,落水的人呼救、沉没的声音,已上了船的呼儿唤女的叫喊声,在那个惊险、恐惧的夜晚,混杂着白天火车顶上被刷下的人的哀叫,在我成长至年老的一生中常常回到我的心头。那些凄厉的哭喊声在许多无寐之夜震荡,成为我对国家民族,渐渐由文学的阅读扩及全人类悲悯的起点。[1]

与齐邦媛挤在同一条船上的是故宫博物院的员工。他们用纸包着文物,用棉花包着纸,用稻草包着棉花,用木

李清照:离失的史诗

箱包着稻草，用肉身包着木箱。一万多箱文物将要经过数万里行程，几千个日夜的躲藏，才能重新回到故地。他们中间会不会有人忽然想起《金石录后序》，意识到八百多年前，李清照在北宋末年的战乱中，与他们走的是同一段水路？那年李清照携带着两万册书、两千卷金石拓本，从金军渡江前的建康（今江苏南京）逃出，经过芜湖、当涂，向江西避难。我一直想不出，李清照要有一支多大的队伍，才能运送如此之多的收藏。这支理应有之的队伍竟完全被她隐藏了，就好像撒豆成兵的术士悄悄将军队收回布袋之中。

李清照还隐藏了流亡道路上的血光与嚎啕。她瞒得彻底，以至于后人认为她最大的愁怨不过就是"寻寻觅觅，冷冷清清"（《声声慢·寻寻觅觅》）。要不是八十七岁在茶会上潇洒调侃一屋子后生晚辈的齐邦媛披露"那些凄厉的哭喊声在许多无寐之夜震荡"，我不会想起李清照也许也曾从老年的噩梦中醒来。她那些充满虽败犹荣之感的暮年文字也许就是为了对抗这类夜晚而写成的。

李清照是一个谜。她的形象是她自己的选择、历史的淘洗、后人的想象三者叠加的产物。虽然每个历史人物都要被时光冲刷，但李清照经受的冲刷从她生前就已开始。她的学养被人们有意识地忘却，而丑闻却被有意识地记载，但她也在流离中见识到广大的天地，在与惨烈世相的对抗中建立起深远的精神宇宙。

这是逸出常规的旅程。对于官僚阶层的闺秀，制度与伦理中本设计了多重的保护，保管她丰衣足食、精神充裕，死后获得一篇名家撰写的墓志铭。在夜的江面上逃亡的时刻，李清照与齐邦媛都知道自己正在偏离这条轨道。惊恐是当然的。但是否曾有一个瞬间，她们也感到莫名的振奋，企盼一段奇异的人生正在开启？

《金石录后序》：洪迈的发现

南宋庆元三年（1197），大约在李清照去世后半个世纪，七十五岁的史学家洪迈从金石学家王厚之那里看到了一件手稿。这就是署名李清照的《金石录后序》，作者自称五十二岁写成此文。洪迈"读其文而悲之"[2]，于是为它写了摘要，收进了他的学术名著《容斋随笔》的第三部续集《容斋四笔》。

赵明诚、李清照夫妇以毕生之力写成的《金石录》是宋代规模最大的一部钟铭、石刻文献专书。"金"指金属制成的钟鼎，"石"指碑碣。宋代以前本无金石之学。欧阳修在贬谪生涯中，意外地见到许多前代碑铭屹立于已经陵谷变迁的山河之间，碑文摩灭，难以辨识。他意识到这是古代辉煌文明留下的最后证据，但就连它们也在快速地风化流散。欧阳修遂用一生收集金石拓本，并与他的学生曾巩一起建立了金石学。整个宋代，最有名的五位金石学家即欧阳修、刘敞、李清照的丈夫赵明诚、洪迈的哥哥洪适，

李清照：离失的史诗　283

以及收藏《金石录后序》的王厚之[3]，他是王安石的族人。

依现代的标准，李清照应算作《金石录》的第二作者。虽然古人从来没想过妻子辅佐丈夫进行学术研究居然还要署名，但洪迈对李清照参与研究的事实毫不怀疑。他特地写明"其妻易安李居士，平生与之同志"，唏嘘李清照在赵明诚死后竭力保护文稿的艰难："赵没后，愍悼旧物之不存，乃作后序，极道遭罹变故本末。"[4] 但为什么会"读其文而悲之"呢？也许是因为《金石录后序》所述及的这段历史，是洪迈在童年经历过，但又不甚明了的。

北宋徽宗宣和五年（1123），全国上下正在庆祝"复燕云"的成功。徽宗皇帝认为大业已经达成，官僚阶层在追求家族或文化理想的延绵。此年洪迈出生在秀州（今浙江嘉兴）的官舍，李清照四十岁，住在莱州（今山东莱州）的官舍。莱州太守赵明诚对政事不甚用心，他的快乐在夜间。他与李清照将收藏的几千卷金石碑帖重新装裱，夹上防蠹的芸香，系上青色的丝带，每晚校勘二卷，题跋一卷，幻想可以在有生之年将存世的金石文物搜罗殆尽、整理完全。没有人意识到时代的轨道正扳向深渊。

"复燕云"是什么？原来燕云十六州自五代后晋开国皇帝石敬瑭割让于契丹之后，一直使中原皇朝感到北方边境的威胁。宋建国后，太祖、太宗、真宗都曾出兵争夺，但未能收复。宋辽两方都深感疲惫，遂在宋真宗和辽国萧太后的主持之下议和。从此宋朝北境"生育蕃息，牛羊被野，戴白之人，不见干戈"[5] 超过百年。到徽宗朝，宋之国力和兵力并不胜过前朝，辽国也在衰落之中，并未侵扰边境，甚至态度还愈加恭顺。但徽宗在宦官童贯及辽人马植的吹捧之下，认为完成祖宗未竟理想，使自己名垂千古的时机已到来。他派人渡海出使新兴的金国，签订"海上之盟"，对辽南北夹击。两国约定灭辽之后，燕云十六州归宋，而宋原先每年纳辽的岁币四十万全额转给金国。这个决定既不合道义，也不符实际，在最初就有谏言反对[6]，连高丽王王俣也托宋朝太医带话劝阻此事[7]，但徽宗未曾动摇。"澶渊之盟"以来宋辽之间的百年和平就此结束。

宋金确实灭辽成功，但金人也因之愈发轻视宋朝。对辽之战后，金人拒绝归还燕云十六州。宣和五年，宋朝加价每年一百万缗作为"代税钱"，终于赎回了燕云十六州的局部。[8]徽宗大赐功臣，命王安中作《复燕云碑》[9]勒石记事，以备流芳千古。辛德勇联系徽宗《改燕京为燕山府御笔》[10]的内容，认为徽宗已将此事等同于东汉击败匈奴的伟业[11]。东汉永元元年（89），窦宪破北匈奴，登燕然山刻石记功，命班固作《封燕然山铭》[12]。铭文有"光祖宗之玄灵……振大汉之天声。兹所谓一劳而久逸，暂费而永宁者也"[13]的宏词，赫然记录在《后汉书》中。这样的功绩极为后世帝王所向往。徽宗相信自己做到了。

沉浸在自满中的徽宗不知道他做出了一连串愚蠢的决定。对辽之战后，宋朝外则失去了与金之间的北方屏障，内则耗尽了国库，并在战争中暴露了实际军事力量的孱弱。不到三年，金人重新攻陷燕山府（今北京一带），随即挥师南下，围攻汴京（今河南开封），将徽、钦二帝，连同后妃、宗室、百官数千人掳去。经过燕京（今北京）时，徽宗关押之地恰好是当年竖立"复燕云碑"的延寿寺，在今北京琉璃厂附近。从"收复燕云"到北宋灭亡仅隔四年。亡国的时间，就是因《满江红》中"靖康耻，犹未雪"一句而为人熟知的北宋靖康二年（1127）。

所有人的人生都因之改变。李清照和赵明诚开始了在江南的逃亡，留在北方青州（今属山东潍坊）故居的十余屋古器、书籍、金石拓本全数被金人焚毁。北宋灭亡后两年，南宋建炎三年（1129）八月十八日，辗转奔波中的赵明诚病死在江南建康，李清照成为寡妇。七岁的洪迈则几乎成为孤儿。他的父亲洪皓奉南宋皇帝之旨出使金国，此前一天刚从岳飞镇守的开封出境，之后被金国扣留，流放于极北的冷山（今吉林农安北），十五年后返宋，洪迈已二十一岁。在帝国之中，几乎人人承受着这样的痛苦，但时间迅速地抹去了不快的记忆。南宋开国五十年后，生活的适意已迫使士人林升写下"山外青山楼外楼，西湖歌舞几时休。暖风熏得游人醉，直把杭州作汴州"（《题临安邸》）的警世诗。也许正因如此，当晚年的洪迈读到《金石录后序》，靠李清照的笔来认读他童年时经历的家国变迁，才感到格外强烈的悲伤。

七十五岁的洪迈读到《金石录后序》时，对李清照的名字并不感到陌生。他一生中读到的词选里常有李清照的作品。宋代书籍，分官刻、私刻、坊刻三种。词是低微的游戏文体，官方不会刻印出版，词集大都由文人凭兴趣搜集整理，私刻印制。建炎三年，当四十六岁的李清照绝望地看着赵明诚撒手尘寰时，她有六首词正被四川人黄大舆选入现存最早的宋代词集《梅苑》。数量在一百七十九位作者（不包括无名氏）中排名第六。宋代流传至今的六种唐宋词选本中，都收录了李清照的作品。[14]其中唯一的坊刻本《草堂诗余》大约在洪迈晚年出版，收录了一百二十位词人的作品[15]，李清照词数量排名第十。这部词选由书商为营利而出版，以春夏秋冬、花鸟雨雪等主题来分类，也许是一部卖给歌女酒客的歌本，方便他们选择应景歌词来演唱，可视为当时民间的"流行金曲榜"。可见在李清照去世后五十年，她在小词上的名声已经在市民中广为人知。不管对黄大舆、曾慥[16]、洪迈这样极力想要挽救前代文献的学问家来说，还是对南渡十年之后又出现在苏杭歌楼中浅酌低唱的市民而言，李清照的名字都在他们耳边响起过。

　　如果洪迈真的读过《草堂诗余》，他对李清照的印象应当是怎样的？宋代的词集不附词人小传，只有词牌、作者、词文三项内容。《草堂诗余》收录的李清照词包括《如梦令·昨夜雨疏风骤》《醉花阴·薄雾浓云愁永昼》《一剪梅·红藕香残玉簟秋》《凤凰台上忆吹箫·香冷金猊》《武陵春·风住尘香花已尽》等八首[17]。从一些宋人笔记看，当时歌女乐工们最爱唱的易安词也就是这些。"知否，知否，应是绿肥红瘦"（《如梦令·昨夜雨疏风骤》）由一个年轻歌女带着娇憨演唱起来，格外令人疼爱。那时读者理解李清照词的方法还和后代不一样。人们没有意识到李清照可能在她的词里吐露了她的人生经历,甚至没有人关心她的经历。那时作者也还可以躲在词文和词乐背后,随心所欲地虚构美女爱情、伤春悲秋的故事。除非作者自己在序中严肃注明,或者到了被人罗织罪名的时候,否则不会有人当真把词看作自传。男作者是这样,女作者也是这样。李清照在她生前及死后很长一段时间内被提及,并不涉及她与赵明诚的爱情故事或南渡的传奇经历,而主要是因为"有词采"[18]"能文词"[19]。狭义地理解,这等于现代人说"句子写得漂亮"。

为什么句子写得漂亮要首先被提及?因为当歌女轻启朱唇,以舒缓的曲调唱出这些歌词时,文本在时间中被拉长了,词句首先攫取了听众的注意力。以现在复原的古曲《鬲溪梅令》(南宋姜夔制)看,在演唱中,平均每个字耗时两秒,那么如"知否,知否,应是绿肥红瘦"这样的一句,则应有二十秒之长。一唱三叹,则超过半分钟之久。在这样的速度中,听众的注意力被拉入句子内部,每一个词都被放大,成为赫然的块垒。语言的陈腐与新鲜、黏腻与雅洁直接呈现在耳膜和心灵上。是语言,而不是故事、结构决定了词的质地。这也是为什么婉约词时代的冯(冯延巳)、晏(晏殊)、欧(欧阳修)及秦七(秦观)黄九(黄庭坚)之词看起来题材、意象、章法都差不多,但仍能呈现雅俗之别及词人个性的原因。

南宋绍兴十八年(1148)前后,当王灼和胡仔几乎同时在《碧鸡漫志》和《苕溪渔隐丛话》里记下这位"文词第一"的"本朝妇人"时，对她的家世应当只有粗略的了解。王灼知道她是李格非的女儿、赵明诚的妻子，曾再嫁离异，但似乎误以为她已去世。胡仔看起来知道得更少。但那时李清照还活着，以现代学者的观点看，居住在杭州附近，回到了贵族圈子中[20]。夜间，当各处庭院的香灯亮起，年轻歌女依次出场，撩人地唱着"轻解罗裳，独上兰舟"（李清照《一剪梅·红藕香残玉簟秋》）或"香冷金猊，被翻红浪"（李清照《凤凰台上忆吹箫·香冷金猊》）的歌词时，没有听众试图从中寻找线索，窥探李清照的生活轨迹，也没有人忽然想到作者已是六十五岁的老太婆，感到兴趣索然。说到底，人们在乎她的作品、她的八卦，却并不在乎她。

传唱易安词的人也还不知道《金石录》的存在。《碧鸡漫志》和《苕溪渔隐丛话》之后差不多二十年，南宋孝宗乾道二年（1166），洪迈的哥哥洪适出版了金石学著作《隶释》。这本书引用了《金石录》的大量内容，但他似乎也没有读到《金石录后序》。洪适记载了《金石录》的出版过程：直到绍兴年中，李清照上表将《金石录》献给高宗赵构[21]，不久后得到正式刊刻，它才流传下来。洪适也好，王灼也好，胡仔也好，这些在南宋绍兴、乾道年间最关注李清照的人，只是将她视为一个小词甚佳、品格有亏、保存手稿有功的妇人。

他们从未像我们今天一样理解李清照——从夫妇之间

的琴瑟和谐、保护藏品的欲望到乱世风云间的殊死搏斗，在青春、故乡、婚姻、物质都已丢失后重新靠写作构建自我。这些他们都不知道。如今我们不但如此叙述李清照的人生，并将她的词作一首首摁进这样的人生故事里进行索隐性的解释，将词里每一帧画面都视为李清照自己的写真。

宋人只是把李清照的小词当作虚构的歌词传唱了近一百年。老年洪迈记下《金石录后序》，改变方才开始。

自洪迈在《容斋四笔》中为《金石录后序》做了八百九十一字的"撮述"后，《后序》承载着李清照的生命故事进入了人们的视野。一些南宋学者知道此序的存在，并继续写进了他们的著作中。《容斋四笔》之后五六十年，南宋最重要的私人藏书目录《直斋书录解题》写成，提到了这篇序。一本名为《瑞桂堂暇录》的南宋笔记收录了长达两千多字的《金石录后序》全文。[22]这个版本又被元末明初的《说郛》转引，流传了下来。[23]从此《金石录后序》变得广为人知。明人在重新刊刻《金石录》时，就把这篇序文添加进去，今人在整理《李清照集》时，也必然将此文收录进去。在这样的历程中，《金石录》逐渐被看成赵李二人合作的结果，《后序》中记述的婚姻故事、战乱流离也成为理解李清照词的背景。今天任何一个对李清照稍有了解的人都知道她不是一个躲在闺房里写"人比黄花瘦"（《醉花阴·薄雾浓云愁永昼》）的无聊少妇，而是经历过战乱、独立支撑过人生的奇女子。这已经不同于南宋初年人们的看法。

南渡：时间忽然涌入

《金石录后序》讲了这样一个故事：绍兴初年[24]，在南宋京城临安（今浙江杭州），一个妇人到了五十二岁。此时她手边仍有一些保存下来的珍贵书籍，看起来生活安定、头脑清醒，并不受饥寒之苦。她是战乱的幸存者，如今这份幸运已经冷却，生活变得萧索。过去的家庭负累、社交应酬、平生志业、爱恨情仇都消失了。现在的世界没有人需要她存在，但也允许她存在。她有了充裕的时间去回忆。有一天她翻看丈夫执笔的《金石录》手稿，过去的三十四年——浮现在眼前。她的记忆呈现了一种奇特的截断性。如果说是回忆生平，她却没有想起童年与少年的往事——这本应是老人最容易想起的。如果说是回忆婚姻，故事却没有在赵明诚死时终止。她发现，与她一生的记忆相始终的，其实是书画和书籍。

《后序》完全按照时间的顺序，写这些书画和书籍的聚、存、散、忆，恰好对应佛教概括生灭变化的四个阶段"成、住、坏、空"。李清照与佛教素无瓜葛，这个对应只是巧合，或者说，佛教所述"四劫"本就符合万物生灭之理，金石书画也不例外。

> 余建中辛巳，始归赵氏，时先君作礼部员外郎，丞相时作吏部侍郎，侯年二十一，在太学作学生。赵、李族寒，素贫俭。每朔望谒告出，质衣取半千钱，步入相

国寺，市碑文果实归，相对展玩咀嚼，自谓葛天氏之民也。后二年，出仕宦，便有饭蔬衣練，穷遐方绝域，尽天下古文奇字之志。日就月将，渐益堆积。丞相居政府，亲旧或在馆阁，多有亡诗逸史、鲁壁、汲冢所未见之书，遂尽力传写，浸觉有味，不能自已。后或见古今名人书画、三代奇器，亦复脱衣市易。尝记崇宁间，有人持徐熙《牡丹图》，求钱二十万。当时虽贵家子弟，求二十万钱，岂易得耶？留信宿，计无所出而还之。夫妇相向惋怅者数日。[25]

北宋建中辛巳，即宋徽宗建中靖国元年（1101），就是苏轼去世那年。这一年李清照十八岁，赵明诚二十一岁，二人结婚。明诚父为吏部侍郎赵挺之，四年后拜相。清照父为礼部员外郎李格非。无论从官位上说，还是从后文所述收藏上说，两家都不能算寒族。相比于欧阳修初为京官时常写信跟人抱怨"欲饮酒，但钱不可得"，青年李清照、赵明诚夫妇的欲望对象是五代画家徐熙《牡丹图》这样的珍宝。这幅画索价二十万钱。"族寒"自不能当真，但她确实过着一种清简的生活。千年以后，我第一次读到这篇《后序》，思考她叙事中吸引我的魔力到底是什么。我发现，首先是不可思议的简单、专注。

在古人的笔下，我们很少看到赵明诚这样的官员。无论是在太学求学时还是出仕后，不但没有任何仕途上的追求，甚至也没有仕途上的烦恼。也许有，但夫妇二人都觉得不值记录下来。于是我们看到这位年轻的太学生，每当初一十五即告假入相国寺拜访书商。作为吏部侍郎之子的人际关系用来访求官方所藏之书，居乡赋闲的时间用来整理金石图书，连任两地太守的俸禄用来购书。在李清照的笔下，明诚的仕途不是他刻意追求的结果，而是名门子不得不走完的人生轨迹。夫妻二人严守着秘密：赵明诚表面上淡然地奉行着官吏职责，背地里却燃烧着对金石图书的狂热。

后来我读到虞云国写开封大相国寺的文章[26]，赵明诚那种淡然而狂热的态度就变得更具画面了。大相国寺是北宋皇家寺院，临近汴河，无论官商南去，还是日韩使者东来，都在相国寺桥泊船。以相国寺为中心，形成繁华的商圈。相国寺中庭两庑即能容纳万人购物。庙市第一道门内出售飞禽猫犬，第二道门内出售日用百货和果干点心，大殿两侧出售文房四宝、服饰绣品。唯独大殿后到资圣阁前出售书画珍玩。米芾在这里买到过王维的画。欧阳修在这里买到过假货。黄庭坚在这里买到过宋祁的手稿，他自己的手稿又在这里被蔡京买去。苏轼流放海南时的字画也被贩到此处出售。一千多年前，二十出头的赵明诚每月定时到来，目不斜视地穿过一切炫目的商品、喧嚣的人声、江湖术士和外国人，直奔售卖碑文的摊子。有时他需要典当衣物，有时还有余钱捎带买回点心。

李清照也处于同种目不斜视的狂热中。她写到赵明诚"饭疏衣练"，又写到自己"食去重肉，衣去重采，首无明珠翠羽之饰,室无涂金刺绣之具"[27],这既是在讲节衣缩食,也是在讲兴趣的转移——但凡普通人觉得有吸引力的佳肴和华服,甚或屋内装饰,对他们来说都变得多余了。他们的乐趣完全在埋头读碑、校书之中:

> 每饭罢,坐归来堂烹茶,指堆积书史,言某事在某书某卷、第几页第几行,以中否角胜负,为饮茶先后。中即举杯大笑,至茶倾覆怀中,反不得饮而起。甘心老是乡矣。[28]
>
> 于是几案罗列,枕席枕藉,意会心谋,目往神授,乐在声色狗马之上。[29]

后人读到序中"赌书消得泼茶香"(纳兰性德《浣溪沙·谁念西风独自凉》)一事,常以为赵李二人颇具浪漫情感,借读书之名打情骂俏,这恐怕是纳兰性德的需要而不是李清照的需要。从李清照的笔调来看,赌书就已经够了,不必附加谈情说爱。赵明诚的狂热还要超过李清照。他每夜校书,蜡烛不烧完不休息。李清照的记叙在这里开始出现了分裂。一方面,她再三强调愿意沉溺于此,"自谓葛天氏之民也","甘心老是乡矣"[30]。葛天氏是上古首领,此言即忘掉现实时间,回到历史源头的和谐美满中去的意思。"是乡"大概也等同于桃花源一般的温柔乡。另一方面,李清照又觉得哪里不对。当赵明诚的狂热终于发展到在家里搞文物登记制度,赵李自己取书都要登记才能领取钥匙后，李清照感到了厌恶和不耐烦：

> 不复向时之坦夷也。是欲求适意而反取憀栗。余性不耐……[31]

这段讲聚书、存书的记载占了《金石录后序》近三分之一的篇幅。除开头交代结婚时间有具体纪年之外，其他叙述中全部没有纪年，无论是任职、撰书、入藏、立堂。直到后来李清照写战争开始，"聚存散忆"进入到"散"，"成住坏空"进行到"坏"，纪年才重新回到叙述中。此后难中经历不但事事纪年，甚至记月、记日。以这样的反差观之，李清照在靖康元年之前与金石图书为伴的生活真如"莺归燕去长悄然，春往秋来不记年"（白居易《上阳白发人》）。这本是白居易写玄宗死后与世隔绝的上阳宫人的话，但当我们沉浸在李清照的叙事中，也绝不会意识到她在故事里已走到了四十三岁。这样无视世俗、无视生计、无视社会、无视时代的生涯，忽然就结束了。

《后序》所记前二十六年中有一次纪年，后八年中却有十三次纪年（包括月、日），记录了逃亡和丧失中的十三个节点。像要偿还过去醉生梦死欠下的债务一般，忽然间，现实闯入了李清照的生活。我们今天读《金石录后序》中间三分之一关于"散书"的叙述，会被这段叙述的紧张打动。李清照用连珠贯玉的笔法密集地罗列时间、地点的转移，及藏品数量的锐减。读者觉得目不暇接。她提

李清照：离失的史诗　　295

到八年中途经的地方依次为青州、建康、芜湖、姑孰、池阳、建康、台州、剡、陆（睦州）、黄岩、章安、温州、越州、衢州、越州、杭州。因为路线反复而混乱，轨迹仿佛坏掉了的扫地机器人，至今学者无法完全合理复原李清照的南迁旅程。

> 建炎戊申秋九月，侯起复知建康府。己酉春三月罢，具舟上芜湖，入姑孰，将卜居赣水上。夏五月，至池阳，被旨知湖州，过阙上殿，遂驻家池阳，独赴召。[32]

以上这一段缀满地名的叙述，讲的是李清照四十五六岁时，在江苏和安徽的长江干流上徒劳的往返。据现代学者抉发幽隐，李清照的舅舅、赵明诚的妹夫先后在江西任职，他们曾想前去投奔，并已先行将部分收藏寄存。后来金兵入江西，收藏湮没，使李清照断绝了寻路江西的念头。两个舅舅后来都投降了金国，更使她无颜在《后序》中清楚写明多次试图入赣的缘由。[33]

相比于其他南渡臣民，赵李二人并不是被金兵驱赶而南逃的。出于偶然，他们略早南下。靖康元年闰十一月丙辰日（1127年1月9日），金人陷开封时，赵明诚正在山东淄州（即淄川）做太守。来年（1127）三月，战火还没有烧到淄州，赵明诚的母亲恰在江宁（今江苏南京）去世。明诚遂去职，南下奔母丧。再来年（1128）九月，他被就地任命为江宁知府。因为当时守制未满,所以叫"起复"。李清照就是在此时渡江南下随宦的。而宋高宗要到建炎三年二月才南渡,金兀术十一月才渡过长江。李清照的南渡要比作为历史事件的宋室南渡早半年。

她刚到江宁,赵明诚就被罢官了。夫妇遂决定从水路经过芜湖和姑孰(今安徽当涂),去江西居住,寻找乱世中的庇佑。他们刚到池阳(今安徽池州),赵明诚就收到了湖州知府的任命。李清照留在当地,赵明诚转回已改名为建康的江宁领取任命,两个月后病死于建康。李清照又追回建康安葬赵明诚。之后她再次试图溯江之赣,却因江西失守而不得不放弃。

> 到台,台守已遁。之剡,出陆,又弃衣被。走黄岩,雇舟入海,奔行朝,时驻跸章安。从御舟海道之温,又之越。庚戌十二月,放散百官,遂之衢。绍兴辛亥春三月,复赴越。壬子,又赴杭。[34]

以上第二段缀满地名的叙述,讲的是李清照在四十七至四十九岁之间,追随高宗朝廷逃亡时在浙东绕圈的行踪。当赵明诚病死建康时,城中正在盛传金兵即将渡江的消息。一个月后,宋高宗坐船出逃,沿浙东海岸南行,有六个月都躲在海上。他经过越州(今浙江绍兴)、明州(今浙江宁波海曙)、定海(今浙江宁波镇海)、昌国(今浙江舟山),建炎四年(1130)正月到达台州,短暂停留后又南逃至温州。金军也追到了浙东，但很快因不习水战而退兵。高宗等到金人渡江北去[35]，才返回越州，第二年（1131）改元绍兴，并升越州为绍兴府，第三年移驾临安。

按时间推算，李清照在建康城里为赵明诚操办葬礼时，城中居民都在逃命。办完葬礼，李清照想去江西，在路上听说江西失守，遂改道浙东，投奔在高宗朝廷做小官的弟弟李迒。像一只离群的孤雁，她追赶着流亡政府，却赶不上它们的脚步。每到一地，只见朝廷奔逃的黄尘。前辈学者即发现《后序》记叙的浙东行程不可解。怎么会是先到台州，然后又回到剡县（今浙江嵊州），然后又到今属台州的黄岩、章安呢？浦江清认为，必然是抄错了，"到剡"应该在前，而台州诸地应当在后。[36]

如今没有第二份证据证明李清照当日的行程。我也同意浦江清的猜测。但对我来说，这份不合情理的路线图还是增加了《后序》的文学魅力。乱世中的仓皇逃窜应当是什么样子的？按阮籍在《咏怀八十二首》中写西晋初年的丧乱景象，是"登高望九州，悠悠分旷野。孤鸟西北飞，离兽东南下"（《咏怀八十二首·十七》）。阮籍如升起在世界之巅的孤独智者，见证着空无一人的世界上，失群的孤鸟惊慌地向寒冷的西北飞去，而离群的野兽却狂乱地奔向相反的方向。对万众奔逃的世相，李清照与阮籍同样清醒，但多了一份对荒诞的自嘲。

绍兴四年（1134），李清照在《打马图经序》中写道：

> 今年冬十月朔，闻淮上警报，江浙之人，自东走西，自南走北，居山林者谋入城市，居城市者谋入山林，旁午络绎，莫不失所。易安居士亦自临安溯流，涉严滩之险，抵金华，卜居陈氏第。[37]

这是准确到刻毒的描述。事实上金人自建炎四年在黄天荡（在今江苏南京）被韩世忠狙击，又在建康大败于岳飞之后，再也没有渡过长江。至绍兴四年，南宋朝廷已在临安安定下来，宋金实力对比逆转，但前方听闻金兵渡过淮河[38]，后方士民就如惊弓之鸟，乱窜逃命。

没有谁知道哪里是安全的，但相信自己所在之处一定是不安全的。只要踏上别处，仿佛就有希望。别处之人也持相同的恐惧。人们看似在努力逃命，却只是互换了地方。

明诚与金石：残忍的减法

《金石录后序》中最让人印象深刻的部分一是收藏的遗失，二是赵明诚的死。

凭《金石录后序》来构建李清照、赵明诚夫妇的收藏体系，我们会得到这样的印象：这是一笔不可思议的巨大收藏。大概包括四个门类：一、青铜器；二、金石拓片；三、书籍；四、字画。其中以金石拓片和书籍的收藏最为丰富。

他们收藏的书籍包括家传的《周易》《左传》的历代秘本、唐五代诗集的珍稀写本、市售诸子和古史的写本、北宋馆阁所藏古代奇书的新抄本、北宋新刊书籍的印本，以及一些稿本。考虑到书籍是到刻板印刷时代才变得复本众多，宋初人倾毕生之力，欲获得一部完整的韩愈文集而不可得，可知赵李手中的这些前代写本，很可能在当时就仅有数部传世。就连徽宗朝所编写的《哲宗实录》，在南渡后就已全国再找不出另一部，最后由高宗颁旨向李清照索取孤本，才使它流传下来。

青年赵明诚在开封大相国寺的书摊上购买的更多是金石拓片。拓片看起来容易复制，但其实并不好收集。有些古碑散落在高山深谷、人迹罕至之处，需要经过"穷遐方绝域"的旅行才能到达那里拓制碑文。有些钟鼎尚属私人收藏，藏家同意观览和拓制是巨大的人情。至于有些古碑、古器早已消失在历史之中，流传下来的只是一幅前代拓片。那么这幅拓片就与字画一样，具有不可复制的价值。李、赵金石收藏的目录即《金石录》。目录包括了三代至隋唐五代的两千种金石拓本，赵明诚题跋了其中的五百零二种。照理来说，古而弥珍，钟鼎文的记载应更有价值。但我对三代历史不熟悉，直至读到《金石录》唐碑部分，才能引起情感的共鸣。

某年夏天，我在河南省新安县的千唐志斋读唐碑。上千方出土的唐碑竟不用玻璃封存。手指触摸到唐代刻工的刀脚，清凉而锋利。李邕的人生历程简明地刻进五十厘米见方的墓志石。几步之遥，同样大小的墓志石上，留有王昌龄的笔迹，或白居易的家族故事。在另一面墙上，一些早已被人遗忘的撰述人，讲述着一位朝廷命妇、下级官员，甚或老年宫女的人生，将唐代的社会与生活一一复原。夏日灼人，在这个几乎没有游客的小镇上，陇海线上火车间歇地经过，传来啸声和震动。我感到历史逼近时巨大的情感冲击。原来这些都是真的——我所研究、书写的古人，他们的生命及我的生命。我们鲜活地存在。

赵明诚和李清照在《金石录》中记录了虞世南、张九龄、玉真公主、颜真卿、元结、韩愈、柳宗元、刘禹锡、李商隐等人的相关碑铭。他们用这些碑铭来校补唐人的诗文集[39]，还原唐人的原貌。他们很惊讶柳宗元颇以书法自矜，而字并不甚佳，又很不解韩愈这样力主灭佛的士人为何会与僧大颠通信。如今读到《金石录》中大量的疑问，我可以想象，当日赵明诚和李清照共同勘校金石拓本的十年间，历史携带着诸多的不可解扑进他们的书房，却变得格外具体而真实。这种真实性甚至使他们忽视了现实的重量，误以为可以靠二人之力，从金石拓片中打捞并还原已流失的历史。

他们沉浸在聚沙成塔的幻想中，甚至没有理会前人的预言："物多则其势难聚，聚久而无不散，何必区区于是哉？"[40]直到现实忽然闯入。李清照忽然发现，自己的收藏已多到了称得上贪婪的程度。她看着从橱柜和箱子中漫出来的收藏，意识到：她没有能力控制这样巨大的拥有。它们即将重新散落，归于无序，湮没于欲望与历史之中。

> 至靖康丙午岁，侯守淄川，闻金人犯京师，四顾茫然，盈箱溢箧，且恋恋，且怅怅，知其必不为己物矣。[41]

他们的收藏经过了三次遗失。第一次是赵、李先后渡江，带走十五车藏品，包括金石拓本、书籍写本、名人字画、轻巧古器，而书籍印本、普通字画、笨重古器，留在青州的计有十余屋之多，毁于金人战火。第二次是赵明诚死、金人即将渡江之时，他们先行将近两万册书、两千卷金石拓本（即《金石录》中涉及碑文的原拓本，故今《金石录》仅有目录和跋尾，无拓本）送往洪州（今江西南昌），但洪州陷落，这些收藏也被毁。李清照只留下随身携带的小幅名人字画、珍稀写本、数十卷金石拓本和十余件青铜器。

李清照最珍贵的收藏并不丧失于金人之手，而是丧失于宋人的掠夺和骗取。赵明诚死后一个月，高宗身边的太医即试图廉价强买李清照的收藏，也许是出于高宗的授意；李清照追随流亡政府时，平定叛乱的南宋军官将她寄存在嵊州的藏品据为己有；租住在绍兴时，村民凿穿了她的卧室墙壁，将藏在床下的书画窃走，再高价卖给她一部分；甚至是李清照晚年短暂再嫁的张汝舟，也是因为觊觎李清照所剩的收藏而与她结合。最后李清照的藏品虽不止她所写的"所有一二残零不成部帙书册,三数种平平书帖,犹爱惜如护头目,何愚也邪"[42],但比起最初在青州的收藏,只能说是"沧海遗粟"。

《金石录后序》中最动人的部分是"残忍的减法"。当现实忽然间闯入这对"葛天氏之民"的桃源乡,不可能的割舍变得必须可能。如同利刃割肉一般,没有一次舍弃是最后的舍弃。活下去意味着一次又一次的妥协。

> 既长物不能尽载,乃先去书之重大印本者,又去画之多幅者,又去古器之无款识者。后又去书之监本者,画之平常者,器之重大者……[43]
>
> "从众。必不得已,先弃辎重,次衣被,次书册卷轴,次古器;独所谓宗器者,可自负抱,与身俱存亡。勿忘也。"[44]
>
> 独余少轻小卷轴书帖,写本李、杜、韩、柳集,《世说》《盐铁论》,汉、唐石刻副本数十轴,三代鼎鼐十数事,南唐写本书数箧,偶病中把玩、搬在卧内者,岿然独存。[45]
>
> 惟有书画砚墨可五七箧,更不忍置他所,常在卧榻下,手自开阖。在会稽,卜居土民钟氏舍,忽一夕,穴壁负五箧去。[46]

李清照不动声色地简明记录着收藏散失的过程,既不矜夸自己冒死保护收藏的功劳,也不回护自己在更多收藏毁弃中的误判责任。她将这残忍的丧失过程细细写来,清点每次浩劫遗留的吉光片羽,记录这些本与她的生命融为一体的东西如何一层层剥落。她唯独没有写人的嘴脸。似乎他们只是给她带来了必须去处理的麻烦,却不值得她凝神看待。我想这是李清照式的蔑视。古人常指责李清照在《词论》中目空一切、臧否人物,将苏轼之词评为"句读不葺之诗",殊不知《金石录》中,赵李二人合伙批评史家论事不查、学人术业不精、书者字迹不佳更是比比皆是。这对目无下尘的眷侣,只堪住在阆苑碧城,虽经历了下界兵火泥途的磨难,却依然对普通人的生活缺乏兴趣,无论是欣赏的兴趣,还是批评的兴趣。

《金石录后序》中唯一得到描写的面容是赵明诚的面容:

> 六月十三日,始负担,舍舟坐岸上,葛衣岸巾,精神如虎,目光烂烂射人,望舟中告别。余意甚恶……[47]

这是让我记忆十分深刻的画面。建炎三年五月,赵明诚四十九岁,两个月前被罢江宁知府,原因是他在一场叛乱前夜弃城逃跑。他一向对为政并不上心,这样做并不意外。于是这对夫妇准备去江西投亲,刚到池阳,就得到了湖州知府的任命,于是赵明诚丢下李清照独自返回建康。这段描述很不寻常。在李清照的记忆中,赵明诚最后的影像仿佛一个白衣少年。李清照在船上向岸上远观,赵明诚穿着轻薄的夏衣,头戴洒落的巾帻,潇洒自得,不同流俗。他好像又忘掉了自己的年龄和乱世的危险。他眼睛里的狂热,让人回想起他早年风雨无阻、目不斜视,每月两次昂然走入大相国寺的样子。

"余意甚恶",李清照"恶"的到底是什么?从上下文来看,似乎是说李清照有种不好的预感,而这一预感在数月后应验为赵明诚之死。他们的对话中充斥着含糊和错位。在分手之际,李清照在船上向赵明诚遥呼的是一个含混的问题:"如传闻城中缓急,奈何?"这个问题缺乏主语,可以理解为问的是我该如何、你该如何,或家族该如何,而赵明诚的回答却仅限于收藏。他做了一个指挥作战的手势,要求李清照按顺序扔掉较不重要的收藏,但要亲自背负古代的青铜礼器(宗器),与之共存亡。三个月后,当李清照赶到赵明诚的病榻旁,赵明诚借助回光返照的力量写成一首绝命诗,却依然未曾对李清照做任何安排。

> 葬毕,余无所之。[48]

以上诸事都暗示了赵明诚与李清照之间缺乏爱情故事中常见的柔情蜜意,甚至连相濡以沫都谈不上。[49]奇怪的是,李清照透露出的情绪中并没有弃妇的怨切和绝望。她很快就接受了现实,并展现出了比赵明诚更具全局性的眼光。回头来看,其实整篇《金石录后序》展现的即是在李清照审视之下的收藏生活。年轻时代，李清照和赵明诚都处于收藏的沉醉之中；靖康之乱后，李清照开始反思收藏，而赵明诚拒绝反思；最终赵明诚死于沉溺，李清照则带着她愈加增重的清醒和仅剩的收藏，在乱世中周旋求生。正是在这种清醒的审视之下，更是在《金石录后序》后半篇激增的世故对比之下，李清照对赵明诚的描写呈现出了一种"孩童性"：他单纯、专注，但又孱弱、不堪。他未曾主动作恶，但对任何危机都毫无抵御之力。他任性地将一生投注在收藏之上，又任性地死去。他未对收藏、著作、家庭做任何安排，却把它们变成了李清照的重担。

李清照与赵明诚之间当然有深厚的情感，但那是以收藏为载体的共同的神游，其余则不多计较。五十二岁时，李清照颠簸初定，在临安的灯下打开书箧。过去生活中最美好的画面忽然浮现在眼前：那是她四十岁时的莱州官舍。赵明诚刚刚将临淄出土的齐国古钟铭文拓印装裱[50]，小心地夹上芸草，轻轻卷起，再系上飘带。那个赵明诚向她抬起头来，满意地微笑。仅一瞬间，这幅画面被赵明诚墓地的掠影所覆盖，墓地的掠影又被李清照灯前的《金石录》手稿所覆盖。李清照意识到，她已是隔着遥远的距离在追忆过去——静美如"小轩窗，正梳妆"（苏轼《江城子·乙卯正月二十日夜记梦》）的过去，天真到"何不食肉糜"（《晋书·惠帝纪》）的程度。

天真与静美只属于人生停滞的人。从赵明诚停步的地方，李清照又走了很远。如今她不再把自己看作赵明诚遗志的继承者。她将自己独自归入古来视图书聚取高于家国性命的昏君序列，思考人类对这最高贵乐趣的沉溺，其危险与一般物欲到底有无差别。当她想起之所以无法挽留这些文物，也许是因为地下的赵明诚正在唤回它们，她感到竞争的不忿和物有所归的释然：

> 昔萧绎江陵陷没，不惜国亡而毁裂书画；杨广江都倾覆，不悲身死而复取图书，岂人性之所著，生死不能忘之欤？或者天意以余菲薄，不足以享此尤物耶？抑亦死者有知，犹斤斤爱惜，不肯留人间耶？何得之艰而失之易也！[51]

她开始冷静地思考当日欧阳修在《集古录目序》中提出的现象"聚多而终必散"。文物聚散的周期能否超过人生的时长，以使人在一生中，有机会通过聚敛文物战胜对生命短暂的恐惧？李清照在《金石录后序》的末尾写下这段话，将《金石录》的故事，作为后来人的前车之鉴：

> 三十四年之间，忧患得失，何其多也！然有有必有无，有聚必有散，乃理之常；人亡弓，人得之，又胡足道。所以区区记其终始者，亦欲为后世好古博雅者之戒云。[52]

《金石录后序》书写的死亡和乱离带有惊人的文学之

美。它的美恰恰在于超出了宋代士人阶层雅致的审美追求，直接描写了流亡路上的恐慌和丧失、婚姻内部的疯癫和愤怒、国族同胞的欺诈和掠夺，带有粗粝、混乱的质感。这种特点早就为前人发现。明代胡应麟说"李于文稍愧雅驯"[53]，而毛晋则说："非止雄于一代才媛，直洗南渡后诸儒腐气，上返魏晋矣。"[54] 二人对《金石录后序》评价相反，但感觉是一样的。

粗粝混乱到底是瑕疵还是优点，取决于对美的不同看法。曹魏西晋散文，以嵇康的《与山巨源绝交书》为最高，风格激烈豪壮，但被南朝钟嵘认为"伤渊雅之致"[55]。曹魏西晋诗歌，以阮籍《咏怀八十二首》为最佳，它的特点正是"反覆零乱，兴寄无端，和愉哀怨，杂集于中"[56]。它们展现的美，是个人生命与时代命运肉身相搏时的冲突和力量。承受着走投无路甚而椎心泣血的痛苦，人却依然带着坚持活下去，哪怕经历妥协和崩溃，完全顾不上体面。当我们惊讶于嵇康竟如此粗野，阮籍竟如此疯癫时，却同时强烈地感到他们维护人之尊严的努力，发现凡人的形象竟也能与神祇一样刚强耀眼。而另一种美，以东晋王羲之的《兰亭集序》为代表，人与自然、与社会，甚至与死亡之间的冲突都已消解，充满了适意自得的满足、流风回雪的轻盈。这两种美分别接近于康德定义的"崇高"与"优美"。《金石录后序》是二者的调和。莱州官舍春夜校书是优美的，流离道路的狼狈求生是崇高的。

在从优美走向崇高的路上，乱离成为动力。北宋末年士人过度追求雅致，却不再有虎虎生气，反衬得《金石录后序》连滚带爬、粗野有力，使后代读者拍案惊奇：如此文章竟出于妇女之手。这其实是女性文学在乱离中屡屡重现的经历：每当变乱年代，被颠出闺门的才女们一方面失去了社会伦理的保护，另一方面也失去了社会文化的约束，往往会迎来创作力爆发的时刻，写出最沉痛、深刻、有力的时代之音。汉末的蔡文姬、明末的王端淑、近代的萧红无不如此。李清照还高于她们。她所呈现的崇高，不仅是在乱世拼命活下来的生命力，还包括超越悲哀，揭露人之根本处境的勇气。"有有必有无，有聚必有散"，不仅是对遗失文物的经历总结，也是对人类命运的残忍预言。

冒犯与解放

李清照是什么时候发展出这种硬朗风格的？似乎就是赵明诚去世前后。李清照有一首名为《乌江》的诗广为人知：

> 生当作人杰，死亦为鬼雄。
> 至今思项羽，不肯过江东。[57]

乌江在建康与姑孰之间，位于长江北岸。项羽自刎的故事发生在安徽省马鞍山市和县境内。李清照平生仅一次到过那里，即《金石录后序》中所说的"建炎戊申秋九月，侯起复知建康府。己酉春三月罢，具舟上芜湖，入姑孰，将卜居赣水上"。我们因此得以确定这首诗的写作时间为建炎三年夏天。在乌江，李清照想起《史记·项羽本纪》中的记载：项羽兵败，乌江亭长准备好了船，想送项羽退回江东故地。但项羽想起当时与他一起渡江的八千江东子弟无一人生还，觉得无颜独自求生。他把爱马托付给乌江亭长，自己步行杀敌而死。这段记载中场面惨烈：项羽战到最后，回头看见汉军中有一位故人。那位故人也认出了他，就招呼其他汉将围攻项羽。项羽喊道："听说我的头可以拿去换一千金、万户侯，我就帮你一把。"语罢自刎。汉军一拥而上撕抢尸体。司马迁用了一个很残暴的词"蹂践"。"余骑相蹂践争项王"。他的尸体被撕成五块，成就了五人的封赏。[58]

项羽死后为什么就成了鬼雄？李清照激赏的不仅是项羽不肯独自偷生的义气，也是他选择惨烈死法的英勇。她神往这样激烈而恐怖的时刻，就好像是康德在描绘"崇高"时所说的"弥尔敦对地狱国土的叙述，都激发人们的欢愉，但又充满着畏惧"[59]。此时她显得特立独行。就在几个月前，宋高宗渡江南逃，来到项羽不肯回归的江东。而作为江宁太守的赵明诚则在内乱发动前弃城逃跑。李清照虽与赵明诚一起沿江西上，却写诗声明，她"至今思之"的对象，是另一个行为气度完全相反的男人。这首诗不可能不让赵明诚和南渡君臣尴尬。赵明诚作何想今日已不可知，南渡君臣当时也不可能读到这首诗，但如今我们仍应意识到这首诗中的冒犯性力量，不应因为它在后世的广泛接受，而忽视它在当时是何等叛逆。如果我们将李清照的其他作品视为女性化的，那么出于公平，这首诗也不能被单独视为去性别的。她在其中表达的失望和蔑视，可以类比于五代后蜀贵妃花蕊夫人的《述国亡诗》："君王城上竖降旗，妾在深宫那得知？十四万人齐解甲，更无一个是男儿！"

这种冒犯的力量自《乌江》诗后愈演愈烈。《金石录后序》冒犯了死者赵明诚及在逃难中仍不忘趁火打劫的宋朝士民。《上枢密韩肖胄诗二首》冒犯了高宗派去向金人求和的同签书枢密院事韩肖胄和工部尚书胡松年。《打马赋》冒犯了力主偏安者。但最大的一次冒犯，来自《投翰林学士綦崇礼启》。

李清照晚年再婚之事，历代学者迭相辩证，莫衷一是。[60] 其事大要即李清照晚年再嫁张汝舟，历一百日后讼之官府，要求宣判此婚姻无效，得到赵明诚的表弟綦崇礼相助。李清照在关押九日后得到释放。这件事最重要的证据即《投翰林学士綦崇礼启》。宋人散体信件称"信"，骈体信件称"启"。这篇骈文在李清照去世前后即已流传。胡仔《苕溪渔隐丛话》的《前集》完成于1148—1158年之间，就是李清照六十五岁至去世前后。其卷六十记载："易安再适张汝舟，未几反目，有《启事》与綦处厚云：'猥以桑榆之晚景，配兹驵侩之下材。'传者无不笑之。"[61] 这是现知记载再嫁一事的最早史料。

"传者无不笑之",笑的是什么?是老年改嫁,还是改嫁后又反目,还是改嫁反目后居然不知羞耻,还写了一篇宏文来彰扬改嫁内情?以胡仔的行文来看,恰好是这篇《启事》让改嫁一事变得更具可看性了。"桑榆"是指落日的余晖横穿过桑树和榆树的树枝,使人想起人生也已到了暮年。"驵侩"是牲口贩子。张汝舟既是牲口贩子,那么李清照本人便是牲口?这些读书人从未想过,"桑榆"这样文人化的自指竟能与牲口贩子配对。这个配对还不仅仅是修辞上的,更使人想起配骡配马。这让他们陷入不可置信的狂欢。

这确实是一个杂糅了优雅与粗俗的对句,带有陌生化的效果。当我第一次全文阅读《投翰林学士綦崇礼启》时,我也很震惊,这样一封求告之信怎么会带有纵横恣肆的雄辩特点?用"由是下笔,顷刻数千言,其纵横上下,出入驰骤"[62]形容也不为过。而这句话原是欧阳修赞美苏洵文的。我将这封信中陈述婚后冲突的部分和应对污名化的部分摘录于下:

视听才分,实难共处。忍以桑榆之晚节,配兹驵侩之下才。

身既怀臭之可嫌,惟求脱去;彼素抱璧之将往,决欲杀之。遂肆侵凌,日加殴击。可念刘伶之肋,难胜石勒之拳。局天扣地,敢效谈娘之善诉;升堂入室,素非李赤之甘心。……被桎梏而置对，同凶丑以陈词。岂惟贾生羞绛灌为伍，何啻老子与韩非同传。[63]

"视听才分"一句指与张汝舟婚后，对其言行方一观察，李清照遂发现与此人无法共处，但婚已经结了，污名已像狐臭一样洗不掉了。而那个人还不仅是想要李清照的收藏，还想要她的命，日夜殴打她，以至于不得不对簿公堂。

陈述被欺凌时，李清照未曾使用卑弱者的典故，反倒自比刘伶、贾谊、老子等文人高士。她大概是古今受家暴者中，自尊最没被摧毁的一个。张汝舟虽有体力与性别的优势，却被比为石勒、周勃、灌婴、韩非。其中石勒虽称帝，但出身匈奴，不识字，曾为奴；周勃、灌婴虽封侯，但出身布衣，鄙朴无文，曾迫害贾谊；韩非以刑法助秦，最后却死于秦狱。他们与贾谊等人相比，在智识、格调及后世之名方面高下立见。

最奇妙的是"局天扣地，敢效谈娘之善诉；升堂入室，素非李赤之甘心"两句。这两个典故带有民间故事的谐趣和恶毒，但经李清照的修辞，语言上的粗俗被净化了，情绪上的激烈却得到了充分的表达。谈娘是一个北齐女子，她的丈夫是个烂掉了鼻子的酒鬼，常在酒后打老婆。谈娘呼天抢地地向乡邻哭诉，以至于人们发明了一种舞蹈来表演这二人殴打和控诉的样子。李赤是柳宗元笔下的一个荒唐人物（《李赤传》）。这人自认为才比李白，故自名李赤。

他被厕鬼缠上了，认为自己是厕鬼的老公，而粪坑是他家的厅堂。李赤多次投入粪坑，被朋友拉出来洗干净。他又趁机投进去，终于死在了粪坑里。李清照并没有将张汝舟比为李赤，而是将张汝舟比为粪坑，把自己比为李赤，大概是因为李赤"善为歌诗"，张汝舟不够格。可想而知，当那些博学文士读到李清照用如此偏僻的典故进行着出人意表的类比，不但毫不隐讳，反而热情高涨、才气勃发，他们该怎样瞠目结舌？

在这封信的末尾，李清照感谢了綦崇礼的帮助，也预见了自己将受到的污名。但是她依然用一种不可思议的高傲口吻来逗才摘藻：

> 责全责智，已难逃万世之讥；败德败名，何以见中朝之士！虽南山之竹，岂能穷多口之谈？惟智者之言，可以止无根之谤。
>
> 高鹏尺鷃，本异升沉；火鼠冰蚕，难同嗜好。达人共悉，童子皆知。[64]

李清照做好了被万世讥笑的心理准备，也知道士人群体将嘲笑她把自己的名声和德性败坏殆尽。她不准备辩解，但认为有智慧者自然能辨明是非。结婚离异本是世俗之事，她用的典故却有点过分奇异。"火鼠"来源于《神异经》，住在南荒之外的火山烈焰中，毛可织布。"冰蚕"来源于《拾遗录》，住东海环丘之山的霜雪之中，其丝入水不濡，投火不燎。"火鼠冰蚕"指二者本为异类，不可期待互相理解。"高鹏尺鷃"则出自《庄子·逍遥游》。只能在蓬蒿中飞行的尺鷃（斥鷃）嘲笑大鹏，操心它飞那么高到哪里去休息，但大鹏却"抟扶摇羊角而上者九万里，绝云气，负青天，然后图南，且适南冥也"。

把自己视为大鹏，似乎是李清照中年以后逐渐形成的想法。她有一首著名的《渔家傲》，一般被认为写于建炎四年追随高宗行迹，由海道入温（今浙江温州）的路上。

渔家傲

> 天接云涛连晓雾，星河欲渡千帆舞。仿佛梦魂归帝所，闻天语，殷勤问我归何处？　　我报路长嗟日暮，学诗漫有惊人句。九万里风鹏正举。风休住，蓬舟吹取三山去。[65]

这是李清照词中最为健举的作品。历来论者皆认为似苏辛[66]，这是就其豪放而言，但仅得其粗。它比苏辛之作更为华丽且多想象，但表意又更为集中。它关注的不是人在社会、历史中的具体经历，也不是如何从哲学上理解人在天地间的位置，而是集中于单一的世俗目标——自我塑造。现代学者比古人更敏感地发现此词不同于众的美感。缪钺注意到高超的境界[67]，叶嘉莹师注意到对人生终极问题的关切[68]，徐培均注意到对"天意从来高难问"的反转[69]。将这些发现整合起来,我们会看到李清照置身于如梵高《星空》般星汉横流的宇宙中,摒除了现实世界里所有的限制。她的自我无限放大,恍若女神,以至于从《黍离》时代就去人已远,不再监临、护佑下民的悠悠苍天[70]忽然现身,并以亲近如在耳鬓的声音慰问。这是屈原在阊阖求告仍未能见到的天帝,李清照却得以从容陈词。她并未报告下界的疾苦,也一笔带过自己的磨难。对于"你往哪里去"的问题,李清照的回答是"我正在'抟扶摇羊角而上者九万里'的途中"。她的要求是"不要让这风停下来"。我想是这些很少在词中看到的情绪感染了读者:惊喜、兴奋、凌虚飞翔的自由、迎战风浪的主动性。无论是考虑到海上的自然风涛,还是时代的风云变幻,"风休住"都带有檄文般的力量。

之前我们讲到李清照的晚年,总想当然地说她凄凉、悲惨。但事实上,从李清照有条件准确系年的作品看来,她生命中高昂、有力的部分在晚年才开始勃发。这首《渔家傲》写于四十七岁时,《投翰林学士綦崇礼启》写于四十九岁时,《金石录后序》和《打马赋》写于五十一岁时[71]。写到《打马赋》时,李清照已经顾盼生辉、得意忘形,大有"谈笑间,樯橹灰飞烟灭"(苏轼《念奴娇·赤壁怀古》)的周郎之姿:

佛狸定见卯年死,贵贱纷纷尚流徙。满眼骅骝杂骒騄,时危安得真致此?木兰横戈好女子!老矣谁能志千里,但愿相将过淮水。[72]

李清照经历了三次解放:第一次是乱离,第二次是丧失,第三次是污名。如今我们没有资料去分析李清照的心路历程,但看起来她晚年境界的变化确实与际遇有关。她少年即有诗名,那归属于天赋与灵气的范畴,在人群中虽甚稀少,但对才女本人来说不值一提;青年沉溺于校书和收藏,积累了深厚的学养,但在唐宋闺阁中也并非仅有;中年以后流亡于广阔天地,周旋于三教九流,恐怕才是她陡然变化的关键。李清照自陈"予性喜博,凡所谓博者皆耽之"[73]。接受现实的挑战是一场最大的赌博。失败者魂魄离散,退出生命的舞台,活下来的人则经历着涅槃。那个"却把青梅嗅"的纤丽才女必须先死一回,"木兰横戈"的女英雄才会从火中诞生。

在收藏散失、家世与名声的负累逐渐脱去之后,晚年的李清照确实进入了一定程度的自由境界。云搏水击的大鹏如今已无需顺风的托举。她淡出了人们的视野,没有人注意她的人生故事,歌女也不再传唱她的新作。此后她来去无踪,穿行于宫廷与民间,看起来游刃有余。她曾在南方荒村的灯下痛快地博弈,也将数首帖子词送入后宫;曾带着米芾的手稿拜见已是高官的米友仁(米芾之子),也运作成功,将《金石录》进献朝廷,得到刊刻。我们不知道李清照何时死去,只知道她大约埋骨在西湖的明山秀水之间。

追忆文学的壮丽

李清照晚年的很多作品都是在处理丧失与留下之间的关系。青年怜惜"雨疏风骤"(《如梦令·昨夜雨疏风骤》)中的海棠,中年喝令"风休住",现在到了"风住尘香花已尽"(《武陵春·风住尘香花已尽》)的晚年[74]。不但繁华过去了,连磨难也过去了,人生到了落幕的时候。大约在五十六岁之后,李清照写了她晚年最著名的词作《永遇乐·落日熔金》。这次不是检视事物方面的丢失,而是处理她暮年的体验问题:什么永远埋葬在了记忆里,无法再被召回?

> 落日熔金,暮云合璧,人在何处?染柳烟浓,吹梅笛怨,春意知几许。元宵佳节,融和天气,次第岂无风雨。来相召,香车宝马,谢他酒朋诗侣。　中州盛日,闺门多暇,记得偏重三五。铺翠冠儿,撚金雪柳,簇带争济楚。如今憔悴,风鬟霜鬓,怕见夜间出去。不如向,帘儿底下,听人笑语。[75]

追忆文学共同的特点是不可思议的壮丽。在杜甫的《观公孙大娘弟子舞剑器行》、孟元老的《东京梦华录》、张岱的《陶庵梦忆》中,壮丽的还只是具体的前代事物:宫室、街市、奇技、异人,李清照却把壮丽、完满的气度赋予了整个宇宙。对前朝之物的壮丽夸饰意味着对前朝的彻底告别，而对整个宇宙的壮丽夸饰，即是告别这个世界的准备。

我愿意把这首词看作李清照的谢幕礼，"落日镕金，暮云合璧"，这承载了人类拼搏与笑泪的世界是何等迷人。"染柳烟浓，吹梅笛怨"，一些不安分的情愫正在随春色涌起，一轮新的爱恨情仇正在酝酿。但李清照意识到自己成了新时代的零余人。

自靖康以来，官民流离，元宵之乐已停止了十二年之久。直至绍兴九年（1139）金国通和，始有元宵盛会。[76] 不知是在绍兴九年后的哪一年，李清照在临安经历了一个有着日月同辉天象的元宵。在冬末春初的南国天空中，天地最西之处，晚霞像黄金铸成之前的金液一般璀璨流动；天地最东之处，积云让开，一轮满月如一块整圆的玉璧。"元宵"本义即为"新年的第一个月圆之夜"，此时更牵引着新时代的希望。"元宵佳节"指社会安定；"融和天气"指天公作美；"香车宝马""酒朋诗侣"指战前的一切都回来了，熟悉的诗酒生涯又向她招手。但李清照意识到她失去了激情。壮丽的情怀无法连贯，兴致的沉沦不停来提醒：过去的人流落到了哪里？春天什么时候结束？会有风雨吗？每一句都在否定前文的美满。

意兴阑珊的老年心灵已无法踏入生活的热潮，正如她在另一首词中所说的"试灯无意思，踏雪没心情"（《临江仙·庭院深深深几许》）。只有在追忆中，生命曾经青春勃发的样子才得以显现。她的追忆切回到出嫁之前，也就是

《金石录后序》的故事开始之前的时代。那时她有用不完的时间，特别喜欢汴京元宵之夜的热闹。我们可以在《东京梦华录》中找到对那时汴京元宵的记载：皇宫宣德门之前的御街上造起灯山，二者之间一百丈长的御街中布满了杂戏和舞乐。皇帝带着宫妃在宣德门上观灯，嬉笑之声飘落于楼下，而戏台上的艺人正借着剧情，带领满街百姓山呼万岁。[77]少年李清照与女伴们也在这山呼的人群中，戴着北宋末年最为时髦、繁复的首饰。在李清照的回忆中，她的青春与汴京的盛世糅合在了一起。那时的鬓发上"铺翠冠儿，撚金雪柳"，如今却"风鬟霜鬓"，它不仅是说李清照的衰老，也预示南北宋之交的风雨都已过去。她与前朝往事将一起隐没于重帘之后，被涌向新生活的人们忘记。

一百三十多年后，刘辰翁在南宋覆灭的过程中东躲西藏时，屡屡想到此词，感到"萧条异代不同时"（杜甫《咏怀古迹五首·其二》）的悲哀："余自乙亥上元，诵李易安《永遇乐》，为之涕下。今三年矣。每闻此词，辄不自堪。"[78]他何以如此感慨？可见李清照不但写出了暮年一己之萧索，更铺展了整个时代落幕的宏大全景。

在写李清照的过程中，我渐渐意识到，李清照生命故事的核心是离失。没有一个诗人像她一样，在开头就拥有如此之多，然后在一生中全部失去。年轻时她偶然地卷入了《金石录》的撰写，这本书却最终成为了她的人生隐喻。关于留存，最初建立功业者唯恐功业不长久，遂刻之于金石；后人见金石断裂崩毁，遂拓之以宣蜡；再后又见拓片流散焚毁，遂列之于目录。如今《金石录》中一千五百种有目无跋的碑文，与五百种有跋而无拓本的碑文，正是历史无尽流失的明证。

在历史中是否有什么东西留了下来，比金石之功更为长久？

2024年初春，我在武汉飞往青岛的航班上读《金石录》，下飞机时注意到，当武汉已樱花开放，青岛却还在冬寒的末尾中，枯草与海雾纠缠在候机楼的玻璃墙外。在急剧变暗而使万物迷茫的暮色中，宋代长江边一个初春的傍晚呈现在我眼前：

> 海燕未来人斗草，江梅已过柳生绵。黄昏疏雨湿秋千。[79]

燕子从海上归来、梅花在江边开落、小雨自黄昏飘起，这本是天地流行的自然。在这样生生不息的宇宙中，为何感到的不是欢欣，而是遗憾？"未来"，迟迟没有到来的，"已过"，怎么就已经过去了的，那是属于人类的不如意，投注出去，让原本无虑无思的宇宙充满了人的叹息。

那年二月高宗渡江，八月赵明诚去世。[80] 中间的那个春天宁静而馥郁。李清照却在一切春物中感到弥满的遗憾。它不仅来自个人事务，更是整个社会的氛围。她用俯瞰的眼光掠过江南岸边的树木和人群，看她们重复着过时的游戏、经历着必将落空的等待、攀不上被雨水打湿的秋千。人们被牢牢锁在时代和生活里，无法对即将到来的变局做出回应，只能徒劳地追赶物候的节拍。但李清照已有了告别的预感，她用无限珍惜的眼光记录了流亡之前的最后一个春天。如今我可以在这句词中想见那个宋代春日的所有信息，新鲜而浓烈，超过我身处的这个春日。

人类的心智需要这样的全景来安慰。当我结束多日的索隐和分析，闭上眼睛，希望从头脑中抹去这些琐屑的知识，"落日镕金，暮云合璧"和"海燕未来人斗草，江梅已过柳生绵"的诗句却无比清晰地从堆积的字节上浮起，变成一帧高保真的画面，召唤我置身进去，直接获得整体的理解和洞见。在那里，我看到当日的光线，触到长江边湿腻的细雨，感到个人置身于大变局飓风眼中时寥廓的茫然。这是诗歌存在的意义。它不是历史的注脚，而是另一种真实：当事人的心灵、眼光与当日自然、社会的独特遇合。万殊机械而不息的运转因那人心灵的统摄而产生了独特的意义，无含义的事件加工成了能被人类文明处理的情节。诗歌是语言的琥珀。

注释

1. 齐邦媛著：《巨流河》，台北：天下远见出版股份有限公司，2009年，第82页。
2. 《赵德甫金石录》，[宋]洪迈撰，孔凡礼点校：《容斋随笔》，北京：中华书局，2005年，第686页。
3. 《象山学案·宝文王复斋先生厚之》："顺伯长碑碣之学。今传于世者，有《复斋碑录》。宋人言金石之学者，欧、刘、赵、洪四家而外，首推顺伯。"见[清]黄宗羲著：《宋元学案》，北京：中华书局，1986年，第1921页。王厚之字顺伯。"搜集拓本之风，则自（欧阳修）后，若（曾巩），若（赵明诚），若（洪适），若（王厚之），成为一代风气。"见方麟选编：《王国维文存》，南京：江苏人民出版社，2014年，第750页。
4. 《赵德甫金石录》，《容斋随笔》，第684页。
5. 山右历史文化研究所编：《西太集（外三种）》，上海：上海古籍出版社，2016年，第247页。
6. 《复燕云》："中国与契丹讲和，今踰百年，间有贪惏，不过欲得关南十县而止耳；间有傲慢，不过对中国使人稍亏礼节而止耳。自女真侵削以来，向慕本朝，一切恭顺。今舍恭顺之契丹，不封植拯救，为我藩篱；而远逾海外，引强悍之女真，以为邻国。彼既藉百胜之势，虚喝骄矜，不可以礼义服也，不可以言说喻也。视中国与契丹挈兵不止，鏖战不解，胜负未决，强弱未分，持卞庄两斗之说，引兵逾古北口，抚有悖桀之众，系累契丹君臣，雄据朔漠，贪心不止，越逸疆圉，凭陵中夏。以百年怠堕之兵，而当新锐难敌之虏，以寡谋持重久安闲逸之将，而角逐于血肉之林，巧拙异谋，勇怯异势，臣恐中国之边患，未有宁息之期也。譬犹富人有万金之产，与寒士为邻，欲肆并吞以广其居，乃引强盗而谋曰：'彼之所处，汝居其半；彼之所畜，汝取其全。'强盗从之，寒士既亡，虽有万金之富，日为切邻强盗所窥，欲一夕高枕安卧，其可得乎！"见[明]陈邦瞻撰：《宋史纪事本末》，北京：中华书局，2015年，第543—544页。
7. 《宋纪九十四》："先是俣求医于朝，诏二医往，留二年而还，楷语之曰：'闻朝廷将用兵于辽，辽兄弟之国，存之足为边捍，女直之人，不可交也。业已然，愿二医归报天子，宜早为备。'医还，奏之，帝不悦。"见[清]毕沅编著，"标点续资治通鉴小组"校点：《续资治通鉴》，北京：中华书局，1957年，第2249页。
8. 《宋纪九十四》："（宣和五年二月）庚寅，诏遣良嗣等自雄州再往，许契丹旧岁币四十万之外，每岁更加燕京代税一百万缗，及议画疆与遣使贺正旦、生辰、置榷场交易。"见《续资治通鉴》，第2459页。

9 《徽宗本纪》，[元]脱脱等撰：《宋史》，北京：中华书局，2013年，第412页。

10 《改燕京为燕山府御笔》："燕京古之幽州，武王克商，封召公奭于燕，以燕然山得名。汉置涿郡，唐武德元年改燕州，天宝元年改幽州。旧号广阳郡。有永清节度。燕京改为燕山府。"见曾枣庄、刘琳主编：《全宋文》第一六六册，上海：上海辞书出版社，2006年，第118页。

11 《登高何处是燕然》："大宋道君皇帝此番更改政区设置的名称，其意不在摒去辽伪京之旧称，而在乎拉出《燕然山铭》也！——把'燕京'改成'燕山府'，也就等同于勒铭'燕然山'了！是他，指挥大军即将攻入'燕然山'下的'燕京'，再现窦宪当年的辉煌。政治象征意义如此重大，宋徽宗怕俗人看不明白，又提起御笔，亲手为其书写府名，以昭庄重。"见辛德勇著：《发现燕然山铭》，北京：中华书局，2018年，第104页。

12 燕京附近的燕山并不是窦宪的燕然山。2017年《燕然山铭》摩崖石刻在蒙古国中戈壁省德力格尔杭爱苏木Inil Hairhan山上被发现。此事引起学界对燕然山具体位置的争论，但基本认为燕然山在今蒙古人民共和国。

13 《窦融列传》，[宋]范晔撰，[唐]李贤等注：《后汉书》，北京：中华书局，1965年，第815页。

14 "其它6种通选唐宋的词选都录了李清照的词作……"见刘尊明、王兆鹏：《从传播看李清照的词史地位——词学研究定量分析之一》，《文献》，1997年第3期。

15 《直斋书录解题》题为"书坊编集"，《四库全书总目》考定此书编定于南宋宁宗庆元年（1195—1201）以前。集中选录唐五代两宋词共三百八十余首，作者一百二十人左右。

16 南宋曾慥所编《乐府雅词》中收录李清照词二十三首。

17 另三首为《怨王孙·梦断漏悄》《怨王孙·帝里春晚》《念奴娇·萧条庭院》。

18 《易安居士词》："易安居士，京东路提刑李格非文叔之女，建康守赵明诚德甫之妻。自少年便有诗名，才力华赡，逼近前辈，在士大夫中已不多得，若本朝妇人，当推词采第一。赵死，再嫁某氏，讼而离之，晚节流荡无归。作长短句能曲折尽人意，轻巧尖新，姿态百出，闾巷荒淫之语，肆意落笔，自古搢绅之家能文妇女，未见如此无顾籍也。"见

[宋]王灼著，岳珍校正：《碧鸡漫志校正》，成都：巴蜀书社，2000年，第41页。

19 《丽人杂记》："近时妇人能文词，如李易安，颇多佳句，小词云：'昨夜雨疏风骤，浓睡不消残酒。试问卷帘人，却道海棠依旧。知否知否，应是绿肥红瘦。''绿肥红瘦'，此语甚新。"见[宋]胡仔纂集，廖德明校点：《苕溪渔隐丛话》，北京：人民文学出版社，1962年，第416页。

20 [美]艾朗诺著，夏丽丽等译：《才女之累》，上海：上海古籍出版社，2017年，第168页。

21 "绍兴中，其妻易安居士李清照表上之。"见[宋]洪适撰，《隶释 隶续》，上海：上海古籍出版社，2021年，第1121页。绍兴年号用了三十二年，从1131年至1163年，没有人知道献《金石录》到底是哪一年。徐培均《李清照集笺注》附录《李清照年谱》系于绍兴十三年，但未提出依据。

22 《瑞桂堂暇录》中的《金石录后序》是否就是洪迈曾见过的版本？我将之与《容斋四笔》中的版本对勘之后发现，洪迈删除的一千多字，确实是不影响大意、普通读者可能不感兴趣的部分，如李清照的医学见解、亲戚着落、甲处至乙处的旅程中路上所经诸处，及李清照作文时程式化的引经据典。我觉得这两篇文章完全可视为一个系统，长的确是原文，短的确是摘要，故以下引用皆从原文。

23 《说郛》引《瑞桂堂暇录》："易安居士李氏，赵丞相挺之子讳明诚字德夫之内子也。才高学博，近代鲜伦。其诗词行于世甚多。尝见其为乃夫作《金石录后序》，使后之人叹息。以见世间万事，真如梦幻泡影，而终归于一空而已。"《瑞桂堂暇录》现全书已佚，作者、成书时代不可考。《金石录后序》是否真的为李清照所写，近年曾有争议。这样的困惑并不是空穴来风，主要原因是《后序》中有一些时间、地名、官职与历史记载对不上，几百年来学者们未能很好地解释，于是有研究者试图用文献学的方法证明其真伪。但也有学者认为，误不同于伪，《后序》无论流传依据、文本情况，其中错讹不可解之处都不满足"辨伪"的条件。争议参见三篇论文：陈伟文《李清照〈金石录后序〉质疑》，钱建状《李清照〈金石录后序〉释疑》，陈伟文《李清照〈金石录后序〉伪作说补证——答钱建状先生之驳难》。

24 《瑞桂堂暇录》署绍兴二年（1132），《容斋四笔》署绍兴四年（1134），按李清照在《金石录后序》中自称"三十四年之间"，即指从宋徽宗建中靖国元年（1101）成婚之后至作此序时的三十四年。故从洪迈绍兴四年之说。

25 《金石录后序》，见〔宋〕李清照著，徐培均笺注：《李清照集笺注》，上海：上海古籍出版社，2002年，第301—310页。

26 《大相国寺》，虞云国著：《水浒寻宋》，上海：上海人民出版社，2020年，第76—93页。

27 《金石录后序》，《李清照集笺注》，第310页。

28 《金石录后序》，《李清照集笺注》，第310页。

29 《金石录后序》，《李清照集笺注》，第310页。

30 《金石录后序》，《李清照集笺注》，第309—310页。

31 《金石录后序》，《李清照集笺注》，第310页。

32 《金石录后序》，《李清照集笺注》，第311页。

33 "《后序》中只字不提往投二舅父事，是因为王仲嶷、仲山二人因屈膝降金而声名狼藉。"见陶然：《李清照南渡后行迹及戚友关系新探》，《文学遗产》，2009年第3期。

34 《金石录后序》，《李清照集笺注》，第312页。

35 《太宗纪》："三月丁卯，大迪里复取之。宗弼及宋韩世忠战于镇江，不利。四月丙申，复战于江宁，败之。诸军渡江。"见〔元〕脱脱等撰：《金史》，北京：中华书局，1975年，第61页。按高宗返回越州是在这年四月十二日。

36 浦江清先生认为原文应为："出睦之剡，到台，台守已遁，又弃衣被走黄岩，雇舟入海，奔行朝，时驻跸章安，从御舟海道之温，又之越。"见浦江清：《浦江清文史杂文集》，北京：清华大学出版社，1993年，第152页。

37 《打马图经序》，见《李清照集笺注》，第340—341页。

38 "绍兴四年（1134）九月，伪齐刘豫获知岳飞的军队已经收复了襄阳（今属湖北）、邓州（今河南邓县）诸地，大为惊恐，于是怂恿金人再次出兵南侵，并派遣自己的儿子刘麟、侄子刘猊率兵为向导。金兵渡过淮河，分二路南侵。朝廷大臣议论应敌之策，高宗同意銮驾亲征。"见诸葛忆兵著：《李清照》，哈尔滨：北方文艺出版社，2019年，第206页。

39 《唐乘广禅师碑》："初，余为《金石录》，颇以唐贤所为碑版正文集之误。禹锡之文，所录才数篇，最后得此《碑》以校集本，是正者凡数十字。以此知典籍岁久转写，脱误可胜数哉！"见〔宋〕赵明诚撰，金文明校证：《金石录校证》，北京：中华书局，2019年，第549页。

40 《集古录目序》，〔宋〕欧阳修著，李逸安点校：《欧阳修全集》，北京：中华书局，2001年，第600页。

41 《金石录后序》，《李清照集笺注》，第310页。

42 《金石录后序》，《李清照集笺注》，第312页。

43 《金石录后序》，《李清照集笺注》，第310页。

44 《金石录后序》，《李清照集笺注》，第311页。

45 《金石录后序》，《李清照集笺注》，第311—312页。

46 《金石录后序》，《李清照集笺注》，第312页。

47 《金石录后序》，《李清照集笺注》，第311页。

48 《金石录后序》，《李清照集笺注》，第311页。

49 几百年来的研究者都注意到了这些异样，并开始求索赵明诚中年纳妾，致使夫妻关系不和的蛛丝马迹。我完全不认可这个解释。在古代妻妾制度中，妾是夫妻双方共有的财产，可以买入，也可以卖出。很少有妾真正动摇妻的情感地位的例子，法律地位更是绝不会动摇。至于赵李门庭之高，二者精神事业相契之深，李清照的地位更不可能被一旦容貌衰老就秋扇见捐的侍妾所动摇。与无子可能带来的实际麻烦相比，纳妾生子应当是最有利于李清照的选择。所以赵李情感并非不谐，而是本不以卿卿侬侬为主。如必欲从其中寻找郎情妾意的蛛丝马迹而不得，便深究其因，则无异于缘木求鱼。

50 《齐钟铭》，[宋] 赵明诚撰，金文明校证：《金石录校证》，北京：中华书局，2019年，第2页。

51 《金石录后序》，《李清照集笺注》，第313页。

52 《金石录后序》，《李清照集笺注》，第313页。

53 《经籍会通四》，[明] 胡应麟著：《少室山房笔丛》，北京：中华书局，1958年，第70页。

54 [明] 毛晋，《漱玉词跋》，汲古阁本。

55 《魏中散嵇康诗》，[南朝梁] 钟嵘著，曹旭集注：《诗品集注》，上海：上海古籍出版社，1994年，第210页。

56 《咏怀》，[清] 沈德潜选评：《古诗源》，北京：中华书局，2018年，第118页。

57 《乌江》，《李清照集笺注》，第238页。

58 《项羽本纪》："于是项王乃欲东渡乌江。乌江亭长檥船待，谓项王曰：'江东虽小，地方千里，众数十万人，亦足王也。愿大王急渡。今独臣有船，汉军至，无以渡。'项王笑曰：'天之亡我，我何渡为！且籍与江东子弟八千人渡江而西，今无一人还，纵江东父兄怜而王我，我何面目见之？纵彼不言，籍独不愧于心乎？'乃谓亭长曰：'吾知公长者。吾骑此马五岁，所当无敌，尝一日行千里，不忍杀之，以赐公。'

乃令骑皆下马步行，持短兵接战。独籍所杀汉军数百人。项王身亦被十余创。顾见汉骑司马吕马童，曰：'若非吾故人乎？'马童面之，指王翳曰：'此项王也。'项王乃曰：'吾闻汉购我头千金，邑万户，吾为若德。'乃自刎而死。王翳取其头，余骑相蹂践争项王，相杀者数十人。最其后，郎中骑杨喜，骑司马吕马童，郎中吕胜、杨武各得其一体。"见［汉］司马迁撰，［宋］裴骃集解，［唐］司马贞索隐，［唐］张守节正义：《史记》，北京：中华书局，2014 年，第 425 页。

59 ［德］康德著，何兆武译：《论优美感和崇高感》，北京：商务印书馆，2001 年，第 3 页。

60 杨焄：《近代学界的"李清照改嫁"之争》，《文汇学人》，2018 年第 XR4 版。

61 《丽人杂记》，《苕溪渔隐丛话》，第 417 页。綦崇礼字处厚。

62 《故霸州文安县主簿苏君墓志铭》，《欧阳修全集》，第 513 页。

63 《投翰林学士綦崇礼启》，《李清照集笺注》，第 282 页。

64 《投翰林学士綦崇礼启》，《李清照集笺注》，第 282 页。

65 《渔家傲·天接云涛连晓雾》，《李清照集笺注》，第 127 页。

66 "家大人云：此绝似苏辛派，不类《漱玉集》中语。"见梁令娴编，刘逸生校点：《艺蘅馆词选》，广州：广东人民出版社，1981 年，第 91—92 页。

67 《论李易安词》："凡第一流之诗人，多有理想，能超脱……'天接云涛连晓雾，星河欲转千帆舞。仿佛梦魂归帝所，闻天语，殷勤问我归何处。'有姑射仙人饮露吸风之致。"见缪钺著：《诗词散论》，西安：陕西师范大学出版社，2008 年，第 56 页。

68 "李清照此数句词中的'闻天语'及'归帝所'等叙写，其景物情事自非现实中之所能实有，而且其所谓'帝所'，自应是指天帝所居之所，而所'闻'之'天语'是'殷勤问我归何处'，则正是对人生终极之归宿与意义的一种反思。所以私意以为李清照此词，实大有象喻之意味。"见叶嘉莹主编，李宏哲注：《寸心如水月：李清照词》，北京：中国友谊出版公司，2024 年，第 196—197 页。

69 "在幻想的境界中，她却塑造了一个态度温和、关心民瘼的天帝。'殷勤问我归何处'，虽然只是一句异常简洁的问话，却饱含着深厚的感情，寄寓着美好的理想。"见周汝昌等撰：《唐宋词鉴赏辞典》，上海：上海辞书出版社，2011 年，第 1144 页。

70 "《黍离》之天，则不同于皇天、昊天、旻天、上天，是再没有《敬之》时代的监临与护佑，而悠悠也，苍苍也，去人也远。可知与'悠悠苍天'对应的乃国之败亡,却并不仅仅是'远而无可告诉'的迷惘,下接'此何人哉',揭出人天两造,既是无所归咎,又是有所归咎……"见扬之水著:《诗经别裁》,北京:中华书局,2007年,第80—81页。

71 李清照写作《金石录后序》的年龄有绍兴四年、绍兴二年两说。绍兴四年李清照之年龄亦有五十一岁、五十二岁两说。徐培均已有考证,见《李清照集笺注》,第320页。

72 《打马赋》,《李清照集笺注》,第356页。

73 《打马图经序》,《李清照集笺注》,第340页。

74 《李清照集笺注》笺注者徐培均将《武陵春·风住尘香花已尽》系为绍兴五年三月于金华作,见《武陵春》笺注一,《李清照集笺注》,第141页。此年李清照五十二岁,已完成离婚,写作完《金石录后序》《打马赋》等。

75 《永遇乐·落日镕金》,《李清照集笺注》,第150页。

76 《永遇乐·落日镕金》,《李清照集笺注》,第151页。

77 《元宵》,[宋]孟元老撰,伊永文笺注:《东京梦华录笺注》,北京:中华书局,2006年,第540—542页。

78 《李清照十一首》,胡云翼:《宋词选》,上海:上海古籍出版社,2017年,第128页。

79 《浣溪沙·淡荡春光寒食天》,《李清照集笺注》,第116页。

80 因为"江梅""海燕"为南方之物,故徐培均《李清照集笺注》将它系为建炎三年江宁作。见《李清照集笺注》,第117页。

文天祥：英雄的省思

如今，他变成了一个要躲起来哭的人。如果原先附着在生命上的意义都不存在了，该怎么办？他充分承担了时代砸来的命运，转化它，于是超越性的时刻来了。人生因此可能不择处境而生机无限。

我一直对文天祥抱有好奇。八九岁时，我走一条樱花树下的路，一直走到少年宫，在那里看到一本写给小孩的名人传记。那本书的开头有一个令我十分费解的故事：一个大雪天，江西庐陵（今江西吉安），一位父亲带着孩子走在去乡贤祠的路上。他要教这个小孩去认识供奉在乡贤祠中的三位贤人，以他们的方式度过一生。其中一个是欧阳修，另两个名字当时我不知道是谁。[1]这个故事带给我一种泄露天机般的宏大感。我的家乡没有大雪。偶尔有嫩雪积起，人们就开始了狂欢，因为温暖的地气在几小时里就会融化它。没有小孩会因为玩耍之外的目的被带到雪地上。故事里的雪地何以如此严肃？那个大雪天带给我的印象，远比后来看《林教头风雪山神庙》强烈。

在少年宫附近，有一座横跨京杭运河的高桥，名叫吴桥。在吴桥下宽广的河波中间，有一块圆形的土地，造着一间重檐飞起的楼阁。石砌的矮墙将干燥的土地与河水隔开。每年梅雨季节运河涨水，河水几乎就要倒灌进这个数百平方米的岛屿，却从来没能成功。在河边小孩子的视野里，运河不啻"泾流之大，两涘渚崖之间，不辩牛马"（庄子《秋水》）的秋水，而烟波之中无法踏入的缥缈楼阁更无异于蓬莱、瀛洲。有时候夜间经过吴桥，也看见桥下深远的黑暗之中，楼阁里有灯光，于是很多年我一直在想，到底是谁住在那阁楼里。直到有一天，我在地方晚报的角落里看到介绍：这个岛屿叫作"黄埠墩"，是文天祥被元军羁押北上所经之处，而那栋神仙楼阁是后来所建，名为"正气楼"，在我出生前一年才修建完成。

后来读《文天祥全集》，我十分惊讶。第一，原来在写完《过零丁洋》之后，文天祥又写了那么多的诗。此诗之前，文天祥度过了四十三年，此诗之后，文天祥又度过了四年。后四年所作之诗的数量超过前四十三年的总和。第二，德祐二年（1276）南宋降元（此年文天祥四十一岁），把文天祥的诗分为前后两期，前期诗歌不可思议地草率平庸，后期诗歌却越来越真粹感人。钱锺书在《宋诗选注》中评论：

> 元兵打破杭州、俘虏宋帝以前是一个时期。他在这个时期里的作品可以说全部都草率平庸，为相面、算命、卜卦等人做的诗比例上大得使我们吃惊。……他从元兵的监禁里逃出来，跋涉奔波，尽心竭力，要替宋朝保住一角山河、一寸土地，失败了不肯屈服，拘囚两年被杀。他在这一个时期里的各种遭遇和情绪都纪载在《指南录》、《吟啸集》里，大多是直书胸臆，不

讲究修辞，然而有极沉痛的好作品。[2]

几乎所有现代人对文天祥的了解都自《过零丁洋》开始。我也想从这里开始，探索他写完"人生自古谁无死？留取丹心照汗青"之后的故事。我的问题是，在一个人决定舍生取义之后，如果生命还有下一个阶段，那会是什么？

进入厓山的倒计时

南宋德祐二年正月，元军围攻南宋都城临安（现浙江杭州），驻军明因寺。四十一岁的文天祥临危受命，以右丞相兼枢密使的身份出使元营。当辩论达到高潮，元军主帅伯颜以死威胁时，文天祥说："我南朝状元、宰相，但欠一死报国，刀锯鼎镬，非所惧也。"[3]自此之后，文天祥的个人选择、舆论压力、后世评价，无不建立在"状元宰相"这个特殊的身份之上。

文天祥于宋宝祐四年（1256）状元及第[4]，当时二十一岁。对南宋朝廷而言，这位状元带来了对形势的准确观察和"君子自强不息"的刚健精神。[5]对文天祥本人而言，这个结果带有额外的传奇性：一是他原本被考官录为进士第七名，宋理宗阅读试卷后亲手擢升为第一[6]，这使得君臣之间有了格外的恩情；二是弟弟文璧同年登礼部榜，三年后殿试通过，登进士榜。按宋代惯例，放榜后，状元要主持

"鹿鸣宴"招待同榜进士。后来文天祥编定诗集，就以《次鹿鸣宴诗》为第一首，之前作品全不选入。此诗这样说：

> 二宋高科犹易事，两苏清节乃真荣。[7]

"二宋"指同举天圣二年（1024）进士科的宋庠、宋祁两兄弟，"两苏"指同举嘉祐二年（1057）进士科的苏轼、苏辙两兄弟。文天祥的个性中本带有豪侠之气，科举之路又过分顺利，这使他视获得现世功业如探囊取物。他忽然发现，成就达到像苏轼、苏辙的程度也是恰当的目标。

谁知中状元后，文天祥的仕途却并不顺利，十八年中有七年时间家居，剩下的时间做过一些不大的官。南宋咸淳十年（1274），忽必烈率兵南侵时，文天祥已经三十九岁，只是赣州知州。第二年（1275）元月，南宋官军无力御敌，文天祥响应朝廷号召发兵勤王，从江西开赴临安。这支部队主体是江西、湖南、淮南、两广的百姓。[8]人们觉得他行事疯癫，因为这支奇怪部队中的精锐竟是江湖游侠和山地的蛮族酋长。[9]游侠和酋长也不够用，据说文天祥又雇佣从前线败逃回来的官兵来训练军队。[10]政府无力支付军队开支，文天祥就用家资来补贴[11]。为此文母被送到惠州，由时任惠州知州的弟弟文璧及文璋供养。[12]

文天祥下定了决心毁家救国，但朝廷却放不下猜疑。八月，勤王部队抵达临安，朝廷即想用虚衔将他与其军队分开，不成功之后，又支他去守平江府（今江苏苏州）。当年（1275）底，江南运河沿线失守，元军顺河南下，京城危如累卵，文天祥才被调回临安御敌。此时朝内已乱成一锅粥，官员成批逃跑，上朝者日减一日。两位宰相的逃跑隔了近五十天。左相留梦炎是十一月二十九日跑的。[13]第二年正月十八日，伯颜打到了杭州城外的皋亭山。南宋献玺称降，派右相陈宜中去元营商议投降细节，于是陈宜中当晚也跑了。[14]这位先生既不敢打仗，又不肯投降，一逃再逃，最后逃到了占城（今属越南）[15]。为了完成议降大业，南宋朝廷在一日内加急任命文天祥为右丞相、枢密使，都督诸路军马，也就是接替了陈宜中的职权。正月二十日，右丞相文天祥、左丞相吴坚一起率团出使元营，会见伯颜。这就是文天祥成为"文丞相"的过程。

文天祥在元营慷慨陈词，对伯颜既责之以公义，又晓之以情理，想让他相信两国并存才是最好的方案。于是伯颜将文天祥单独软禁，转头与吴坚等快速商定投降条件，放他们回朝履行。南宋朝廷也并不在意这位工具人宰相的死活。二月初五，六岁的小皇帝赵㬎举行投降礼，诏谕天下郡县从元。随后吴坚等五人被任命为"祈请使"，北上元大都（今北京），递交赵㬎的降表。元军派出了一支队伍随他们北上，既是护送，也是押送。这支队伍从元营出发时，也捎上了文天祥。

与"祈请使"同行，使文天祥受到了奇耻大辱。他一边计划逃跑，一边记录着这些原为南宋高官的"祈请使"为讨好元军，如何讲色情笑话、咒骂南宋政府。[16]幸而他年轻时十分爱与三教九流往来。此时他带有一支十一人的随从队伍，其中有一位游侠，名叫杜浒。文天祥被任命为丞相使元时，杜浒预见到一定会被扣留。阻止无效，他便以随从身份陪同出使。[17] 在北上途中，杜浒的江湖本事大放光彩。每到一地，杜浒便上街装醉，胡言乱语，拦住路人倾诉亡国之痛。只要对方跟着一起叹息，杜浒便先把银子塞在他口袋里，再询问有没有船。问了几十人，虽没有船，但都不出卖他。最后他找到一位不要银子，只想救大宋丞相的管船人，只剩宵禁的问题还没解法。此时一个管夜禁的元人小吏出场，杜浒硬要跟他做朋友，拖他一同去嫖娼。调虎离山，骗得官灯后，文天祥一行由元军小厮提灯伺候，大摇大摆上船逃走。[18]

这支队伍就像《魔戒》中去往末日火山的护戒小分队一样，逃过看守的眼线、穿过江面的封锁、躲过戒灵的围剿，被自己人怀疑为奸细，被盟军骗出城门，经历同伴的背叛和死亡。从出使到逃出仅六十余天，十二人只剩下六人。德祐二年闰三月十七日，文天祥从镇江逃生成功。随后，他从通州（今江苏南通）入海，坐船南下追随南宋的流亡政府。如今我们知道这些事，是来源于文天祥《指南录》中的记载。这部诗集所录之事从出使元营开始，到出逃到达温州永嘉结束。

为什么宋恭宗赵㬎降元之后还有流亡政府呢？原来降元并不是南宋朝廷的共识。一些官员在赵㬎降元前夜，护送他八岁的哥哥和五岁的弟弟逃往浙江，并将他们先后推上皇位。哥哥为宋瑞宗，两年后在流亡中病死，弟弟为宋少帝，就是在厓山（今广东新会南）一役中被陆秀夫背在背上跳海的小皇帝。文天祥在福州见到了已经登基的瑞宗，但朝廷否定了他在温州永嘉备战的计划，支他去更南边的南剑州（今福建南平）、汀州（今福建龙岩）开府。景炎元年（1276）七月，文天祥从南剑起兵，在十七个月内转战福建、江西、广东，祥兴元年（1279）十二月二十日在五坡岭（今广东汕尾海丰北）被俘。[19] 这期间，文天祥的母亲、独子病死，妻妾被俘，六个女儿中两个病死，两个被杀，两个被俘。

文天祥被俘之前，南宋流亡政府已退至厓山。十一岁的宋瑞宗在惊恐中病死，八岁的宋少帝登基。文天祥被俘后服毒药不死，十几天就被元将张弘范带上战船，直驱厓山。当时南宋大臣张世杰主理朝政。得知元军前来，他下令将厓山行宫军屋尽数焚毁，人马全部登船。他带领着二十万宋朝军民流亡在海上，号称有军舰千余、士兵四十万。元军带文天祥去那里的目的是招降南宋最后的君臣。

零丁洋：蜃楼与血海

祥兴二年（1279）一月十三日，元军的战舰载着文天祥抵达厓山。张弘范要求文天祥写信给张世杰劝降。文天祥写的就是《过零丁洋》。他反问元将："我自救父母不得，乃教人背父母，可乎？"不知道为什么，在文天祥的多处记载中，元人当他之面，都格外讲道德伦理，胜于宋人。这次也不例外，于是元将不再逼他，只能感慨"好人，好诗"。[20]

过零丁洋

辛苦遭逢起一经，干戈寥落四周星。
山河破碎风飘絮，身世浮沉雨打萍。
惶恐滩头说惶恐，零丁洋里叹零丁。
人生自古谁无死？留取丹心照汗青。[21]

虽然后世史书将文天祥塑造为忠义楷模，但他生前从未试图将极端的忠义普适化。从《过零丁洋》开始，到绝笔的《衣带赞》，他一直反思，是什么将他的人生塑造成这样。其中固然有自我的选择，但更有偶然的遭遇。现在他认为有两个开始：一是从学习成为一个读书人开始，即"辛苦遭逢起一经"；二是四年前从赣州知府的任上起兵勤王开始，即"干戈寥落四周星"。如果不读圣贤书，便不知道自己对天下有责任；如果不起兵勤王，便不会被任命为宰相。如今他的选择关乎大宋最后的尊严，只能勇毅，无法超脱。这四年之中，天地经历巨变。宋朝国土的分崩离散甚于陶渊明所说"柯叶自摧折，根株浮沧海"（《拟古九首·其九》）。"山河破碎风飘絮"：旧山河只剩下东南群山与沧海之中，零星几处尚未被元军征服的深山和海岛。与昔日全境相比，只如春日的数点飞絮，转眼就要吹散无踪。"身世浮沉雨打萍"：文氏家族则如浮萍一簇。密雨来时，水流萍散，甚或被跳波倾覆，正是文氏家人流离、死亡的象征。

惶恐滩、零丁洋是元军战舰所经之处，文天祥借其名点出这四年来的恐惧和孤独。"说"其实是无可说，"叹"其实是背人叹。以前我们讲这首诗，往往略过"遭逢""惶恐""零丁"，似乎多谈几句，就会减损英雄的壮烈。但从实际的阅读体验说，这首诗的前三联就是与尾联有割裂，绘出低落到了极点，又忽然振起的情绪曲线。这曲线正如清儒张惠言笔下春日狂风中的杨花"未忍无声委地，将低重又飞还"（《木兰花慢·杨花》）。张惠言借杨花写的是仁人君子在忧患之中仍不肯沉沦的意志力量。理解文天祥也应如此。不能体会其低落之深，也就不能了解其振起之力。

陶渊明曾在《自祭文》的结尾感慨"人生实难，死如之何"。文天祥此时也许有相同的感受。在这四年中，文天祥很多次离死亡仅咫尺之遥。在那段被我称为"护戒之旅"的逃亡旅程中，文天祥与人间可能有的死法都遭遇了一遍——骂敌处死、自刎而死、落水淹死、敌兵杀死、马蹄踏死、冻饥而死。死亡变得如此亲近，似乎只要打一个盹，就会被它带走：

> 呜呼！予之及于死者，不知其几矣：诋大酋，当

死；骂逆贼，当死；与贵酋处二十日，争曲直，屡当死；去京口，挟匕首以备不测，几自到死；经北舰十余里，为巡船所物色，几从鱼腹死；真州逐之城门外，几彷徨死；如扬州，过瓜洲扬子桥，竟使遇哨，无不死；扬州城下，进退不由，殆例送死；坐桂公塘土围中，骑数千过其门，几落贼手死；贾家庄几为巡徼所陵迫死；夜趋高邮，迷失道，几陷死；质明，避哨竹林中，逻者数十骑，几无所逃死；至高邮，制府檄下，几以捕系死；行城子河，出入乱尸中，舟与哨相后先，几邂逅死；至海陵，如高沙，常恐无辜死；道海安、如皋，凡三百里，北与寇往来其间，无日而非可死；至通州，几以不纳死；以小舟涉鲸波，出无可奈何，而死固付之度外矣。呜呼！死生昼夜事也，死而死矣，而境界危恶，层见错出，非人世所堪。痛定思痛，痛何如哉！[22]

驱使他从死亡的手中溜走的，除求生本能外，更多是道义责任。救国之希望存时，他没有权力放弃，如今真被置于不可脱逃的境地，反而可以坦然就义。在文天祥的想象中，如能因拒降骂敌而死，对尚在抗争的南宋臣民，以及千秋万代都有精神意义。这也就是他后来在《正气歌》中说的"为张睢阳齿，为颜常山舌"[23]。唐代安史之乱，张巡守睢阳，颜杲卿守常山，二人皆城破不降而死。张颜二人生命的最后一刻都极具光彩：张巡被俘后骂声不绝，敌人撬开他的嘴，发现他只剩三四颗牙齿，其他都在两年的战斗中咬碎了。[24]颜杲卿则当面唾骂安禄山,以至于安禄山下令钩烂他的舌头,把他肢解吃掉。[25]他们面对死亡如此坦然,是因为这一死之中有指向未来的巨大意义。文天祥将之总结为"人生自古谁无死?留取丹心照汗青"。

语言又一次创造了现实。预言实现了。八百年来,哪怕对文天祥生平一无所知的人,都记得这句话,并将之视为一个直白的公式:个人牺牲是一件合算的事,因为它将为这个国家创造更大的精神价值。如果《过零丁洋》是文天祥的绝命诗就好了。后人将拥有一个纯粹的英雄神话及与之配套的壮烈文辞。但文天祥的命运并非如此。仅过了二十天,这个公式就被打破了。等号对面的世界被摧毁了。文天祥被扔进了一个他从来没有面对过的新问题:在国家已经不存在的情况下,在个人的伦理义务撤除了之后,自我牺牲还有意义吗?

这个新问题的产生是因为他目睹了厓山海战。厓山之战是宋元之间最后的决战,以宋军全军覆灭告终。祥兴二年一月十三日,元军的数百艘船只抵达,宋军的近千艘大船已以御船为中心,用绳索连为坚城。两军在海上僵持了二十多天。在风暴前格外宁静的夜中,文天祥见证了赵宋王朝最后一个元夕。那是如梦如幻的景象,"人间大竞渡,水上小烧灯"(《元夕》)。南海的渔民似乎并没有被战争打扰。陆上的河脉中,处处举行着盛大的龙舟竞渡仪式,海上的渔舟里,点起一盏盏明亮的花灯。

宋代士大夫惧怕海洋,但被迫入海的经历又往往能开拓他们的胸怀。苏轼晚年从流放地琼州（今海南海口）渡海归来，在一场几乎要颠覆船只的大雨之后写道"云散月明谁点缀？天容海色本澄清"（《六月二十日夜渡海》）。这既是海上疾速到来又疾速离去的强对流天气，更是东坡超旷心智不受荣辱点污的自得。为此他故意将贬谪说成是一生中最成功、最不后悔的游历："九死南荒吾不恨，兹游奇绝冠平生。"（《六月二十日夜渡海》）如今文天祥有意识地继承了苏轼的言说方式，将他的被俘入海也称为"游"："南海观元夕，兹游古未曾。"（《元夕》）如此坦荡自得，也许是因为直到此时，他还不认为会亡国。他预想的仍只是自己一个人的死，而据古代达者的看法，个人来到这个世界上，不过就是在旅途中一夕暂时的歇脚。

二月六日，文天祥失去了他的体面。厓山海战开始了。他被作为上宾，送到战场正面去近距离观赏。南宋君臣被鲸波吞没。他在鹿鸣宴上宴请过的同榜进士陆秀夫举起刀剑把老婆孩子赶下海，随即背着小皇帝投海自尽。文天祥成为了被迫幸存的那个人。宋元两国加起来，没有哪个人像文天祥那样，离得如此近，又有足够的能力写。于是记录这场战役的任务又落到了他的身上。

记录厓山海战的诗名为《长歌》。诗前有一个小序："二月六日，海上大战，国事不济。孤臣文天祥坐北舟中，向南恸哭……"[26] 这是幻灭的哭声。诗中记载，天黑之后，元军以火器发射，海上流星遍布，顷刻之间宋军溃败不堪。这溃败如发生在陆地，人们会作鸟兽散，但发生在海上，大海就成了地狱。安史之乱时杜甫写过"孟冬十郡良家子，血作陈陶泽中水"(《悲陈陶》)。那也只是四万人，而此时海上的南宋臣民号称四十万。这是文天祥无法理解的现实。其惨烈程度近世无比，以至于没有一个唐宋近典用得上，反倒是古远时代不可思议的残暴描写，看起来与现实最为相似。秦国在长平之战时曾活埋赵国四十万降军，所以这首诗以"长平一坑四十万，秦人欢欣赵人怨"开头。从这首诗开始，以春秋战国之事来比宋元之事，就成了文天祥诗中的惯例。

> 一朝天昏风雨恶，炮火雷飞箭星落。
> 谁雌谁雄顷刻分，流尸漂血洋水浑。
> 昨朝南船满厓海，今朝只有北船在。
> 昨夜两边桴鼓鸣，今朝船船鼾睡声。
> 北兵去家八千里，椎牛釃酒人人喜。
> 惟有孤臣雨泪垂，冥冥不敢向人啼。[27]

第二天早上，文天祥看到的场景如此：号称四十万的宋朝军民，一千多艘大船，在一夜之间消失了，只剩元军的船只，在海浪的轻抚中传来酣睡之声，好像什么都没有发生过。这是海战的残忍之处。陆战虽然尸横遍野，但还可以幻想有一些人马逃走了，幸存下来。海战之后不但很难有人独自游泳逃生，而且大海会把所有战争的痕迹都吞噬掉、洗干净。第二天海上的日出还是十分美丽。他为什么偏偏想到了"长平一坑四十万"？除了数字上的相似之外，大概还因为生命痕迹完全消失的感觉就和活埋一样。

这是一种非常超现实的感觉，尤其是对宋代人而言。海洋对于中国的古人来说是陌生的。人们最初认识的是东海。那是秦始皇派徐福去寻找长生不老药的所在。一直到唐代，文学都很少涉及海洋。海洋最多出现在游仙诗中。海洋和天空一起被视为人类难以征服的领地，一般留给怪兽和神仙。到了宋代，苏轼流放海南不以为苦，在心理上战胜了海的蛮荒和危险，被公众视为他人格力量的显现。其前提依然是人们对海的集体性恐惧。文天祥同样不了解大海。他在厓山海上看到南宋国度骤然出现又骤然消失。他之前生活的世界也一起变成了海市蜃楼。这首诗成了文天祥战争写作的绝笔。从此之后，文天祥的诗歌又产生了第二个惯例——不再具体回忆他生命中的任何一场战争。

我很喜欢这首诗的结尾："惟有孤臣雨泪垂，冥冥不敢向人啼。"从第一次出使元营开始，文天祥就没有什么不敢的。在所有记载中，文天祥都是理直气壮，元将都是自惭形秽。那是在毫无国力、军力撑腰的情况下，完全靠道德人格获取的心理优势。但如今这样的心理优势被摧毁了。他变成了一个要躲起来哭的人，一个惊恐万状、饮泣吞声的战俘。在几天后的另一首诗里，他写道："朅来南海上，人死乱如麻。腥浪拍心碎，飙风吹鬓华。"（《南海》）在这两首诗里，他自己完全告别了"人生自古谁无死？留取丹心照汗青"的英雄气概，却因此更为真实、更像一个凡人、更接近你和我。

"英雄"形象必须联结着强烈的意义感,但这时文天祥遇到了一个伦理难题——如果之前生活的意义幻灭了,而死亡也不会创造任何额外的意义,该怎么办?将这个话题转化到凡人的场景中并不难懂。一些母亲可以忍受孩子的重病,因为她觉得必须为孩子活,可是另一方面,她也可以为孩子死,比如愿意把自己的器官移植给孩子。但如果有一天这个孩子不在世了,母亲的活和死之上原先附着的意义就都不存在了。那些人感到漂浮、虚幻、不真实。所爱之人的去世、王朝的覆灭、理想的破灭,都可能带来这种状态。

北行:迤逦的梦途

因为原先附着的意义都不存在了,生命产生了一种没有外在负累的轻盈感。同时内在就变成了没有内容的空洞感。

在海上漂了七十天后,文天祥再次踏上国土。张弘范提醒他亡国已成了事实,历史将被下一个朝代的史官书写,那些汗青上将不会记载他自杀殉国的义举。文天祥说:我只对我的心负责,无所谓历史书怎么写。[28]元军遂将他带回元大都去见忽必烈。

他们于至元十六年(1279)四月从广东出发,经过今江西、浙江、江苏、山东、河北,当年十月到达元大都。元人对文天祥很客气。他一路由七位原先的仆人照顾[29]，沿途也可以拜访朋友。文天祥有时让仆人带着他的书信、手稿离开，将它们交付到亲友手中。[30]《指南录》就是这样交到弟弟文璧手中，并得以刊刻的。

我很喜欢北行路上的这些诗。这些诗不再宣讲道德大义，变得更私人化、具有情绪的流动性。心理历程如此：一开始他默默计划在到达江西庐陵时自杀，便将庐陵之前的行程视为在人间最后的闲游。诗歌中充满了对这美妙山河再看最后一眼的赏眷。但他没有死成。那正是夏水暴涨的时节，水盛风驰，还没等他饿死，船就穿过了庐陵。绝食八日之后，船离家乡越来越远，他放弃了自杀。[31]在金陵渡过长江，进入淮南、淮北之后，诗歌中死亡的主题搁置了，一种新奇感摇曳而生。几个月里，他渡过南宋时作为宋金边界的淮河，又渡过北宋时作为宋辽边界的白沟河。因为亡国，他反而踏上了不曾收回的故地。那也是每一个儒生的精神故乡。他看到了典籍里的中原，传说中的太行王屋，周公、孔子的故地[32]。

我想这样的经历带给了他巨大的冲击：一方面，"故国"的概念变得不那么清晰了。唐、宋两朝虽已覆亡，山川与文化却并没有随之消失。另一方面，"子民"的概念也变得不那么清晰了。战争造成的无人区中，来自北方的汉族戍卒、客商、农夫正在向南迁移，建立定居点。这算是元人的生活还是宋人的生活呢？在一个宋代士大夫的想象中，君王、国家、版图、文化、人民，都是绑定而俱存亡的。"亡国"意味着一切毁灭。文天祥真正经历了亡国，却发现原来的绑定松动了。草木与农夫已经弃宋而去。禾黍青青，开始了新的生活。于是他不但被置于故国的焦土上，也被扔在了意义的荒野上。

"人生天地间，忽如远行客"（《青青陵上柏》），他忽然间理解了这句汉代古诗。原属南宋边界之外的中原大地正是这些汉诗的发源地。南迁之后，这样的诗句就失去了土壤。在中原，南方人文天祥才感到世界的平旷无涯："中原似沧海，万顷与云连"（《发陵州》），人生的渺小和徒劳："我行天地中，如蚁磨上旋"（《发陵州》）。从此之后，他的诗中"宇宙"一词多了起来。他开始思考，在这样广大的宇宙之中，死生的意义到底是什么。[33] 他也使用逻辑思辨和举例实证，但二者都未产生新的认识。在他身上有效的是一种涌现。当心理过程与现实行迹恰好重合时，一些细微的情绪被感知攫取，一些领悟产生了。

读这些诗，我眼前出现的是一支在荒草中慢慢跋涉的队伍。白日当空，队伍拉得很长，元人和宋人都不说话。文天祥一人默默坐在马背上，垂着头，随着马背和荒草上的风颠簸。这样的印象来源于他北行诗歌中常见的如梦如幻之感。他似乎常常在发问"我所经历的这些是真实的吗"：

南华山

北行近千里，迷复忘西东。

> 行行至南华，忽忽如梦中。
> 佛化知几尘，患乃与我同。
> 有形终归灭，不灭惟真空。
> 笑看曹溪水，门前坐松风。[34]

这年五月十八日，经过三个月的北行，文天祥到达广东韶关的曹溪，落脚南华寺。南华寺建于梁朝，是禅宗六祖惠能的道场。

他被迫行路，既不想到达，也不想逃走，无所谓往东往西。"迷复忘西东"的感觉，司马迁和杜甫都写过。司马迁遭受了宫刑，自述"居则忽忽若有所亡，出则不知其所往"（《报任少卿书》），失魂落魄，坐在家里好像丢了东西，走出家门又忘了要去哪里；杜甫在安史之乱中滞留长安，心痛于都城的破碎，脚虽然还在走，却昏头昏脑走反了方向："黄昏胡骑尘满城，欲往城南望城北。"（《哀江头》）巨大的痛苦耗去了人大部分的能量，使最基本的功能都难以维持。这是心碎的人看起来好像行尸走肉的原因。

"行行至南华，忽忽如梦中。""行行"是走了又走。在一条没有尽头的路上，每走一步，离故乡就更远一点，例如"行行重行行"（《古诗十九首》）。"忽忽"是精神恍惚，分不清是梦是醒，例如"居则忽忽若有所亡"。南华与梦的联系使人想起庄生梦蝶。《庄子》又叫《南华经》。其中提到，既然庄子能梦见蝴蝶，蝴蝶就也能梦见庄子，所以庄子可能并不存在，生命可能只是一场大梦。文天祥的冲突是：如厓山所见惨剧为真，在已崩裂的天地之中，又怎会有静谧的古寺、松风、流水保留下来？

他从惠能的遭遇中找到了解释。惠能圆寂后，遗体密闭在龛中一年，又经敷泥、夹纻、涂漆等工艺，制成肉身菩萨，已在南华寺中供奉了近六百年。在文天祥一行到达之前，乱兵已将其肉身捅破，探视内脏中是否藏有财宝。[35]这在宋末算不上什么。几年之后，元僧杨琏真迦发南宋诸皇帝、皇后陵寝及公侯卿相坟墓共一百零一所。[36]残骸遍地。理宗的尸体倒挂树上，沥出昂贵的水银。颅骨也被做成酒器，携往草原。文天祥忽然意识到，"成空"不但是自己和南宋的结局，甚至是宇宙普遍的结局。

"佛化知几尘，患乃与我同。"这样的同情一产生，注意力便从自身的痛苦中解放出来，有了思考和感受的余裕。思考的结果是一个认识："有形终归灭，不灭惟真空。"感受的结果是曹溪当日的水声风色尽入其胸臆。他在厓山之后第一次重新感到快乐："笑看曹溪水，门前坐松风。"这即是渊明诗"微雨从东来，好风与之俱"（《读山海经十三首·其一》）中的自然之乐。自然无情无思而又生生不息，永远将王朝和个人的痕迹拂去，无论辉煌或耻辱。从首联沉沉之"迷"到末联炯炯之"看"，这首诗拥有丰富的情绪次第，重现了一个从失魂落魄中忽然醒来的瞬间——生命力量重新灌注进木僵心灵的瞬间。

从南华寺离开，他仍不停地写到梦，好像梦里才是真实的，现实反倒是虚假的。大部分诗都写得很淡。有时他单纯写眼前的旅途,诗中就充满了新鲜和好奇;有时他忽然想到过去,诗中就有了颠倒梦想的荒诞。读者注意到这种迷离而轻盈的质感。明代吴宽问道:"夫古人死国,多出于一时之慷慨。公何独迤逦于途,宿留于馆,日独赋诗,不即就死"?[37]"迤逦于途"说得好。"迤逦"指歌声或者鸟鸣的悠扬圆转,也指路途的曲折连绵。贺铸写过"迤逦黄昏"(《更漏子·芳草斜曛》),说的是黄昏里幽微变化的光线、曲折流转的心情,带有闲赏的趣味。

说文天祥"迤逦于途"倒是实情。他自己写道:"乾坤醒醉里,身世有无间。客路真希绝,浮生半日闲。"(《竹间》)但吴宽不理解,文天祥在亡国的处境下,怎么还有如此闲情?古人觉得这个问题不解决,就有损他的英雄形象。

心灵并不根据意识到的主题进行工作,尤其是社会着重要求的主题。遭受巨大冲击时,得体的悲痛并不随时就位,心灵却常被外界的细节吸引。这不少见,但并不容易理解。加缪《局外人》中的默尔索,绞尽脑汁也无法搜刮出对母亲去世的悲痛,但他的感官却被满天的星斗、夜的气味、土地的气味、海盐的气味唤醒;我的朋友说,他父亲去世时,他的注意力却被一只落在门锁上、轻轻扇动翅膀的蝴蝶吸引,并在很多年里都觉得那是个充满灵光的瞬间;我外公去世时,我站在病房门口,忽然注意到窗外的香樟树上有一只鸟叫得格外婉转,香樟树叶上闪着光。当时我也困惑,在这样的时候注意到这些,会不会不太合适。

这些也算是"迤逦"吧,但文天祥的迤逦另有两个原因：一是他的创痛过于巨大，在半梦半醒的解离状态，心灵自然地转向那些不痛苦的事物，增加了对它们的敏感；二是他处于完全的被动中，随目所接、随境所遇的随机事物反而毫无阻碍地扑入胸臆。因此，宋末元初大地上一些幽微的细节得以被记录下来。

他注意到在原南宋边境稍北的淮安已成了连绵的草场，像一片绿色的琉璃海：

> 烟火无一家，荒草青漫漫。
> 恍如泛沧海，身坐玻璃盘。[38]

在南方人从未见过的平旷天地中，天幕垂于四野。溪流那边的野草中，野鸡被胡马的脚步惊起：

> 漠漠地千里，垂垂天四围。
> 隔溪胡骑过，傍草野鸡飞。[39]

一个新的时代已经开始了。当北方的军士向南移驻，他们的家小也被迫随军南下，在江南的土地上开始勤劳的耕种：

> 时时逢北人，什伍扶征鞍。
> 云我戍江南，当军身属官。[40]

人们正在适应新的交通方式。彼此看起来，都有点怪异，又有点新奇。

> 南人乍骑马，北客半乘船。[41]
> 多少飞樯过，噫吁是北船。[42]

连骆驼也离开了沙漠故乡。它们在夕阳芳草间南行，随着气温的升高，在风中大团飘散着绒毛：

> 北来鸿雁密，南去骆驼轻。
> 芳草中原路，斜阳故国情。[43]

当沙尘暴刮起，他用衣袖掩面，却发现衣服上沾满了颗颗离乡的苍耳，不知道已随他走了多久：

> 万里中原役，北风天正凉。
> 黄沙漫道路，苍耳满衣裳。[44]

这些诗中的美感是怎么回事？我想，它来源于两种诗歌传统的结合：一是南宋诗人范成大短诗的平易；二是汉代诗歌的素朴。

范成大中年时曾使金，言辞慷慨，几欲死节，为宋金两国士人所重[45]，途中作"使金绝句七十二首"，其中也有渡过淮河、滹沱河、白沟河的记载，但这些诗比文天祥的北行诗更重学问和议论。反倒是他晚年所作《四时田园杂兴六十首》对文天祥更有影响。这些诗写江南农村的人与生活,清新而通俗。在漫长时日的凝视中,平常事物转化为有趣的风景:"梅子金黄杏子肥,麦花雪白菜花稀。日长篱落无人过,惟有蜻蜓蛱蝶飞。"(《夏日田园杂兴十二绝·其一》)这组田园诗在宋末影响甚大、仿者甚多,但江南农村的微末之物被反复摹写,难免境界狭小的弊病。文天祥在北行之中,写沿途风物,用的就是这种生活化的语言,只是他所写的对象变化了。

汉诗的素朴,既因为当时汉语还未发展出复杂的修辞,也因为汉人写诗着眼大处、不求尖新。在那个印本尚未产生、抄本都甚稀少的时代,也许过于个人化的诗歌也难以保存下来。今天看来,宋诗常写某个个体、某处角落;汉诗常写整个天地、普遍的人类生活。如"回车驾言迈,悠悠涉长道。四顾何茫茫,东风摇百草。所遇无故物,焉得不速老"(《回车驾言迈》),不写明何时、何地、何事、何人,却予人永恒的行旅之悲。

文天祥的北行是在羁押之中。他与社会隔绝,不能停下来观察和探索,沿途所获只是模糊的印象。何况走马于中原广袤的土地,风景数日不变;挟裹在异族人群中,心灵如在旷野。就这样,汉代人所感到的那些苍凉和孤独、独行天地间无可归依的茫然、随世界之无限展开而愈发明显的人之渺小,就都进入了文天祥的诗歌。江南的田园诗在意想不到的时间和地点突破了原有的局限,产生了独特的美。

这迤逦的梦游结束在接近元大都时。文天祥忽然醒来，回到现实的噩梦中。他写了一组六首《乱离歌》（原作《六歌》），分别给妻、妹、女、儿、妾、自己。此六歌脱胎于杜甫《乾元中寓居同谷县作歌七首》。清代翁方纲说："《乱离六歌》，迫切悲哀，又甚于杜陵矣。"[46]这组诗椎心泣血、痛哭呼天，不复有途中诗歌的轻盈，仿佛又回到了厓山：

六歌·其一

有妻有妻出糟糠，自少结发不下堂。乱离中道逢虎狼，凤飞翩翩失其凰。将雏一二去何方？岂料国破家亦亡。不忍舍君罗襦裳，天长地久终茫茫，牛女夜夜遥相望，呜呼一歌兮歌正长，悲风北来起傍徨！[47]

六歌·其三

有女有女婉清扬，大者学帖临钟王，小者读字声琅琅。朔风吹衣白日黄，一双白璧委道傍。雁儿啄啄秋无粱，随母北去谁人将？呜呼三歌兮歌愈伤，非为儿女泪淋浪！[48]

文天祥有一妻二妾、六女、二儿，另有一寡妹随其居住。空坑之围时，妻妾及二女柳娘、三女环娘被俘。彼时南宋未亡，毁家纾难是被鼓励的。此时文天祥从亡国的震惊中警醒，忽然感到了对她们的内疚和依恋。第一首写给妻子欧阳氏。他像个牵衣而啼的赤子一样，不肯放开她的罗襦衣裳，却不得不像牛女二星一样，永远被银河分隔。第三首写给柳娘和环娘。这是一对精心培养的闺秀，柳娘会写王羲之和钟繇的字体，环娘读书像美玉之声。宋恭帝降元时，后宫妃子因为害怕被元军侮辱，一时投水而死的就有数百人。文天祥同样也感到害怕。把女儿留给元军，就像将白璧扔在盗贼出没的路边。

后来文天祥有信致寡妹：

> 收柳女信，痛割肠胃。人谁无妻儿骨肉之情？但今日事到这里，于义当死，乃是命也。奈何奈何！……可令柳女、环女好做人，爹爹管不得。泪下，哽咽哽咽！[49]

欧阳氏和女儿在史书中留下的最后蛛丝马迹，是作为奴仆，分别随三位元朝公主出嫁。欧阳氏从嫁丰州（今内蒙古呼和浩特），以道姑的身份居栖真观，晚年以年老不禁寒冬为名请求南归，回到庐陵，由文璧之生子即文天祥之嗣子文升照顾。她去世之时距文天祥之死已二十三年。柳娘从嫁沙靖州（疑即沙州，今甘肃敦煌）、环娘从嫁西宁州（今青海西宁）[50]。如果幸运的话，她们将度过类似于罗新《漫长的余生：一个北魏宫女和她的时代》中王钟儿的人生。

忽悟大光明

一个诗人的一生可以有多少种变化？文天祥早年写算命问卜的诗、在勤王时写慷慨激昂的诗、在厓山写惊惶万状的诗、在北行途中写轻盈淡然的诗、在进入元大都之前写血泪横流的诗，每个阶段都不一样。但最独特的，是最后三年在元大都牢房中的诗。

至元十六年十月一日，文天祥抵达元大都[51]，先住在招待外国使者的"会同馆"，受上宾之礼。四日内，元人遣其妻女相见，令其座师留梦炎、宋降帝赵㬎[52]劝降，无果。十月五日，文天祥被转到兵马司狱中，给予恶劣饮食，戴上颈枷，至十一月二日才得摘去。至至元十九年（1282）十二月初九就义，文天祥系狱三年零两个月。兵马司狱卑湿污秽、疠气氤氲。文天祥健康不佳，次年即胡须尽落[53]，第三年左目近盲[54]。在此期间，他仍能会客，有少许书可读。

人都是猝然面临死亡的，但文天祥获得了一个特殊的机会。在狱中，他有三年的时间去集中思考死亡。他虽曾在广东和江西两次自杀、与元军言语交锋时多次催促对方动手，但自其诗中可见，其心绪仍冲突纷杂。此阶段文天祥有时以苏武和夷齐来自勉忠义，有时读苏轼来强化死生一体的观念，但读得最多的是杜甫。文天祥与杜甫的禀赋性情、诗歌语言都很不相似，杜甫也未曾给他观念性的启发，但他仍觉得杜诗给他最大的安慰。他自己想要表达的情性，杜甫都已先行表达。入元大都狱后第一年，他拆散杜诗，重新集为《集杜诗》二百首，后又称《文山诗史》，但我觉得称为"文山心史"更为恰当。

至元十七年（1280）五月二日，文天祥四十五岁生日，写下了两首诗。前一年底，他本以为将在冬至后行刑。消息迟迟不来，春天却又开始了。囚室窗前一棵槐树，树冠渐次变绿。欢悦和春风一起潜入了他的梦中：

五月二日生朝

北风吹满楚冠尘，笑捧蟠桃梦里春。
几岁已无笼鸽客，去年犹有送羊人。
江山如许非吾土，宇宙奈何多此身？
不灭不生在何许？静中聊且养吾真。[55]

庚辰四十五岁

东风昨夜忽相过，天地无情奈老何！
千载方来那有尽？百年未半已为多。
君传南海长生药，我爱西山饿死歌。
泡影生来随自在，悠悠不管世间魔。[56]

在生日前夜的梦里，他置身于神仙世界永恒的春色中，捧着象征着长生不老的王母蟠桃。梦醒时，喜悦的情绪留了下来。他打量着囚室，对自己产生了新的认识：这个人已经做了足够的反抗和坚持。在北方的风尘中，他不肯脱下的南国冠带已破败不堪。旧日在南方，每当生日，阿谀奉承者挤满门庭，携带着鸽笼来放生祈福。[57]从去年开始，却只有北人嘲笑般的馈赠，就像当日匈奴送公羊给苏武，许诺他公羊生子则可返乡。他越来越觉得自己和这个世界不再相关。已经入元的江山，他不再关心。自在流转的宇宙，也不需要他存在。他已不再有能力干预什么，但反倒因此接近"静"与"真"的境界。

庄子曾在《大宗师》中说，有一种"真人"，得生不欣喜，入死不恐惧，容颜安闲，去来自由。他们只是观看天道的运行，却不用心智去干预，不用人力去添助（"不以心捐道，不以人助天，是之谓真人"）。郭象进一步解释，人出生时即处于齐生死、同梦觉的"静"中。[58]回归虚静，则真在其中。文天祥在北地做南方的梦，在疾患中神智清明，在死牢中安然入睡。这些对立之物如今渐趋同一。他变得安详、圆满。早年晏殊曾为人写寿词，以"海上蟠桃易熟，人间好月长圆"（《破阵子·海上蟠桃易熟》），写人世想象中最圆满的境界。太平宰相晏殊没有得到，文天祥却在元大都的牢房中得到了。

不降只需要一重抵抗，养真却需要三重抵抗。所有人都想左右他的选择。三派说客轮番登场。除元人劝降一派外，还有宋人劝死一派、黄冠劝道一派。从他被俘获那一天起，江南士人就通过各种方式催促文天祥自杀，以免他苟活下来伤及大宋士人的脸面。其中最著名的是太学生王炎午写的《生祭文丞相文》[59]。在文天祥到达元大都之后，又有王积翁等宋官请释文天祥为道士[60]，且有道士灵阳子入狱探访，坐谈道术[61]。至今颇有人认为他最后靠皈依道教解决了死亡问题。从《庚辰四十五岁》中则能辨明，文天祥虽涉入道家虚静、养真的境界，却拒绝了道教的神仙世界和不死理想。他的"养真"不是关于符箓、丹药、道术的修炼，而是回归生命的澄明本质。

我第一次读到这首诗是2020年元宵。那是一个暖冬，春风早至，梅花开遍。武汉尚在封城，有人在前一晚去世，有人从楼房中探出头来，在夜风中用小号吹一支思念曲。那时人们处于极压抑的状态，不仅对新冠大流行，而且对很多问题充满困惑：世界会走向哪里？我们在其中扮演的角色、曾自以为担负的责任、放弃了享乐去追求的理想该怎么办？

"东风昨夜忽相过，天地无情奈老何"，指人类脆弱而有限的生命很容易就老去，但天地不管。这就是我在2020年元宵节的感受。人类承受着痛苦，但春天比哪一年都来得早，花比哪一年都开得好。

"千载方来那有尽？百年未半已为多"[62]，是指历史时间与个人时间的尺度悬殊。因为受限于生命的长度，人对历史常有回天无力之感。对于有社会理想的人而言，当意识到此生余下的几十年中，已不能看见理想的实现，便会有悲伤、绝望之苦。但对世界来说，几十年算什么。下一个千年正在迎头砸来，千年之后还有千年。进化或堕落都不可预知。人如将生命的意义完全寄托在"这个世界会好吗"的问题上，则必是无解的，是以有涯来度量无涯的妄想。

"君传南海长生药，我爱西山饿死歌。泡影生来随自在，悠悠不管世间魔。"这文辞不太考究的四句是在说天地无情，人该如何。文天祥认为人完全可以解除对历史的责任，也应反思操纵历史、以人助天的妄念，但人仍可以在认识自身渺小的基础上，做出有价值的选择。勘破了现象世界的变异虚幻（泡影）、解除了对世间诸种困难（魔）的恐惧，人反而能获得"各从其志"[63]的自由。在文天祥本人，就是拒绝入道教、求长生（南海长生药），而选择伯夷叔齐的道路（西山饿死歌）。这选择虽然从表面上看起来和王炎午等人要求他的并无差别，但并不是屈从社会压力的无奈之举，而是喜悦自在、无所畏惧的生命自主。

文天祥的身上正发生深刻的转变。这可以追溯到前一年的冬天，等待死刑之时。至元十六年（1280）十二月十二日，道士灵阳子去狱中探问，文天祥记载"遇异人指示以大光明正法，于是死生脱然若遗矣。作五言八句"[64]。这首诗常被用来证明文天祥皈依道教。前文已辩。全祖望《梅花岭记》亦已辩明其非。[65] 南怀瑾称文天祥所受大光明法为佛教修炼方式，亦无据。[66] 那么他到底是怎样"死生脱然若遗"的，转变的本质是什么？

詹世友论此诗时说道："相对于生命境界来说，忠、孝等伦理义务是要被超越（而不是抛弃）的……这并不是所谓'儒'、'道'二元互补的范例,而是一次从伦理境界向生命的大自由境界的飞跃。"[67]确实,儒家的人生观并不以忠孝节义的现实目的为终点,此之上还有"闻道"。文天祥在此诗中通达之"道",不是道教的神仙世界或道家的复归婴儿,而是受灵阳子道论之启发,所跃入的儒家的生命境界。

逢有道者

谁知真患难,忽悟大光明。
日出云俱静,风消水自平。
功名几灭性,忠孝大劳生。
天下惟豪杰,神仙立地成。[68]

"谁知真患难,忽悟大光明。"这是惊奇的自我发现。一方面,巨大的患难之后,他忽然感到冲突消解、光明呈现;另一方面,闻见患难与身经患难究竟不同,此等痛苦深重与光明透彻皆为往日所不可想象。

"日出云俱静,风消水自平。"人生不是一个层层镀金的过程,而是剥离虚饰、寻回本真的过程。要入澄明之境,就要先令杂念之风消歇、觉悟之光照彻。苏轼曾将此过程写作"云散月明谁点缀?天容海色本澄清"(《六月二十日夜渡海》)。文天祥使用了一样的意象。考虑到大海给他留下的创伤,这两句诗可以视为创伤经验的转化。怒海和血海变成了平静光明之海。

"功名几灭性，忠孝大劳生。""灭性"出《礼记·丧服四制》[69]，指生命遭到损害。"劳生"出《庄子·大宗师》[70]，指生命承受负累。视功名为虚幻，儒者不禁，但文天祥越过了界限，将忠孝与功名等同，认为它们都对生命本真有损。他开始怀疑生命活动的外在成就，无论是个人性的，还是社会性的，是"争元作相"（文天祥《得儿女消息》），还是救世济民，在他那里都变得齐一。

虽然古今诸种文天祥传记都避免讨论这句诗，但其实此语并未伤及儒家的根底。沿用苏轼的比喻，把人生看作渡海，当渡海之时，我们需要依靠船只这样的有形之物。船只即是我们恰好偶然诞生的时代、恰好偶然拥有的伦理身份、恰好拥有的天然禀赋、曾经选择但一定会被历史超越的目标和理想，及所有这些有形之物带来的限制和痛苦。没有它们，我们无法渡海，可是渡海之后，就要舍筏登岸。人必须意识到不能永远守在这条船上，被它限制。舍筏登岸，就是从伦理境界到生命境界的飞跃。

文天祥上半生充分地承担了伦理责任、全力以赴于理想信念，所以舍筏登岸的时机才到来了。不要幻想可以无船而渡海，也不要幻想通过概念上的认识，就假装自己登上了渡海之船。这就是詹世友所谓"伦理义务是要被超越而不是抛弃"及看穿的。只有更充分地去承担时代命运砸来的东西，转化它，超越性的时刻才会更早到来。这也是"天下惟豪杰，神仙立地成"的意思。

这首诗回答了当初张弘范在厓山提出的问题:"如果青史不再有了,丹心的价值在哪里?"人不是社会的手段。如果人的价值仅是为社会服务,因为世界总会消亡,从长远来看,个人生命就终究没有价值。这就是南宋亡国之后,文天祥所遇到的意义危机。反之,社会是人的手段。人必须通过扮演社会角色、承担伦理义务,承受相应的痛苦和快乐,才能有素材去建构自我,在自己身上体验到生命到底是什么。人生因此可能不择处境而生机无限。

一枚苍耳的旅程

生命境界是一念见道、当下悟得、刹那永恒的。一旦进入"忽悟大光明"的生命境界,就解决了两个问题:对社会的牵系、对死亡的恐惧。

兵马司狱每到夏天就雨水倒灌、腐臭不堪。至元十八年(1281)五六月间,囚室再次涨水,文天祥写下著名的《正气歌》。在此之前是一首《有感》。《正气歌》可以看作外篇,写对伦理义务的完成、对世界没有遗憾;《有感》可以看作内篇,写对个人生死的勘破。勘破与牺牲不同。牺牲指仍惧怕死亡,但愿意为更高的价值赴死;勘破指生死两可,不再感到二者的对立。因此,主体对待生死的态度,不再是抉择,而是顺其自然。在可谓勘破生死的作品中,最重要的特质是写生命,而带有对死亡终将到来的觉悟;

写死亡，而带有生命的活力和喜悦。

有感

> 已矣勿复道，安之如自然。
> 闲陪黄奶坐，倦退白衣眠。
> 一死知何地？此生休问天。
> 怪哉茨野客，宿果堕幽燕。[71]

"已矣勿复道"是说人生已经终局了。事实上他又过了一年半才被处死，但在写这首诗时，他对生死已无冲突之感。既不怕死，也不贪生，都可以接受，所以一天一天安然度过，生命反倒显现出从容、自足的样子。

"奶"即乳娘。六朝以黄色麻纸印书，书被梁朝名士叫作"黄奶"，梁元帝说这是因为读书人手握书卷入睡得心安，如婴儿在乳母的身边般安详[72]。"白衣"指平民的衣服。因为外界没有牵挂、内心没有冲突，所以就可以醒来读书，困了睡觉，即"闲陪黄奶坐，倦退白衣眠"。

"一死知何地？此生休问天"是说哪怕偶尔想到生死，也不太在乎答案。既不需要去想生命结束的方式和地点，也不需要反复向上天求证自己生命的意义。

我特别喜欢这首诗的最后两句："怪哉茨野客，宿果堕幽燕。"文天祥的口气似乎在说："生命好神奇啊！我是一个南方田野间长大的孩子，可居然就要像一枚成熟的果实，落在北方的大地上。""宿果"有两意：一是已经成熟的果子；二是早应该掉落而没有掉落的果子。俗语说"瓜熟蒂落"，王维说"雨中山果落"(《秋夜独坐》)，讲的都是圆满状态。在文天祥看来，死亡居然也是瓜熟蒂落一类的事情。

苏轼将贬谪说成旅行，而文天祥几乎将自己的一生，当作一枚果实的旅行。也许就是苍耳吧。这枚苍耳现在要结束它的冒险，熟烂在幽燕的大地上了。它不但接受了结局，也接受了过程中所有的奇异。

从美感上来说，文天祥的故事讲到这里就可以结束了。我想他是中国诗人中少数最后真正归入圆满的，或者说实现了荣格提出的那个诱人的目标"自性化"。他也不会在乎后来人怎么讲述他的故事。但还有两个故事，与他无关，与我们有关。

第一个故事是关于文天祥的弟弟。他有两个弟弟，一名文璧，为避免百姓受难，在惠州知州任上开门迎降；一名文璋，后归隐。文璧曾去兵马司狱中探视，文天祥有诗相赠，认为三人都可称仁："三仁生死各有意，悠悠白日横苍烟。"(《闻季万至》)

第二个故事是关于后世对文天祥的诸多议论和题咏。文人士大夫所作，常带有既敬重，又悲悯的复杂情感；激烈、绝对地表彰其忠义，在文辞中不带任何迟疑的，常出自后代皇帝之手。

回到开头，我小时候读过的那个故事。在大雪中，一个父亲带着他的儿子去乡贤祠，教他认识三位贤人，要求儿子按照他们的方式度过一生。谁能想到，这个孩子遇到的是最糟糕的时代。他完全不可能复制往贤的人生。在这个最糟糕的时代里，他却比所有人都走得更远。

注释

1 《文天祥传》:"自为童子时,见学宫所祠乡先生欧阳修、杨邦义、胡铨像,皆谥'忠',即欣然慕之。曰:'没不俎豆其间,非夫也。'"见〔元〕脱脱等撰:《宋史》,北京:中华书局,1977年,第12533页。可见此儿童读本中的情节乃就《宋史》敷衍而成,大雪的环境烘托出自作者的想象。

2 《文天祥》,钱锺书选注:《宋诗选注》,北京:人民文学出版社,2005年,第281页。

3 《宋纪一百八十二》,〔清〕毕沅编著,"标点续资治通鉴小组"校点:《续资治通鉴》,北京:中华书局,1957年,4978页。宋元外交中,称元为北朝,称南宋为南朝,与晋末之"南北朝"为二事。

4 宝祐四年登科录》:"第二甲第一人为谢枋得,第二十七人为陆秀夫,与天祥并以孤忠劲节,揩拄纲常。"见〔清〕纪昀等著,四库全书研究所整理:《钦定四库全书总目》,北京:中华书局,1997年,第807页。

5 《文天祥传》:"年二十举进士,对策集英殿。时理宗在位久,政理浸怠,天祥以法天不息为对,其言万余,不为稿,一挥而成。帝亲拔为第一。考官王应麟奏曰:'是卷古谊若龟鉴,忠肝如铁石,臣敢为得人贺。'"见《宋史》,第12533页。

6 《王应麟传》:"帝御集英殿策士,召应麟覆考。考第既上,帝欲易第七卷置其首……及唱名,乃文天祥也。"见《宋史》,第12988页。

7 《次鹿鸣宴诗》,刘德清等校点:《文天祥全集》,南昌:江西人民出版社,2020年,第1页。

8 《宋少保右丞相兼枢密使信国公文山先生纪年录》:"仰藉朝廷威命,奖率江右、湖南、淮、广诸项军马,见抵京畿。"见《文天祥全集》,第996页。

9 "《柳塘词话》曰:德祐初,诏集勤王师,文山结诸路豪俊,发溪洞酋长以应之,有议其猖狂者。"见〔清〕沈雄著,孙克强等校注、导读:《古今词话》,上海:上海古籍出版社,2009年,第331—332页。

10 王炎午《生祭文丞相文》:"请购淮卒,参错戍行,以训江广乌合之众。"见《文天祥全集》,第1136页。

11 《文天祥传》:"天祥性豪华,平生自奉甚厚,声伎满前。至是,痛自贬损,尽以家资为军费。"见《宋史》,第12534页。

12 《母第一百四十一》:"先母齐魏国太夫人,盖自房难后,弟璧奉侍赴惠州,弟璋从焉。"见《文天祥全集》,第950页。

13 《瀛国公本纪》:"乙未,左丞相梦炎遁。"见《宋史》,第935页。

文天祥:英雄的省思 369

14 《瀛国公本纪》:"甲申,大元兵至皋亭山,遣监察御史杨应奎上传国玺降,其表曰:'宋国主臣㬎谨百拜奉表言,臣眇然幼冲,遭家多难,权奸似道背盟误国,至勤兴师问罪。臣非不能迁避,以求苟全,今天命有归,臣将焉往。谨奉太皇太后命,削去帝号,以两浙、福建、江东西、湖南、二广、两淮、四川见存州郡,悉上圣朝,为宗社生灵祈哀请命。伏望圣慈垂念,不忍臣三百余年宗社遽至陨绝,曲赐存全,则赵氏子孙,世世有赖,不敢弭忘。'是夜,丞相陈宜中遁……"见《宋史》,第937—938页。

15 《卷十五第二一》:"余到南海,阅《粤峤志》:'景炎二年,端宗航海,有香山人马南宝献粟助饷,拜工部侍郎。帝幸沙浦,与丞相陈宜中、少傅张世杰即主其家。居数日,广州陷。南宝募乡兵千人扈送至香山岛。元兵追至磵州,陈宜中走占城求救。'"见[清]袁枚著,顾学颉校点:《随园诗话》,北京:人民文学出版社,1982年,第512页。

16 《留远亭》:"北人然火亭前,聚诸公列坐行酒。贾余庆有名风子,满口骂坐,毁本朝人物无遗者,以此献佞,北惟噇噇笑。刘岊数称以淫亵,为北所薄。文焕云:'国家将亡,生出此等人物!'予闻之,悲愤不已。及是,诸酋专以为笑具,于舟中取一村妇至亭中,使荐刘寝,据刘之交坐;诸酋又嗾妇抱刘以为戏。衣冠扫地,殊不可忍。则堂尤愤疾云。"见《文天祥全集》,第645页。

17 《脱京口》,《文天祥全集》,第653页。

18 《出巷难》,《文天祥全集》,第656页。

19 万绳楠著:《文天祥传》,河南:河南人民出版社,1985年,第374页。

20 《过零丁洋》:"十三日,张元帅令李元帅过船,请作书招谕张少傅投拜,遂与之言:'我自救父母不得,乃教人背父母,可乎?'书此诗遗之。李不能强,持诗以达张。张但称:'好人,好诗!'竟不能逼。"见《文天祥全集》,第714页。

21 《过零丁洋》,《文天祥全集》,第714页。

22 《指南录后序》,《文天祥全集》,第625页。

23 《正气歌》,《文天祥全集》,第801页。

24 《张巡传》,[宋]欧阳修、宋祁撰:《新唐书》,北京:中华书局,1975年,第5539页。

25 《颜杲卿传》,《新唐书》,第5531页。

26 《长歌》,《文天祥全集》,第716页。

27 《长歌》,《文天祥全集》,第716页。

28 《因成一诗》:"张元帅谓予:'国已亡矣,杀身以忠,谁复书之?'予谓:'商非不亡,夷、齐自不食周粟。人臣自尽其心,岂论书与不书。'张为改容。"见《文天祥全集》,第720页。

29 《临江军》:"从者七人,或逃或死或逐,今仅存一人曰刘荣。"见《文天祥全集》,第732页。

30 《临江军》:"予始至南安,即绝粒为《告祖祢文》《别诸友诗》,遭孙礼取黄金市登岸驰归,约六月二日复命于吉城下。"见《文天祥全集》,第731页。

31 《临江军》:"私念死庐陵不失为首丘,今使命不达,委身荒江,谁知之者?盍少须臾以就义乎,复饮食如初。"见《文天祥全集》,第731页。

32 《远游》,《文天祥全集》,第764页。

33 《献州道中》:"兹游冠平生,天宇更宏大。心与太虚际,目空九围内。……反身以自观,须弥纳一芥。以此处死生,超然万形外。"见《文天祥全集》,第775页。

34 《南华山》,《文天祥全集》,第726页。

35 《南华山》:"六祖禅师真身,盖数百年矣,为乱兵刳其心肝,乃知有患难,虽佛不能免,况人乎!"见《文天祥全集》,第726页。

36 "凡发冢一百有一所,戕人命四……"见[明]宋濂撰:《元史》,北京:中华书局,1976年,第362页。

37 《小清口》集评,[宋]文天祥撰,刘文源校笺:《文天祥诗集校笺》,北京:中华书局,2017年,第978页。

38 《发淮安》,《文天祥全集》,第752页。

39 《桃源道中》,《文天祥全集》,第753页。

40 《发淮安》,《文天祥全集》,第752页。

41 《发崖镇》,《文天祥全集》,第755页。

42 《发东阿》,《文天祥全集》,第772—773页。

43 《小清口》,《文天祥全集》,第753页。

44 《崔镇驿》,《文天祥全集》,第754页。

45 《范成大传》,《宋史》,第11868页。

46 [清]翁方纲《石洲诗话·卷四·一一一》,[清]赵执信、翁方纲著,陈迩冬校点:《谈龙录 石洲诗话》,北京:人民文学出版社,1981年,第147页。

47 《六歌·其一》,《文天祥全集》,第765页。

48 《六歌·其三》,《文天祥全集》,第765页。

49 《达百五贤妹》,《文天祥全集》,第1062—1063页。

50 "(欧阳氏)随公主下嫁驸马高唐王,居大同路丰州栖真观。……以年老不禁寒冻，得请向南去。至都城，男陞迎养。……（大德八年）归故里。""柳小娘从公主下嫁赵王沙靖州，大德年间殁。环小娘从公主下嫁岐王西宁州。"见《文天祥传》，第260页。

51 《至燕城第九十六》："十月一日至燕城……"见《文天祥全集》，第919页。

52 赵㬎后被送到吐蕃学习佛法，号合尊法宝（Lha btsun Chos kyi rin chen），继而被遣往萨思迦寺，参与了大量的汉藏文佛经的对勘和翻译工作，最后竟登总持位。在五十二岁时因写诗怀念故国被杀。见魏文《瀛国公赵㬎与合尊法宝——从末代皇帝到雪域高僧的传奇一生》，西藏文化博物馆网页：http://xzmuseum.cn/2022/05/17/436a598520ee4cd88818ca19f2fef2fe.html。

53 《揽镜见须髯消落为之流涕》，《文天祥全集》，第794页。

54 《病目二首》，《文天祥全集》，第820页。

55 《五月二日生朝》，《文天祥全集》，第786页。

56 《庚辰四十五岁》，《文天祥全集》，第842页。

57 《倦游杂录》记巩大卿诣媚王安石事："熙宁中，巩大卿申者，善事权贵。王丞相生日，即饭僧具疏笼鹡鸰以献，丞相方家宴，即于客次开笼撂笏，手取鹡鸰，跪而放之，每放一鸟，且祝曰：'愿相公一百二十岁。'"见［宋］张师正撰，傅成等校点：《括异志 倦游杂录》，上海：上海古籍出版社，2012年，第86—87页。

58 《大宗师第六》："人生而静，天之性也。感物而动，性之欲也。物之感人无穷，人之逐欲无节，则天理灭矣。真人知用心则背道，助天则伤生，故不为也。"见［晋］郭象注，［唐］成玄英疏，曹础基等点校：《庄子注疏》，北京：中华书局，2011年，第128页。

59 ［宋］王炎午《生祭文丞相文》可见于《文天祥全集》，共五千余字。程敏政《宋遗民录》载："宋太学生庐陵王鼎翁作《生祭文丞相文》，历陈其可死之义，又反复古今所以死节之道，激昂奋发，累千五百余言。录数十本，驿途山店俱贴之。"《续资治通鉴·元纪》载："宋文天祥之被执也，数求死不得，太学生庐陵王炎午作《生祭文》，劝其速死，置于衢路，天祥未之见也。"今人汤守道《王炎午小考》（未刊）论《生祭文》中多依据《指南后录》及《集杜诗》敷演之语，此书后出，而炎午不应先知，故推测《生祭文》写于文天祥殁后，为盗名之作。所论甚确。近出托名文天祥之《谢王炎午生祭文》，有"非王君无此伟业，非王君无此奇文。非王君莫能勉我赴沸汤而尽节，非王君莫能励我蹈白刃而安身"等语。此文旧本皆不收，文辞恶劣，殆非文言，应为近人游戏之作。

60 《文天祥传》:"积翁欲合宋官谢昌元等十人请释天祥为道士,留梦炎不可,曰:'天祥出,复号召江南,置吾十人于何地!'事遂已。"见《宋史》,第12539页。

61 《遇灵阳子谈道赠以诗》,《文天祥全集》,第840页。

62 同年《元日》亦有"方来有千载,儿女枉悲辛"。见《文天祥全集》,第842页。

63 司马迁在《伯夷列传》中针对伯夷、叔齐积德行善而饿死的现象,询问天道是否真的存在,并得出结论——天道倘不存,贤者亦应择善自守,各从其志。原文为:"或曰:'天道无亲,常与善人。'若伯夷、叔齐,可谓善人者非邪?积仁洁行如此而饿死!……余甚惑焉,倘所谓天道,是邪非邪?子曰'道不同不相为谋',亦各从其志也。"见[汉]司马迁撰,[宋]裴骃集解,[唐]司马贞索隐,[唐]张守节正义:《史记》,北京:中华书局,2014年,第2585—2587页。

64 《逢有道者》,《文天祥全集》,第841页。

65 《梅花岭记》:"呜呼!神仙诡诞之说,谓颜太师以兵解,文少保亦以悟大光明法蝉蜕,实未尝死。不知忠义者,圣贤家法,其气浩然长留天地之间,何必出世入世之面目,神仙之说,所谓为蛇画足。"见[清]全祖望撰,朱铸禹汇校集注:《全祖望集汇校集注》,上海:上海古籍出版社,2000年,第1117页。

66 南怀瑾之解释见于《论语别裁》,上海:复旦大学出版社,2002年,第540—543页。但南怀瑾前后文不一,前文认为灵阳子"不知是道家的人物或是佛家的人物",后文又称灵阳子为道士,而大光明法为佛家修炼方式,此殆不可解。且南怀瑾误以为此事发生于文天祥北行途中,实为兵马司狱中。此书为讲录,偶然言及,未经查证,情有可原。考佛经中并无《大光明法》。《长阿含经》中有"何等是甚深微妙、大光明法,贤圣弟子能以此法赞叹如来",见[后秦]佛陀耶舍、竺佛念译:《长阿含经》,北京:华文出版社,2013年,第419页。此处"大光明"应为法之形容语而非名称。文天祥在诗序中称所授为"大光明正法",在正文中称"忽悟大光明",应是由道士灵阳子讲授某道经,而此道经与正大光明之境界相关,故文天祥深有所感。"大光明"亦未必为此道经之名。

67 詹世友:《以"法天不息"的精神贯通伦理与人生——文山精神世界结构层次的哲学阐释》,《中国哲学史》,2002年第1期。

68 《逢有道者》,《文天祥全集》,第841页。

69 《丧服四制》:"毁不灭性,不以死伤生也。"见《十三经注疏》整理委员会整理，李学勤主编：《礼记正义》，北京：北京大学出版社，1999年，第1674页。
70　《大宗师第六》："夫大块载我以形，劳我以生，佚我以老，息我以死。故善吾生者，乃所以善吾死也。"见《庄子注疏》，第134页。
71　《有感》，《文天祥全集》，第800页。
72　《杂记篇》："有人读书，握卷而辄睡者。梁朝有名士呼书卷为'黄奶'，此盖见其美神养性如奶媪也。"见［南朝梁］萧绎撰，陈志平等疏证校注：《金楼子疏证校注》，上海：上海古籍出版社，2014年，第1019页。

吴梅村：艳诗的自赎

明亡改变了文人看待女性的眼光。国家没有了，政治前途也不可求，人生的价值要重新寻找。到这时，吴梅村才能将女性当作和自己一样的人，关注她的遭遇，共情她的内心，意识到命运的共通。

严歌苓在她的小说《陆犯焉识》中写了这样一个故事：富家子弟、留美博士陆焉识在20世纪50年代的政治风潮中被打成"反革命"，直到二十年后才被释放。年轻时他是个花花公子，并不在意妻子冯婉喻，反倒是在大西北的草漠上劳改时，才开始产生对妻子的爱。二十年间，这迟来的爱情厉害到让陆焉识在生死间随意掉头。爱变成了粮食，别人都饿死、病死，他能活下来；爱变成了召唤，他不甘心只是活着，翻上一匹骏马，冒死越狱；爱还成全了牺牲，他最后放弃与妻子相认，转头又走回监狱。

活下去为什么？

不跑为什么要活下去？

我祖父就是在这个夜晚开始设计他的逃亡计划的。

要是他跑到婉喻面前，跟她说，我和你发生了一场误会……也许我跟自己发生了一场误会；我爱的，却认为不爱。一代代的小说家戏剧家苦苦地写了那么多，就是让我们人能了解自己，而我们人还是这么不了解自己。一定要倾国倾城，一定要来一场灭顶之灾，一场无期流放才能了解自己，知道自己曾经是爱的。[1]

当他们在暮年重逢，冯婉喻已经失忆，陆焉识不再有机会弥补。年轻时的薄情、中年时的歉疚化为强烈的爱恋。这样的歉悔之爱带有悖论性：一方面，陆焉识对冯婉喻的辜负主要归罪于时代，如果不是被流放到西北二十年，他不会错过冯婉喻为他等待的半生；另一方面，他对冯婉喻的爱也要归功于时代，如果没有"反右"和"文革"，陆焉识就还是那个花花公子，不理解自己，也不理解爱。

当他明白爱，这条路却已是"远路应悲春晼晚"（李商隐《春雨》），一辈子都走不完。在《陆犯焉识》的结尾，一本虚构的回忆录中记载了冯婉喻弥留之时，这对老伉俪间隽永的情话：

妻子悄悄问："他回来了吗？"

丈夫于是明白了，她打听的是她一直在等的那个人，虽然她已经忘了他的名字叫陆焉识。

"回来了。"丈夫悄悄地回答她。

"还来得及吗？"妻子又问。

"来得及的。他已经在路上了。"

"哦。路很远的。"[2]

为什么这样的故事尤其打动中国读者？也许是因为中

国人经历过太多次时代洪流对个人生活的吞噬。在每个时代，当人们意识到又在被难以预测的浪潮托起，就会想回头去看那些变革时代的小人物的故事。

本书最后一个故事即写给这样的小人物，以免我们在英雄的光辉之下失去对自己的理解。

初见：秦淮最后的艳情

崇祯十七年（1644）四五月间，明朝末代崇祯皇帝自缢的消息传到江南。此时在北方，清军大败李自成部队，借为君父复仇之名占领北京。为明帝发丧后，清朝顺治帝祭告上帝、陵庙，将明都改成了清都。

面对易代，江南士人做出了不同的选择。曹溶、陈之遴出仕新朝，陈子龙、夏允彝抗清而死，朱耷、祁班孙出家为僧，朱舜水流亡越南、日本。一些人经历着更复杂的心路转折。钱谦益曾在大雨中带领官员打开南京城门迎降，之后反悔，辞官归乡，资助南明复国。在权力逼压与诱惑的推搡下，士人们承受着无尽的痛苦。

士人们早就意识到，生命历程将随其政治抉择而展开，但时代的席卷性力量远远超过个人政治抉择的影响。贰臣与遗民一同经历着家园的沦丧、制度的改革、文化的变迁。我曾在课堂上讲过清顺治二年（1645）王秀楚记录扬州屠城的《扬州十日记》及朱子素记录嘉定屠城的《嘉定乙酉纪事》。那些描写大屠杀的文字投影出来，竟将坐在第一排的同学吓哭。如何相信这曾是张岱《陶庵梦忆》《西湖梦寻》中繁华靡丽的晚明江南？在晚明的文学记忆中，江南风景既是士林论战的舞台，又是才子佳人故事的背景。随着湖山飘零，晚明的文雅与艳情也如秦淮河房的烟火一样，曲倦灯残，星星自散。

从未有哪个时代的名妓像"秦淮八艳"一样深刻地卷入国族、政治冲突的核心。孔尚任的《桃花扇》、吴伟业的《圆圆曲》、冒襄的《影梅庵忆语》、陈寅恪的《柳如是别传》正是以李香君、陈圆圆、董小宛、柳如是四位名妓为中心写成的名作。它们皆非香艳之作。在这些探求盛衰之理、追问儒士心灵取择的著作中，秦淮名妓或以其红颜零落成为美好理想沦亡的表征，或以其坚贞志节映照士人的软弱。如果没有明亡，她们顶多只是苏小小、薛涛一般的人物。伴随着入清士人对前朝的忆念和忏悔，她们的故事被不断添写，获得了完全不同的形象。

明末清初最重要的三位诗人，钱谦益、吴伟业、龚鼎孳被称为"江左三大家"[3]。钱谦益与柳如是生死相随的情缘已广为现代人所知。龚鼎孳与"八艳"中的顾横波（顾媚）降清之后相伴生活了二十年。吴伟业与"八艳"中卞赛的故事则更为迷离曲折。

崇祯十六年（1643），就是明亡之前那一年，吴伟业在苏州山塘街遇见了十八岁的秦淮名妓卞赛。余怀的《板桥杂记》里说卞赛善画兰，"喜作风枝袅娜，一落笔，画十余纸"[4]。她有一个妹妹卞敏也是名妓,亦善于画兰。

此时吴伟业三十五岁。因为对晚明朝政的失望和对政治斗争的恐惧,他有了远身遁世的念头。两年前他离任南京国子监司业后,就已不再眷恋仕途。虽然每隔半年多就有新的升迁令下来,但他一直没有去北京就职。[5]这次遇到卞赛,只是晚明文人常见的冶游,吴伟业一度留宿便又离开。他为卞赛写了一首《西江月·春思》,为卞敏写了一首《画兰曲》。《画兰曲》端重一些,《西江月·春思》则是一首典型的艳词:

西江月·春思

娇眼斜回帐底,酥胸紧贴灯前。匆匆归去五更天,小胆怯谁瞧见? 臂枕余香犹腻,口脂微印方鲜。云踪雨迹故依然,掉下一床花片。[6]

这首词格调不高,不过是重复明代话本小说床笫之事的套话,就像《醒世恒言》描写吴衙内和贺小姐"酥胸紧贴,玉体轻偎。这场云雨,十分美满"[7]。话本是书商攒合故事、供给市民消遣的,难免复制粘贴的类型化描写。吴伟业竟草率以此语相赠,实在有点对不起卞赛的高雅风致。

如果说这首词中有什么高于话本小说的,乃是吴伟业对卞赛情感的把玩。不但是性和美貌,连她的情绪和冲突都成为他享用的对象。吴伟业写了一个在他看来颇有趣味的瞬间：这位歌伎并没有显现出职业化的老练。她在性爱中对这位客人产生了依恋。在灯前帐底，她的眼神和皮肤都婉转地乞求着融合。但要走的也是她。不知道担心什么，她在天亮前溜走。顾虑和挣扎让客人觉得可爱。吴伟业在夜的余声中回味着昨晚的性爱，检视手臂上的香味、皮肤上的唇印、留下体液的床单、在迷狂中从发髻中掉下的花片。一次完美的艳遇。

另两首也是赠给卞赛的《醉春风》要写得更认真一点。似乎他们不止度过了一夜。有一次他想要离开，卞赛流着眼泪央求他不要走。门外正好下起雨来，于是他便答应留下。卞赛立刻高兴了起来：

醉春风·春思

门外青骢骑，山外斜阳树。萧郎何事苦思归，去、去、去。燕子无情，落花多恨，一天憔悴。　　私语牵衣泪，醉眼偎人觑。今宵微雨怯春愁，住、住、住。笑整鸾衾，重添香兽，别离还未。[8]

这首词虽不杰出，但带有一种特殊的美感：敏感而宽余。其中肉体的描写消减了，情态的可爱增加了。吴伟业把自己写成了一个体贴而温存的客人。他有分寸地浅浅浸入少女的情感世界。少女"不识大体"的欲求在他阔绰的爱能之内得到了安抚。当春雨和夜色隔绝了外界的打扰，兰房之内的欢愉真挚而强烈。也不能说晚明士人与名妓之间的情感最多也就如此了，陈子龙与柳如是的唱和、龚鼎孳写给顾媚的诗词，都要更深情专注。

吴伟业的《醉春风》会让我想到周邦彦的《少年游》：

少年游

并刀如水，吴盐胜雪，纤手破新橙。锦幄初温，兽烟不断，相对坐调笙。　　低声问向谁行宿，城上已三更。马滑霜浓，不如休去，直是少人行。[9]

在这首词中，一个宋代歌伎在重帘深护、炉香初温的室内，以大雪和深夜为理由，小心地请求客人留下来。吴伟业笔下的少女也一样，她留客的理由是"今宵微雨怯春愁"。但不一样在哪里？那位宋代客人不得不离开，走入马滑霜浓的冬夜。于是歌伎和客人不过是天地间两个苦人。周邦彦用宴乐之作写出了普遍人生的艰苦意味。吴伟业却不同。春雨并不碍事。他是被渴望的，是施与者。他随意决定去留、拨弄着少女的笑泪。似乎只要他愿意给予耐心，就能使这一夕的快乐无限延长。在明朝的最后一个春天里，没有人意识到历史即将中止，没有任何时间的焦虑涌入。他们再次走回香闺、添酒回灯，"笑整鸾衾，重添香兽，别离还未"。

吴伟业在此年（1643）春天离开卞赛，回太仓老家营建园林。他在太仓城东原已购有土地，崇祯十七年正月又购买了明万历吏部郎中王士骐的赉园别墅，请著名的造园家张涟拓建。这个园林最终发展为占地一百多亩、植梅千株的"梅村别墅"。经时十八年、花费一万金，至清顺治十四年（1657）才全部完工。也就是在他倾心造园的这年（1644）三月十九日，崇祯帝吊死在煤山。消息传来，吴伟业本想殉身，但被家人阻拦。当年秋，吴伟业受南明弘光朝征召出仕，第二年（1645）正月见弘光朝是扶不起的阿斗，即以母病为由辞官回到太仓[10]。

他回到太仓后仅三个月（1645年四月），清军在扬州俘获史可法，屠城十日。五月，清军围攻南京，明礼部尚书钱谦益等开门迎降。六月，苏州官员逃散、百姓执香迎降[11]，吴江、昆山、太仓、常熟等属县随即附降。本来江南诸府较为平稳地接受了归顺，但六月十一日，清军忽将苏州城门紧闭，命令"不论绅衿氓隶，俱令剃发，违者军法治之"[12]。剃发令引起巨大不满。江南各府县都有人宁可自杀也不剃发。起义开始了。当年六七月间，反清风潮遭到了清军的残酷反扑。前明降将带着兵士疯狂掠杀，吼叫着"蛮子献宝"，将老少妇婴一并砍成血块。其中最惨烈的是嘉定在两个月内受到的三次屠城，即朱子素《嘉定乙酉纪事》中所记之事。

吴伟业谨慎。清军从扬州渡江南下之时，他就带着家眷百余口到矾清湖边的亲戚家避难：

> 余以乙酉五月闻乱，仓黄携百口投之。中流风雨大作，扁舟掀簸，榜人不辨水门故处，久之始达。主人开门延宿，鸡黍酒浆，将迎洒扫，其居前荣后寝，葭芦掩映，榆柳萧疏，月出柴门，渔歌四起，杳然不知有人世事矣。是时姑苏送款，兵至不戮一人，消息流传，缓急互异，湖中烟火晏然。予将卜筑买田，耦耕终老，居两月而陈墓之变作，于是流离转徙，堇而后免。[13]

矾清湖在今天的昆山市锦溪镇。周庄、甪直也在附近。那里的地貌类似于一百里外的沙家浜。在现代京剧《沙家浜》的设定中，之所以新四军的伤员可以藏身，是因为那里有芦苇荡和复杂的河汊。吴伟业逃难当夜，艄公也在河道里迷路了。当他从风雨之中迁延登岸，看到的是一个月出柴门、渔歌四起的世界。主人准备了鸡黍和酒浆，看起来像桃花源里的避秦人。吴伟业祈祷风雨和湖水能把兵戈也隔离在外。他心存侥幸：希望苏州百姓对清军的"纳款迎降"可以起效，"兵至不戮一人"的消息能是真的。但两个月后，附近农村抗清的农民结队进入矾清湖。吴伟业担心他们会引来清兵，又带着一百口家人返回已归顺的太仓城中居住。从顺治二年七月至顺治四年（1647）秋，吴伟业在梅村别墅深居简出，开始自号"梅村"。

历史书上常说吴梅村软弱，就是因为他一退再退。这次他从京城退到太仓，又从太仓退到矾清湖。他幻想通过退隐，可以和不认同的政权平行存在，互不干涉。但这个幻想很快就破灭了。我读吴梅村的故事常常会想，在大时代面前，私人退让的界限在哪里？

中国诗歌歌颂"采薇"。那是政权和私人生活之间最后的缓冲地带。它象征着这样一种可能：当不认同政权，也无力抵抗时，至少还有悠游自处的自由。但清初的高压政策使这个空间受到了极大的压缩，除人人要遵守的剃发令、易服令外，士人还受到文字狱和荐举制度的压逼。

有人把鼎革之际士人的绝望概括为"海不能渡，薇不可采"。"海不能渡"是说明末尚有一些遗民滞留或移民朝鲜、日本、安南、柬埔寨、暹罗及东南亚诸岛。随着清政府在顺治十二年（1655）实行海禁，诏令"严禁沿海省分，无许片帆入海，违者置重典"[14]，渡海变得不再可能。"薇不可采"指清初通过荐举制度网罗隐逸山林、拒不出仕者，导致他们不但生活受到骚扰，而且牵连戚友遭受刑逼。关中儒生李颙以疾病为托词不接受荐举，竟被连人带床抬至官府验身。[15]吴梅村同榜状元陈于泰为逃避荐举，躲在宜兴老家的复壁之中度过余生。[16]

顺治四年秋，江南局势安定。吴梅村安葬了病死的祖母和妻子，开始走出太仓，在苏杭间访友，大概也是为了打探战后消息，商议出处事宜。他造访故人的园林、询问旧友的生死。此年前后，华亭（今上海松江）人宋徵璧、宋徵舆、李雯降清，夏允彝、陈子龙抗清失败后自杀；常熟人钱谦益降清，瞿式耜奔赴广西抗清，被俘后就义。吴梅村与存者通信、为死者写序、与隐居者夜话、向出仕者献诗。如今我们看这些作品，会觉得他不辨忠奸。无论是降清者、抗清者，甚或为明政府所斩者（吴昌时）、被张献忠先降后杀者（吴继善），他都一概同情，再三为之陨泪。严迪昌在《清诗史》中说吴梅村的性格中有重自保、重私谊的特点[17]，我觉得重私谊还要先于重自保。终其一生，吴梅村并未为自保而害人，反倒是顾忌太多，将自己在罗网中越陷越深。

重遇："脆弱的力量"

顺治七年（1650）元旦，四十二岁的吴梅村梦到他二十年前看见的杏花。醒来他写了一首《庚寅元旦试笔》。

二十年前，即是崇祯三年（1630），吴伟业二十二岁，通过乡试，第二年（1631）二月八日会试第一。因党争的原因，有人弹劾考官舞弊。崇祯皇帝亲自取阅吴伟业的试卷，御批"正大博雅，足式诡靡"八字，为他做主。吴伟业因此得以进入殿试，获得榜眼。崇祯帝询问他婚事，并下旨命他回家娶亲，成为他一生忆念的巨大荣耀。

这也是江南士人的全盛时代。之前一年（1629）复社成立，以写《五人墓碑记》的张溥为首领，声势倾动朝野。吴伟业列名"复社十哲"之中。崇祯四年（1631）会试，大量复社成员登榜，包括张溥、陈子龙等。时人将这场考试与宋仁宗嘉祐二年科举并列，以嘉祐二年登科的苏轼类比崇祯四年榜眼吴伟业，所以朝廷制辞有"陆机词赋，早年独步江东；苏轼文章，一日喧传天下"[18]之语。

为何梦见杏花？也许是杏园的缘故。唐代长安大雁塔南有杏园，为新科进士游宴处。白居易怀念中举时写过"昔年八月十五夜，曲江池畔杏园边。今年八月十五夜，溢浦沙头水馆前"（《八月十五日夜湓亭望月》）。吴梅村在顺治七年和顺治八年（1651）元旦各梦到一次杏花，也写下两首杏花诗，感慨今不如昔。在此数年间，战乱的恐惧已经远去、荐举的压力还未到来[19]，他最重大的心事乃是时代迁易、年华虚度、发变齿落[20]、壮志无成。

《庚寅元旦试笔》使我想起陈与义的名作《临江仙·忆昔午桥桥上饮》。我将一诗一词并列在一起讲。

庚寅元旦试笔

己丑除夕，梦杏花盛开，桃李数株，次第欲放。予登小阁，临曲池，有人索杏花诗，仿佛禁中应制。醒来追思陈事，去予登第之岁已二十年矣。

二十年前供奉官，而今白发老江干。
青樽酒尽贪孤梦，红杏花开满禁阑。
西苑楼台遗事在，北门词赋旧游难。
高凉桥畔春如许，赢得儿童走马看。[21]

临江仙

夜登小阁,忆洛中旧游。

忆昔午桥桥上饮,坐中多是豪英。长沟流月去无声。杏花疏影里,吹笛到天明。　二十余年如一梦,此身虽在堪惊。闲登小阁看新晴。古今多少事,渔唱起三更。[22]

词人陈与义经历北宋的覆亡,南渡后曾任参知政事。晚年他住在离太仓不远的湖州,回忆故乡洛阳的生活,写了这首《临江仙·忆昔午桥桥上饮》。吴梅村是特别善于化用前人诗句而毫无痕迹的诗人。两词之间至少有三层关系。第一,都把二十年前的记忆称为梦;第二,都以一树杏花为年少得志时,在旧朝都城欢宴的象征;第三,都感慨国家败亡、个人迟暮。两词间也有区别。陈与义之作偏重集体叙事,忆念的是如今已星散的宋末豪英,感慨的是渔歌樵唱中的王朝轮替;吴梅村之作则偏重个人叙事,哀悼的是个人生命的价值因社会动荡遭受的搁置。

在吴梅村的梦里,他才只有二十二岁,在禁苑中赏花赋诗。醒来他发现二十年的时间已被篡夺。如今他老了,太仓也不复明末的文坛地位,只配以偏远无名的"江干"相称。经过了山河易代,人们纷纷汇入了新朝的生活。新一代的小孩子也出生了。他们生下来就是清朝人,根本不知前朝旧事，也不了解几年之前就发生在附近的屠城。元旦才到，人们就已为春天的到来欢天喜地。"高凉桥畔春如许，赢得儿童走马看"，那是下一代人的春天了。吴梅村有一种"在而不属于"这个时代的感觉。杏花之梦变成了对自身永远过去了的春天的哀悼。在以后的岁月里，这种感觉在梅村身上愈演愈烈，演变成了清晰的认识："暂息干戈易，重经少壮难。"(《中秋看月有感》)[23]

就在做了杏花梦的这一年里，吴梅村的人生轨迹又一次和卞赛发生了交叉。这年秋天，吴梅村到临近的常熟拜访刚从一场政治迫害中幸存的钱谦益[24]。席间偶尔听说卞赛正在常熟，于是钱谦益就派人去接卞赛来见。过了一会儿仆人报告卞赛的马车到了，但吴梅村最终没有见到她。先是说更衣，后来又说病了，总之她百般推脱，不肯露面。这时有人告诉吴梅村，卞赛可能快要嫁人了。

如今我们知道当夜的细节，是因为吴梅村为此事写了一组《琴河感旧》，包括四首诗和一篇序。有一年秋天我在常熟，吃王四酒家的叫花鸡和兴福寺的松树蕈油面。走出《孽海花》作者曾朴的故居，路对面一列灰色的居民院落旁，一条小河泛着灰色的波光流过。墙上钉着一块蓝色铁皮，上面写着"琴川河"。古籍上常常会说，虞山七支涧水汇成琴河，分清代昭文、常熟二县，因此"琴川"或"琴河"成为常熟的代称。那天我探头去看河水，忽然能想象，在深深低于路面的河汊中，船从太仓来。吴伟业在船头上屈膝，费力地攀上河岸，不想却迎面撞上了卞赛的消息。

吴梅村的《琴河感旧序》如杜甫《秋兴八首》一般充满感慨。在江南世界秋气弥满、重林红遍的背景之下，他写了一个双重故事。故事的前景是吴梅村与卞赛的岁月蹉跎，远景是整体江南景物的迁变。从叙事声音看，上半篇喑哑、下半篇嚎啕：

> 枫林霜信，放棹琴河。忽闻秦淮卞生赛赛，到自白下，适逢红叶，余因客座，偶话旧游，主人命犊车以迎来，持羽觞而待至。停骖初报，传语更衣，已托病疴，迁延不出。知其憔悴自伤，亦将委身于人矣。[25]

在上半篇，吴梅村把自己写成了一个在宴席上完全被动，只能靠听觉判断处境的人。周围人还在看他的好戏。好消息和坏消息交替传来，拨弄着他的心绪。期望经悬置而放大，终于落空。到底是哪个混蛋最后才告诉他"亦将委身于人矣"？这绝不可能是卞赛传话出来，只可能是席上某人在旁观漫长等待时的补充。为什么不在请她来之前就说？重重否定的叙事顺序传递了梅村的煎熬，也造就了悬疑效果。"亦将委身于人矣"的解释变成了似是而非的不可靠叙事。

> 余本恨人，伤心往事。江头燕子，旧垒都非；山上蘼芜，故人安在？久绝铅华之梦，况当摇落之辰。相遇则惟看杨柳，我亦何堪；为别已屡见樱桃，君还未嫁。

听琵琶而不响，隔团扇以犹怜，能无杜秋之感、江州之泣也！漫赋四章，以志其事。[26]

在下半篇，绝望了的梅村爆发了委屈。他先是用江淹在《恨赋》中的断语"仆本恨人"自指。"恨"指抱憾怀愁，没有"仇恨"的意思。《恨赋》写人的普遍苦难。无论英雄还是凡人，都难逃雄图未竟、负屈含冤、怀才不遇、无辜受戮中的一种。梅村的苦难是经历易代、苟且偷生，却受不到故人的怜惜。

梅村恨天恨地。"江头燕子，旧垒都非"，不过是"旧时王谢堂前燕，飞入寻常百姓家"（刘禹锡《乌衣巷》）之意，本不必有特指，但因明末长江边燕子矶的恶战、金陵宫阙的颓败，此两句又从虚指中翻新，有了写实的生气。"山上蘼芜，故人安在"用汉乐府"上山采蘼芜，下山逢故夫"（《上山采蘼芜》）句，但变男负女的原意为乱世暌隔、互相辜负。

梅村责怪卞赛误解，向她剖白鼎革之后已没有冶游的心情："久绝铅华之梦，况当摇落之辰。"针对上文所说卞赛不肯出来是因为"知其憔悴自伤"，梅村回答"相遇则惟看杨柳，我亦何堪"，指彼此衰丑，互不嫌弃；针对"亦将委身于人矣"的解释，梅村回答"为别已屡见樱桃，君还未嫁"，用李白"别来几春未还家，玉窗五见樱桃花"（《久别离》）意，对其未嫁表示意外和关怀。最后梅村用杜牧见金陵女子杜秋娘经历李锜之乱，孤苦无依，作《杜秋娘诗》事，与白居易见长安伎"老大嫁作商人妇"，作《琵琶行》事，来解释自己与杜、白一样，只是伤人自伤，而没有轻薄卞赛的念头。

这篇序虽然典故密集，但写得很自然。不明典故时，也能感到文字之中有缠绵悱恻的情感、草木之间有摇曳秀逸的心怀。

琴河感旧·其一

> 白门杨柳好藏鸦，谁道扁舟荡桨斜。
> 金屋云深吾谷树，玉杯春暖尚湖花。
> 见来学避低团扇，近处疑嗔响钿车。
> 却悔石城吹笛夜，青骢容易别卢家。[27]

《琴河感旧》正文第一首以鸦鬓指代卞赛，说原以为她仍深藏在白门（南京）的烟柳之中，没想到竟如古诗中"艇子打两桨，催送莫愁来"（《莫愁乐》），已被送到眼前。"吾谷"与"尚湖"都在常熟。吴梅村没有把握她是被常熟哪家金屋藏娇，但想必她已在尚湖岸边重沐春情，如花盛开。如今请到眼前，她以团扇遮面不肯相见，吴梅村却捕捉着任何一丝声响，把车轮声也听成了嗔怪之声。在激动、憧憬、等待审判的焦虑中，梅村悔恨当年轻易的离别。

琴河感旧·其二

油壁迎来是旧游，尊前不出背花愁。
缘知薄幸逢应恨，恰便多情唤却羞。
故向闲人偷玉筋，浪传好语到银钩。
五陵年少催归去，隔断红墙十二楼。[28]

第二首以苏小小比卞赛，依然咏她虽被迎来，但迁延不出。吴梅村猜想卞赛一定恨他。他自判薄幸，认为卞赛恨得有理，但又觉得她既然肯来，应该还有余情。他猜想卞赛此时在柳如是房中哭泣着不知如何是好，但无奈一番番送去的劝慰之词无法将她唤出。此时卞赛大约想要离开，梅村猜想一定是有人在催。这一去就如李商隐笔下仙凡相隔十二层重楼，此生不会再见。

琴河感旧·其三

休将消息恨层城，犹有罗敷未嫁情。
车过卷帘劳怅望，梦来携袖费逢迎。
青山憔悴卿怜我，红粉飘零我忆卿。
记得横塘秋夜好，玉钗恩重是前生。[29]

第三首以秦罗敷比卞赛，宽慰自己不要怪卞赛远隔重城，不通消息。梅村悬想卞赛对他仍有情意，正如唐代韩翊故伎柳氏为沙吒利所夺,但仍于车中卷帘相望。夜里,卞赛也进入梅村的梦中与其携袖而行。哪怕只是想象和梦,梅村也觉得感激。但如今青山憔悴、红粉飘零,梅村再一次后悔七年前轻易分别。

琴河感旧·其四

长向东风问画兰,玉人微叹倚阑杆。
乍抛锦瑟描难就,小叠琼笺墨未干。
弱叶懒舒添午倦,嫩芽娇染怯春寒。
书成粉箑凭谁寄,多恐萧郎不忍看。[30]

第四首写卞赛独处时的情形。梅村想象卞赛心中的无限忆念和感慨只能以画兰抒发。梅村仿佛看到她在春风中画兰、用弹奏锦瑟后颤抖的手画兰、一叠一叠地画兰。因为心事重重,她总是画不好,但这些不完美的兰图,却如她心绪的写照。她再也没有机会将自己和这些画卷展示在梅村面前了。

这四首诗,或许会被现代读者判为自作多情,但其中实有可贵之处。

可贵在哪里?艳诗的一般作法不过是铺叙女性外貌、描写旖旎情态。吴梅村早年为卞赛所写诸作,及《赠妓郎圆》《子夜歌》等,所咏的只是作为欲望对象的器官、作为消遣对象的欢情,从中并不可见双方的人格与性情。《琴河感旧》有完全不同的内容：复杂的情感层次、非欲化的佳人形象。

这组诗充满了"脆弱的力量"。梅村在一组艳诗中将自己变成了被凝视的那个人，将盼望、忐忑、嫉妒、后悔、委屈都写进了诗里。这些情感完全谈不上体面，却呈现了人在支离破碎中对爱怜与理解的巨大渴求。在那个时代，人们不可能像现代这样去轻易问清楚。猜测和误会通常并不是性格的悲剧，而受通讯条件和礼仪规范所限。梅村的努力理解在现代人的眼中难免"情感投射"的嫌疑，在当时，背后却是实实在在的无能为力。

梅村的老衰增加了这组诗的感人程度。艳诗作者里大概只有李商隐曾处于如此绝望的位置，将生命热力全部灌注在幽微的情绪之上。也只有李商隐曾努力地揣测他那不可及的爱人的难处，设想她"入门暗数一千春"（《河内诗二首·其一》）的绝望、"碧海青天夜夜心"（《嫦娥》）的寂寞。与义山（李商隐字）不同，梅村还经历了权力关系的反转，从给予者的位置上跌落，乞求一见而不得。巨大的渴望抽打着梅村与义山。他们尽抛心力，将爱人的形象从黑暗中创造出来，为之赋予尘世没有的美。

最后一首写得风怀杳渺。"弱叶懒舒添午倦，嫩芽娇染怯春寒"不是写兰花，而是写卞赛。七年前在苏州，梅村没有以这种方式观看过卞赛，但此时他看到了一帧影像：卞赛站在永恒的春风里画兰，依然年轻、娇弱，只是意绪消沉。梅村感到了春风的凉意，觉得她穿得太少。他甚至听见她搁笔时的叹息。这样的影像存在过吗？梅村一定认为存在过，但是被他错过了。如今他要用诗笔补写出来。中国诗歌象征的圆熟、七律语言的凝缩都在这一联中达到极致。这是梅村的"笔补造化"，也是梅村的忏情。

写得最沉痛的还是第三首。"青山憔悴卿怜我，红粉飘零我忆卿。记得横塘秋夜好，玉钗恩重是前生。"这几句诗意显豁，却在整组诗中最具感发性。梅村在无意中写出了一代人的命运。江南士子谁不是青山憔悴，秦淮佳人谁不是红粉飘零。登楼远目，何处不是残山剩水、哪里没有落花败蕊。在此颓唐时代，往事不可追回，解佩赠钗的誓约已不能追究，旧人如还能相忆相怜已是最大的慰藉。烟花旧事变成了相赏之恩。横塘秋夜虽好，也已成了"前生"。

《琴河感旧》的感发力量也打动了钱谦益。他甚至认为吴梅村明写与卞赛之间的情感，其实是要写大时代的麦秀黍离之悲，于是唱和四首，咏明清易代之事。他甚至希望读此两组诗者，都能有"同病相怜"的感动。吴梅村将此事记在《梅村诗话》中，但于结尾剖明，不是为易代写的，只是为卞赛。[31]

七年前共度良宵，吴梅村只看到了卞赛的肉体；在琴河未获一见，他却看到了卞赛的经历、人格和情感。他渴望看到卞赛，希望对她忏悔、得到她的哀怜和原谅。乱离之后士妓关系的变化，不仅吴梅村如此，冒襄对董小宛、钱谦益对柳如是也是如此。在明朝的最后那些年里，江南士林领袖与秦淮名妓的遇合如星辰相击，凡人望之如神仙；丧乱之后，那些为名誉和自恋增彩的需求消失了，一种新的情感产生：理解、体谅、不含炫耀、带有隽永的哀伤。

诀别：此生终负卿卿

从楚辞开始，中国诗歌就渐渐形成了"美人香草之托"的传统。一首诗一旦是写美人，读者就先要鉴别一下有没有寄托，是不是在以美人比喻君王或美志。如果有寄托，这首诗就被认定是严肃的。一旦鉴别下来没有寄托，那它就只是一首不必当真的香艳之作。

明亡改变了文人看待女性的眼光。此时国家已经没有了，政治前途也不可追求，人生的价值要重新寻找。从对一朝一姓的忠义中出离，一种是像黄宗羲那样，去寻求历史兴衰的根本规律；另一种是将宏大的政治史降为背景，而将政治背景之上的人性、人的情感、人的际遇提升为重要的书写对象。吴梅村就是如此。到了这样的时候，他才能将女性当作和自己一样的人，来关注她的遭遇，共情她的内心，意识到命运的共通。《圆圆曲》《赠寇白门六首》和对卞赛书写的改变，都是这种心态转折下的产物。

顺治八年春三月，就在吴梅村离开常熟几个月后，卞赛带着侍女柔柔来到太仓拜访，倾述了她这些年来的经历。梅村受到了巨大的震撼。他曾想在《琴河感旧》中寻求与卞赛共同的天涯沦落之感，但卞赛的叙述使他意识到，他只是变乱的旁观者，卞赛才是亲历者。卞赛的易代经历并不是远遁归来，忽见"江头燕子，旧垒都非；山上蘼芜，故人安在"时的伤感，而是实打实地被卷入变乱的中心，经历九死一生才侥幸存活。当梅村了解这一点，他在《琴河感旧》中臆想出来的亲近感消散了。

梅村后退了一步，以更多敬意和距离感的笔调写下一首《听女道士卞玉京弹琴歌》。他搁置了私情，把自己写成了一个普通的故人。诗歌的主体甚至不是卞赛的经历，而是卞赛所见之晚明变革——明亡前后，卞赛因为恰巧住在明朝开国功臣中山王徐达后人宅院附近，入内演奏琴曲，目睹了政治旋涡中心的变故。当崇祯帝在煤山吊死，吴三桂请清兵入关时，福王朱由崧在南京登基，首先着手征选秀女。徐达家族的小姐、阮大铖的侄女、祁彪佳侄子的女儿[32]都在征选名单中。南京失守前，福王仓皇奔逃，将这些尚未觐见的女眷抛下。入城的清军又依据名册搜寻到她们，将她们驱遣北上。徐、阮、祁三位小姐，是当时社会最上层的女性，原本与歌伎生活在判若云泥的两个世界，卞赛却在乱世中见证了她们惊人的美丽和才华，也见到了她们被明清两代强权争夺、狼狈流落乃至死亡的命运。当清军掳走弘光皇帝的宫嫔，又将目光转向教坊歌伎时，南京城里一片哭声，卞赛在此时铤而走险，道服出城，跳上一条向丹阳去的船，因此得以逃生。

在这段故事的末尾，就像在杜甫《观公孙大娘弟子舞剑器行》和白居易《琵琶行》的末尾一样，主客从音乐织就的叙事中回过神来，发现自己处于现实逼人的寂静中：

> 此地繇来盛歌舞，子弟三班十番鼓。
> 月明弦索更无声，山塘寂寞遭兵苦。[33]

这寂静的意义是催促反思。你必须从刚才的回忆和感慨中得出些见识。卞赛先说出了她的认识：她不是来为自己诉苦的。十年间，秦淮名妓，如沙嫩、董白，全都死去，连高不可攀的高门闺秀也都死于道旁。世事如此，个人的遭遇不值一提：

> 十年同伴两三人，沙董朱颜尽黄土。
> 贵戚深闺陌上尘，吾辈漂零何足数！[34]

吴梅村也不再敢纠缠于私情和个人委屈。他觉得卞赛的形象与汉末乱离中的蔡文姬形象融为一体，琴弦上弹出的是能令整个江南为之痛哭的家国悲歌。琴曲之终，现实世界与九百年前杜甫《秋兴八首·其二》中"山楼粉堞隐悲笳"的世界重合了。他意识到卞赛的叙事中深刻、宏远的气质。它扩充着她的人格，使她变得高大、肃穆，不可亵玩：

> 坐客闻言起叹嗟，江山萧瑟隐悲笳。
> 莫将蔡女边头曲，落尽吴王苑里花。[35]

这首诗与《圆圆曲》一样，是公共写作。梅村在诗中用其道名，尊称她为"女道士卞玉京"。就梅村的私情而言，早年的冶游之情、去年的邀怜之意已尽数熄灭，但另一种情感诞生了——理解、尊重、平等的爱。这反倒使梅村自惭形秽。他将卞赛送至横塘，在那里才将《琴河感旧》交给卞赛，并在分别之时又为之作词一首。

临江仙·逢旧

　　落拓江湖常载酒，十年重见云英。依然绰约掌中轻。灯前才一笑，偷解砑罗裙。　　薄幸萧郎憔悴甚，此生终负卿卿。姑苏城外月黄昏。绿窗人去住，红粉泪纵横。[36]

值得讲的有两点：一是这首词的材料是一些滥俗的语言，梅村却把它们变得新鲜而深刻了；二是梅村写出了一种古诗词中罕见的复杂爱情状态。

这首词是三首唐人咏伎之作的变形和拼接。第一、第二首如下：

遣怀
杜牧

　　落魄江南载酒行，楚腰肠断掌中轻。
　　十年一觉扬州梦，占得青楼薄倖名。[37]

吴梅村：艳诗的自赎

偶题

罗隐

钟陵醉别十余春，重见云英掌上身。
我未成名君未嫁，可能俱是不如人！[38]

杜牧之作是流连秦楼楚馆的风流自得。罗隐之作是借调侃歌伎发自己怀才不遇的牢骚。这些风流诗句到了吴梅村这里，产生了自我反讽的效果。此时的梅村才四十三岁，但已白发斑斑、牙齿掉落，全然没有"三生杜牧之"（姜夔《鹧鸪天·十六夜出》）的气度。他的内心更是惊惶恐惧，"每东南有一狱，长虑收者在门"[39]，只要听说哪里有人被抓，都会担心衙吏马上就要来敲门。他虽然仿造杜牧潇洒豪纵的句子，实际上却是流离失所、老病不堪。

作为反差，卞赛依然绰约、光彩照人。"灯前才一笑，偷解砑罗裙"说的是什么？是指卞赛入席之时如李清照"轻解罗裳，独上兰舟"（《一剪梅·红藕香残玉簟秋》）一般，嫣然一笑，解下外裙，随即消除了十年不见的隔阂，还是指又一场云雨之事？我不能确定。但我很喜欢这一句。觉得真是充满了赏爱，又不带有色情。有云雨也好，无云雨也好，此时都有深情。梅村曾写"娇眼斜回帐底，酥胸紧贴灯前"，这次却忽略了容貌和肉体，只写了神情和动作。这种"遗貌取神"的写法，意味着更少的物化，更多的情感参与。

没想到在令人心动的赏爱之后，梅村随即给出"此生终负卿卿"的结论。亏欠的到底是什么？一般解此词者，认为"此生终负"即指梅村未娶卞赛。明亡前卞赛确实曾想嫁给梅村，梅村未肯应允，但到顺治七年，情况已发生了变化。梅村已离开仕途，纳妓不再犯规，何况他连举九女而无子[40]，晚年仍在纳妾求子。反倒是卞赛不再有嫁予梅村的愿望，不然不至于在常熟不出见、在太仓着道服。"此生终负卿卿"负的不是婚约，而是卞赛当年的看重。如今抗争无胆、老去无成，梅村将自己的人生一眼看死，才会有如此断语。

他们忽然意识到，生命中有一些事情已经被永远地改变了，永远不能弥补了。这恐怕不仅仅是爱情，还带有梅村对自己生命的整体感觉。他后来有诗云"浮生所欠只一死"（《过淮阴有感二首·其二》）。一个亏欠一切的人，也就再不可能成为一个好爱人。造访、弹琴、追忆、诉情，就像一组哀悼仪式。一方面，过去的疑惑已解开、内疚和委屈已诉说；另一方面，接受现实的时间到了。鲜明的此刻一下从陈腐的句子中跃出："姑苏城外月黄昏。"在这个清晰的时间地点，梅村和卞赛接受了"今日之我已非昨日之我"的事实。

唐人油蔚，不知何人，只在《全唐诗》中留下一首《赠别营妓卿卿》，不是什么好诗。梅村一下抄了三句，却化腐朽为神奇。

赠别营妓卿卿

怜君无那是多情，枕上相看直到明。
日照绿窗人去住，鸦啼红粉泪纵横。
愁肠只向金闺断，白发应从玉塞生。
为报花时少惆怅，此生终不负卿卿。[41]

在油蔚笔下，一夜缠绵，天光亮时，情郎去去留留、歌伎哭哭啼啼。她把妆都哭花了，背景声里还有乌鸦起哄。情郎不知哪来的自信，夸下海口"此生终不负卿卿"。如何算是不负？看起来只是说还要再找她。若以油蔚的标准，梅村早已做到，但他判自己辜负。此时在绿窗"去住"的未必是梅村了，也可能是卞赛，她虽踟蹰不舍但仍勇毅离开。摘去了"日照""鸦啼"两词的扰乱，"红粉泪纵横"一句变得浑然天成，离油蔚的诗更远，而与杜甫更近。"莫自使眼枯，收汝泪纵横。眼枯即见骨，天地终无情"[42]，杜甫借《新安吏》为苍生哭，梅村笔下的泪水也具有了超越艳情的含义。那是永远的离别：与旧人别离，与前朝别离，也与旧日之我别离。

之前我们问过几个问题：第一，为什么随着时间的流逝，梅村对卞赛故事的叙述就越富有细节、越多深情？第二，是什么使得卞赛在梅村的生命中变得重要了？第三，为什么八年前梅村只看到了卞赛的肉体，而八年后却看到了她的经历、人格和情感？现在似乎有了答案。

从社会角度来说，在初次相识时，梅村与卞赛拥有的现实天差地别，他对卞赛的人生并无兴趣，也不需要卞赛分享他的人生，但经过明亡，被打入尘埃之中，二人反而产生了惺惺相惜之感；从文化传统的角度来说，随着社稷的沦亡、道德理想的破灭，士人反倒可以将人生意义从立德、立功、立言的"三不朽"中解放出来，私人情感成为另一种精神依托；从心理学的角度来说，复杂的生活经验和充分的自我反省使梅村不再以自我为中心，从而具有了对卞赛产生真实情感的能力；从哲学上来说，在一个等级、意义完全被打乱的世界里，梅村获得了用马丁·布伯所谓"我与你"的关系与事物建立联系的可能。

马丁·布伯说：

> 我遇见"你"全靠恩泽——倘一味地找，恐怕不能找到。……
>
> 我遇见"你"。我走进了与"你"的直接联系里。……
>
> 基本词"我—你"只能用整个的生命说。召集，向着整个的生命融化，当然不能只是靠"我"，但也不能没有"我"。挨着"你"，就有了"我"。"我"在成为"我"的时候说出了"你"。
>
> 所有的真实生活，都是相遇。[43]

吴梅村经过了八年，直到顺治八年四十三岁时才与卞赛真实相遇。如果明朝不亡，这样的相遇几乎终生不会发生。

访墓：寻找美善与自由

分别之后，梅村又活了二十一年，卞赛则活了十四年。卞赛死后三年（1668），六十岁的吴梅村到卞赛墓前祭扫，为她写下了《过锦树林玉京道人墓并传》。这首长诗既不是写吴卞私情，也不是写易代历史，而是为卞赛作传。诗序写得很长，就是一篇"玉京道人传"。诗也写得不短，四韵三十八句。就像《长恨歌》应与《长恨传》合看一样，诗与诗序合作讲完了卞赛故事。诗序客观写实，写出卞赛一生离合事迹；诗空灵感慨，错综描绘卞赛生前之美与死后锦树林之美。美人黄土、天壤幽隔中，摇荡着虚无幻灭之感：

> 玉京道人，莫详所自出，或曰秦淮人。姓卞氏。知书，工小楷，能画兰，能琴。年十八，侨虎丘之山塘。所居湘帘棐几，严净无纤尘，双眸泓然，日与佳墨良纸相映彻。见客初亦不甚酬对，少焉谐谑间作，一坐倾靡。与之久者，时见有怨恨色，问之辄乱以它语，其警慧虽文士莫及也。与鹿樵生一见，遂欲以身许，酒酣拊几而顾曰："亦有意乎？"生固为若弗解者，长叹凝

睇，后亦竟弗复言。寻遇乱别去，归秦淮者五六年矣。

久之，有闻其复东下者，主于海虞一故人，生偶过焉。尚书某公者，张具请为生必致之，众客皆停杯不御，已报曰至矣，有顷，回车入内宅，屡呼之终不肯出。生怏怏自失，殆不能为情，归赋四诗以告绝，已而叹曰："吾自负之，可奈何！"逾数月，玉京忽至，有婢曰柔柔者随之。尝着黄衣作道人装，呼柔柔取所携琴来，为生鼓一再行，泫然曰："吾在秦淮，见中山故第有女绝世，名在南内选择中，未入宫而乱作，军府以一鞭驱之去。吾侪沦落，分也，又复谁怨乎？"坐客皆为出涕。柔柔庄且慧。道人画兰，好作风枝婀娜，一落笔尽十余纸，柔柔承侍砚席间，如弟子然，终日未尝少休。客或导之以言，弗应；与之酒，弗肯饮。逾两年，渡浙江，归于东中一诸侯，不得意，进柔柔奉之，乞身下发，依良医保御氏于吴中。保御者，年七十余，侯之宗人，筑别官资给之良厚。侯死，柔柔生一子而嫁，所嫁家遇祸，莫知所终。道人持课诵戒律甚严。生于保御，中表也，得以方外礼见。道人用三年力，刺舌血为保御书《法华经》，既成，自为文序之，缁素咸捧手赞叹。凡十余年而卒，墓在惠山祇陀庵锦树林之原。后有过者为诗吊之曰……[44]

吴梅村斟酌着叙述卞赛故事的立场，最后以第三人称写这篇序。称与卞赛相恋者名为"鹿樵生"，而写此诗及序者仅是一个恰好知情的过路人"后有过者"。为了与故事主人公拉开距离,过路人故意在开头弄起了玄虚,说"玉京道人,莫详所自出,或曰秦淮人"。

这篇序提供了一些我们尚未提到的细节。一是卞赛名妓生涯中不为人知的"本来面目",即她"时见有怨恨色",对迎来送往颇不耐烦。二是卞赛曾借醉酒引诱梅村娶她。梅村装傻充愣,卞赛长叹凝神,再也不提此事。三是琴河一会,梅村对卞赛确有怨恨,甚至有告绝之意。篇中有两处打破了"过路人"的中立叙述,去出鹿樵生的洋相:一是卞赛早年欲嫁时,"生固为若弗解者,长叹凝睇,后亦竟弗复言";二是卞赛琴河不出时,"生悒怏自失,殆不能为情,归赋四诗以告绝,已而叹曰:'吾自负之,可奈何'"。梅村故意把鹿樵生的行事不堪和内心挣扎撕开给读者看。

鹿樵生是谁?原来吴梅村有一部纪事本末体的《绥寇纪略》,记录明末农民起义以至明亡的历史,成书于顺治九年(1652),原名《鹿樵纪闻》。"鹿樵"即"鹿蕉",是《列子》中的故事,指人间的得失荣辱皆为梦幻。[45] 鹿樵生即是吴梅村自指。梅村用此号时尚在隐居,但顺治十年(1653),即吴卞再次分离之后两年,吴梅村在陈名夏、陈之遴的策动下被迫应召赴京,后来出仕新朝,从此不复用"鹿樵"之号。

仕清一事,是吴梅村人生故事中最复杂的章节。它不但决定了吴梅村后半生的命运和心态,也将阴影向前投射，成为理解前半生行止的背景。在封建道德强大的年代，梅村因此被认为大节有亏，死后入乾隆下令编撰的《贰臣传》，名列对明朝有亏，而又对清朝无功的乙编。在封建愚忠不再受提倡的现代，梅村仍被人视为软弱无行、首鼠两端的文坛败类。梅村死前一个月有《临终诗》绝句四首，完全否定了自己的一生。

临终诗四首·其一

忍死偷生廿载余，而今罪孽怎消除？
受恩欠债应填补，总比鸿毛也不如。[46]

吴梅村死于康熙十一年（1672），仔细算来，"廿载"之前即顺治九年，可见他自己也认为顺治八九年间，是他的人生转折时期。当时的一系列错误，最终将他送入万劫不复的结局。

回顾顺治八年，梅村与卞赛诀别，当年完成诗作《圆圆曲》和传奇《秣陵春》两部以女性故事写易代历史的作品。也就是在此时，他将早年的华艳笔调发展为以摇曳情韵写身际历史的"梅村体"，奠定了诗歌史上的地位。这一过程如朱庭珍《筱园诗话》所说："吴梅村祭酒诗，入手不过一艳才耳，迨国变后诸作，缠绵悱恻，凄丽苍凉，可泣可歌，哀感顽艳。"[47]

第二年夏（1652），吴梅村受钱谦益委托出面调停慎交、同声二社的积怨。[48]调停成功后，顺治十年年三月初，慎交、同声二社共同发起虎丘大会。[49]二十年前虎丘大会时，张溥在千人石上振臂一呼，朝野惊动，是晚明士人志气最为高扬的时刻。二十年过去，当时与会的张溥、陈子龙、杨廷枢、夏允彝都已去世，钱谦益等出仕新朝者则被士林唾弃，吴梅村被视为"不肯随时俯仰，为海内贤士大夫领袖"[50]的不二人选。

六个月后，朝廷注意到吴梅村的影响力，下达征辟诏书。自明末以来，他本持着"万人如海一身藏"的韬晦策略，虽然愤恨年华虚度，但仍不愿冒险。可是在极权之下，政治的中间地带不断萎缩。抗争者牺牲、偷生者投敌后，原先的中间派就到了不得不表态的时候。吴梅村痛苦不堪，几度病倒，但一边是官府逼迫万状，一边是老亲恐惧万分，最后只能应诏。[51]北上途中，人们议论纷纷，拉拢（陈之遴）、质疑（张涟）和怜悯（陈维崧）混杂扑来。顺治十一年（1654）春，他抵达京城后，受到当局的慢待，大半年之后方授予闲职。不久，原先最积极运作他入京的亲家陈之遴和好友陈名夏一一失势。陈之遴谪戍辽阳（今属辽宁），陈名夏处死。吴梅村尴尬而耻辱地任职一年半，在顺治十三年（1656）三月以奔嗣母丧为由返回南方。这次出仕耗尽了他所有的道德资本。他诗中"总比鸿毛也不如"（《临终诗四首·其一》）、"竟一钱不值何须说"（《贺新郎·病中有感》）的自我厌弃和"误尽平生是一官，弃家容易变名难"（《自叹》）的懊悔，就来源于此。

卞赛也经历了再一次的辗转。在吴梅村出仕当年，她去浙江，嫁给了顺治四年无锡进士郑应旄，不久后让侍女柔柔替她侍奉郑氏，自己回到苏州进行佛教修行。卞赛晚年依靠七十岁的名医郑保御供养，为他刺舌血抄《法华经》，死后葬在惠山祇陀庵锦树林。"惠山"在清常州府无锡县，离苏州很近。"祇陀庵"在元代倪云林清閟阁原址。"锦树林"是一片乌桕树林，树叶秋来红彩斑斓，如同锦绣。在《过锦树林玉京道人墓》中，吴梅村写了此地的泉流、潭影、乌桕、绣岭，也用杨玉环、卓文君、王昭君、苏小小、绿翘等美人才女将卞赛一一比过。相比于对自身污浊的厌弃，卞赛在梅村的记忆中变成了美与清洁的原型，她的芳魂散落在山川之中，触目皆是。在卞赛身上，梅村还窥见了永恒。他觉得晚明一代文士丽姬的爱情都已随风飘散，但卞赛独独超拔，以超越爱情的方式获得了不朽：

> 相逢尽说东风柳，燕子楼高人在否？
> 枉抛心力付蛾眉，身去相随复何有？
> 独有潇湘九畹兰，幽香妙结同心友。
> 十色笺翻贝叶文，五条弦拂银钩手。
> 生死栴檀祇树林，青莲舌在知难朽。[52]

梅村感慨，人们传说钱谦益与柳如是的爱情故事，就像传说唐代张建封妾关盼盼在他死后立志守节，十年不下燕子楼，但是爱情能超越生死吗？当钱谦益于康熙三年（1664）去世，柳如是随之自尽，他们真的可以期盼重逢于地下吗？梅村对此不抱希望，正像他终生期待爱情而不相信爱情。他早已不认为自己配得上卞赛的爱，如今他想象玉京道人在锦树林与贝叶经中度过不荣不辱、无生无死的岁月。他无法洗去自己身上的耻辱，却乐意见到卞赛获得的自由与美善。他满意地看到，卞赛死后，她的美与她刺血所书的《法华经》一起保留了下来，化作屈原《离骚》中九畹兰花的样子。

梅村终于贴近了卞赛的心意。卞赛的作品遗留不多，除少数字画外，有一诗、一词、一琴铭。这首诗大约就写在晚年修行之时：

题自画小幅

沙鸥同住水云乡，不记荷花几度香。
颇怪麻姑太多事，犹知人世有沧桑。[53]

这首诗的核心是"时间"。惠山北麓的密林之中人迹罕至，"山静似太古，日长如小年"（唐庚《醉眠》）。晚年修行的卞赛不但已跳出明清易代的时间尺度，甚至觉得几见沧桑变换的麻姑拥有的时间尺度都不够宽阔。现在卞玉京看见的是永恒的宇宙时间，不再在意人世变迁和人事完缺。

小人物的心灵之光

卞赛死后三十四年,已是康熙三十八年(1699)的盛世。"高凉桥畔春如许,赢得儿童走马看"的新朝孩童已经长大,正从盛年的巅峰上缓缓滑落。他们中竟有人对已被成功掩埋的前朝历史产生了兴趣。这一年,孔尚任完成了《桃花扇》传奇,写晚明文人侯方域与秦淮名妓李香君的爱情故事。

其实侯李爱情故事的历史底本《李姬传》(侯方域撰)只写到明亡以前,但孔尚任虚构了侯李经历明亡、出逃、相遇、入道的情节,其灵感正自梅村与卞赛的故事中挪来。当侯方域和李香君逃出战乱,终于相见,将成眷属,一个老道士劈头质问"当此地覆天翻,还恋情根欲种,岂不可笑"[54]。侯方域想要辩解,老道士怒斥:"阿呸!两个痴虫,你看国在那里?家在那里?君在那里?父在那里?偏是这点花月情根,割他不断么?"[55]侯李二人如梦初醒,就好像游魂被点破已死,原先的劲头忽然涣散,堕入一片虚空。此时孔尚任安排玉京道人出场,接引李香君入道。

我读《桃花扇》传奇时,对孔尚任的直觉十分惊叹,认为他破除戏剧常有的大团圆结局,让侯李二人最终弃情,并非是暴力地将家国价值置于情爱之上,而是窥见了易代历史中的一类现象。"堪叹您儿女娇,不管那桑海变。……那知道姻缘簿久已勾销"[56]。个体开放其心灵最柔弱之处,才能使一段爱情蔓生,但身际剧变的时代,经历死生一线，最柔弱变成了最不堪。幸存者发现，哪怕最初阻挡爱情的障碍消除了，爱却停留在了过去，无法再往前走。

现实中，吴梅村与卞赛的情感牵羁更为复杂。相比于《桃花扇》传奇，决定吴卞情感的关键并不是外在的变乱，而是心境的变化与个人选择。他们幸运地存活、重见、听琴、详谈、道别，却丝毫没有扭转分离的结果。《桃花扇》传奇的爱情叙事向外指涉，成就了"借离合之情，写兴亡之感"的巨著；梅村对卞赛的多次书写却向内指涉，呈现着人类心灵的复杂运转。我被梅村的心灵吸引，注意骄矜、嫉恨、愧悔如何参与爱的运作，最终竟将一段轻薄的冶游之情发展得如此深艳，如秋日落霜之后灿如锦绣的乌桕树林。

黑暗的时代中也有光明俊伟的灵魂，但更多人无法活得坦荡。在愧悔的尽头，生命还能否前行，意义还能否重新生发？在吴梅村身上，愧悔开掘了他对自我心灵理解的深度，增强了他搁置自己，去理解他人故事的谦逊。当吴梅村将他的心灵层次越挖越深，我们在那不堪的处境中却看不到任何畸异的东西，看到的只是每一个平凡的人都曾经历的软弱、迟疑、恐惧、惊惶。

时代洪流吞噬着个人生活，毁灭着个人德性。诗人的幸运在于，一切体验无不能转换成文学创造。在黑暗时刻，诗人却往往对生命和爱产生更深刻的理解。在痛苦中扩大的心量拓开了笔下的天地，意义的生发得以继续。

吴梅村临终仍不能原谅自己，留下遗言："吾死后，敛以僧装，葬吾于邓尉、灵岩相近，墓前立一圆石，题曰'诗人吴梅村之墓'，勿作祠堂，勿乞铭于人。"[57]但人们不再计较他的过失。清代史学家赵翼出面原谅他的出仕："梅村当国亡时，已退闲林下，其仕于我朝也，因荐而起，既不同于降表佥名；而自恨濡忍不死，踽天蹐地之意，没身不忘，则心与迹尚皆可谅。"[58]诗人陈文述出面原谅他的负情："读到琴河感旧诗，多情薄幸何从说。"[59]

两百多年后，清朝也灭亡了。清末易代中的人们再次想起吴梅村与卞赛的爱情故事。《神州日报》《南社》《锡报》上都有寻访玉京道人墓的文章、咏叹玉京道人故事的诗歌，甚至有两部以玉京道人为主角的戏曲上演。她的一幅三十岁自画肖像、一枚印章流传人间，获得很多咏歌。

晚清状元张謇独具只眼，看出吴卞爱情故事的主角并不是缄默的卞赛，而是在二十五年内不断回忆、书写的吴梅村。张謇持着卞玉京小像，写了一个转折性的瞬间：吴卞爱情是在那一刻无可挽回地消亡的。

卞玉京小像

张謇

却将万恨付灵飞，故国烽烟事事非。
愁绝听琴吴祭酒，黄冠无地乞身归。[60]

当卞赛穿着道袍，带着柔柔从琴河出发找寻梅村别

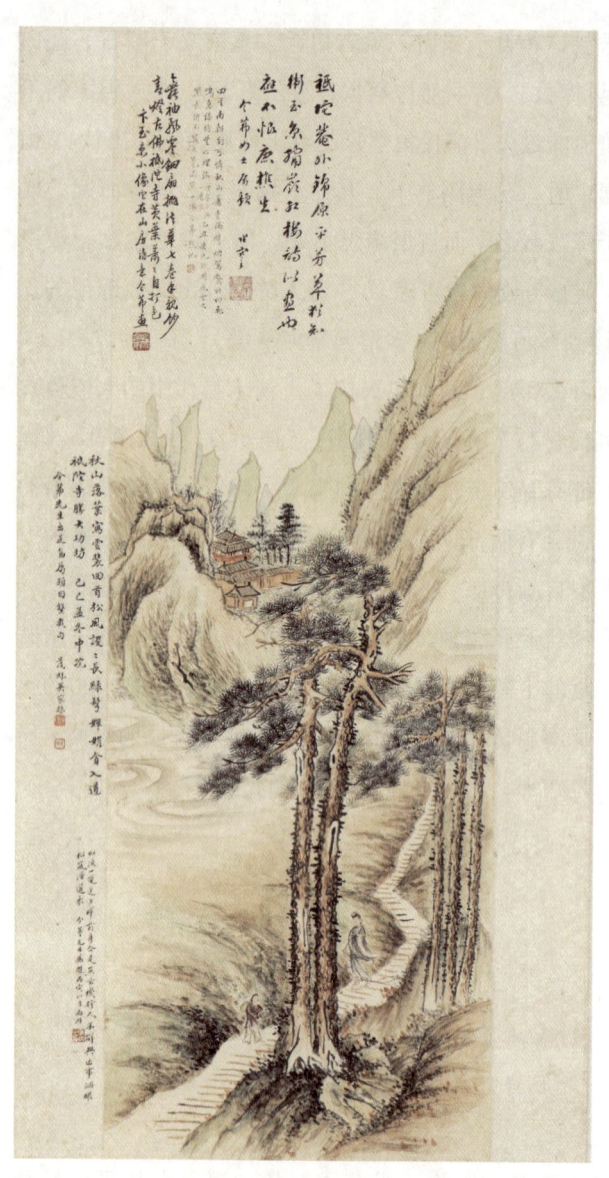

［民国］杨令茀《卞玉京入山图》，现藏无锡博物院，刊于《南金（天津）》，1927年第3期

墅，她的琴声铺开一场故国烽烟的宏大叙事。人们听到、联想到无数在易代中死去的人，体会过去已永远逝去。梅村被隔离在演奏者和听众的距离之外，忽然意识到自己连着黄冠入道的自由都不拥有。他四顾苍茫，在自己的家中感到了无家可归。

注释

1 严歌苓著:《陆犯焉识》,北京:作家出版社,2011年,第89页。
2 《陆犯焉识》,第399页。
3 这三人皆由明臣仕清,籍贯都属旧江左地区,诗名并著,故时人称"江左三大家"。清人顾有孝和赵沄曾选其诗为《江左三大家诗钞》。
4 《丽品》,[清]余怀著,李金堂校注:《板桥杂记(外一种)》,上海:上海古籍出版社,2000年,第37页。
5 从左中允升为左谕德,又升左庶子,皆不赴。事见冯其庸、叶君远著:《吴梅村年谱》,北京:文化艺术出版社,2007年,第93—110页。
6 《西江月·春思》,[清]吴伟业著,李学颖集评标校:《吴梅村全集》,上海:上海古籍出版社,1990年,第551页。
7 见《吴衙内邻舟赴约》,另有《赫大卿遗恨鸳鸯绦》描写赫大卿和静真"解脱衣裳,钻入被中,酥胸紧贴,玉体相偎",见[明]冯梦龙编撰:《醒世恒言》,北京:中华书局,2009年,第408、186页。《木知日真托妻寄子》描写丁氏"便如柳腰轻摆,凤眼含斜,酥胸紧贴,玉脸斜偎",见[明]西湖渔隐主人撰,于天池等点校:《欢喜冤家》,北京:北京师范大学出版社,1992年,第321页。
8 《醉春风·春思》,《吴梅村全集》,第556页。
9 《少年游》,[宋]周邦彦著,罗忼烈笺注:《清真集笺注》,上海:上海古籍出版社,2008年,第1页。
10 事见《吴梅村年谱》,第123—124页。
11 "民皆执香以迎,城中大姓亦有设香案于外者。"见[明末清初]顾炎武撰:《圣安本纪》,台北:台湾商务印书馆,1977年,第26页。
12 《吴城日记》,[清]顾公燮等著:《丹午笔记 吴城日记 五石脂》,南京:江苏古籍出版社,1999年,第209页。
13 《矾清湖序》,《吴梅村全集》,第226—227页。
14 [清]蒋良骐撰,林树惠校点:《东华录》,北京:中华书局,1980年,第119页。
15 "(康熙十三年,1674)四月,有旨复征。吏部咨督抚起送,藩司檄府行县,催促起程。先生控辞。既而府役至县守催,县据医、邻结以覆。五月,府提医、邻严讯,胁以重刑,众无异辞。府转到司,司促愈急。七月,霖雨河涨,先生长男慎言涉波冒险赴司哀控,不听,立逼抬验。八月朔,县役舁榻至书院,远迈骇愕,咸谓抬验创千古之所未有,辱朝廷而衰大典,真天壤间异事也。"见[清]吴怀清编著,陈俊民点校：《关中三李年谱》，西安：陕西师范大学出版社，1992年，第65页。

16 [清] 吴伟业：《翰林院修撰陈公墓志铭》："甲申之变，公哭于苏之郡学，绝而复苏，撤版扉舁而归。……经岁来吴门，与熊鱼山、姜如农、薛谐孟、万永康诸人晨夕相往还。按抚两荐，无地可匿迹，在荒庄卧复壁中，食饮缘墙而下。病且革……眼鼻流赤，哀声时断续，备极惨苦而逝。"原刊于宜兴档案馆藏《亳村陈氏家乘》，转引自严迪昌著：《阳羡词派研究》，济南：齐鲁书社，1993年，第34页。

17 严迪昌著：《清诗史》，北京：人民文学出版社，2011年，第347—348页。

18 [清] 陈廷敬《吴梅村先生墓表》，《吴梅村全集》，第1408页。

19 吴梅村初次受到荐举是顺治九年（1652）四五月之交，由清两江总督马国柱疏荐于朝。

20 顺治五年（1648），吴梅村《彭燕又五十寿序》《座师李太虚先生寿序》始记发变齿落、自伤早衰之事，此前从未言及此事，可见此老态自顺治五年四十岁始。事见《吴梅村年谱》，第153页。

21 《庚寅元旦试笔》，《吴梅村全集》，第156页。

22 《临江仙·忆昔午桥桥上饮》，[宋] 陈与义著，吴书荫等点校：《陈与义集》，北京：中华书局，1982年，第494页。

23 此诗作于顺治十七（1660）年。上年（1659）郑成功率水师进入长江，六月十六日攻克瓜洲，随后进入镇江，以镇江为据地攻南京。镇江市民剪辫复明（"诸宫人见俱去辫，兵民解发，悉戴网巾骔帽。"见 [清] 计六奇撰，任道斌等点校：《明季南略》，北京：中华书局，1984年，第489页）。七月二十四日，郑成功于南京兵败，撤回镇江，四日后弃镇江奔崇明，再奔台湾。八月清军收复镇江，复屠士民。此为南明复国史上最后一次重要的大战。故第二年吴梅村作《中秋看月有感》："今年京口月，犹得杖藜看。暂息干戈易，重经少壮难。江声连戍鼓，人影出渔竿。晚悟盈亏理，愁君白玉盘。"见《吴梅村诗集笺注》，第553页。

24 顺治五年（1648）四月，钱谦益因黄毓祺案被株连，囚南京狱，经柳如是全力奔走营救、斡旋，才得免祸，顺治六年（1649）回到常熟。吴梅村探访距其回常熟一年多。

25 《琴河感旧序》，《吴梅村全集》，第159—160页。

26 《琴河感旧序》，《吴梅村全集》，第160页。

27 《琴河感旧·其一》，《吴梅村全集》，第160页。

28 《琴河感旧·其二》，《吴梅村全集》，第160页。

29 《琴河感旧·其三》，《吴梅村全集》，第160页。

30 《琴河感旧·其四》,《吴梅村全集》,第 161 页。

31 《梅村诗话》:"东涧读余诗有感,亦成四律(见《牧斋有学集》卷四《绛云余烬诗》之《读梅村宫詹艳诗有感书后四首》),其序曰:余观杨孟载论李义山《无题》诗,以为音调清婉,虽极其浓丽,皆托于臣不忘君之意,因以深悟风人之旨。若韩致光遭唐末造,流离闽越,纵浪香奁,盖亦起兴比物,申写托寄,非犹夫小夫浪子沉湎流连之云也。顷读梅村艳体诗,声律妍秀,风怀恻怆,于歌禾赋麦之时,为题柳看桃之作,彷徨吟赏,窃有义山、致光之遗感焉。雨窗无聊,援笔属和。秋蛩寒蝉,吟噪啁唽,岂堪与间关上下之音希风说响乎?河上之歌,听者将同病相怜,抑或以同床各梦而辗尔一笑也。诗绝佳,以其谈故朝事,与玉京不甚切,故不录。"一般认为钱谦益因降清而感到羞耻,故作此诗以申名自己不忘故明之意。见《吴梅村诗集笺注》,第 777 页。

32 "(明弘光元年,1645)八月,选民女入宫,征教坊妓六十四人司灯,择其妍少。"见[清]谈迁著,罗仲辉等点校:《枣林杂俎》,北京:中华书局,2006 年,第 110 页。《乙酉(明弘光元年,1645)日历》:"(二月十二日)数日因奉旨选婚,越中嫁娶如狂,昼夜不绝。""(三月二十四日)得道瞻侄书,知两女俱中后妃之选……"见[明]祁彪佳著,张天杰点校:《祁彪佳日记》,杭州:浙江古籍出版社,2016 年,第 811、817 页。

33 《听女道士卞玉京弹琴歌》,《吴梅村全集》,第 64 页。

34 《听女道士卞玉京弹琴歌》,《吴梅村全集》,第 64 页。

35 《听女道士卞玉京弹琴歌》,《吴梅村全集》,第 64 页。

36 《临江仙·遇逢旧》,《吴梅村全集》,第 554 页。

37 《遣怀》,[唐]杜牧著,[清]冯集梧注,陈成校点:《杜牧诗集》,上海:上海古籍出版社,2015 年,第 362 页。

38 《偶题》,罗文华校辑:《罗隐集》,北京:中华书局,1983 年,第 132 页。

39 《与子暻疏》,《吴梅村全集》,第 1132 页。

40 事见[清]顾湄《吴梅村先生行状》,《吴梅村全集》,第 1406 页。

41 《赠别营妓卿卿》,[清]彭定求等编:《全唐诗》,北京:中华书局,1960 年,第 8719 页。

42 《新安吏》,[唐]杜甫著,[清]仇兆鳌注:《杜诗详注》,北京:中华书局,1979 年,第 524 页。

43 [德]马丁·布伯著,杨俊杰译:《我和你》,杭州:浙江人民出版社,2017 年,第 12—13 页。

44 《过锦树林玉京道人墓并传》,《吴梅村全集》,第250—251页。

45 《周穆王篇》载,郑国樵夫打死一只鹿,怕被别人看见,就把它藏在坑中,覆之以蕉,后来忘了藏处,以为是一场梦。旁人听他讲述后,取走了鹿。得鹿人感慨樵夫所梦为真,其妻认为这说明丈夫所梦为真。樵夫念念不忘,梦见并找到得鹿人,二人争执不下,法官(士师)判平分鹿。郑国国君听说后感慨:"嘻,士师将复梦分人鹿乎?"问国相,国相说:"欲辨觉梦,唯黄帝孔丘。今亡黄帝孔丘,孰辨之哉?"见杨伯峻撰:《列子集释》,北京:中华书局,1979年,第107—108页。

46 《临终诗四首·其一》,《吴梅村全集》,第531页。

47 [清]朱庭珍《筱园诗话》,郭绍虞编选,富寿荪校点:《清诗话续编》,上海:上海古籍出版社,1983年,第2355页。

48 事见《吴梅村年谱》,第192—193页。

49 这次虎丘大会是向前明崇祯六年(1633)张溥主持的虎丘大会致敬。参会者来自九郡,共五百余人。《壬夏杂抄》记载:"会日,以大船廿余,横亘中流,每舟置数十席,中列优唱,明烛如繁星。伶人数部,歌声竞发,达旦而止。散时如奔雷泻泉,远望山上似天际明星,晶荧围绕。"转引自《吴梅村诗集笺注》,第245页。

50 《与吴骏公书》,[清]侯方域著,王树林校笺:《侯方域全集校笺》,北京:人民文学出版社,2013年,第170页。

51 《与子暻疏》:"改革后吾闭门不通人物,然虚名在人,每东南有一狱,长虑收者在门,及诗祸史祸,惴惴莫保。十年,危疑稍定,谓可养亲终身,不意荐剡牵连,逼迫万状。老亲惧祸,流涕催装,同事者有借吾为剡矢,吾遂落彀中,不能白衣而返矣。先是吾临行时以怫郁大病……"见《吴梅村全集》,第1132页。

52 《过锦树林玉京道人墓并传》,《吴梅村全集》,第251页。

53 《题自画小幅》,徐世昌编,闻石点校:《晚晴簃诗汇》,北京:中华书局,1990年,第9131页。

54 [清]孔尚任著,[清]云亭山人评点,李保民点校:《桃花扇》,上海:上海古籍出版社,2016年,第170页。

55 《桃花扇》,第170页。

56 《桃花扇》,第170页。

57 《吴梅村先生行状》,《吴梅村全集》,第1406页。

58 《吴梅村诗》,[清]赵翼著,江守义等校注:《瓯北诗话校注》,北京:人民文学出版社,2012年,第363页。

59 [清]陈文述《锦树林访玉京道人墓》,龚斌、范少琳编:《秦淮文学志》,合肥:黄山书社,2013 年,第 1219 页。
60　《卞玉京小像》,张謇著,徐乃为校点:《张謇诗集》,上海:上海古籍出版社,2014 年,第 82 页。

后 记

本书的雏形是我于2020年春天在"一席"录制的课程《与诗人一起梦游》。项目刚启动，封城就开始了。我问策划张畅，还有必要备课吗？她告诉我此时人们更需要诗歌。这是我想要用古典诗歌回应时代变局的开始。

2022—2024年间，我对讲稿进行了两年的修改，扩充了三至四倍的篇幅，共得九章，形成本书。我经常在江南大学田家炳楼东南角的古代文学教研室里写作。我的同事们沉静而坚毅。他们中有的决心把退休前的七八年时间全用来完成一部年谱长编的初稿，有的长年进行辛苦的文献考证而从不被任何时髦主题动摇，有的住在其他城市，坐火车通勤，却欣然接下早上八点的课程。他们承受非升即走、房价涨跌、照顾病人的压力，面对学术，却没有人说过"这只是一份工作而已"。他们维护了我对学者职业的理想化，是我期待的星光在现实中的投影。

另一些人直接促使了本书的问世。乐府的涂涂最早支持我出版本书。后来两位理工男艾萌和仁猪充当我的第一、第二读者，一位每等我写完一章就仔细阅读、感动不已，另一位则从不看明白就予以夸张的表扬。他们都给了我巨大的鼓励。本书的编辑赵欣为书稿核对了上千条文献，改出了几百个错误；徐兴海和王芳军帮我审读书稿，进行史学方面的把关；更要感谢的是那些以学术著作和论文启发了我的学界同行。他们在史实和文献上进行的考索耗去的是数以十年记的岁月。我借助他们的成果进行文学的遐思。

写作进行到一半时，AI 时代来临。我目睹了大量语料在人工智能下自我复制，网络上充斥着虚假的史料。因为担心在不久的未来，文本和史实都将受到"何为真实"的更大冲击，我为每一篇增加了大量的注释，希望能将本书写作时段可见的文献证据固定下来。

一种个人化的阴影一直追逐着我。2013 年，中国社会科学院文学所副研究员张晖去世，年仅三十六岁。维舟所写的悼文《平生风义兼师友》给我隽永的感动。2023 年，密西根大学社会学系助理教授徐晓宏去世，年仅四十五岁。陈朗所写的悼文《请君重作醉歌行》给我强烈的震撼。陶渊明笔下那些死亡的催促时时显现，反复警告我，学者未必有时间去完成他的写作计划。

定稿时，我感到那是我的才华和努力全部实现了的瞬间。我第一次清楚地看到它们的全局，既没有因外在的不得已而损耗，也没有因内在的不努力而保留。唯其实现了，我才知道它们竟如此之少，但我却因驱除了对自己的想象中不现实的部分，而获得了从未有过的确定感。